Harry Thürk
Saigon

Ereignisse
Tatsachen
Zusammenhänge

SAIGON

Harry Thürk

Über das Ende
des amerikanischen Krieges
in Indochina

Militärverlag
der Deutschen Demokratischen
Republik

Im Interesse größerer Verständlichkeit wurde bei den vietnamesischen Eigennamen die herkömmliche Schreibweise verwendet.

ISBN 3-327-00430-7

2. Auflage (1. gebundene), 1987

Lizenz-Nr. 5
Printed in the German Democratic Republic
Gesamtherstellung: Karl-Marx-Werk Pößneck V 15/30
Lektor: Dr. Gertraud Golme
Schutzumschlag und Einband: Ingolf Neumann
Kartenzeichnung: Karl-Heinz Döring
Typografie: Martina Schwarz
Bildnachweis: Archiv des Autors, Sammlung W. Kopenhagen (1)
LSV: 0239
Bestellnummer: 746 977 0
00820

Hochland

In der Luft kurvte ein Hubschrauber. Sein blubberndes Motorgeräusch wurde vom Wind verzerrt, mal kam es hell an, wie das Kreischen einer Säge, dann wieder dumpf wie der Klang einer jener selbstgebastelten Pumpen, die Reisfelder bewässern. Die Maschine wäre auch nicht zu sehen gewesen, wenn sie nähergekommen wäre – es war Nacht. Zudem lag eine Wolkenschicht über den westlichen Ausläufern des Truong-Son-Gebirges. Dezember 1974. Tagsüber brannte die Sonne brutal auf die kahlen Flächen, und man war froh, wenn man unter dem Blätterdach des Waldes verschwinden konnte. Nachts hingegen fror man, selbst wenn man eine Wolldecke umgehängt trug – wie Le Minh, Soldat in der 302. Division der vietnamesischen Befreiungsstreitkräfte, dessen Wache an der Panzerbereitstellung zu Ende ging. Der Ablöser stand neben ihm.

«Ob der was ahnt?» Der Ablöser meinte den Hubschrauber.

Le Minh schüttelte den Kopf. Er tat das mit der kühlen Bestimmtheit des langgedienten, kampferfahrenen Soldaten, der einem Jüngeren gegenüber stets die Ruhe bewahrt, auch wenn die Situation kritisch wird.

Diese hier war es nicht. Le Minh kannte den Klang, der vom Wind herangeweht wurde: eine «Schmerle», wie der kleine Hughes-Helikopter wegen seiner Ähnlichkeit mit dem trägen Fisch genannt wurde.

«Großer Kopf, kleine Augen», sagte er.

«Der Kommandant von Buon Me Thuot schickt ihn jede

Nacht hoch, um uns aufzuspüren. Weil er Angst hat. Er fliegt nicht gern in die Täler, wo er von den Hängen her abgeschossen werden könnte. Er bleibt hübsch weit oben.»

«Du glaubst, er kann uns mit seiner Elektronik nicht entdecken? Ich habe gelernt, daß Elektronik Unmögliches leistet!»

Beide Soldaten wußten, daß hier die Panzer standen, anderswo die Geschütze, daß Kolonnen von Lastwagen in Deckung gebracht worden waren – alles für die Offensive. Was an diesem Abschnitt nötig war, hatte man getan. Selbst eine Treibstoffleitung gab es. Sie kam aus dem Norden: ein Plasterohr, durch das Kraftstoff für die Fahrzeuge herangepumpt wurde.

«Es gibt Wege, die Elektronik der Kerle zu täuschen», sagte Le Minh zu seinem Ablöser. Der kam aus einem Dorf an der Küste, war noch nicht lange dabei. Es schien ihn zu beunruhigen, daß es am Himmel ein sozusagen technisches Auge gab, und er hätte beinahe vergessen, Le Minh das auszurichten, was man ihm aufgetragen hatte, bevor er zur Wache aufbrach. «Du sollst sofort zum Stab kommen. Gleich jetzt. Wichtig.»

Le Minh tippte an seinen Buschhut, rückte die Kalaschnikow bequem unter den Arm und verschwand im Dunkel.

Sie befanden sich im Hochland Tay Nguyen. Es umfaßte die vier Zentralprovinzen Kontum, Gia Lai, Dac Lac und Quang Duc und erstreckte sich von der laotischen Grenze bis etwa fünf Dutzend Kilometer vor die Küste des Südchinesischen Meeres. Das Gebiet war in der Vergangenheit von den Saigoner Truppen oder den Amerikanern nie völlig beherrscht worden. In dieser Hinsicht war es ein verkleinertes Spiegelbild des gesamten Südvietnams. Die großen Städte wie Kontum, Pleiku oder Buon Me Thuot waren besetzt. Allerdings glichen ihre Garnisonen seit vielen Jahren belagerten Festungen. Es gab wenige Straßen, auf denen sich die Saigoner noch ungestraft bewegen konnten. Die Befreiungsarmee beherrschte das weite Land zwischen den Großstädten und den Saigoner Garnisonen. Wo sie stand, gab es das, was die Leute inzwischen «neue Gerechtigkeit» nannten: Hilfe für Kranke in den Dörfern, Nahrungsmittel wurden angebaut, Vieh gezogen, das niemand mehr konfiszierte. Das Leben war bis auf gelegentliche Luftüberfälle normalisiert unter der blau-roten Flagge mit dem gelben Stern. Volksmacht hieß Ruhe, Ordnung und ungestörte Arbeit. Das hatten die Bewohner dieser Gebiete bald begriffen.

Was können die im Stab von mir wollen? Le Minh überlegte, während er den Pfad zur Kommandostelle entlangging. Er trug immer noch die Decke um die Schultern, würde sie zusammenrollen müssen, bevor er sich meldete. Ja, was wollen sie? Keine Schwierigkeiten im Dienst, keine besonderen Vorkommnisse. Das Leben in dieser Bereitstellung im Hochland war vergleichsweise ruhig geworden, nachdem man den Saigonern gezeigt hatte, daß es sie teuer zu stehen kam, wenn sie in das von den Befreiungsstreitkräften verwaltete Gebiet einbrachen. So schossen sie gelegentlich noch mit weittragender Artillerie, griffen mit einer Kette Jagdbomber an, meist eine Scheinstellung, aber Infanterie hatte man schon lange nicht mehr gesehen.

Im Frühjahr 1973 war in Paris das Abkommen über die Zukunft Vietnams unterzeichnet worden – sehr gegen den Willen der Saigoner Führung allerdings, denn die war absolut von den Amerikanern abhängig, und die mußten sich jetzt zurückziehen. Was sollte nun aus ihren langjährigen Statthaltern werden? Die Amerikaner nannten ihr Manöver die «ehrenhafte Beendigung ihrer Teilnahme an diesem

Krieg». In Wirklichkeit hatten sie sich in Vietnam mit ihrer gesamten technischen Ausrüstung militärisch hoffnungslos festgefahren. Sie befanden sich in der schlimmsten Sackgasse ihrer Geschichte, denn sie konnten die Befreiungsstreitkräfte weder auf dem Schlachtfeld des Südens niederringen noch durch Bombardements im Norden. Im Gegenteil, sie verloren zunehmend an Boden. Zudem war die Bevölkerung der USA aufsässig geworden; die Forderung nach Rückkehr der Söhne aus dem schmutzigen Krieg war nicht mehr zu unterdrücken. So nutzten die USA die Chance, sich unter Verweis darauf, daß die Saigoner nun angeblich allein mit ihren Gegnern fertigwerden könnten – sozusagen unter Wahrung des verbliebenen Restgesichts einer Weltmacht –, aus dem asiatischen Debakel fortzuschleichen. Sie ließen ihre gesamte Ausrüstung da, an die 700 Flugzeuge, ebenso viele Panzer, 500 schwere Geschütze, Lastwagen, Maschinenwaffen zu Hunderttausenden, Gewehre und MPis, Lager voller Munition und Bomben, Minen, Verpflegung, Treibstoff.

Nguyen Van Thieu, den die Amerikaner einst im Saigoner Marionettenstaat an die Macht gebracht hatten, weil er zu tun versprach, was sie anordneten, war strikt gegen das Pariser Abkommen gewesen, wonach die Feindseligkeiten eingestellt und Wege zu einer friedlichen nationalen Lösung des Konflikts beschritten werden sollten. In Thieu regte sich der Selbsterhaltungstrieb. Er wußte, daß sein Schicksal besiegelt war, wenn die US-Armee ihn nicht mehr beschützte. Bereits in den ersten Monaten brachen die Saigoner den Vertrag tausendfach: Durch ein neues Aufleben der Kämpfe sollten die USA gezwungen werden, Saigon wieder militärisch beizustehen. Thieu begriff nicht, daß die Chancen dafür bereits von der Geschichte gestrichen worden waren – endgültig.

Le Minh war um die Zeit dieser ersten Kämpfe ins Hochland gekommen. Seine Einheit hatte die Saigoner an vielen Stellen zurückschlagen müssen, bis die Befreiungsstreitkräfte das errungen hatten, was die Führung strategische und taktische Festigung der befreiten Gebiete nannte. Der junge Soldat war der Sohn eines Revolutionärs. Seinem Vater war es 1954, nach dem Sieg über die Franzosen bei Dien Bien Phu, der die französische Kolonialherrschaft beendete, gelungen, nach Saigon heimzukehren. Zwölf Jahre später, nachdem die USA nicht nur den Süden in ein Schlachtfeld verwandelt hatten, sondern auch täglich ihre Bomber gegen den freien Norden losschickten, befand sich der Vater bereits einige Jahre in dem berüchtigten Inselgefängnis Con Son. Eines Abends erschien ein ehemaliger Mithäftling bei der Tante, die den jungen Le Minh aufgenommen hatte, und überbrachte die Nachricht, daß der Vater zu Tode gequält worden war. Er warnte die Tante außerdem, daß sie als nächste Verwandte eines politischen Häftlings, dessen Frau gesucht wurde, weil sie sich im Untergrund aufhielt, ebenfalls mit einer Verhaftung rechnen müsse.

Die Tante zögerte nicht lange. Im Einverständnis mit der Mutter Le Minhs, deren Aufenthaltsort sie kannte, ließ sie den Jungen und ihre eigene, etwa gleichaltrige Tochter nach dem freien Norden evakuieren.

Ein zuverlässiger Freund führte die beiden Halbwüchsigen auf Nebenwegen an den Grenzfluß Ben Hai, wo Partisanen sie nachts über das Wasser in die Demokratische Republik brachten, das Vaterland aller im Süden Kämpfenden, wie es bereits an der Grenzstation eine große Tafel verkündete.

Die beiden wurden in Hanoi in einem Heim untergebracht, das vielen Kindern von Kämpfenden offenstand. Dort konnten sie die Schule beenden. Danach lernte Thi Nam, das Mädchen, in einem Betrieb, der Radioteile herstellte, und Le Minh wurde im Hausbau ausgebildet. Beide sahen sich gelegentlich.

Bei diesen Begegnungen faßten sie den Entschluß, sobald wie möglich in die Armee einzutreten und an der Befreiung des Südens von der Bande Thieus und seinen amerikanischen Gönnern teilzunehmen. Ohne viel darüber zu reden, lernte Thi Nam in einer Jugendgruppe, ein Funkgerät zu bedienen. Sie glaubte, das könnte eines Tages nützlich sein. Le Minh nahm mit Eifer an der vormilitärischen Ausbildung teil. Er entwickelte sich zu einem Schützen, der nur selten sein Ziel verfehlte. Als er jetzt den Pfad entlangging, der zu der Lichtung führte, auf der der Stab seiner Einheit lag, spürte er, daß ihn jemand beobachtete. Nach drei Jahren Front, von denen er die meiste Zeit unter unmittelbarer Lebensbedrohung verbracht hatte, war in ihm ein Instinkt dafür entstanden. Er hatte gelernt, auf dieses Signal nicht unbedacht zu reagieren. Manchmal, wenn er von einem Gegner ausgemacht worden war, war es nützlich gewesen, diesen für einige Sekunden nichts merken zu lassen, besonnen nach der besten Deckung Ausschau zu halten und dann blitzschnell, für den beobachtenden, vielleicht sogar schon das Ziel anvisierenden Gegner völlig unerwartet, zu verschwinden.

Er handelte auch jetzt so, obwohl er ziemlich sicher war, daß sich in der Gegend des Stabes kein Feind befinden konnte. Immerhin war im Krieg nichts absolut unmöglich. Also ging er noch ein Dutzend Schritte. Rechts und links von ihm war fast undurchdringliches Unterholz. Schlingpflanzen zogen sich wie Seile von Baum zu Baum. Doch dann, endlich, gab es in dieser Mauer aus Grün ein Loch. Es konnte eine nasse Stelle sein, möglicherweise war hier einmal ein Gerät untergestellt gewesen. Jedenfalls bot die Lücke im Pflanzengewirr die Chance, erst einmal vom Pfad wegzukommen, der matt vom Sternenlicht erhellt war, weil die hohen Baumkronen nicht die Dichte des Unterholzes hatten.

Le Minh sprang, die Kalaschnikow fest an sich gedrückt, rollte sich auf dem feuchten Boden ein Stück seitwärts, blieb geduckt liegen und wartete auf den Schuß, während sein Daumen leise die Waffe entsicherte.

Er wurde überrascht. Von gegenüber, ebenfalls aus dem Dunkel des triefnassen Unterholzes, kam eine weibliche Stimme. Sie klang belustigt. «Komm heraus, Cousin! Ich will dich begrüßen!»

Er erkannte sofort, daß es Thi Nam war, die er längere Zeit nicht gesehen hatte, weil sie in einer Nachrichteneinheit diente, die seines Wissens weiter nördlich lag. Dort war sie Funkerin. Er zögerte nun nicht mehr, kletterte auf den Pfad hinaus und wischte ärgerlich über die schmutzig gewordene Uniform. Doch der Ärger verflog. Da war Thi Nam, die sich aus dem Dunkel löste und auf ihn zulief. Er sagte es nicht, aber er dachte, aus ihr ist ein richtiger Soldat geworden.

Der Oberst, der sich auf der nicht weit entfernten Lichtung unter einem Dach aus Laub aufhielt, hatte Seitenwände aus Zeltplanen aufgespannt, um ein kleines Öllämpchen benutzen zu können, das selbst ein aufmerksamer Beobachter aus der Luft bestenfalls für ein Stück fauliges Holz halten mußte. Der Offizier war der Koordinator für Aufklärung und Nachrichtenbeschaffung und setzte nicht nur die Frontaufklärer ein, sondern hielt auch die Verbindung zu jenen aufrecht, die für lange Zeit im Hinterland des Feindes lebten und Tag für Tag wichtige Informationen lieferten. Heute war er hier, um eine gezielte Aktion einzuleiten. Er war um die Fünfzig, klein, bei Dien Bien Phu war ihm die linke Hand zerschossen worden. Er kannte weder Le Minh noch dessen Cousine, dafür aber war er mit Le Minhs Vater bereits im Krieg gegen die Franzosen zusammen. Nach Dien Bien Phu, als er ebenfalls in Saigon arbeitete, hatte er den Vater Le Minhs noch gelegentlich getroffen. Sie waren in verschiedenen illegalen Gruppen organisiert, in der großen Stadt, die Frankreichs Kolonialtruppen nie völlig beherrscht hatten und in die bald nach dem Weggang der Franzosen die Amerikaner einzogen.

Ein Jahr später war der Offizier mit der verkrüppelten linken Hand nach dem Norden gegangen. Der sozialistische Staat brauchte erfahrene Soldaten, die eine schlagkräftige Volksarmee aufbauen konnten.

Der Offizier hatte ein kleines Radio bei sich, das er nun abschaltete; die Nachrichten des Senders «Befreiung» waren vorüber. Es gab wenig Neuigkeiten. Offenbar herrschte an den Fronten Ruhe. Ihr waren turbulente Monate vorausgegangen, in denen sich die Saigoner blutige Köpfe geholt hatten. Jetzt schienen sie ihre Wunden zu lecken, aber es lag trotzdem Spannung in der Luft; schon morgen konnte es irgendwo erneut losgehen.

Alles hatte anders verlaufen sollen, nachdem man sich 1973 in Paris darauf geeinigt hatte, daß die Amerikaner endgültig abzogen und die beiden südvietnamesischen Hauptkontrahenten, nämlich die Befreiungskräfte und die Gruppe um Thieu, wie es wörtlich hieß, «nationale Versöhnung und Eintracht herbeiführen, dem Haß und der Feindschaft ein Ende bereiten und alle Repressalien und Akte der Diskriminierung gegen Einzelpersonen oder Organisationen verbieten, die mit der einen oder anderen Seite zusammengearbeitet haben, die demokratischen Freiheiten des Volkes garantieren, wie persönliche Freiheit, Redefreiheit, Pressefreiheit, Versammlungsfreiheit, Freiheit der Organisation, der politischen Aktivitäten, des Glaubens, Bewegungsfreiheit im ganzen Lande, freie Wahl des Wohnsitzes und des Arbeitsplatzes, Recht auf Eigentum und Recht auf freie Unternehmensbetätigung».

Damals beherrschten die Befreiungskräfte etwa ein Drittel des südvietnamesischen Territoriums in teils weit auseinanderliegenden Gebieten. Statt sich an die Pariser Abmachung zu halten, war von Saigons Regierungschef Thieu nach Unterzeichnung des Abkommens sofort befohlen worden: «Sämtliche Einheiten von Polizei und Militär haben die Pflicht, alle Personen niederzuschießen, die das Volk zu Demonstrationen anstiften, sowie auch alle, die Unruhe verbreiten oder andere zur Hinwendung zum Kommunismus auffordern.» Weiter wurde von Thieu angeordnet: «Alle Personen sind zu verhaften, die ... das von der Regierung (d. h. Saigon) kontrollierte Gebiet verlassen, um sich in die von den Kommunisten kontrollierten Zonen zu begeben. Bei Widerstand sind sie zu erschießen. Alle Personen sind zu verhaften, die sich als Neutralisten erweisen, öffentlich die Partei der Kommunisten ergreifen oder sich politisch für diese betätigen.»

Zugleich stellten Saigons Gerichte immer mehr politisch mißliebige Personen wegen angeblich krimineller Verfeh-

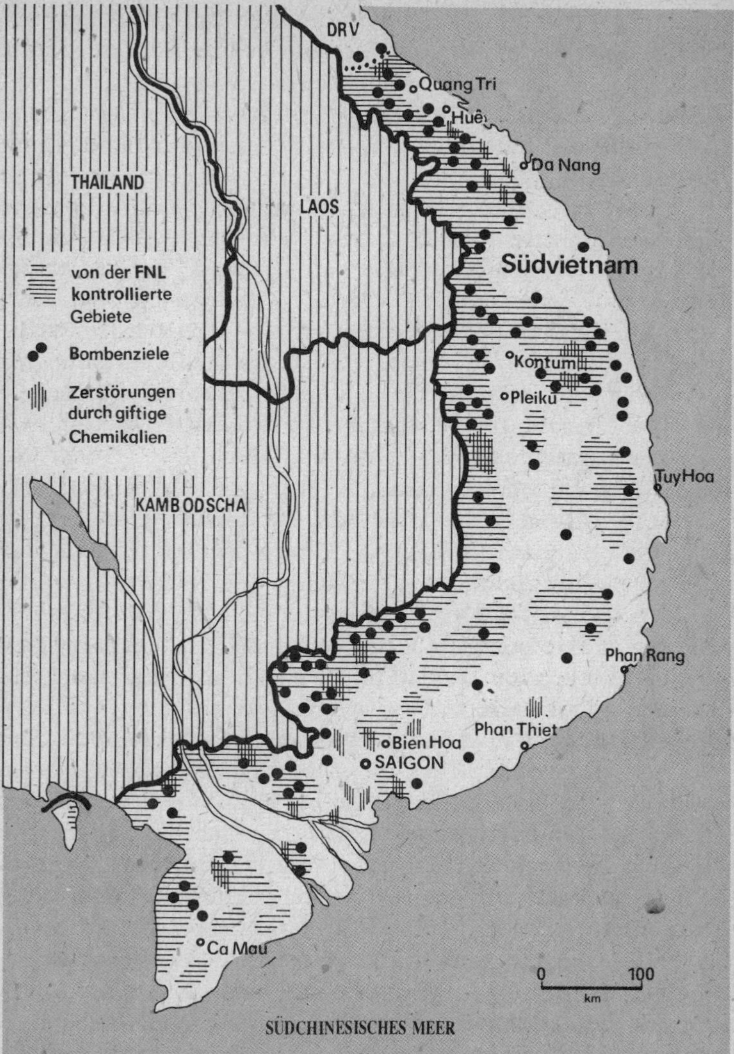

Das «Leopardenfell» – Südvietnam Frühjahr 1973. Die Thieu-Administration verletzte permanent das Pariser Abkommen, indem sie verbrecherische Aktivitäten zur Liquidierung der befreiten Gebiete entfaltete.

lungen unter Strafe. Am gravierendsten jedoch wirkte sich die Militärstrategie Thieus aus; sie zerstörte bald jede noch so vage Aussicht auf eine friedliche Einigung der Nation. Thieu nämlich nahm Kurs auf die Vernichtung der befreiten Gebiete, forderte auf, «das Leopardenfell zu beseitigen».

In der Tat sah eine Landkarte Südvietnams, auf der die befreiten Gebiete farblich markiert waren, wie das gefleckte Fell eines Leoparden aus, aber – in diesen «Flecken» lebten Hunderttausende von friedfertigen Menschen, die den jahrzehntelangen Krieg satt hatten und sich darüber freuten, daß bei ihnen nun Ruhe und Sicherheit herrschte, daß man arbeiten und die Kinder zur Schule schicken konnte.

Von März bis August des Jahres 1973 ließ Thieu sein Militär die befreiten Gebiete berennen, mit Artillerie beschießen und bombardieren. Dazu wurde eine strenge Blockade verhängt. Anfangserfolge zeigten sich, obwohl es Thieus Truppen nirgendwo gelang, die Volksmacht ernsthaft in Gefahr zu bringen. Aber – der Krieg, den so lange Amerika geführt hatte, ging weiter, unter der Leitung von Thieu.

Der Offizier in der Laubhütte erinnerte sich, daß die Partei der Werktätigen im Herbst 1973 Thieus Aggression öffentlich als das bezeichnet hatte, was sie war: eine verzweifelte Aktion gegen die vom Volke gewünschte Einheit und Freiheit des Landes. Die Partei erklärte damals, das ließe den Befreiungskräften keine andere Wahl, als den Feind in einem revolutionären Kampf zu vernichten, durch den der Süden befreit werden würde.

Während also an den Grenzen der befreiten Gebiete des Südens immer wieder Kämpfe aufflackerten, gingen die Befreiungskräfte an die Planung einer revolutionären Offensive. Motorisierte Truppenverbände waren erforderlich, die im wuchtigen Angriff die gegnerischen Konzentrationen zerschlagen konnten. Die Befreiungsstreitkräfte leiteten eine umfangreiche Modernisierung, Motorisierung, eine allseitige Verstärkung der Bewaffnung bei den im Süden operierenden Einheiten ein und zogen sie zu größeren Gruppierungen zusammen. Panzer und Lastwagen, Ge-

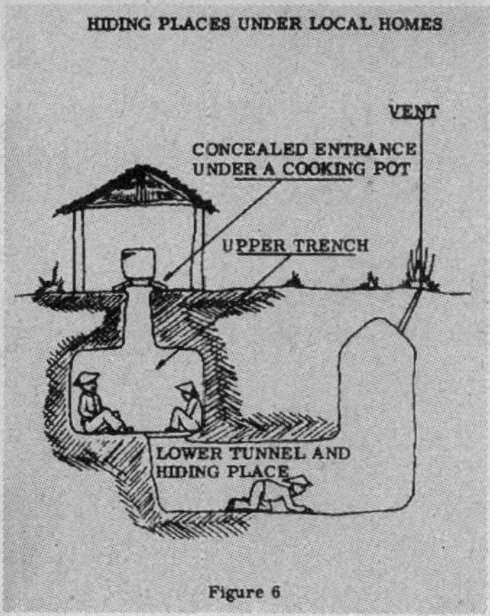

«Handbuch», das den US-Soldaten mit der Kampfweise der vietnamesischen Befreiungsstreitkräfte vertraut machen sollte – ein Aufwand, der sich letztlich als Verschwendung erwies. Der US-Soldat war nicht in der Lage, sich mit dem Befreiungssoldaten zu messen, trotz seiner hundertfachen materiellen Überlegenheit.

schütze und Granatwerfer, Raketen und Flugzeugabwehrkanonen rollten, vom Feind unbemerkt, über geheime Pfade nach dem Süden. Nachschub – das war das eigentliche Problem. Man ging beschleunigt daran, es auf unkonventionelle Weise, den Erfordernissen der Situation angepaßt, zu lösen.

Eine wetterfeste Straße hatte man 1973 zu bauen begonnen, am Ostrand des Truong-Son-Gebirges, das das Land von Norden nach Süden durchzieht und von Ausländern nicht selten die vietnamesische Kordillere genannt wird. Der Ausbau der Straße wurde beschleunigt, Querverbindungen zu vorhandenen, teils noch in gegnerischem Gebiet liegenden Verkehrswegen wurden angelegt. Die Baukolonnen arbeiteten Tag und Nacht, meist aber nachts, wenn der Gegner «keine Augen» hatte. Große Maschinen konnten kaum eingesetzt werden, also blieben Spaten, Hacken, Tragkörbe, Hände. Glanzleistung der logistischen Vorarbeiten war die Treibstoffleitung, die über etwa 800 Kilometer führte, von Quang Tri im äußersten Norden des befreiten Teils Südvietnams, über Gebirge, durch Täler, Flußläufe, an Abhängen herab und durch tiefe Wälder bis Loc Ninh, 200 Kilometer vor Saigon. Sie war ebenso einfach wie zuverlässig in ihrer Konstruktion. Kontrollposten sorgten dafür, daß Beschädigungen des armdicken Plastrohres schnell ausgebessert wurden. So war es möglich geworden, motorisierte Verbände bis tief in den Süden hinein zu versorgen, eine wesentliche Voraussetzung für die revolutionäre Offensive, die unumgänglich war.

Der Offizier, der auf Le Minh und das Mädchen Thi Nam wartete, erinnerte sich daran, wie die Befreiungsstreitkräfte den Feind an den Grenzen ihrer Gebiete bis etwa zum Herbst des vergangenen Jahres in die Defensive gedrängt hatten. Verlorengegangenes Territorium war zurückerobert worden, neue Verbindungslinien zwischen den einzelnen befreiten Gebieten waren entstanden. Zugleich aber hatte man alle Voraussetzungen für größere Operationen geschaffen, eine neue Strategie und Taktik des Vorgehens war festgelegt worden, die den veränderten Umständen entsprach.

Der erprobte Nachrichtenoffizier war im Mekongdelta unterwegs gewesen, damals. Er hatte illegale Funkstationen besichtigt, Ausweichpositionen ausgesucht, das Informationsnetz an wichtigen Stellen ausgebaut.

Um diese Zeit wurde in Hanoi festgelegt, die Offensive zur Zerschlagung der Hauptkräfte des Gegners solle vom zentralvietnamesischen Hochland aus ihren Weg nehmen. Sie war für die Jahre 1975 und 1976 konzipiert. Der Plan sah vor, daß durch flächendeckende Angriffe im Jahr 1975 die letzte Stufe vor dem allgemeinen Aufstand gegen die Reste des Saigoner Regimes erreicht werden sollte. Allerdings blieb dieser Plan variabel. Die bisherige Geschichte des Krieges hatte gelehrt, daß es viele Unbekannte gab. Deshalb konnten kurzfristig taktische Veränderungen oder Schwerpunktverlagerungen vorgenommen werden. Sollte man schneller als gedacht vorankommen, würde die

Chance, die Befreiung noch 1975 herbeizuführen, selbstverständlich wahrgenommen werden.

Die obersten Kommandostellen berieten noch. Hier aber, im Hochland, vor den Toren Buon Me Thuots, hatte der Offizier mit der verkrüppelten Hand etwas zu erledigen, das im Verlauf der geplanten Offensive den kämpfenden Truppen unzählige Opfer ersparen konnte.

Das Hochland von Tay Nguyen würde zuerst erobert werden müssen. Hier standen zwei gegnerische Divisionen, nicht viel für das weitläufige Gebiet. Man würde den Gegner also ausmanövrieren können. An der Grenze zur Demokratischen Republik im Norden standen stärkere gegnerische Kräfte, ganze fünf Divisionen. Und auch in der Verteidigungszone um Saigon war der Gegner massiert: drei Divisionen mit großen Reserven. Überdachte man das alles und kannte man die Kampfkraft der eigenen Verbände genau, durfte man optimistisch sein. Trotzdem mußte man Menschenleben schützen, Verluste nach Möglichkeit gering halten, den Gegner schnell zum Aufgeben zwingen, die verhetzten und zum Militärdienst für Saigon geholten Landsleute am Leben erhalten, für ihre Familien, die Kinder, für das Land, das sie sehr bald brauchen würde, wenn der Kriegsspuk vorbei war und die Aufbauarbeit endlich begonnen werden konnte.

«Genosse Oberst, die beiden Kämpfer sind da!» Eine Stimme am Eingang zur Hütte. Der Posten. Er war nicht zu sehen; eine seiner besten Eigenschaften, sich unsichtbar zu machen.

«Hilf ihnen herein», befahl der Offizier, «daß sie mir nicht noch die Behausung umwerfen in ihrem jugendlichen Elan!»

Als Le Minh und das Mädchen Thi Nam vor ihm standen und sich vorschriftsmäßig meldeten, nickte er lächelnd und sagte: «Ich heiße Nguyen Cuong, aber den Namen vergeßt ihr am besten gleich wieder. Setzt euch auf den Boden, wir haben etwas zu besprechen.»

Er griff in die Tasche und zog eine Schachtel Zigaretten hervor, «Thang Long», in der Demokratischen Republik produziert. Während Thi Nam dankte, betrachtete Le Minh die Zigarette eine Weile und brummte, während er dem Offizier, der ebenfalls eine genommen hatte, mit einem Blechfeuerzeug, aus einer Patronenhülse gebastelt, Feuer gab: «Scheint, als ob die mit ihren Bomben zu Hause nicht viel ausrichten?» Unbewußt hatte er «zu Hause» gesagt. Der Offizier lächelte. Er kannte die Schäden, die das Bombardement der Amerikaner im Norden angerichtet hatte, aber er sprach nicht darüber, dies war nicht die Zeit dafür. Statt dessen erkundigte er sich leise: «Ihr seid beide aus Saigon, wie ich höre, stimmt das?»

«Es stimmt, Genosse Oberst», bestätigte Le Minh.

Der Offizier beschloß, mit offenen Karten zu spielen. Dies waren zwei zuverlässige junge Leute, und er wollte sie mit einer schwierigen Aufgabe betrauen, da war Ehrlichkeit selbstverständlich. Deshalb sagte er, Le Minh anblickend: «Ich habe deinen Vater gekannt.»

Als der junge Soldat ihn überrascht ansah, erklärte er: «Wir waren Kampfgefährten, in Dien Bien Phu. Dein Vater war neben mir, als wir in der Nacht des 13. März das erste Außenfort der Festung ‹Beatrice› stürmten. Auf der anderen Seite lag unser Bataillonskommandeur. Eine der letzten französischen Handgranaten tötete ihn. Ich wurde an der Hand getroffen. Dein Vater hat mich verbunden, während unser Fahnenträger Nguyen Hum Oanh die rote Fahne auf dem Fort aufpflanzte und wir Hurra riefen. In Saigon habe ich deinen Vater dann noch mehrmals gesehen. Es tut mir leid, daß er nicht mehr am Leben ist.»

«Er starb in Con Son.»

Eine Weile sagte der Offizier nichts. Dann erkundigte er sich: «Ihr beide seid verwandt?»

«Unsere Mütter sind Schwestern», erwiderte Thi Nam. «Sie arbeiten beide im Untergrund, aber wir wissen nicht wo.»

Der Offizier wußte, wie tief der jahrzehntelange Krieg in das Leben der Familien eingegriffen hatte. Es gab im ganzen Lande niemanden, der nicht wenigstens mittelbar davon betroffen wurde. «Kommen wir zur Sache», entschied er schließlich. «Mein Anliegen – ich rede nicht von einem Befehl – ist eine Frage an euch beide. Ihr werdet sie einzeln beantworten. Ihr könnt beide ja oder nein sagen, aber auch jeder von euch kann für sich allein nein sagen – nichts wird sich für ihn ändern, er wird auf seinen Posten zurückgehen, und dieses Gespräch wird für ihn nicht stattgefunden haben. Denkt gut nach. Prüft euch selbst. Fragt euch, ob ihr der Sache gewachsen seid. Niemand außer euch selbst kann das entscheiden. Was ihr tun sollt? Der Revolution einen ungewöhnlichen Dienst erweisen. Gefährlich. Gar nicht romantisch. Tödlich, wenn euch ein Fehler unterläuft, selbst wenn er nur klein ist. Habt ihr mich verstanden?»

Als sie beide nickten, fragte er ruhig: «Seid ihr bereit, illegal nach Saigon zu gehen? Es ist eure Heimatstadt, ihr kennt sie. Also – wollt ihr als Aufklärer bis zum Sieg im Zentrum des Gegners arbeiten?»

Le Minh wollte sofort zusagen, er öffnete schon den Mund, da fiel ihm ein, daß Thi Nam neben ihm saß, und er blickte sie fragend an. Aus ihrem Gesicht konnte er Zustimmung herauslesen. Nun zögerte er nicht mehr. Er sagte, Thi Nam einschließend: «Wir werden selbstverständlich nach Saigon gehen, Genosse Oberst!»

Dieser sah, daß das Mädchen Le Minhs Zusage durch ein energisches Nicken bestätigte. «Wir gehen», wiederholte sie.

Eine Woche später trug Le Minh wenig begeistert ein Tablett mit Gläsern über eine Grasfläche, an deren Rand ein Mitkämpfer stand, ehemals Kellner in einem Hanoier Restaurant. Er beobachtete Le Minh genau. Obwohl er schon recht zufrieden mit dessen Balancekünsten war, verlangte er immer noch bessere Leistungen, bis Le Minh schließlich protestierend innehielt. «Was soll bloß dieser Unsinn? Ich werde in Saigon nicht Cocktailgläser über eine Wiese schleppen!»

Der Oberst mit der verkrüppelten Hand kam hinzu; er nahm Le Minh beiseite und verriet ihm: «Genau das wirst

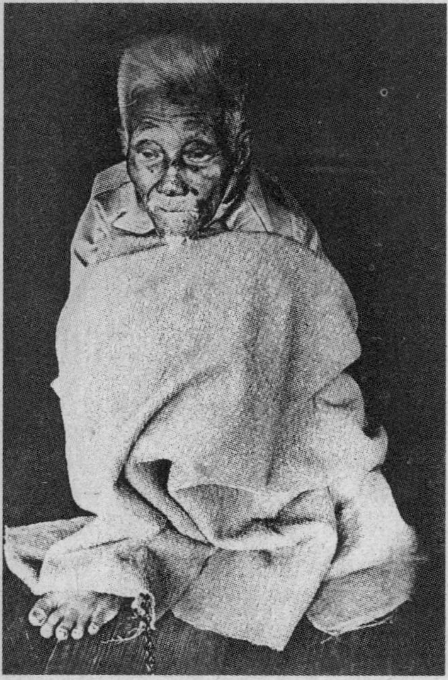

Politischer Gefangener zu sein – das schlimmste Los im Saigoner Regime. In den Gefängnissen starben Tausende und aber Tausende ohne Prozeß, ja oft genug, ohne daß man ihnen auch nur sagte, weshalb sie inhaftiert wurden.

du machen. Gläser mit kühlen Getränken über eine Grasfläche tragen, und zwar über einen sehr gepflegten englischen Rasen, der ein Schwimmbecken umgibt. Also – nimm das ernst, es ist dein Leben, das auf dem Spiel steht. Ob du es schaffst, hängt davon ab, daß man dir zutraut, tatsächlich Kellner gewesen zu sein. Je virtuoser du die Gläser balancierst, desto besser!»

Unweit des Platzes, an dem Le Minh trainierte, übte Thi Nam gerade, wie man eine ganz gewöhnliche alte Autokarosserie zur Sendeantenne eines Funkgerätes machte, und zwar in weniger als zwei Minuten. Oberst Nguyen Cuong beobachtete das Mädchen eine Zeitlang. Wie Le Minh war sie eifrig bei der Sache und brannte auf die Stunde der Bewährung. Es sieht so aus, überlegte der Oberst, als könnte man die beiden bald losschicken. Er glaubte an den Erfolg, aber wie immer bei solchen Aktionen beschlich ihn die bange Frage, ob zum Schutz der beiden auch alles getan war. Für ihn würde es erst ein wirklicher Erfolg sein, wenn er sie lebend in Saigon wiedersah.

Am Abend entschied er, sie eine Woche später in Marsch zu setzen, ausgestattet mit sehr guten, echten Papieren, mit Kleidung und vor allem mit einer Legende, die so sorgfältig gewoben war, daß niemand so leicht hinter den wahren Sachverhalt kommen konnte.

Andere Aufklärer hielten sich schon länger in der südlichen Metropole auf, sie versahen unterschiedliche Aufgaben, von der Beobachtung bestimmter gegnerischer Objekte bis hin zur Sicherung öffentlicher Einrichtungen gegen etwaige Zerstörungsversuche in letzter Stunde.

Dies alles war keinesfalls ein spannendes Spiel, das konnte es nicht sein, weil Menschenleben in Gefahr gebracht wurden. Es war eine harte, präzise zu verrichtende, oft mit Enttäuschungen, immer aber mit Entbehrungen, Angst, Schwächestunden verbundene Arbeit. Man würde sehen, ob Le Minh und Thi Nam sie durchstanden.

Die beiden waren schon lange fort, als der entscheidende Befehl bei den Einheiten im Hochland eintraf: Vorbereitung auf den Angriff! Zuvor hatte sich allerdings weiter südwestlich, in der Provinz Phuoc Long, eine folgenschwere Entwicklung vollzogen.

Phuoc Long, mit der Hauptstadt Phuoc Binh, war die Nordwestprovinz der Militärregion 3, zu der auch Saigon gehörte. Sie grenzte, wie auch ihre beiden südlicheren Nachbarprovinzen Binh Long und Tay Ninh, an Kampuchea (Kambodscha), was dieser unübersichtlichen Gebirgs- und Dschungelregion, durch die viele Versorgungswege der Befreiungstruppen liefen, einen hohen strategischen Wert verlieh.

Von Phuoc Binh bis Bien Hoa, dem größten Militärstützpunkt und Materialdepot vor Saigon mit seinen Munitions- und Bombenbunkern, betrug die Entfernung gerade noch 100 Luftlinienkilometer, bis Saigon 150. Hier, in der Provinz Phuoc Long, schlugen die Befreiungsstreitkräfte zum erstenmal konsequent und planvoll zu. Bis Ende 1974 hatten sie alle Kreisstädte erobert, gegen eine zwar gut bewaffnete, aber ihrem Angriff nicht gewachsene Saigoner Armee, aus der es immer mehr Soldaten vorzogen zu desertieren, statt ihr Leben aufs Spiel zu setzen. Solange die Amerikaner die Truppen Saigons zum Kampf gegen die eigenen Landsleute hatten drängen können, waren sie ihnen gefolgt. Jetzt stellte sich ihnen immer zwingender die Frage, weshalb sie nicht diesen Krieg, der nicht ihr eigener war, sondern ein von den Amerikanern inszenierter, beendeten, zumal diese selbst ja schon längst aufgegeben hatten.

Als das Jahr 1974 zu Ende ging, war Phuoc Binh eine isolierte Stadt und dazu alles andere als eine Festung. Keine Straße, die dahin führte, war mehr für die Saigoner befahrbar. Am Neujahrsmorgen, kurz nach Sonnenaufgang, bestieg der Chef der CIA-Basis in dieser Stadt als letzter Mann seiner Dienststelle ein kleines Flugzeug, das gewöhnlich als Artilleriebeobachter diente, und flog damit in Richtung Saigon ab. Er hatte die Signale aus langjähriger Routine richtig gedeutet, die Stadt mit ihren dreitausend Saigoner Soldaten war zu einer Falle geworden.

Wenige Minuten, nachdem das Flugzeug verschwunden

war, eroberte ein Kommando der Befreiungsstreitkräfte einen Hügel im Südwesten von Phuoc Binh. Dadurch war es möglich, Geschütz- und Granatwerferfeuer so genau zu lenken, daß es die Militäranlagen und die Stabsquartiere zerstörte, die Wohngegenden hingegen soweit wie möglich verschonte. Die Gegenwehr war schwach.

In Saigon schlug die Nachricht von der Einschließung Phuoc Binhs wie eine Bombe ein. Präsident Thieu, der den Amerikanern hinter vorgehaltener Hand Verrat vorwarf, baute darauf, daß der US-Kongreß angesichts der neuen Kämpfe in Vietnam den Beschluß der Nichtteilnahme von US-Truppen an bewaffneten Auseinandersetzungen verwarf und sie erneut in den Krieg verwickeln würde. Für ihn bot sich Phuoc Binh als Prüfstein für den ehemaligen Verbündeten an, und er verlängerte die Agonie der Stadt, indem er einige hundert Rangers per Fallschirm dort absetzen ließ, um die Verteidigung zu stärken.

Die Rangers waren speziell von den Green Berets, der Haustruppe der CIA, ausgebildete Soldaten. Zu fanatischem Antikommunismus erzogen, kannten sie kaum noch humane Regungen. Als sie über der Stadt aus den Maschinen sprangen und herabschwebten, liefen die meisten der noch übriggebliebenen regulären Truppen davon; auch ein großer Teil der Einwohner folgte ihrem Beispiel. Sie wurden am Einschließungsring von den Befreiungsstreitkräften empfangen, die Soldaten entwaffnete man, und dann brachte man die Leute in eine Gegend, in der sie zunächst sicher waren.

Täglich erschienen Saigoner Jagdbomber über Phuoc Binh. Sie warfen ihre Last ab, ohne genau zu zielen, weil die Fliegerabwehr der Befreiungsstreitkräfte sie bereits beim Anflug packte. Die Verluste unter den zurückgebliebenen Stadtbewohnern stiegen. Das Ende mußte rasch kommen, wenn nicht noch mehr Menschen sterben sollten.

Am 6. Januar 1975 rief Präsident Thieu schnell seine militärischen Berater in den Palast und erwog mit ihnen, neue Verstärkungen nach Phuoc Binh zu entsenden. Aber es kam nicht mehr dazu. Die Befreiungssoldaten hatten an diesem Tage die letzten Widerstandsnester ausgeräumt; die Rangers, die übriggeblieben waren, hoben zähneknirschend die Hände.

Am nächsten Morgen herrschte Ruhe in der Stadt. Soldaten der Befreiungsarmee patrouillierten durch die Straßen. In der Stadtverwaltung trafen sich Bürgervertreter, die einen neuen Anfang machen wollten. Auf dem Marktplatz wehte an einem langen Mast die blau-rote Fahne der Befreiungstruppen. Seit der zeitweiligen Besetzung von Quang Tri im Norden war mit Phuoc Binh die erste Provinzhauptstadt befreit. Und es blieb nicht dabei.

Um Tay Ninh, die Hauptstadt der gleichnamigen, ebenfalls an Kampuchea grenzenden äußersten Südwestprovinz, gab es schon seit geraumer Zeit Kämpfe. Es ging um den strategisch entscheidenden «Berg der schwarzen Frau» im Norden der Provinzhauptstadt. Jetzt eroberten ihn die Befreiungsstreitkräfte nach fünf Tagen heftiger Kämpfe. Das Schicksal von Tay Ninh war damit besiegelt.

Hohe Militärs, ihre amerikanischen Berater, die Oberschicht der Stadt, die am Krieg gegen das eigene Volk verdient hatte, flohen schleunigst nach Saigon. Sie hatten auf den gut ausgebauten Straßen nicht viel länger als eine Stunde zu fahren – der «Berg der schwarzen Frau» lag rund 90 Kilometer Luftlinie von Saigon entfernt. Dort, in der Hauptstadt selbst, begannen nun auch immer mehr Leute der Oberschicht ihre Koffer zu packen.

In Hanoi fiel in diesen Tagen die Entscheidung, die bisher erreichten Erfolge auszubauen und die Armee der Thieu-Clique so zügig wie möglich niederzuringen, um den langen Krieg endlich zu beenden.

Ein Mann um die Mitte Fünfzig, in Hanoi geboren, seit seinem zwanzigsten Lebensjahr Kommunist und ebensolange illegal gegen die japanischen und französischen Kolonialisten kämpfend, eingekerkert und geflohen, Mitbegründer der legendären 320. Division der Volksarmee, Generalstabschef während des Kampfes um Dien Bien Phu, Mitglied des Politbüros des ZK der Partei der Werktätigen, bereitete sich zur Reise nach dem Süden vor.

General Van Tien Dung (links), Kommandierender General der Ho-Chi-Minh-Offensive, hier neben General Giap. Beide Offiziere verband eine lange Kampffreundschaft; schon bei Dien Bien Phu hatten sie gemeinsam im Gefecht gestanden.

Der Befehl war klar: Führen der Generaloffensive im Süden 1975. Der Name des Mannes: Armeegeneral Van Tien Dung.

Einige Informanten, die das Thieu-Regime in Hanoi hatte plazieren können, berichteten jedoch ständig weiter an ihre Auftraggeber, der gefürchtete Taktiker, Schüler und Mitkämpfer des Generals Giap, widme sich nach wie vor seiner Schreibtischarbeit in Hanoi. Beweis: Er werde jeden Tag früh von seiner Wohnung mit einem Auto zum Dienst gefahren und abends zurückgebracht. Außerdem fänden weiterhin die Volleyballspiele in seinem Garten statt, zu denen er Soldaten einzuladen pflege. Und dann seien da noch Publikationen im Parteiorgan «Nhan Dan», die von ihm stammten.

Die Täuschung des Gegners gelang voll und ganz: Armeegeneral Van Tien Dung flog unbemerkt von Hanoi nach Dong Hoi, und von dort aus fuhr er mit einem Jeep südwärts, durch Quang Tri, die nördlichste, so gut wie völlig befreite Provinz Südvietnams, weiter durch westlicher gelegene Gegenden dem Hochland entgegen, wo er wieder einmal wie in früheren Jahren seine geliebte 320. Division in den Kampf führen würde.

In der US-Botschaft in Saigon hatte der Verlust der Provinzhauptstadt Phuoc Binh einen nachhaltigen Schock ausgelöst. Leute, die jahrelang in Vietnam weilten, spürten das Ende kommen. Sie waren hartgesottene Militärs, die nicht so leicht aufgaben, aber sie teilten die naive Zuversicht einiger Botschaftsangestellter nicht, die von einer «Bereinigung der Situation» durch Thieus Truppen sprachen.

CIA-Stationschef Tomas Polgar, ein Exil-Ungar, der dem US-Geheimdienst schon Jahrzehnte diente, ahnte, daß die Pessimisten recht behalten würden. Aber er gab sich betont zuversichtlich, wenigstens nach außen. Intern unterband er nicht, daß seine Mitarbeiter nach dem Fall von Phuoc Binh das in Gang setzten, was sie «Evakuierungsprogramm» nannten. In der CIA-Station, die sich innerhalb der Botschaft befand – wenn man von den getarnten Außenstellen, den Ausweichquartieren und Treffhäusern wie am Chien Sy Circle Nr. 6 oder in der Cong-Ly-Straße und anderswo absah –, begann man die wichtigsten Dokumente und Akten auszusortieren. Man mußte sie fortbringen, bevor der Gegner sie in die Hände bekam. Fieberhaft wurden Abreisevorbereitungen getroffen, Koffer verladen, geheime Informanten zu Treffs bestellt.

In all diesem Durcheinander stellte der Cercle Sportif, den die Amerikaner einst von den Franzosen übernommen und in Sporting Club umgetauft hatten – ein exklusiver Club im Stadtzentrum , mit Restaurant, Park, Schwimmbad, Tennisplätzen und anderen Attraktionen – einen neuen Mitarbeiter ein. Er kam als Flüchtling aus Phuoc Binh, wo er – so stand es in seinen Papieren – in einer kleinen PX-Bar für niedere US-Dienstgrade gearbeitet hatte, bis diese abzogen. Die Kommunisten würden ihn sicher wegen Kollaboration umbringen, befürchtete er, und floh nach Saigon, als sich die Befreiungstruppen der Stadt näherten. Hier teilte man seine Befürchtung. Im Sporting Club wurden Kellner gebraucht, weil einige bereits auf ihren Koffern saßen und auf einen Flug nach Amerika warteten, wo sie mit dem als Informanten verdienten Geld Hamburger-Stände aufzumachen gedachten. Also stellte man den jungen Flüchtling ein. Er war geschickt und sauber und versah seinen Dienst vorbildlich. Sein Name war Le Minh.

Unweit von diesem Club, der an der Hong-Thap-Tu-Straße lag, gab es eine Kreuzung, von der nach rechts, in Richtung auf den Saigon-Fluß und den Hafen, die Tu Do abging, Saigons sündigste Straße, wie sie die Fremden nannten, weil sie nicht nur voller Geschäfte mit Delikatessen und Konsumartikeln war, sondern Dutzende von kleineren oder größeren Cafés und Restaurants, Diskotheken und Tanzschuppen, Massagesalons und Bordellen beherbergte. Meist hielten die Eigentümer der Bars im ersten Stock ihrer Etablissements in gemütlichen Zimmern eine Auswahl von Damen bereit. Der Bedarf war zwar nach dem Abzug der Amerikaner zurückgegangen, aber das Geschäft lief immer noch leidlich. Nur lichtete sich jetzt langsam das Personal. Die Prostituierten spürten das nahende Ende ihrer Karrieren. Sie packten ebenfalls ihre Sachen und stellten sich dort an, wo Reisen ins Ausland gebucht wurden. Falls sie noch einen amerikanischen Galan hatten, der sie aushielt, drängten sie auf ein Visum in die USA. Weil es immerhin in den Cafés und Bars noch etwas zu tun gab, stellten die Besitzer Ersatzkräfte ein. So auch im «Arizona», einem Restaurant, in dem im Parterre Steaks und Hamburger aus Büffelfleisch serviert wurden, Bier Marke «33» und Whisky, im ersten Stock noch junge Mädchen.

Der Wirt des «Arizona» beschäftigte ein Flüchtlingsmädchen, namens Thi Nam, das aus der Provinz Quang Tri bis nach Saigon getrampt war. In Quang Tri hatte sie in einem anständigen Restaurant gearbeitet. Sie konnte Bier zapfen und Kaffee zubereiten.

Ihre ersten Gäste waren die Mitglieder einer von Saigoner Beamten widerwillig in das anrüchige Etablissement begleiteten Abordnung des US-Kongresses. Sie war auf Thieus Panikschreie hierher geeilt, um sich ein Bild von der Lage zu machen. Danach wollte sie dem Kongreß Bericht erstatten, wenn der über eine Verlängerung oder Aufstockung der Hilfe für Thieu beriet.

Eines der Delegationsmitglieder war eine Frau. Sie trug ein etwas komisch anmutendes Hütchen, trat sehr resolut auf und schien bei ihren Kollegen einen gewissen Respekt zu genießen. Vielleicht hatten diese auch nur keine Lust, sich mit ihrer spitzen Zunge anzulegen.

«Wie beurteilen Sie die militärische Lage?» fragte die republikanische Abgeordnete Bella Abzug das Mädchen, das den Kaffee brachte, mit schöner Direktheit.

«Gut!» war die Antwort.

«Keine Angst vor Victor Charlie?»

«Sie meinen die Kommunisten, Madame?»

«Ja.»

«Nein.»

«Warum nicht? Man hört, sie vergewaltigen junge Mädchen und erschießen sie dann!»

Die Kellnerin Thi Nam setzte ihr betörendstes Lächeln auf, als sie antwortete: «Madame, unsere Armee wird diese Sache erledigen. Bald.»

Bella Abzug nahm das befriedigt zur Kenntnis, es glich der Beurteilung der Lage, die der augenblicklich in Washington weilende Botschafter Graham Martin gegeben hatte. Aber Bella Abzug ermahnte das Mädchen grollend: «Titulieren Sie mich bitte nicht mehr Madame! Ich habe das Gefühl, dies hier ist ein Freudenhaus, und ich möchte nicht mit der Chefin verwechselt werden!»

Sie hatte gewiß ein Recht darauf, deshalb widersprach ihr auch niemand. Thi Nam lächelte artig, als sie eine Verbeugung andeutete, hinter der Kaffeemaschine verschwand und murmelte: «Sehr wohl, und Sie sind willkommen in Saigon.»

Thuots Tochter

Wer die verlotterte Bar im Zentrum von Buon Me Thuot «Weiße Ratte» getauft hatte, ließ sich nicht mehr feststellen. Sie erfreute sich neben dem beziehungsreichen Namen eines gewissen Stammes von hartnäckigen Trinkern, meist Franzosen, die im Hochland Kaffee- oder Teeplantagen besaßen und an den Wochenenden die Provinzhauptstadt aufsuchten.

Hundertfünfzigtausend Einwohner – da mußte es doch wenigstens ein bißchen Leben geben! Aber die Hoffnung erfüllte sich nicht. Dies war eine zwar wunderschöne, aber nicht sehr gesellige Stadt, und wunderschön war sie auch nur, wenn man Sinn für die Bescheidenheit besaß, die hier alles außer der Natur auszeichnete. Die Provinzmetropole von Dac Lac beherbergte die Verwaltungsorgane, die meist mit Vietnamesen Saigoner Herkunft besetzt waren. Einheimische schlossen nur selten Freundschaft mit diesen «Fremden», sie betrachteten sie als Eroberer, schon von alters her. Manchmal, wenn sie Bier und andere Zivilisationsgeschenke verteilten, sah man in ihnen wohl auch «angenehme Herrscher», wobei übersehen wurde, daß diese eben gerade einmal nicht mit der Peitsche regierten, sondern mit der Bierbüchse. Doch das konnte sich je nach den Umständen schlagartig ändern. Wenige machten sich Gedanken darüber, daß die «angenehmen Herrscher» ihrerseits von jenen aus Übersee ausgehalten wurden, die groß, blond und hellhäutig waren und sehr kriegerisch.

Chinesen machten ebenfalls einen hohen Anteil an der Bevölkerung aus, ihnen gehörten der Handel und das Geldgeschäft. Die eigentlichen Bewohner des Gebietes um Buon Me Thuot waren nur sehr schwach vertreten. Das Hochplateau von Zentralvietnam mit seinen unübersehbaren, verfilzten Urwäldern, in denen noch Tiger und Elefanten lebten, war die Heimat einer Anzahl von nationalen Minderheiten, Stämmen mit wenig mehr Interesse als der Erhaltung des Lebens, in ihren Gewohnheiten recht eigenartig, zurückgeblieben. Nie zuvor hatten sich vietnamesische Herrscher oder irgend jemand anderes – außer vielleicht ein paar französischen Akademikern – die Mühe gemacht, ihre Kultur zu erforschen und zwischen ihnen und den Stadtbewohnern ein einigermaßen vernünftiges Verhältnis herzustellen. Die Kolonialherren hatten sie abwechselnd als Kriegsknechte, Henker, Schlächter, Arbeitsvieh oder schlicht als Kuriosität ausgenutzt, beim Handel übervorteilt, und man tat das heute noch. Im übrigen nannte man sie «Wilde».

Sie ließen sich nur selten in der Stadt selbst blicken, es sei denn, sie hatten die Abneigung gegen die Zivilisation tatsächlich überwunden. Doch das blieben Einzelfälle. Diese Leute wurden dann gelegentlich von ihren Verwandten aus dem Wald besucht. Nicht selten tranken sie bei solchen Treffen ziemliche Mengen Alkohol, den die großen weißen Fremden von jenseits der Wälder und des Meeres mitgebracht hatten. Aber sie taten es nie in einem Restaurant. Schon gar nicht in der «Weißen Ratte», weswegen alles, was hier über die «Wilden» berichtet wurde, eben sozusagen aus zweiter Hand stammte. Meist sogar aus dritter.

Der Mann hinter der Bar war Italiener. Man wußte nicht, ob ihm das Lokal gehörte oder ob er es für einen reichen Chinesen führte, als Strohmann. Nicht einmal der französische Kaffeepflanzer Mournac, der gerade an der Theke einen Pastis mit Wasser trank, hatte eine Ahnung von den Besitzverhältnissen; sie interessierten ihn auch nicht. Er hörte zu, wie Mario, jener dickbäuchige italienische Barmann, dem er einen Wermut spendiert hatte, von «Victor Charlie» erzählte. «VC», wie die Amerikaner die Befreiungsstreitkräfte zu bezeichnen pflegten, «rote Viets», wenn man das militärische Abkürzungskauderwelsch einigermaßen zutreffend übersetzte.

«Sie haben Panzer in den Wäldern stehen und Artillerie», behauptete Mario.

Der Franzose schlürfte seinen Pastis und ließ sich Zeit, bis er sich äußerte. «Möglich ist alles. Haben wir 1968 gesehen, als sie am Tet-Fest angriffen. Aber Panzer? Woher nehmen sie das Benzin?»

«Die Wilden sagen, sie haben eiserne Elefanten und rollende Rüssel, und sie zapfen die Adern der Erde an, um ihr Blut an die eisernen Tiere zu verfüttern, bis sie brüllen und herumfuhrwerken.»

«Das klingt nach Auftanken, wie?»

Der Italiener zuckte die Schultern. «Die Wilden, die ein Stück straßab bei einer verwandten Familie kampieren, sagen offen, daß sie die Stadt auffressen werden!»

«Und den Wilden tun sie nichts?»

«Nein», gab Mario zurück. Er goß Pastis nach, und der Franzose nickte gedankenvoll. Er hatte so seine Erfahrungen seit Dien Bien Phu, wo er gerade noch mit heiler Haut davongekommen war, nach ein paar Monaten Gefangenschaft. Auch damals hatten die Angehörigen von nationalen Minderheiten, die um die französische Festung herum lebten, mit den Kommunisten zusammengearbeitet, ihnen beim Transport ihrer Kanonen geholfen. Sie waren bezahlt worden, es war keine Zwangsarbeit gewesen, wie sie sie vorher hatten leisten müssen für die Franzosen. Das machte ihnen die Kommunisten zu sympathischen Partnern.

Geschichte wiederholt sich nicht, aber sie produziert immer wieder Parallelen. 1968, als die Tet-Offensive der Befreiungsstreitkräfte das Land erschütterte, hatte der Kaffeepflanzer Mournac eine wichtige Lehre gezogen: Für ihn als Ausländer war es gut, sich mit den Leuten zu arrangieren, die morgen in Vietnam regieren würden. Daß dies «VC» waren, bezweifelte der Franzose nicht mehr.

1968 hatte er einen seiner Plantagenarbeiter, von dem er wußte, daß er zu den Befreiungsleuten Verbindung besaß, mit einer Botschaft zum Kommandeur der nächstliegenden Einheit gesandt. Er hatte ihm mitgeteilt, er stehe nicht auf der Seite der Amerikaner, sei der Meinung, daß Vietnam den Vietnamesen gehöre, und würde seinen Besitz lediglich so lange bewirtschaften, wie die Befreiungsstreitkräfte das tolerierten. Dann würde er nach Hause gehen. Er sagte nicht, daß er zu einem Bankkonto von beträchtlicher Höhe ginge, aber immerhin.

Einige Tage danach hatte er Besuch bekommen – ein Mann in schwarzer Bauernkleidung, begleitet von zwei Bewaffneten. Der Mann, der bemerkenswert gut französisch sprach, hatte ihm für die Mitteilung gedankt. Vietnam würde in absehbarer Zeit ein freies Land sein. Kaffee sei neben Tee eines der Hauptprodukte des Südens, sein Anbau und seine Bearbeitung eine Sache, die Kenntnisse erfordere. Man werde Leute mit solchen Kenntnissen brauchen. Wenn er bereit sei, nach der Befreiung für das Volk weiterhin guten Kaffee zu produzieren, vielleicht auch Tee, so würde man das zu würdigen wissen. Im übrigen könne er einen Teil seines Kaffees jetzt schon gegen die übliche Bezahlung an die Befreiungsarmee verkaufen, denn auch die Soldaten im Dschungel seien Freunde des aufmunternden Getränkes.

Seitdem hatte der Pflanzer Mournac, ohne daß er jemals darüber sprach, einen neuen Handelspartner. Was der schwarzgekleidete Vietnamese damals vorausgesagt hatte, schien sich jetzt endgültig anzubahnen: die Befreiung.

Mournac, nicht mehr so sehr jung, unverheiratet, klug geworden in langen Tropenjahren, im Krieg gegen das Volk, dem Vietnam gehörte, hatte keine Angst mehr. Für ihn war es ein Vorgang, der sich seit geraumer Zeit ankündigte. Trotzdem machte er jetzt, als der italienische Barmann in dieser verlotterten Kneipe jammerte, er werde sein Leben verlieren, ein besorgtes Gesicht.

Der Italiener wiederum erwähnte nicht, daß es der Chinese Kwong war, dem die «Weiße Ratte» gehörte und er lediglich den Job einbüßen würde , weil es unwahrscheinlich war, daß die Kommunisten eine solche Kneipe weiterführten. Kwong hatte ihm bereits mitgeteilt, die Bar werde in einigen Tagen geschlossen.

Kwong besaß ein Privatflugzeug, mit dem er nach Saigon fliegen würde; von dort aus vermutlich nach Bangkok. Er befaßte sich außer den Kneipen, die er in Buon Me Thuot, Kontum und Pleiku betrieb, vornehmlich mit dem Schmuggel von Rohopium, das in seinem Privatflugzeug transportiert wurde. In Bangkok lag längst das auf der Bank of China, was das schräge Geschäft ihm eingebracht hatte, in den guten Zeiten, als man von den Amerikanern für ein paar hundert Dollar und ein paar Mädchen alles bekommen konnte – von der Maschinenpistole bis zur Fluglizenz.

«Der amerikanische Konsul ist schon vor Wochen abgehauen», flüsterte Mario dem Franzosen zu, obwohl sie in der Bar allein waren. Er irrte sich, der Franzose machte ihn darauf aufmerksam. «Den habe ich aber vor einer Stunde noch gesehen! Er kam mit einem Jeep vom Flugplatz und ging in sein Konsulat.»

Der Italiener horchte auf. Gab es vielleicht doch noch Hoffnung? Solange die Amerikaner blieben, konnte die Gefahr nicht allzu groß sein.

Er wußte nicht, daß jener Konsul, Paul Struharick, der nebenbei noch gewisse Dienstleistungen für die CIA versah, ganz einfach in Urlaub gewesen war. Jetzt hatte man ihn blitzschnell wieder auf seinen Posten beordert, mit dem Auftrag, die Evakuierung aller V-Leute der CIA zu sichern, die es in der Stadt gab. Außerdem war er verantwortlich, daß alle noch vorhandenen Personalunterlagen, Agentenberichte und geheimen Aufzeichnungen beseitigt wurden. Danach würde man ihn ausfliegen.

«Noch einen Pastis?»

Der Franzose wehrte ab. «Ich muß einkaufen. Und dann will ich zurück, da draußen tut sich was!»

Der Barmann nahm den Geldschein, den der Pflanzer ihm hinschob.

Mario war unruhig. Nirgendwo gab es einen Lichtblick. Wie werde ich nach Saigon kommen? Kwong nimmt mich nicht mit. Und was machen die Vietcong mit einem italienischen Barmann? Erschießen?

Er nickte abwesend, als der Franzose den wenig einladenden Raum verließ, wischte mit dem Lappen über die Theke und griff schließlich zur letzten Ausgabe der «Saigon Post». Auf der ersten Seite war zur Beruhigung der Landsleute nach der Niederlage bei Phuoc Binh eine Aufstellung

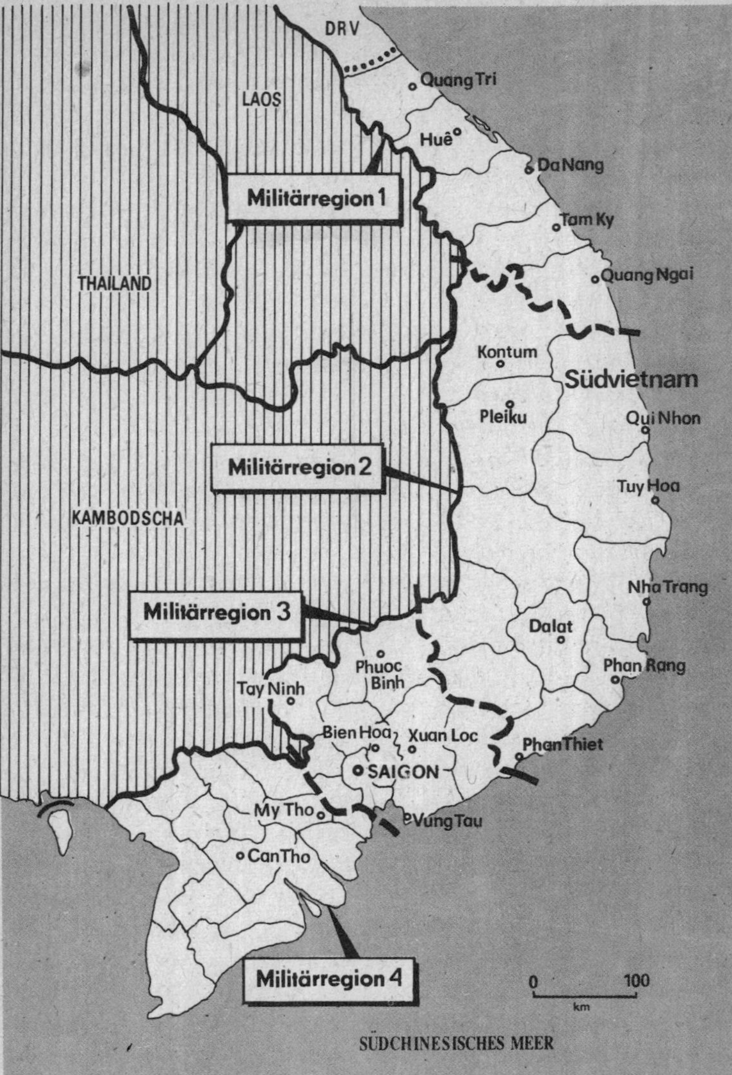

Das Saigoner Regime teilte das verbliebene Territorium in vier taktische Zonen auf und stattete sie systematisch mit Militärbasen, Eingreiftruppen und Materiallagern aus.

der Kräfte abgedruckt, die zur Abwehr einer eventuellen kommunistischen Offensive bereitstanden. Das las sich so angenehm, daß Mario sich für längere Zeit darin vertiefte, zumal kein neuer Gast kam.

Nach der «Saigon Post» besaßen die Thieu-Leute eine Armee in der Gesamtstärke von 1351000 Mann. Etwa eine halbe Million davon waren voll ausgebildete, mit modernen Waffen vertraute, erprobte Soldaten; der Rest lokale Verbände, deren Kampfwert etwas niedriger anzusetzen war. Für ein so kleines Land wie Südvietnam war das eine außerordentlich große Streitmacht. Amerikas Militärs pflegten so etwas als «unzulässig starke und bedrohliche Militärpotenz» zu bezeichnen – doch nur, wenn das Land nicht mit ihnen verbündet war. Für Südvietnam hatten sie ausdrücklich diese hohe Zahl von Soldaten gutgeheißen, sie sei nötig, um das Land zu sichern. Daß sie eigentlich meinten, um die befreiten Gebiete angreifen zu können, sagten sie natürlich nicht laut.

Die Saigoner hatten das ihnen verbliebene Territorium in vier taktische Zonen aufgeteilt, um die Truppenführung den Bedingungen des jeweiligen Gebietes anzupassen. So gab es in der 1., der nördlichsten Region, neben 5 kampfstarken Divisionen 21 selbständige Bataillone, annähernd 500 Geschütze, 5 Panzerregimenter mit über 400 Panzern und zusätzlich armierten Transportfahrzeugen. Nicht ganz 100 Kampfflugzeuge standen auf den Pisten von Da Nang und Huê.

Die südlich daran anschließende Militärregion 2, zu der auch das Hochland gehörte, verfügte über 2 Divisionen und 7 Brigaden von Rangern, die speziell im Dschungelkampf ausgebildet waren. Vierzehn selbständige Bataillone operierten hier, unterstützt von annähernd 400 Geschützen und knapp 500 Panzern. Zwei Fliegerdivisionen konnten über dem Hochland mehr als 100 Kampfflugzeuge einsetzen, nicht mitgezählt waren die Aufklärer und Hubschrauber.

In der 3. Militärregion lag Saigon. Hier gab es 3 Elitedivisionen, 7 Rangerbrigaden, 14 selbständige Bataillone, fast 700 Panzer und 300 Flugzeuge.

Das schwer zu kontrollierende Deltagebiet des Mekong, weit im Süden, war die 4. Militärregion, mit immerhin nochmals 4 Divisionen und etwa 30 selbständigen Bataillonen, zu denen Milizen gehörten, 400 Geschütze, 500 Panzer, fast 80 Flugzeuge und etwa 600 Flußkampfboote, die zur Überwachung der unzähligen Wasserwege eingesetzt wurden. Eine beeindruckende Macht! Nie konnte Hanoi davon träumen, auch nur einen Bruchteil dieser Kräfte aufzubringen, nachdem die Amerikaner den Norden pausenlos bombardiert hatten, «zurück in die Steinzeit», wie General Curtis Le May großspurig verkündet hatte. Nein, sie konnten Saigon nichts anhaben!

Das Telefon läutete. Am Apparat war der amerikanische Konsul Struharick. Er kam schnell zur Sache. Mario war zwar kein Vietnamese, aber als Barmann hörte er allerlei Gespräche mit an, und die CIA hatte sich diese Informationsquelle seit langem erschlossen. Jetzt war das Geschäft zu Ende. Was dem Italiener passierte, wenn er zurückblieb, interessierte Struharick und seine Vorgesetzten insofern, als er vernommen werden und aus purer Angst Dinge ausplaudern könnte.

«Packen Sie, Mario», forderte ihn Struharick ohne Umschweife auf. «Es ist aus. Kein Wort darüber. Auch nicht zu Kwong. In zwei Stunden auf dem Flugplatz!»

Ob er auch dort sein werde, wollte der verdatterte Barmann wissen. Er erfuhr, daß der Konsul noch bleiben würde, es sei vieles zu tun.

«Jawohl», brabbelte Mario verstört, dann legte er den Hörer auf. Er brauchte einen Brandy, bevor er überlegte, was er mitnehmen würde.

Der Kaffeepflanzer Mournac kaufte inzwischen in der Stadt alles an haltbaren Lebensmitteln, die er in seinem Landrover unterbringen konnte. Nudeln und Reis, Mehl und Trockenkartoffeln, Gemüsekonserven, auch amerikanischen Whisky vergaß er nicht. Noch lagen alle diese Dinge zum Verkauf aus, aber Mournac erinnerte sich daran, wie 1968, als die Befreiungskräfte am Tet-Fest in die Offensive gingen, die Händler in panischer Angst alle Waren versteckten, sie lieber verderben ließen, als sie herauszugeben.

Damals hatte er nicht damit gerechnet, daß es von einem Tag auf den anderen nicht eine Zigarette mehr zu kaufen geben würde, deshalb stapelte er sie jetzt stangenweise in seinen Rover. Als er am einstigen Jagdpalast des emigrierten Kaisers Bao Dai vorbeifuhr, erinnerte er sich daran, wie ein katholischer Pfarrer ihn unlängst brieflich um eine Spende für den weiteren Ausbau des ehemals markantesten Bauwerks der Stadt gebeten hatte. Mournac fand das Gebäude scheußlich, es war eine wenig gelungene Nachahmung verschiedener in Vietnam üblicher und fremder Bauweisen. Tempeldächer harmonierten eben nicht mit den holzgeschnitzten Veranden bayerischer Landhäuser.

Lange hatte sich niemand um den Bau gekümmert, bis die nicht sehr zahlreichen Katholiken Buon Me Thuots diesen neuen Pfarrer aus Amerika bekamen, der in Bao Dais Jagdpalast eine Kirche einrichtete, mit Kreuz und Altar. Sogar bunte Glasfenster mit Heiligenabbildungen gab es da inzwischen. Insgesamt reizte das Gebäude den Pflanzer, der ohnehin nicht katholisch war, eher zum Lachen als zur Andacht. Er gab Gas und rollte mit seinem Landrover vorbei, so schnell es ging.

Mournac liebte die Landschaft des Hochlandes, ihre rötliche Erdfarbe und die saftiggrünen Pflanzungen, die verfilzten Wälder, an deren Lianen es in großer Höhe die schönsten Orchideen gab. Morgens, wenn Nebelfetzen zwischen den Hügeln hingen, wenn das Licht fahlgelb war, die Vögel schrien und weit in der Ferne ein Elefant trompetete, war dies eine Märchenszenerie, die von der Zivilisationsgier der Menschen, von ihrer dümmlichen Sucht nach sogenannter Ordnung, nach Technik, Glas, Eisen und Beton noch nicht zerstört war. Mournac sehnte sich nicht nach der Stadt, hielt er sich draußen auf seiner Plantage auf. Aber – würde er bleiben können, wenn die Revolution siegte? Nach einer bewegten Vergangenheit war ihm dieses Stück Natur mit seinen freundlich-scheuen Ureinwohnern ans Herz gewachsen. Einer, der vor langer Zeit lebte, hatte die erste Hütte dorthin gebaut, wo jetzt Buon Me Thuot stand. Er hatte Thuot geheißen und war ledig gewesen. Als die Siedlung um seine Hütte herum wuchs, gab man ihr, nachdem der Gründer inzwischen geheiratet und Nachwuchs gezeugt hatte, einfach den Namen Thuots Tochter, nämlich Buon Me Thuot.

Als Mournac am Stadtausgang von einem Straßenposten angehalten wurde und sich auszuweisen hatte, hörte er in der Ferne Geschützfeuer. Es schien aus dem Norden zu kommen, ein dumpfes Gegrummel. Der Pflanzer dachte daran, wie es vor zwanzig Jahren um Dien Bien Phu herum angefangen hatte. Sie waren da, die Vietminh, unsichtbar, nur ihre Geschütze hatten damals vor der Schlacht geschwiegen. Heute hingegen schossen sie bereits, kündigten die Hölle an. Vom Stadtrand wurde Gegenfeuer gegeben, aus schweren Haubitzen, die von den Amerikanern zurückgelassen worden waren.

Mournac war 20 Kilometer auf der einigermaßen befestigten Straße, eine hohe Staubfahne hinter sich lassend, gefahren, als er am Srépoc anlangte, einem Flüßchen, über das eine Steinbrücke führte. Dahinter begann seine Plantage. Nach der Hitze und dem Staub im offenen Rover freute er sich auf eine Büchse kühles Bier, Marke «33», das beste, das derzeit in Saigon gebraut wurde. Der Pflanzer ahnte nicht, daß er in diesem Augenblick weniger als 30 Kilometer vom Gefechtsstand des Generals Van Tien Dung entfernt war, der die Offensive im Hochland führte, zusammen mit Generalleutnant Hoang Minh Thao, dem Oberst Nguyen Hiep, Politkommissar der Front, den Obersten Phi Trien Ham, Nguyen Lang, Nguyen Nang und dem Generalmajor Phan Ham. Selbst wenn er die Namen gehört hätte, würde er nichts mit ihnen anzufangen gewußt haben.

Der Arbeiter, der ihn auf dem Hof empfing und den er vor einem Jahr eingestellt hatte, weil er Geschick für den Kaffeeanbau besaß und dazu noch etwas von Tee verstand, hätte ihm sogar die Gesichter der Kommandeure beschreiben können, die da weiter nördlich in einer Flußbiegung mitten im tiefen Wald die Befreiung des Hochlandes planten.

Armeegeneral Van Tien Dung und seine Kampfgefährten kannten das Risiko, das vor ihnen lag. Noch besaß die Befreiungsarmee wenig Erfahrung in der Eroberung von dichtbesiedelten Städten, im Stadtkampf überhaupt. Im Jahre 1968, bei der Tet-Offensive, war es trotz großer Anstrengungen nicht gelungen, eine Stadt völlig zu erobern. Fünf Jahre später, nachdem die 3. Division der Saigoner in der nördlichsten Provinz Quang Tri eine Provokation nach der anderen entfesselt hatte, waren die Befreiungsstreitkräfte schließlich in die Offensive gegangen, hatten innerhalb von vier Wochen die Division vernichtet und die Provinz Quang Tri samt ihrer gleichnamigen Hauptstadt befreit. Aber der Gegner konnte damals noch auf die volle Unterstützung der US-Luftflotte sowie der Schiffseinheiten vor der Küste Quang Tris rechnen. Die Befreiungsstreitkräfte lagen bald unter einem bisher nicht gekannten Luft- und Seebombardement. Dazu flogen die Saigoner ihre beste Elitetruppe, eine Fallschirmjägerdivision, ein und ließen mehrere selbständige Brigaden an verschiedenen Stellen gleichzeitig angreifen. Fast ein Vierteljahr, während der inzwischen eingetretenen Regenzeit, dauerten die Kämpfe an, dann mußte die Provinzhauptstadt aufgegeben werden. Nur der nördlichste und westlichste Teil blieb befreites Gebiet. Die Verluste waren hoch, aber die Kommandeure hatten viel aus diesem Mißerfolg gelernt.

Diesmal traf der Frontoberbefehlshaber nicht nur umfangreiche Vorbereitungen, was die Logistik und das Nachrichtenwesen betraf, er war entschlossen, seinen unmittelbaren Gegner, den kleinwüchsigen, rattenschlauen Saigoner General Pham Van Phu, der mit seinem Stab in Pleiku saß, über die wahren Absichten zu täuschen und ihn in eine Falle zu locken. Alles, was bisher geschehen war, hatte dieser Täuschung gedient, deren Ausgangspunkt die von Aufklärern stammende Erkenntnis war, daß die Saigoner den Angriff an der Nordseite des Hochlandes, bei Kontum, erwarteten.

Diese Vermutung hatte sich aus der Unkenntnis über die tatsächlichen Möglichkeiten der Befreiungsstreitkräfte gebildet. Man nahm an, sie würden so weit nördlich wie möglich zu operieren beginnen, um ihre Nachschubwege kurz zu halten. Nun hatte sich Van Tien Dung mit seinem Stab für genau das Gegenteil entschlossen. Starke Einheiten, die der Gegner noch hoch im Norden wähnte oder die er suchte, weil sie nirgendwo Spuren hinterließen, befanden sich bereits südlich des Flüßchens Srépoc, westlich von Buon Me Thuot. Im Norden aber wurden täglich viele Funksprüche in den Äther geschickt, die auf ihre Anwesenheit deuteten. Der Gegner fing diese Signale auf und tappte auf die Falle zu. Van Tien Dung wollte bei ihm den Eindruck vertiefen, daß er im Norden des Hochlandes, bei Kontum, im Begriff war anzugreifen. Das konnte General Pham Van Phu veranlassen, Truppen aus dem Süden dorthin zu werfen und somit den Süden, um Buon Me Thuot, vor dem tatsächlichen Angriff zu schwächen. Geschah das und meldeten die Aufklärer solche Bewegungen, würde die Befreiungsarmee Buon Me Thuot sofort angreifen und einnehmen. Daraufhin müßte Pham Van Phu die nach dem Norden geschickten Verbände zurückbeordern. Auf halbem Wege vielleicht würde man sie zum Kampf stellen, in Gegenden, die man selbst aussuchte, wodurch sie von vornherein schlechte Bedingungen hätten. Gleichzeitig würden die tatsächlich im Norden stehenden Befreiungstruppen Kontum und Pleiku angreifen, um eine entscheidende Entlastungsbewegung des Gegners zu verhindern und weitere Verwirrung in sein Verteidigungskonzept zu bringen. Mit dem Fall der beiden Städte war zu rechnen, wenn es gelang, die Kampfeinheiten gewissermaßen auf dem Marsch hin und her zu verschleißen. Bei der Bevölkerung im nördlichen Teil des Hochlandes wurde deshalb das Gerücht verbreitet, die Befreiungsarmee rüste zum Angriff. Dorfbewohner wurden zum Bau von Scheinstellungen angeworben. Als gezielte Indiskretion ließ sich eine Einheit der Befreiungsarmee Flugblätter «stehlen», die an die Bevölkerung von Kontum und Pleiku gerichtet waren und in denen es hieß, man solle die Volkskräfte unterstützen.

Kleine Stoßtruppunternehmen sorgten zusätzlich für die

Glaubwürdigkeit dessen, was General Pham Van Phu ohnehin nun schon als ziemlich sicher ansah. So wurden etwa zwei Dutzend Kilometer westlich von Pleiku, an der Straße Nr. 19, die ersten Saigoner Militärposten überfallen. Das sollte darauf hinweisen, daß hier Ausgangsbasen für einen Angriff geschaffen würden. Auch bei An Khe, wo die Straße Nr. 19 zur Küste führte, schlugen Stoßtrupps zu, verbreiteten Unsicherheit. Das Ergebnis: Immer mehr Saigoner Truppen wurden nordwärts verlegt, in ein Gelände, das sie nicht kannten, in dem sie nicht nur taktisch im Nachteil, sondern auch von ihren bisherigen logistischen Linien abgeschnitten waren. Der Gegner hatte einen Fuß bereits in der Falle.

Die 320. Division der Befreiungsstreitkräfte, eine Einheit mit großartigen Kampftraditionen, verlegte Kräfte an die Nord-Süd-Straße Nr. 14, an der sie sich darauf vorbereiteten, die aus dem Norden zurückbeorderten Verbände des Gegners nicht nur nicht mehr nach Buon Me Thuot zu lassen, sondern sie zu zersprengen. Bei Duc Lap stand bereits die 10. Division der Befreiungsstreitkräfte zum Vorstoß auf Buon Me Thuot bereit. Und der Gegner hatte noch keine Ahnung von ihrer Anwesenheit.

Ein Stoßtrupp des 25. Regiments dieser Division riegelte am 5. März die südwärts von Buon Me Thuot in die Ebene führende Straße Nr. 21 ab, indem er dort einen Fahrzeugkonvoi von 80 Lastwagen und Begleitpanzern vernichtete. Damit war das Hochland bis auf die beiden Straßen, die ostwärts, zur Meeresküste, führten, abgeschnitten.

Noch hatte der Gegner vier bis fünf Tage Zeit, seine Position zu verbessern, vorausgesetzt, er erkannte seine wahre Lage. General Pham Van Phu, der Saigoner Befehlshaber der Hochlandregion, spürte in seinem Pleikuer Quartier, daß etwas in der Luft lag. Er versuchte verzweifelt, durch bewaffnete Aufklärung zu erkunden, wo sein Gegner in Stellung lag, wo er sich konzentrierte, um die Angriffsrichtung bestätigt zu bekommen. Er ließ dazu Panzer von Buon Me Thuot aus nordöstlich vorstoßen. Die dort gruppierten Befreiungsstreitkräfte wichen aus. Aber es bestand die Gefahr, daß die Panzer weiter vordrangen und auf die nicht mehr so mobilen Bereitstellungen der Befreiungsstreitkräfte stießen. Wieder griff der Frontoberbefehlshaber zu einer List. Er befahl, zur Ablenkung mit kleineren Abteilungen die Siedlung Thuan Man und den Dschungelstützpunkt bei Buon Ho anzugreifen, nachdem die Aufklärer diese Orte passiert hatten. Die Kalkulation ging auf; die Panzerkolonne machte prompt kehrt, um zu helfen. Sie konnte aber nicht verhindern, daß Thuan Man im Besitz der Volksstreitkräfte verblieb, ebenso der Stützpunkt im Dschungel. Aber die Aufklärer glaubten an Partisanenüberfälle, weil keine schweren Waffen eingesetzt wurden. Ebenso wie ihr kommandierender General ahnten sie nicht, daß mit diesen beiden Aktionen die Straße Nr. 14 in Richtung Pleiku und Kontum endgültig unterbrochen war – für jedes Verlegungsmanöver, das der General in Pleiku gezwungen sein könnte zu befehlen.

Zwei Tage blieben noch, denn General Van Tien Dung hatte den Angriffsbeginn für den frühen Morgen des 10. März 1975 angesetzt. Genau vierundzwanzig Stunden vorher eroberten die Befreiungsstreitkräfte planmäßig das ohnehin längst eingeschlossene Städtchen Duc Lap und den Nachbarort Dac Song, beide an der Straße Nr. 14 gelegen, dort, wo sie an der kampucheanischen Grenze entlangführte. Damit gab es von Quang Tri bis 50 Kilometer südwestlich von Buon Me Thuot ein zusammenhängendes befreites Gebiet, in dem militärische Operationen störungslos vorbereitet werden konnten.

Das Hochland war so gut wie völlig vom Rest Südvietnams isoliert. Nur zwei schmale Straßen, die hinausführten, waren noch frei. Im Norden führte die Nr. 19 ostwärts von Pleiku über An Khe zu der Küstenstadt Qui Nhon. Südlich davon gab es die Straße Nr. 21. Ihr westlich von Buon Me Thuot gelegener Abschnitt war bis zur kampucheanischen Grenze bereits im Besitz der Befreiungstruppen. Der östliche Teil, von Buon Me Thuot über Phuoc An nach Na Trang und Cam Ranh, war angeblich noch sicher. Cam Ranh beherbergte den ehemals größten US-Stützpunkt an der Küste des Südchinesischen Meeres, in dem der größte Teil allen Kriegsmaterials umgeschlagen worden war, der aus den USA nach Vietnam kam. Würden die Befreiungsstreitkräfte diesen riesigen Lagerplatz übersehen? Und wie lange waren die beiden Straßen noch sicher?

General Pham Van Phu wurde immer nervöser. Die an den verschiedensten Orten in seinem Befehlsbereich aufflammenden Kämpfe verwirrten ihn. Was bedeuteten diese scheinbar ziellosen Angriffe? Der Gegner tat doch nichts ohne Berechnung, wie Pham Van Phu sehr gut wußte. Der Schlag kam dann trotzdem überraschend für ihn. Daß die Befreiungsstreitkräfte so weit im Süden des Hochlandes eine Großstadt angreifen würden, damit hatte der Saigoner Befehlshaber in Pleiku nicht gerechnet. Sie taten es. Sie stürmten Buon Me Thuot.

2 Uhr morgens, am 10. März 1975: Von Westen und Süden her deckte schwere, weittragende Artillerie die Stellungen der Saigoner um Buon Me Thuot mit einem vernichtenden Feuerhagel ein. Das Hochland erbebte unter dem Donner der Geschütze, es wurde brandrot erhellt vom Schein der Einschläge. Ohne daß die Verteidiger es verhindern konnten, ja ohne daß sie es überhaupt merkten, wurden über den Srépoc und einige andere kleine Wasserläufe Pontonbrücken geschlagen, Angriffstruppen in gepanzerten Fahrzeugen rollten auf die Stadt zu. Panzer krochen aus ihren Bereitstellungsräumen, streiften das Tarnzeug ab und preschten vorwärts.

Pflanzer Mournac wurde durch den Lärm aufgeweckt; er sah die zuckenden Lichter am Nachthimmel. Auf dem Hof der Plantage fanden sich Arbeiter ein, trotz der Nachtzeit. Erwartung war in ihren Gesichtern, Neugier. Aber sie bekamen keine Soldaten der Befreiungstruppen zu sehen; die Plantage lag abseits von deren Vormarschwegen.

Erst am Mittag wird ein Kommando erscheinen, Männer mit roten Sternen an ihren Buschhüten, und der Offizier

Aus dem Hochland kommt dieser Saigoner Krieger, der noch minderjährig ist, auf der Flucht vor den Befreiern.

wird höflich die Hand an den Rand seines Tropenhelms legen und sagen: «Monsieur Mournac, ich bin beauftragt, Ihnen mitzuteilen, daß Ihre Plantage Teil des nunmehr freien, sozialistischen Vietnams ist. Sie haben keine Verbrechen begangen, deshalb können Sie zunächst hierbleiben, unter der Voraussetzung, daß Sie die Arbeit wie üblich fortsetzen und den Anweisungen der örtlichen Organe Folge leisten. Sie werden wie der Leiter einer Plantage bezahlt werden. Sind Sie einverstanden?»

Mournac sagte ja dazu. Was blieb ihm auch übrig? Unvorbereitet war er ohnehin nicht gewesen, und was der Offizier ihm anbot, war von allem, was möglich gewesen wäre, noch die beste Lösung. Das Kommando verabschiedete sich mit dem Versprechen, die Volksorgane würden bald Kontakt zu ihm aufnehmen.

Eine der ersten Granaten, die im Elektrizitätswerk von Buon Me Thuot einschlugen, zerstörte den Hauptgenerator; die Stadt war damit ohne Strom. Auch der Flugplatz mit seinen beiden Startbahnen fiel binnen einer Stunde aus, Granaten rissen Löcher in die Rollbahnen, Gebäude gingen in Flammen auf. Das riesige Munitionslager Mai

Hai De, am Stadtrand, explodierte aus irgendeinem Grunde nicht, es schwelte mehrere Tage, von seinen Wächtern fluchtartig verlassen. Die Soldaten der 23. Südvietnamesischen Division, von denen die Verteidigungsstellungen besetzt waren, hatten zwar den Befehl, die Stadt unter allen Umständen zu halten, aber niemand hatte ihnen gesagt, was sie bei einem Angriff tatsächlich erwartete. Ihre Offiziere hatten immer wieder verkündet, die Vietminh seien beutegierige, barfüßige, schlecht ernährte und lausig bewaffnete Dschungelbanditen, fanatisch, aber im Grunde keine ernsthaften Gegner. Jetzt heulten vor den Stellungen plötzlich schwere Motoren auf.

«Sie haben Panzer!» Der Ruf pflanzte sich fort wie eine Schreckensbotschaft. Wer sie hörte, dachte nicht mehr an Gegenwehr. Kommunisten in Panzern – das war das Ende! Wer die Möglichkeit hatte, kroch rückwärts aus der Gefechtszone. Wenige nur blieben. Und die Toten.

Die nächste Schreckensbotschaft lautete: «Der Flugplatz ist besetzt!» Das geschah kurz vor Sonnenaufgang. Eine halbe Stunde später hoben die Posten am größten Verpflegungslager der Stadt die Hände. Soldaten der Befreiungsarmee riefen ihnen lachend zu: «Los, los, schleppt Munition für uns. Wir nehmen euch auf, wenn ihr keine Verbrecher seid!»

Die ersten Saigoner Soldaten machten zaghaft Gebrauch von der Chance, die General Van Tien Dung in seinem Tagesbefehl festgelegt hatte: Gutwilligen gegnerischen Soldaten, die ohne persönliche Schuld sind, soll Gelegenheit gegeben werden, in den Einheiten der Volksarmee mitzukämpfen.

«Aus!» sagte Oberst Nguyen Cong Luat, Stabsoffizier im Gefechtsstand der 23. Saigoner Division, zugleich Militärgouverneur der Provinz Dac Lac, deren Hauptstadt Buon Me Thuot war. Er legte den Hörer des Feldtelefons auf, aus dem er soeben die Stimme eines kommunistischen Offiziers gehört hatte. Sie kam aus dem eroberten Munitionslager, in dem die Angreifer dabei waren, die Brände zu löschen und die Sicherheit wiederherzustellen. «Ab jetzt»,

Schießwütigkeit war eine der auffälligsten Eigenschaften der Saigoner Soldaten. Wenn sie Angst vor den Befreiungstruppen hatten, schossen sie zuweilen wahllos um sich, nicht darauf achtend, wie viele Zivilisten sie dabei umbrachten.

hatte der Offizier am anderen Ende der Leitung gesagt, «werden wir euren Gefechtsstand beschießen. Es sei denn, ihr gebt auf!»

Der Gefechtsstand der 23. Division war ein riesiger Komplex von Bunkern und Stellungen. Als die Granaten der Angreifer ihn umzupflügen begannen, gab der Oberst, der gezögert hatte, dann doch sehr schnell auf. Er zitterte, als er ans Tageslicht kroch, mit erhobenen Händen. Das war kurz nach 8 Uhr. Neben ihm stand Oberst Vu Te Quang, und es war erstaunlich, wie gut die Angreifer informiert waren, denn sie fragten ihn sogleich, was er denn hier in Buon Me Thuot suche, er sei doch Gouverneur der Küstenstadt Cam Ranh. Ob er die Verteidigungsanlagen inspizieren wollte? Cam Ranh, das wußten die Vietminhs ebenfalls, das riesige Nachschublager mit seinem leistungsfähigen Seehafen, den Docks und Öltanks, besaß nicht einmal einen Schützengraben als Verteidigung.

«Sind Sie Mister Struharick?» wurde der Amerikaner gefragt, den man in einem sehr modernen, mit vielen Telefonen, Fernschreibern und Funkgeräten ausgestatteten Haus aufgestöbert hatte, an dem auf einer Tafel die Buchstaben USAID standen, eine Einrichtung, die angeblich die Vietnamesen über das Leben in den USA informieren sollte. In der Regel diente sie allerdings der CIA als Tarnadresse.

Der amerikanische Zivilist musterte die Soldaten unsicher. Er war untröstlich, daß er den rechtzeitigen Abflug verpaßt hatte. Immer wieder war ihm von Saigon empfohlen worden, noch zu bleiben. Nun war es zu spät. In seinem Haus hatte eine Anzahl seiner V-Leute und Informanten Unterschlupf gefunden. Sie waren der Meinung gewesen, hier seien sie zunächst sicher, und später würden die eigenen Truppen die Stadt wieder zurückerobern.

Seit den ersten Granateinschlägen hatte Struharick nach Nha Trang um Hilfe gefunkt, er sei eingeschlossen, die Stadt stünde unter Feuer, der Flugplatz sei unbrauchbar.

Kurz nach Sonnenaufgang war dann einer der UH-1-Hubschrauber der CIA aus Nha Trang über Buon Me Thuot erschienen und wollte auf dem Dach des USAID-Gebäudes landen. Doch es gab bereits zu viele Soldaten in der Stadt, und die wußten, wie man Hubschrauber bekämpft. Der «Iroquis», von dem Fachleute behaupteten, er könnte selbst auf einer Daumenkuppe noch sicher landen, mußte sich schleunigst in Sicherheit bringen. Andere Hubschrauber versuchten nach ihm die Landung, aber keinem gelang es mehr, die Eier aus dem Nest der CIA zu holen.

«Ja», sagte jetzt der Amerikaner, «ich heiße Struharick, und ich genieße Diplomatenstatus. Ich wünsche dementsprechend behandelt zu werden!»

Der Offizier, der den Sturmtrupp anführte, verlor über soviel Frechheit nicht gleich die Ruhe. Er sagte gelassen: «Mister Struharick, mir ist nicht bekannt, daß wir diplomatische Beziehungen zu den USA haben. Wir werden Sie deshalb wie einen Kriegsgefangenen behandeln, zumal Sie eine Waffe tragen. Zu gegebener Zeit wird sich jemand mit Ihnen über Ihre Tätigkeit für die CIA in Südvietnam unterhalten. Wenn Sie sich bitte umdrehen wollen, wir werden Sie jetzt nach weiteren Waffen durchsuchen.»

Sie fanden noch eine kleine, flache Pistole und warfen sie ohne viel Aufhebens auf den Berg mit den anderen Schießeisen.

In einem der Zimmer in den oberen Stockwerken fand sich ein Italiener, der vorgab, Mario zu heißen und Barmixer zu sein, als solcher sei er stadtbekannt. Er zitterte am ganzen Körper, während er versuchte, den beiden jungen Soldaten, die ihn aufgestöbert hatten, das zu erklären. Ungerührt bedeuteten die dem Italiener, sich umzudrehen und die Hände an die Wand zu legen.

Der Kampf in den Straßen nahm ab. Einen Tag später, am Vormittag, gab es in Buon Me Thuot keinen Widerstand mehr. Frontoberbefehlshaber Van Tien Dung meldete den Erfolg nach Hanoi. Um diese Zeit hatte er einen genauen Überblick über die Kräftelage im Hochland. Eingehend beriet er sich mit seinen Stabsoffizieren: Pleiku und Kontum galt es zu erobern, dann zur Küste vorzustoßen, etwa entlang der Straßen, die nach Nha Trang führten, nach Tuy Hoa und, weiter nördlich, nach Qui Nhon. Gelang ein solcher Vorstoß, der ihm angesichts der Verwirrung des Gegners möglich erschien, dann war Südvietnam buchstäblich in zwei Teile gespalten. Nördlich des Hochlandes würde der Kampf dann schnell zu Ende gehen.

Van Tien Dung unterbreitete dem Generalstab einen kühnen Vorschlag, während seine Soldaten auf den öffentlichen Gebäuden der Stadt, die man «Thuots Tochter» nannte, die Befreiungsflaggen aufzogen.

Oben ohne

Der Soldat, der nördlich von Pleiku, unweit des Stadtrandes, in einem ausgedehnten, von dichtem Unterholz nahezu undurchdringlichen Bambuswäldchen lag, sah seinen Kameraden schon von weitem. Im Gegensatz zu ihm trug der andere städtische Kleidung, und er schob ein Fahrrad: der Aufklärer Tuan Tu. Er kannte die Stadt so gut, wie sie nur jemand kennen konnte, der darin aufgewachsen war. Seit einem Jahr diente er jetzt in der Befreiungsarmee. Sein Kommandeur sah zuweilen darüber hinweg, daß er am liebsten barfuß ging. In der Truppe war das nicht üblich; jeder trug handgefertigte, robuste Gummisandalen, die die Fußsohlen gegen Verletzungen schützten. So oft man Tuan Tu dies auch erklärte, seine Reaktion war stets ein leichtes Lächeln. Er lief von Kind an barfuß, stammte aus einer Familie von Stadtrandsiedlern, die überhaupt keine Schuhe kannten. Auch während seiner Zeit als «Arbeitswilliger», als er vor Kontum Unterstände für die Saigoner Armee hatte ausheben müssen, war er von den Aufsehern dort täglich gehänselt worden, er sei ein Moi, ein Wilder.

Tuan Tu hatte diese überheblichen Kaufmannssöhne aus Saigon gehaßt, die die einfachen Soldaten herumkommandierten, zumal er wußte, daß sie Weichlinge waren, Feiglinge im Grunde. Und das zeigte sich jedesmal, wenn die Befreiungsarmee auch nur ein paar Werfergranaten in ihre Richtung schoß – dann hockten sie stundenlang in ihren Löchern, ohne den Kopf zu heben.

Eines Tages, als er gerade sein Essen empfangen hatte, stieß ihn ein Sergeant, dessen Augen stets hinter dunklen Sonnengläsern verborgen waren, absichtlich an, so daß er es verschüttete. Statt sich zu entschuldigen, flegelte er Tuan Tu an: «Friß Gras. Bist du doch gewöhnt, oder?»

Tuan Tu stellte das Eßgeschirr langsam auf die Erde. Ohne daß der Sergeant es ahnte, hatte er die Grenze des Erträglichen für Tuan Tu überschritten. Der junge Mann, barfuß wie immer, trat dem Sergeanten in den Unterleib, und als der vornüber kippte, hieb er ihm die Faust ins Genick. Tuan Tu war schmächtig, aber seine Muskeln waren hart wie Schiffstaue. Der Sergeant war tot, noch bevor sein Kopf auf den Boden aufschlug und die Brillengläser splitterten.

In der Schrecksekunde, die es danach gab, machte Tuan Tu einen entschlossenen Sprung ins Unterholz und blieb verschwunden. Man suchte noch nach ihm, als er bereits zum Kommandeur einer in der Nähe stationierten Einheit der Befreiungstruppen sagte: «Ich bin ein Mensch, kein Tier. Wenn ihr mich aufnehmt, werde ich gegen diese Kerle kämpfen, die mich zum Tier machen wollten. Es muß ein Vietnam geben, in dem ich wie ein Mensch leben kann.»

Der Kommandeur hörte so etwas nicht zum erstenmal. Er sagte: «Es wird eines geben.» Dann entschied er, daß Tuan Tu in die Einheit aufgenommen wurde, und fortan fühlte er sich hier zu Hause. Man hänselte ihn nicht einmal mehr, wenn er ohne Schuhe lief. Geschah es doch einmal, dann ließen die Kameraden keinen Zweifel, daß sie ihn im Grunde um die Fähigkeit beneideten. Sie selbst brachten es nicht fertig, lange Zeit barfuß zu gehen, ohne bald darauf starke Fußbeschwerden zu haben.

Tuan Tu hatte keine Waffe in die Stadt mitgenommen, nur Geld. Dafür hatte er, wie das andere Dorfleute auch taten, Salz gekauft; das war jetzt auf das Fahrrad geschnallt.

Während er sich nach Salz umgesehen hatte, traf er nicht wenige alte Bekannte, Zivilisten, auch ehemalige Soldaten, Blessierte, die jetzt Gelegenheitsarbeiten verrichteten oder einfach bettelten. Er hatte sich bei den Händlern umgehört, bei den Chinesen. Jetzt schob er gelassen sein Fahrrad auf das Bambusgehölz zu, ohne zu erkennen zu geben, daß er seinen Kameraden Khuong längst erspäht hatte. Es folgte ihm niemand. Wer interessierte sich schon in einer solchen Zeit für einen barfüßigen Moi, der Salz kaufte!

Der schmale Pfad, auf dem er das Rad schob, war einer der Wege, die die Dorfbewohner benutzten; er durchquerte den Bambuswald. Als Tuan Tu bei Khuong angekommen war, warf er dem Kameraden eine Büchse Limonade zu, eine Kostbarkeit für einen durstigen Mann im tropischen Wald. Er selbst öffnete auch eine, blies den Schaum fort, trank durstig, dann sagte er: «Sie packen. Keine Täuschung. Der General war zum obersten Häuptling befohlen. Ganz schnell. Kam zurückgeflogen, und seitdem stehen die großen Bonzen mit ihrem Gepäck am Flugplatz. Eine Maschine nach der anderen geht ab, Richtung Süden. Und die Garnison macht sich marschbereit.»

«Marschbereit?» fragte Khuong ungläubig zurück. Das hieß, daß sie nicht kämpfen wollte.

Tuan Tu zuckte die Schultern. «Die Stellungen sind nur noch mit Wachen besetzt – seit heute mittag. Sieht nach Rückzug aus.»

Sie deckten das Fahrrad mit Buschwerk ab, nahmen das Salz und begaben sich quer durch den Wald auf den Rückweg zu ihrer Truppe, wo Tuan Tu Meldung erstattete, diesmal militärisch knapp und in der Form, die er gelernt hatte.

Seine Informationen lieferten dem Kommandeur die Bestätigung dafür, daß es sich bei Funksprüchen des Gegners, die man seit einigen Tagen auffing, nicht um eine gezielte Irreführung handelte, sondern um echte Texte: Pleiku wurde von den Saigonern geräumt. Es gab Anzeichen, daß auch Kontums Garnison sich zum Verlassen der Stadt anschickte.

Präsident Thieu, den der Aufklärer Tuan Tu so wenig respektvoll oberster Häuptling genannt hatte, haderte mit den Vereinigten Staaten seit dem Tage, da deren Vertreter ihm mitgeteilt hatten, sie seien bereit, mit der Befreiungsfront zu verhandeln, einen Waffenstillstand herbeizuführen, um später ihre Truppen nach Hause verlegen und den Rest des Krieges durch Saigons Militär erledigen lassen zu können. Das hieß für ihn, sie gaben den Krieg verloren, obgleich sie öffentlich immer das Gegenteil behaupteten: Sie hätten ihn zu ihren Gunsten entschieden. Daß sie ihn gewonnen hätten, behaupteten sie allerdings nie, und auch das blieb nicht ganz unbeachtet. Wenn sie also erklärten, die Saigoner Machtposition sei nun so weit gefestigt, daß die USA nicht mehr gebraucht würden, dann war das eine bewußte Irreführung der Öffentlichkeit, und Thieu verzieh ihnen das nicht.

Jahrelang hatte er sich dagegen gewehrt, den Krieg zu «vietnamisieren». Er wußte, daß er verloren war, wenn die Amerikaner gingen. Mit dem Gespür des ehemaligen Söldners der französischen Kolonialarmee erfaßte er seine Lage durchaus richtig: Die USA waren durch ihre hohen Verluste, die laufenden Niederlagen, den Mißerfolg des Luftkrieges, durch das Finanzchaos zu Hause, das der Vietnamkrieg angerichtet hatte, nicht zuletzt aber auch durch den in den Vereinigten Staaten wachsenden Widerstand gegen dieses blutige Abenteuer gezwungen, sich möglichst ohne weiteren Gesichtsverlust geschlagen zu geben. Ihnen tat es zwar entsetzlich leid um den Brückenkopf, den sie auf dem asiatischen Festland verloren, aber sie hatten keine andere Wahl.

Nguyen Van Thieu, den Statthalter der USA in Saigon, traf das hart. Antikommunismus war sein Lebensinhalt gewesen, von früher Jugend an, und nun sollte er sich mit den kommunistischen Siegern arrangieren – eine schreckliche Vorstellung für den nicht ganz Fünfzigjährigen. Er stammte aus einer wohlhabenden Grundbesitzerfamilie in Phan Rang. Als Knabe hatte er das französische Gymnasium in Huê absolviert, und danach zog er sich auf die väterlichen Besitzungen zurück, während die meisten seiner Altersgefährten in den Untergrund gingen, um gegen die Japaner zu kämpfen, die zu Beginn des zweiten Weltkrieges Indochina zu ihrem Aufmarschgebiet gemacht hatten.

Thieu, der die Gelegenheit gehabt hätte, sich in die große gemeinsame Widerstandsfront der Vietminh einzureihen, fand sie «kommunistisch verseucht». Seuchen aber, so ließ er verlauten, müsse man ausrotten. In Wirklichkeit wartete er auf eine bessere persönliche Chance – er wollte nicht sein Leben aufs Spiel setzen für die Befreiung des Landes, sondern er wollte Karriere machen.

General Thieu, Präsident Südvietnams von US-Gnaden. Der ehemalige Kolonialsergeant der französischen Armee zählt zu den blutigsten Henkern, die das Regime hervorbrachte.

Das gelang ihm bereits einige Jahre später. Er besuchte die französische Marineschule für einheimische Hilfswillige, und er war so strebsam, daß die Kolonialmacht ihn danach auch noch die Militärakademie in Huê absolvieren ließ: Von 1948 bis 1954 diente der frischgebackene Offizier dann den Franzosen. Er tat es mit Hingabe, denn es ging ja gegen die Kommunisten! Insofern war er ein unverwechselbarer Sproß der zur Anlehnung an die Kolonialisten tendierenden korrumpierten Oberschicht Vietnams. Er wurde nach der Niederlage der Franzosen und ihrem Abzug, 1954, von den neuen amerikanischen Oberherren sofort in die Streitkräfte des Saigoner Separatstaates übernommen und vorerst in die Vereinigten Staaten auf eine Militärakademie geschickt. Danach, von 1960 bis 1964, während der ersten Phase des neuen Krieges, befehligte er eine Infanteriedivision, jetzt schon im Generalsrang.

Nachdem Thieu, der das Vertrauen der CIA genoß, unermüdlich an der Vorbereitung des Putsches gegen den katholischen Diktator Ngo Dinh Diem mitgewirkt hatte, mußte er allerdings noch etwa ein Dutzend Machtwechsel rivalisierender Cliquen in Saigon abwarten, bis er, 1967, endlich durch Intervention der Amerikaner in das höchste

Staatsamt lanciert wurde. Seine Personalakte bei der CIA aus dieser Zeit enthielt die Feststellung: «... so ist er die größte Hoffnung des antikommunistischen Vietnams, ein Mann von Vernunft, mit der Fähigkeit zum innenpolitischen Kompromiß, ein intelligenter Stratege und hervorragender Taktiker.»

Das Dilemma der USA in Vietnam endete mit deren Akzeptierung der Pariser Vertragsbedingungen, die eine schrittweise nationale Aussöhnung und Wiedervereinigung vorsahen. Thieu hielt es für glatten Verrat der USA an Saigon, dieses Papier zu unterschreiben. Sein Verhältnis zu den ehemaligen Gönnern zerbrach daran. Er hielt sich für den einzigen Antikommunisten, den es weit und breit noch gab und der die «heilige Fahne» der Republik Vietnam hochhielt.

Gegen die Entscheidung von Paris hatte Thieu lange und mit allen denkbaren Finessen intrigiert – ohne Erfolg. Um das Beste daraus zu machen, war er in die Offensive gegen die Befreiungsstreitkräfte gegangen; irgendwo hatte er gehört, Angriff sei die beste Verteidigung. Doch der Gegner war dem kleinen Gernegroß von Amerikas Gnaden gewachsen, er beantwortete den Bruch des in Paris ausgehandelten Waffenstillstands mit dem Gegenangriff. Das Spiel war tödlich geworden für Thieu.

Am 12. März, als die Eroberung von Buon Me Thuot abgeschlossen war, hatte Thieu keine Illusionen mehr, daß die Befreiungskräfte das Hochland in kurzer Zeit etwa wieder räumen würden.

Seine darauf ergangenen Weisungen verwirrten die eigenen Militärs. Zunächst beorderte er per Funk die in Da Nang, weit im Norden, stationierte Luftlandedivision zum Schutz der Hauptstadt zurück. Der Oberbefehlshaber der 1. Militärregion, General Ngo Quang Truong, war ratlos. Die Luftlandetruppen aus der Region abzuziehen, hieß die Region aufgeben. Thieu ließ sich jedoch durch dieses Argument nicht umstimmen, er bestand auf der Verlegung. Im übrigen verwies er auf ein völlig neues, den Umständen angepaßtes strategisches Konzept, das er General Pham Van

Phu, dem Kommandeur der 2. Militärregion, zwei Tage später erklären wollte. In Cam Ranh. Dort fand die entscheidende Zusammenkunft statt.

Dieser 14. März war ein unerträglich heißer Tag – nichts Seltenes gegen Ende der Trockenzeit. Präsident Thieu spürte wenig von der Hitze; er saß in seiner C-47, deren Kabine angenehm kühl war. Mit ihm reisten einige Generale seines Stabes, die er bereits auf seine neue Strategie eingeschworen hatte. Nun mußte der alte Freund und Günstling General Pham Van Phu überzeugt werden; von dessen Verhalten hing alles ab.

Pham Van Phu hatte mit Thieu in der französischen Kolonialarmee gedient und war auch wie dieser zur Offiziersschule geschickt worden. Thieu wußte, wie er den alten Mitstreiter ganz schnell herumkriegen konnte – Pham Van Phu war 1954 in die Gefangenschaft der Vietminh geraten. Seitdem beherrschte ihn eine nahezu panische Furcht davor, noch einmal ein ähnliches Schicksal zu erleiden. Er würde das Hochland räumen, wenn Thieu es vorschlug, ohne sich für einen Kampf bis zur letzten Patrone einzusetzen. Und stimmte er erst einmal zu, dann würde der andere Teil des Planes einfach nicht mehr zur Debatte stehen. General Ngo Quang Truong, der Chef der 1. Militärregion, mußte dann notgedrungen nachgeben und seine Paras zurückziehen. Er war nicht nach Cam Ranh eingeladen. Intrigen spann Thieu nach eigenem, bewährtem Rezept.

Ein paar Huren, die mit Offizieren der Hafenkommandantur Cam Ranh am weißen Strand lagen und aus den Kofferradios Musik hörten, Eis am Stiel lutschten und gelangweilt in etwas veralteten amerikanischen Magazinen blätterten, hoben nicht einmal die Köpfe, als die C-47 des Präsidenten in geringer Höhe über sie hinwegdonnerte. Sie dösten weiter vor sich hin. Sie wußten auch nicht, daß eines der früher nur von den Amerikanern benutzten Hotels seit dem Morgen abgesperrt war. Tote Zone. Nur Sicherheitsbeamte und Kellner, die besser schießen konnten, als Eistee servieren.

Präsident Thieu betrachtete die Aussprache als entscheidenden Schritt zu einer Politik, die den USA eine neue Entscheidung abverlangte und sie, falls sie sich nicht zum erneuten Eingreifen entschlossen, bloßstellte. Am Abend zuvor hatte er lange mit seinem Berater Ted Sarong konferiert; der hatte ihm dringend zu einer spektakulären Aktion geraten.

Sarong war eine der seltsamsten Figuren in der näheren Umgebung Thieus. Anfang der sechziger Jahre war dieser pensionierte australische Brigadegeneral, ein knorriger, eigensinniger Typ, zum erstenmal mit Thieu zusammengetroffen, der seine große Karriere damals noch vor sich hatte. Sobald Thieu dann als Präsident im Sattel saß, erkor er den Australier zum persönlichen militärischen Ratgeber. Sein Einfluß war beträchtlich; er verstand es, über den offiziellen Sicherheitsberater Thieus, General Quang, seine Ansichten geschickt zu lancieren.

Das, wozu er Thieu nun endgültig gedrängt hatte, war eine seiner ältesten Ideen: Er hatte errechnet, daß in den zwei nördlichen Militärregionen etwa 3 Millionen Menschen lebten, die mit einer bestimmten Zahl von Flugzeugen und anderen Transportmitteln in überschaubarer Zeit in die Saigoner Region zurückzuführen wären. Anschließend könnte man dann die unhaltbar werdenden, militärisch belastenden Gebiete im Norden endgültig aufgeben und sich mit allen verbliebenen Kräften auf die Verteidigung Saigons und seiner «Reisschüssel», das Mekongdelta, konzentrieren. Er nannte das eine Rationalisierung des Verteidigungskonzeptes.

Bislang hatte Thieu nie den Mut aufgebracht, einen solchen Plan ernsthaft mit seinen Generalen zu debattieren, jetzt aber drängten ihn die Umstände dazu. Er hatte sich mit den Angriffen gegen die befreiten Gebiete übernommen, der Gegenschlag brachte sein System ins Wanken.

Thieu, der im Anschluß an sein Gespräch mit Sarong auch noch seinen hauseigenen Astrologen konsultierte, erfuhr von diesem ebenfalls, daß «die nördlichen Omen» schlecht standen. Das gab den Ausschlag. Er würde jetzt und hier, in Cam Ranh, mit General Pham Van Phu, der bereits am Morgen hergeflogen war, eine historische Entscheidung treffen. Zu seiner Unterstützung hatte er Premierminister Khiem mitgenommen, eine ziemlich blasse Intrigantenfigur, sowie seinen Sicherheitsberater Dang Van Quang und den Generalstäbler Cao Van Vien. Sollte Pham Van Phu wider Erwarten ernsthafte Schwierigkeiten machen, würden sie Thieu den Rücken stärken. Aber das erwies sich als unnötig.

Es begann mit dem Vortrag des Chefs der Militärregion 2, in dem er erklärte, der Gegner habe vier Divisionen um Pleiku und Kontum konzentriert, sei zum Angriff mit schweren Waffen und Panzern bereit. Um die Situation zu dramatisieren, strich er heraus, an den beiden großen Straßen zur Küste gebe es bereits Kommandos des Gegners, ein Ausweichen ostwärts werde also sehr schwer sein.

«Mit den vorhandenen Truppen kann ich Pleiku und Kontum nicht mehr verteidigen. Bei beschleunigtem Nachschub von Truppen und Munition, vor allem bei einem massiven Eingreifen der Luftstreitkräfte wären die beiden Städte vielleicht noch einen Monat zu halten, länger in keinem Falle. Das umliegende Gebiet kann man bereits heute als verloren betrachten.»

Thieu blickte abwesend aus dem Panoramafenster des Hotelsaales auf den Strand, hinter dem sich das Südchinesische Meer dehnte, leicht gekräuselte, in der Sonne blitzende Wellenkämme. Schließlich sagte er: «Keine Verstärkungen. Kein Nachschub. Die Armee ist ohnehin über ein zu weites Territorium verstreut. Wir müssen uns auf die ohne großen Aufwand und ohne Risiko zu verteidigenden Gebiete konzentrieren. Wir werden die Hochlandprovinzen räumen und dafür die Verteidigung der Küstenlinie und der Hauptstadt verstärken. Und wir werden, sobald wir die Lage wieder gefestigt haben, bei Buon Me Thuot einen Gegenschlag führen. Der Feind soll merken, daß wir ihm überlegen sind, trotz seiner gegenwärtigen Erfolge. Buon Me Thuot wird – haben wir es erst wiedererobert – eine unüberwindliche Festung im Norden Saigons werden. In der Hauptstadt müssen wir stark sein, auch im Delta. Das neue Verteidigungskonzept, das ich entworfen habe, hat angesichts der Nord-Süd-Verschiebung unserer Kräfte die Bezeichnung ‹Oben leicht, unten schwer› erhalten. Sprechen wir über praktische Einzelheiten.»

General Pham Van Phu hatte schweigend zugehört. Er machte auch jetzt keinen Einwand. Im Grunde war er froh über Thieus Weisung. Sie bedeutete, daß er selbst nicht zum Kampf aufgefordert wurde, der sehr leicht mit seiner Gefangennahme enden könnte. Er hatte nun die Chance, sich aus der Affäre zu ziehen. Das beruhigte ihn, ohne daß er sich das anmerken ließ. Sein Schweigen signalisierte Einverständnis, gleichzeitig aber die Einsicht, wie aussichtslos im Grunde die Sache der Saigoner geworden war.

Man kam zu den Möglichkeiten des Rückzuges der Hochlandgarnisonen in Richtung Küste – angesichts der blockierten Fernstraßen keine leichte Sache. Es war der Chef des Generalstabes, Cao Van Vien, der schließlich einen Vorschlag machte, als die Überlegungen, auf welcher der beiden Fernstraßen ein Durchbruch am leichtesten zu schaffen sein würde, zu keiner Einigung führten. Er erinnerte an den Weg 7B, den man eigentlich nicht Straße nennen konnte. Es handelte sich lediglich um einen vor langer Zeit in den Busch geschlagenen Holztransportpfad, der aber sehr günstig lag, denn er führte von Pleiku über Than Anh in die Nachbarprovinz Phu Bon, verlief an dem kleinen Ort Cheo Reo vorbei schließlich zur Küstenprovinz Phu Yen, wo er bei Tuy Hoa endete.

«Aber dieser Teakweg ist seit Jahren nicht mehr benutzt worden!» wandte Pham Van Phu schwach ein.

Er wußte natürlich, daß es keine große Auswahl gab. Der Sicherheitsberater antwortete denn auch gleich: «Die Soldaten sollen den Bewuchs wegschlagen, wo er das Vorankommen hindert! Dieser Rückzugweg hat große Vorteile. Er ist vom Feind nicht blockiert, es wird ihm auch unmöglich sein, schnell Verbände dorthin zu verlegen, wenn wir sofort handeln. Und – wir könnten aus Kontum, ebenso wie aus Pleiku, viele Zivilisten mit auf den Marsch nehmen.

Zweihundert Kilometer. Von Kontum aus 50 mehr. Das ist von ausgeruhten Truppen und gehfähigen Leuten innerhalb einiger Tage zu schaffen. Der Weg ist auch für Motorfahrzeuge geeignet, wenn man die Hindernisse schnell beseitigt. Es wäre für den Feind eine völlig unerwartete Blitzaktion, die seine Pläne durcheinander brächte.»

«Wann?» wollte General Pham Van Phu wissen.

Aber weder Thieu noch die anderen äußerten sich dazu. Sie schoben die Verantwortung dem Befehlshaber der Militärregion 2 zu. Er sollte nach Lage der Dinge die entsprechenden Befehle selbst erlassen.

Die erste Handlung von General Pham Van Phu, als er wieder in Pleiku eintraf, war, eine Stabsbesprechung abzuhalten, in der er die Räumung des Hochlandes befahl, und zwar sofort. Den Chef einer Rangereinheit, General Pham Duy Tat, beauftragte er mit dem Rückzug über die 7B. Die Zivilbevölkerung sollte davon erst informiert werden, wenn die Militäreinheiten in Sicherheit seien. Dann gab er bekannt, ab sofort befinde sich sein Hauptquartier in Nha Trang, der Hauptstadt der Küstenprovinz Khanh Hoa, etwas mehr als 30 Kilometer nördlich von Cam Ranh.

General Pham Van Phu ahnte nicht, daß in seinem Stab ein Informant der CIA saß, deren Netz im Lande, ungeachtet des in Paris vereinbarten Rückzuges, weiterhin intakt blieb. Der Mann wartete ab, bis der General den Stab verlassen hatte, begab sich dann zu dem in Pleiku residierenden CIA-Beauftragten, dem dienstältesten US-Agenten in der Stadt, Earl Thieme, und erstattete ihm Bericht über die Entscheidung Thieus, die dieser so gern vor den Amerikanern geheimhalten wollte, bis sie den von ihm gewünschten Schock erzeugte.

Pham Van Phu indessen fuhr zu seiner Villa, die im Zentrum von Pleiku lag, und begann seine Koffer zu packen. Er ahnte nicht, daß Earl Thieme inzwischen einen Funkspruch nach Saigon jagte, der die CIA-Station dort über die bevorstehende Aufgabe des Hochlandes informierte. Unverzüglich erhielt er die Weisung, zehn weitere US-Bürger, die für die CIA arbeiteten, zu evakuieren, dazu das Konsulatspersonal, die Fluglotsen, sämtliche Franzosen, Neuseeländer, Filippinos und andere Nicht-Vietnamesen – immerhin insgesamt etwa fünfhundert Leute.

Thieme, ein Mann, der über die Unehrlichkeit der Saigoner Partner nicht sehr erstaunt war, weil für ihn selbst Unehrlichkeit eines der Hauptinstrumente bei der Ausübung seines Berufes war, vereinbarte mit dem CIA-Stützpunkt Nha Trang noch, das Ausfliegen sofort zu beginnen, mittels dort bereitstehender Kuriermaschinen der Air America, eines Zweiges der CIA-Luftflotte. Dann rief er General Pham Van Phu zu Hause an, der gerade auf den Wagen zum Flugplatz wartete.

«Hallo, General, ich habe eine Mitteilung. Wir ziehen unsere Leute heraus. Wollte Ihnen für alle Fälle Bescheid sagen!»

Draußen fuhr das Auto vor, in dem zwei der engsten Mitarbeiter des Generals saßen. «Gut», sagte dieser knapp zu Thieme. «Übrigens, ich werde meinen Stab ebenfalls verlegen. Nach Nha Trang. Von dort aus hat man bessere Übersicht. Sehe Sie dann dort!» Er erwähnte den Rückzug nicht.

«Sehe Sie dort, General!» beendete Thieme das Gespräch. Er schmunzelte. Alter Roßtäuscher! Aber – so leicht legt man uns nicht aufs Kreuz!

Am Schwimmbecken des Saigoner «Sporting Club», den die Saigoner Franzosen immer noch beharrlich «Cercle Sportif» nannten, traf sich an diesem Abend ein seltsamer Verein. Hartgesottene ehemalige Mitglieder der CIA-Sondertruppe Special Forces, kenntlich an ihren grünen Baretten, die sie trotz der Hitze trugen. Vietnam-Veteranen, die inzwischen demobilisiert waren, hatten sich zu einer Special-Forces-Association-of-Saigon zusammengeschlossen, einem Traditionsverband. Er wurde aus den unergründlichen Quellen der CIA finanziert, weil die Agentur Söldner dieser Qualifikation immer wieder einmal plötzlich brauchte und sie dann gern konzentriert zur Verfügung hatte. Außerdem flossen Mittel aus dem von CIA-Piloten immer noch in dieser Gegend betriebenen Handel mit Rohopium in die Kasse der Association. Deshalb herrschte auch am Rande des Beckens mit dem etwas abgestandenen Wasser keine gedrückte Stimmung, im Gegenteil. Man trank so schnell, daß der Kellner Le Minh seine Mühe hatte, die vollen Tabletts aus dem Restaurant herüberzuschleppen. Immer, wenn er Gesprächsfetzen auffing, waren es Erinnerungen an gelungene Aktionen, an die «gute alte Zeit», da man für die Tagesabrechnung Leichen brauchte und kein Vorgesetzter zu fragen pflegte, ob es sich um Frauen oder Kinder handelte, vorausgesetzt, es waren Vietnamesen. Gelächter begleitete die Prahlereien. Söldner unter sich, die es wie Verbrecher an den Ort ihrer Tat zurückzog.

Es hieß, sie seien entschlossen, einen Sieg der Kommunisten in Vietnam zu verhindern, selbst wenn der Präsident ihn zuließe. Der Lärm erreichte seinen Höhepunkt, als ein gewisser John erschien, der als Analytiker in der CIA-Station arbeitete und der selbst lange das grüne Barett getragen hatte. Viele seiner ehemaligen Kumpane kannten seinen richtigen Namen, trotzdem nannte man ihn auch hier so, wie er in den Akten der Station geführt wurde. Weil er ein ziemlich verbiestertes Gesicht machte, zogen die anderen ihn auf. Er reagierte kaum, bestellte sich bei Le Minh Whisky mit Wasser und sagte dann mürrisch: «Laßt uns noch einen kippen und dann nach Hause fliegen, hier ist der Spaß zu Ende. Aus.»

Als Le Minh mit neuen Getränken kam, war John gerade dabei, den Männern zu erläutern, was der Verlust von Buon Me Thuot bedeutete, und er verriet ihnen mit etwas gedämpfter Stimme: «Damit nicht genug – Thieu läßt das gesamte Hochland räumen. Hat schon angefangen. Will nur die Küstenregionen halten. Als ob die bedroht wären; von See her! Und Saigon will er verteidigen. Er möchte, daß wir mit Truppen einsteigen, um ihn zu retten.»

«Wir sind schon da!» rief einer.

Ein anderer bemerkte: «Arschloch», und fügte an, er meine Thieu.

John sagte: «Der Kerl erzeugt Katastrophen, informiert

William Johnson war Leiter der CIA-Basis Saigon; hat unzählige Todesurteile über Befreiungskämpfer gesprochen, indem er sie den Polizeibehörden übergab. Zuletzt war er fieberhaft bemüht, ein Untergrundnetz der CIA für das Vietnam der Friedenszeit auszulegen. (Vergl. S. 140)

uns mit keinem Wort, nicht eine offizielle Silbe. Wir wissen es von einem V-Mann: Rückzug über einen alten, zugewachsenen Holzfällerweg nach Tuy Hoa!»

Einer aus der betrunkenen Meute machte sich lustig. «Ist das ein Idiot? Die Roten brauchen bloß aus dem Hochland nachzustoßen, dann haben sie knapp fünfzig Kilometer Küstenhinterland zu sperren, mit Artillerie, und – hopp – die ganze Militärregion 2 geht baden! Kann jemand so dumm sein?»

«Er ist nicht dumm», widersprach John, während er Le Minh das Glas hinhielt, mit einer Geste, die bedeutete, daß er einen weiteren Whisky wünschte. «Er ist in Panik. Und jetzt versucht er den letzten Trick. Will uns unter Druck setzen.»

«Adieu, Da Nang», murmelte einer. «Hatte da eine der brauchbarsten Damen meines Lebens. Haut wie ein Pfirsich.»

«Und das Hochland?» empörte sich ein anderer. «Wir hatten dort einen Dorfhäuptling ausfindig gemacht, in einem Nest, zu dem man eine Woche unterwegs war. Der Kerl vermietete uns für ein paar Kartons Zigaretten und Cola

Cholon – dieser Saigoner Stadtteil mit seinen unzähligen einander gleichenden Wohnstätten war ein ideales Versteck für illegale Kämpfer der Befreiungsfront.

Männer, die schnitten einem Kommunisten bei Nacht gekonnt die Kehle durch. Bevor der es überhaupt merkte, war er schon tot! Warum, zum Teufel, heuert dieser Präsident nicht die richtigen Leute an?»

Vom Sporting Club bis zum «Arizona», dem Lokal in der Tu Do, in dem Thi Nam Steaks servierte, war es eine knappe Viertelstunde Weg. Le Minh erschien in dem verräucherten, mit bunten Lampen schummrig beleuchteten Restaurant, in dem immer wieder Mädchen in Unterwäsche auf der Treppe auftauchten und einem wartenden Kunden zuwinkten. Thi Nam wurde hier geschätzt, weil sie zuverlässig arbeitete und sich mit nichts anderem aufhielt. Der Chinese, dem das Etablissement gehörte, wußte, was Kellnerinnen wert waren, die sich ums Servieren kümmerten und das Geschäft mit den Männern anderen überließen. Als Le Minh sich jetzt an einen freien Tisch setzte, bediente ihn Thi Nam sofort, ohne ein Zeichen des Erkennens zu geben.

«Bier», verlangte Le Minh, genau den Ton der Halbstarken treffend, die mehr und mehr die Lokale der Tu Do bevölkerten, seitdem die GI's nicht mehr da waren. Die Kellnerin holte ein Glas und eine Flasche «33» und goß ein. Le Minh bezahlte sofort. Niemand konnte sehen, daß unter dem Geldschein ein Zettel mit bereits chiffriertem Text lag. Thi Nam steckte beides ein. In einer Stunde hatte sie Feierabend. Le Minh blieb in der Nähe. In dem Gewühl von Spaziergängern, Händlern, Huren, Mopedfahrern, Radfahrern, Rikschas, plärrenden Kindern und bettelnden Invaliden fiel er nicht auf. Er folgte Thi Nam, als sie das Lokal verließ, und achtete, wie sein Befehl es vorsah, darauf, daß ihr niemand nachspionierte.

Sie stieg in einen Bus nach Cholon. Le Minh nahm den Anhängerwagen. Am Cong-Hoa-Stadion stiegen beide aus. In Richtung auf den Rennplatz von Phu Tho gab es einen riesigen Schrottplatz, der einem alten Chinesen gehörte. Dort stand, hinter anderem Gerümpel versteckt, ein arg mitgenommener, eingebeulter Kastenwagen ohne Reifen. Thi Nam vergewisserte sich, daß niemand in der Nähe war, während sie die alten Radkappen auf ihre Verwendbarkeit prüfte, eine Handlung, die für diesen Platz sehr typisch war. Dann huschte sie blitzschnell in das Auto und verriegelte die Tür von innen. Eine Stunde später übergab ein Funker dem Frontoberbefehlshaber der Befreiungsstreitkräfte, General Van Tien Dung, den Kundschafterbericht aus Saigon.

Der General las ihn gedankenvoll. Es waren neue, weitreichende Entscheidungen fällig. «Oben leicht, unten schwer», murmelte er und sah den Funker an. Er kannte diesen gewitzten Jungen aus Hanoi, er hatte einmal eine Strafe ausgesetzt, die für ihn beantragt worden war, weil er während des Dienstes Radio Saigon gehört hatte. Van Tien Dung hatte es bei einem strengen Verweis belassen. Obwohl er Entscheidungen dieser Art selten zu kommentieren pflegte, bemerkte er zu einem seiner Stabsoffiziere: «Der Bursche war sechzehn, als er zu uns kam. Woher soll er wohl wissen, welche Musik gut ist und welche schlecht? Kann ihm das einer von uns beibringen? Ich nicht. Nach dem Krieg wird er es lernen. Man muß unterscheiden zwischen Disziplinlosigkeit und Neugier!»

Als er jetzt den Funker anblickte, lächelte der.

«Haben Sie etwas zu melden?» wollte Van Tien Dung wissen.

«Nein, Genosse General», antwortete der Funker betont stramm, worauf der Frontoberbefehlshaber ihn entließ.

Der Funker lächelte noch, als er schon wieder an seinem Gerät saß. Er mußte bei der seltsamen Losung «Oben leicht, unten schwer» an eine Mode der badenden Amerikanerinnen denken, von der ein Politarbeiter, der aus Saigon stammte, einmal am Rande einer Schulungsstunde gesprochen hatte. Er nannte das, was sich da einbürgerte, «Oben ohne». Wenn nicht alles täuschte, würde das neue Manöver für die Saigoner bald ebenfalls mit einem «Oben ohne» enden.

Cheo Reo

Das oberste Stockwerk der Saigoner US-Botschaft an der Thong Nhut war CIA-Territorium. Das vielstöckige, bunkerähnlich aus Stahlbeton gebaute Hochhaus mit seinen Nebengebäuden, fensterlosen Klötzen, sicher eingezäunten Höfen, Fahrzeugabstellplätzen und Rasenflächen wirkte nach außen hin wie ein Zentrum der Ruhe im hektisch betriebsamen Saigon. Allerdings trog der Schein. Im Inneren des amerikanischen «Forts Saigon» herrschte emsige Betriebsamkeit. Da Botschafter Graham Martin immer noch wegen einer relativ geringfügigen Kiefernoperation in den Vereinigten Staaten weilte – dort hatte er allerdings mit Mister Kissinger eine Pressekonferenz gegeben, bei der er erklärte, Südvietnam drohe keinesfalls etwa der Zusammenbruch –, führte der Chef der CIA-Station Saigon das Kommando. Tomas Polgar war Dienstältester und in alle internen Zusammenhänge am besten eingeweiht. Ihm gehörte die letzte Etage der Botschaft, samt Dach, von dem aus man nicht nur die Stadt überblicken konnte, sondern auch ihre nähere Umgebung. Hier befand sich selbstverständlich eine Hubschrauberplattform, für Notfälle. Die Herren in der nach der Tet-Offensive von 1968 neu errichteten Botschaft wußten aus Erfahrung, weshalb sie ihre Residenz zur Festung gemacht hatten, mit Rettungsausstieg nach oben.

Polgar, fünfzigjährig, ein Mann, der durch sein Äußeres nicht weiter auffiel, dessen Brillengläser starke Kurzsichtigkeit anzeigten und dessen Stirnglatze sich bis zum Hinterkopf dehnte, von einem Haarkranz unbestimmbarer Farbe eingerahmt – in keiner europäischen oder amerikanischen Stadt würde jemand einen zweiten Blick an ihn verschwendet haben –, dieser Mann besaß beträchtliche Macht. Nicht nur in der Botschaft, sondern auch in der Saigoner Politik, mit der er über hundert feine Konspirationsfäden verbunden war. Der unscheinbare Polgar hatte ein ziemlich ereignisreiches Leben geführt. Er war als Stationschef der CIA nicht nur eine Autorität, sondern verfügte auch über mate-

Tomas Polgar, Chef der CIA im Saigoner Staat, oberste Geheimdienstautorität in dem vom Kriege geschundenen Land.

rielle Fonds von beachtlicher Höhe. Man konnte Menschen damit manipulieren, das wußte Polgar gut. Er wurde zornig, weil er relativ spät erst erfuhr, daß Thieu hinter seinem Rücken sozusagen halb Südvietnam aufgegeben hatte. Trotzdem – er begriff schon, was dieser Präsident erreichen wollte.

Sobald Polgar den Mund öffnete und sprach, wunderten sich seine Gesprächspartner, die nichts weiter von ihm wußten, über seine schwerfällige, akzentbeladene Aussprache des Englischen. Wer beim Filmgeschäft einmal mit den in Hollywood nicht eben seltenen ungarischen Produzenten und Regisseuren zu tun gehabt hatte, wußte natürlich sogleich, daß er hier einen gebürtigen Ungarn vor sich hatte. Kaum einer der CIA-Mitarbeiter in Saigon allerdings hatte jemals mit ungarischen Filmleuten zu tun gehabt, daher zerbrach sich mancher den Kopf, weshalb der durchaus sprachbegabte Chef, der unter anderem deutsch, französisch, griechisch und spanisch las, sich ausgerechnet mit dem Amerikanischen so schwer tat. Doch über die Herkunft des Chefs wurde hier kaum gesprochen. Polgar war, noch bevor Hitler in Deutschland den Faschismus etablierte, aus Ungarn nach den Vereinigten Staaten ausgewandert und schlug sich dort in verschiedenen Berufen durch, bis ihn das OSS entdeckte, die Vorgängerorganisation der CIA während des zweiten Weltkrieges.

Zunächst erfüllte er, was ihm durch seine, wenngleich akzentgefärbten, Sprachkenntnisse erleichtert wurde, kleinere Spionageaufträge im feindlichen Hinterland. Seine Vorgesetzten erkannten bald, daß sie einen ehrgeizigen, einfallsreichen Mann vor sich hatten, und damit begann sein Aufstieg. So wurde er 1947 Adjutant von General Lucian Truscott, dem damaligen Chef der CIA-Station für Westdeutschland, die immerhin 1600 Mann reguläres Personal hatte, nicht gezählt die «verdeckten Mitarbeiter». Er blieb lange in Westdeutschland. Dann schickte ihn die Agentur an verschiedene andere Orte, an denen es heikle Missionen zu erfüllen gab, zuletzt nach Argentinien – hier schon als Chef der Station.

Es war in Buenos Aires, wo Polgar einen spektakulären Coup vollbrachte, eine Sache, die ebensogut böse hätte enden können; für die hundertfünfzig Passagiere der Verkehrsmaschine nämlich, die von einigen sich politisch gebärdenden kriminellen Wirrköpfen aus den USA gekidnappt worden waren.

Um die Zeit, da die Maschine auf dem Flughafen von Buenos Aires aufgetankt wurde, mitten im heißesten Sommer, führte Polgar, der sich als Konsul ausgab, ein Gespräch mit den Kidnappern. Weil es an Bord längst kein Wasser mehr gab, bot er ihnen als «Zeichen guten Willens» an, vor dem Weiterflug ein paar Flaschen Coca Cola auf seine Rechnung zu trinken. Es muß sich um ziemlich naive Entführer gehandelt haben, sie tranken das Zeug tatsächlich ahnungslos. Da Polgar es mit einem schnellwirkenden Betäubungsmittel aus der Hexenküche der Agentur hatte präparieren lassen, schliefen sie bald sehr tief, und die Entführung fand ihr Ende. Polgar wurde wie ein Held gefeiert. Wenig später übernahm er dann einen der bedeutendsten, wenn auch heikelsten Posten, die die CIA zu vergeben hatte: Er wurde Chef in Saigons Station, wo die USA um diese Zeit gerade die entscheidenden Vorkehrungen für ihren Krieg trafen.

Polgar konnte den egozentrischen Botschafter Martin im Grunde nicht leiden, aber er respektierte ihn, zumal Martin die seltene Gabe besaß, äußerst gelehrt zu reden. Mit Hilfe verbaler Akrobatik brachte er es fertig, selbst die schlimmsten Niederlagen der Washingtoner Außenpolitik noch als Siege zu präsentieren. Außerdem hatte sich der kluge Botschafter stets gehütet, die Eitelkeit Polgars auch nur zur Kenntnis zu nehmen. Das führte ebenfalls dazu, daß es zwischen den beiden Männern, obgleich sie die Lage in Vietnam höchst unterschiedlich bewerteten, mehr gab als nur eine Art Burgfrieden. Sie pflegten die Zusammenarbeit, weil der eine vom anderen wußte, daß er ein unerschütterlicher Antikommunist war. Das kittete, trotz aller anderen Unterschiede.

Solange Polgar Oberhaupt der Botschaft war, gehörte es zu seinen Pflichten, anstelle des Botschafters regelmäßig Situationsberichte zu verfassen, die in Washington zwar kaum noch jemand las, die aber erwartet wurden. In seiner Position als Chef der Geheimdienst-Station wiederum war Polgar verantwortlich für die analytische Seite der Berichterstattung, die die CIA-Zentrale in Langley verlangte. Naturgemäß wurde in den CIA-Analysen viel offener gesprochen als in den für den Botschafter verfaßten Lageberichten an das State Department. Deshalb saß Polgar seit Beginn der Kämpfe im Hochland, und solange Graham Martin nicht auf seinen Botschafterposten zurückkehrte, zwischen zwei sehr verschiedenen Stühlen. Er entschied sich, die bisher geübte Praxis fortzuführen: Zum State Department gingen rosige, hoffnungsvolle, perspektivreiche Berichte über die Saigoner Situation, die Polgar von einem «Schönschreiber» in seiner Etage anfertigen ließ, nach Geschmack sozusagen. An die CIA-Zentrale in Langley hingegen, in der Polgars Vorgänger Ted Shackley, ein erfahrener Asien-Mann, jetzt Leiter der Ostasien-Abteilung war, gingen Analysen, aus denen sich der unvermeidliche Zusammenbruch der Saigoner Armee und Regierung ablesen ließ.

«Diese Kerle sind nicht nur total durcheinander», brüllte Polgar am 16. März, als er nach seinem Frühstückskaffee, den er im Hotel «Duc» einnahm, in seinem Büro die ersten Meldungen über den Rückzug der Saigoner Truppen aus

Kontum und Pleiku las, «die sind so dumm, daß man sich als Amerikaner schämt, sie zu kennen! Wozu haben sich unsere Berater bloß jahrelang Mühe mit ihnen gegeben!»

Danach bestellte er einen Hubschrauber der Air America, die immer noch mit amerikanischem Personal im Lande operierte, und ließ sich in Richtung Pleiku fliegen. Neben ihm saß John, derselbe Analytiker, der den Special-Forces-Veteranen bereits an jenem Abend am Schwimmbecken des Sporting Club angedeutet hatte, sie würden das Desaster, das sich in Südvietnam anbahnte, auch nicht mehr aufhalten.

Nördlich von Pleiku bewegte sich ein Strom von Flüchtlingen, der von Kontum her kam, auf die Stadt zu. Beamte der Saigoner Regierung hatten, gemäß den Umsiedlungsvorstellungen Thieus, den Leuten eingeredet, sie sollten schleunigst hinter dem Militär herlaufen. Nur so könnten sie der Rache der Kommunisten entgehen, die keinen von ihnen am Leben ließen.

Der Pilot, obwohl seit Jahren in Vietnam fliegend, hatte Mühe, die Stelle zu finden, wo der überwucherte einstige Holztransportweg 7B von der ausgebauten Nord-Süd-Straße Nr. 14 ostwärts abging. Bei der Ortschaft Thanh An markierte sich dann die Abzweigung vor allem dadurch, daß hier plötzlich alle Fahrzeuge, Marschkolonnen und Flüchtlingsströme, die im bunten Durcheinander südwärts auf der Straße Nr. 14 gezogen waren, abbiegen mußten, in einen viel engeren Weg.

Zunächst sah er nur wie eine Schneise aus, aber nachdem der Hubschrauber einige Kilometer geflogen war, zeigte sich an manchen Stellen unter dünnem Bewuchs eine Art Karrenpfad, der allerdings schon nach einer kurzen Strecke wieder von üppigem Pflanzenwuchs unsichtbar gemacht wurde. Für die angestaute Masse von Soldaten und Zivilisten, Gefechtsfahrzeugen und Personenwagen, Handkarren und sogar Rikschas stand ab hier eine Reise voller Hindernisse bevor.

Polgar erkannte unschwer, daß es sich hier nicht mehr um eine strategische Absetzbewegung handelte, sondern um regellose Flucht, die durch das eigenwillige Manöver Thieus ausgelöst worden war. Doch vor wem flohen die Leute? Noch zeigte sich, so weit man vom Hubschrauber aus das Gelände zu übersehen vermochte, kein Gegner. Polgar meldete nach Saigon, was er sah. Man sollte sofort über den CIA-Verbindungsmann im Palast den Präsidenten davon in Kenntnis setzen, was im Hochland geschah. Er sollte später nicht sagen können, er habe von nichts gewußt. Außerdem war Langley zu benachrichtigen. Polgar veranlaßte einen vorläufigen Hinweis, den er nach seiner Landung in Saigon vervollkommnen würde. Und er sprach über das Funkgerät persönlich mit dem Diensthabenden im sogenannten DAO, einem Oberst, der die Nachricht vom Chaos im Hochland für Polgars Geschmack zu gelassen aufnahm. Doch Polgar hatte ihm nichts zu befehlen, das DAO unterstand den Streitkräften, in deren Befehlsstruktur durfte sich auch der Chef der CIA-Station nicht eigenmächtig einmischen.

Die Abkürzung DAO stand für Defence Attachés Office, eigentlich das Büro des Militärattachés in der Saigoner US-Botschaft. Mit der Eskalation des Krieges war aus diesem Büro ein regelrechter Generalstab geworden, mit Hunderten von Mitarbeitern, Computern und dem entsprechenden technischen und zivilen Personal. Das Ganze war in einem festungsartig im Viereck gebauten Gebäudekomplex in der Nähe des Flughafens Tan Son Nhut untergebracht, streng bewacht, auch jetzt noch, da sich die Reihen der Mitarbeiter zusehends lichteten.

Die Army hatte ausgespielt in Vietnam. Lediglich die CIA besaß noch ein einigermaßen vollständiges Netz von Außenposten im von Saigon beherrschten Gebiet, eigene und vietnamesische Mitarbeiter, Spitzel, Killer, V-Männer und Denunzianten. Die Agentur würde sich als letzte Institution der USA aus Vietnam zurückziehen. Bis dahin mußte die Operationsfähigkeit eines neues Netzes gesichert werden, für die Zeit, wie Polgar illusionslos voraussah, da die Kommunisten hier regierten.

Die Agentur hätte viel mehr Zeit gebraucht, um ihre Arbeit auf die harten Bedingungen umzustellen, die unter dem kommenden Regime herrschen würden. Diese Leute, die man so oft unterschätzt hatte, wurden von Polgar längst als ernstzunehmende Gegner eingestuft, vor allem was die Spionageabwehr betraf. Er wußte, daß seit Beginn des Vietnamkrieges kein entscheidender Durchbruch im Norden zu erzielen war, obwohl man ein Team von Diversanten nach dem anderen abgesetzt hatte.

Das Sicherheitssystem des Nordens ließ sich am besten noch mit der dortigen Luftabwehr vergleichen – es war schwer zu überwinden. Die Amerikaner hatten wenig Aufhebens von ihrer letzten großen Aktion gemacht, weil sie, wie andere davor, fehlgeschlagen war. Lächerlich endete dieses Top-Secret-Unternehmen, bei dem eine Flotte Hubschrauber von See her, den Küstenradar unterfliegend, bis in das Gebiet vordrang, in dem sich nach Meldungen der Aufklärung das Lager der über dem Norden abgeschossenen US-Piloten befinden sollte.

Polgar war an der Ausarbeitung der Sache beteiligt gewesen, deshalb erinnerte er sich ungern daran. Bei tiefer Nacht landeten die Hubschrauber inmitten von einstöckigen Baracken. Die Stoßtrupps sprangen mit schußbereiten Waffen vorwärts, um die Posten zu töten und die Piloten zu befreien. Doch nirgendwo zeigte sich ein Licht, nirgends gab es einen Laut, nicht einmal ein Hund bellte. Die Baracken waren unbewohnt und baufällig, eine Geisterstadt à la Hollywood. Hanois Abwehr, die gar nicht so verschlafen sein konnte, daß sie diese ganze Operation einfach verpaßte, machte sich nicht einmal die Mühe, den Angriff abzuschlagen. Offenbar hatte man das Gelände im weiten Umkreis vorher so abgesichert, daß man es sich leisten konnte, die verwirrten Soldaten ungehindert wieder abfliegen zu lassen. Eine totale Blamage!

Als Polgar die nächste Meldung, wo sich das Gefangenenlager der US-Piloten nun wirklich befinden sollte, auf den Tisch bekam, warf er sie fluchend in den Streifenschneider.

Angesichts dessen, was sich da unter dem Hubschrauber

abspielte, begriff der Stationschef, es war höchste Zeit, das eigene Personal aus den entfernteren Gegenden nach Saigon zurückzuführen. Struharick in Buon Me Thuot war schon einer zuviel, der dem Gegner in die Hände gefallen war.

Saigon war ohnehin der letzte Stop vor dem endgültigen Heimflug. Und der konnte nicht mehr lange auf sich warten lassen. John, Polgars Analytiker, rechnete Ende April mit dem endgültigen Zusammenbruch von Thieus Armee. Man durfte keinen Tag mehr zögern. Was Polgar allerdings mehr Sorgen machte, war der Aufbau des Nachkriegsnetzes, mit dessen Hilfe die CIA weiter die Möglichkeit für künftige Aktionen behalten wollte.

Es würde ein dünnes Netz werden, leider. Und die Leute waren nicht zu beneiden, weil die Kommunisten Landesverrat nicht gerade als Kavaliersdelikt ansahen. Das war auch der Grund für ein weiteres Problem, das Polgar auf die Station Saigon zukommen sah: Jetzt schon lagen von angestellten und frei operierenden vietnamesischen Agenten, Spitzeln und Informanten, V-Leuten und sogenannten Vollstreckern Tausende von Anträgen vor, in die USA evakuiert zu werden, bevor die Kommunisten kamen. Die Zahl würde sich nach den Vorgängen im Hochland sprunghaft erhöhen. Wobei man berücksichtigen mußte, daß jeder dieser Leute seine Frau und durchschnittlich vier Kinder mitnehmen wollte, die Eltern beiderseits ebenfalls, oft auch noch Großeltern, Brüder, Schwestern, Tanten.

«Dreh um», forderte Polgar den Piloten auf. Er hatte genug gesehen. «Setz mich direkt auf der Botschaft ab, da verliere ich nicht soviel Zeit!»

Tomas Polgar nahm an, genug gesehen zu haben. In Wirklichkeit konnte ein Blick aus der Luft nur einen schwachen Eindruck von dem vermitteln, was da unten vor sich ging. Eine Straße war die 7B ohnehin nicht, aber sie war über weite Strecken nicht einmal ein Weg, eher ein Pfad. Panzer rollten nun voran und walzten eine Art Schneise in das Unterholz. Ihnen folgten andere Fahrzeuge. Die ersten hatten es noch relativ leicht. Aber nachdem fünfzig oder

Räumung im Hochland – oft ohne daß sie es selbst wollten, wurden die Bewohner von Hochlanddörfern während der Offensive in Richtung Saigon verschleppt; viele wurden auch Opfer der Propagandahysterie.

hundert beladene Lastwagen über die Schneise gerollt waren, deren Boden naß war, wie überall der Dschungelboden unter dem Dach der Baumkronen, die die Verdunstung verzögerten, bestand er nur noch aus metertiefem, zerwühltem Schlamm, in dem sich keuchende Männer bemühten, steckengebliebene Fahrzeuge wieder flottzumachen. Marschgruppen bewegten sich vorwärts und drängten Zivilisten, die ihnen in den Weg kamen, einfach zur Seite. An den Rändern dieses Fluchtwegs starben alte Frauen und Männer; Säuglinge wurden in den Wald geworfen; Rangers schossen auf alles, was ihnen in den Weg kam, sie durchlöcherten PKW-Reifen ebenso wie die Körper von Büffeln, die Karren zogen. Panik war ausgebrochen. General Pham Duy Tat, den der Befehlshaber der Militärregion 2 mit dem Rückzug betraut hatte, war nicht auf die Idee gekommen, daß die Leute unterwegs auch essen mußten, daß Sanitäter gebraucht wurden. Er hatte einfach den Abmarsch befohlen und sich abgesetzt.

Wenn Polgar in seinem Hubschrauber noch Beruhigung darüber empfunden hatte, keinen Gegner in der Nähe der chaotischen Rückzugsschneise zu sehen, so hatte er die Befreiungsstreitkräfte wieder einmal unterschätzt. General Van Tien Dung hatte bereits eine Entscheidung getroffen.

Der Ban-Bleik-Paß, eine enge Stelle auf dem hügeligen Weg, den die kunterbunte Kolonne passierte, war das Ziel eines Regiments der berühmten 320. Division. Cheo Reo, die wenige Kilometer östlich des Passes liegende, schläfrige Ortschaft, in der jetzt neugierige Kinder und Erwachsene mit träger Gelassenheit das Durcheinander beobachteten, war das Ziel eines zweiten Regiments. Beide kamen aus südlicher Richtung, aus dem Raum Buon Me Thuot. Jetzt strebten sie in Eilmärschen vorwärts. Sie nahmen Granatwerfer mit, leichte Panzer begleiteten die auf Cheo Reo zu operierende Kolonne. Während des Marsches verständigten sich die beiden Kommandeure über ihr Vorgehen.

Der Marsch war schwierig. Hintereinander gingen, rutschten, krochen die Soldaten auf den Pfaden, die sich zwischen den Dörfern der nationalen Minderheiten hinzogen. Die Panzer benutzten einigermaßen befestigte Wege, und zwar bei Nacht. Jeder Soldat war müde, aber jeder schleppte sich vorwärts, bis es dann plötzlich Halt gab, weil der Bereitstellungsraum erreicht war.

«Essen empfangen!»

Der Ruf, der sonst laute Freude auslöste, wurde schweigend quittiert, nicht nur wegen der Nähe des Gegners, sondern weil viele zu müde zum Essen waren. Mancher schlief mit dem Reis in der Hand ein. Niemand weckte die Soldaten; die Kommandeure ließen sie ruhen, solange es ging. Jede Minute Schlaf zahlte sich erfahrungsgemäß im Gefecht aus.

Es war die Nacht zum 16. März, als die ersten Stoßtrupps der 320. Division die Hügel um den Ban-Bleik-Paß erreichten. Binnen weniger Stunden hatten sie Ausgangspositionen festgelegt, und die Truppen wurden aus den Bereitstellungsräumen nachgezogen.

Nun galt es abzuwarten. Während dieser Zeit schärften die Kommandeure den Soldaten ein, mit welcher Taktik angegriffen werden sollte.

«Wir stoppen sie», erklärten die Offiziere, «dann fordern wir sie auf, sich zu ergeben. Falls sie das nicht tun, greifen wir an. Zivilisten sind in jedem Falle zu schonen.»

Während der Nachtstunden trat auf der 7B etwas Ruhe ein. Ältere Leute und Kinder ließen sich einfach zu Boden sinken, um zu schlafen. Militärfahrzeuge standen hier und da, die meisten bereits ohne Treibstoff, widerwillig von den Soldaten verlassen, die nun den schweren Fußmarsch antreten mußten.

Als sich am Himmel im Osten ein erster grauer Schein zeigte, der den Tag ankündigte, gaben die Kommandeure der Volksbefreiungstruppen den Befehl zum Angriff. Gleichzeitig ließ der Regimentskommandeur, ein ehemaliger Lehrer aus Huê, die Granatwerfer das Feuer eröffnen.

General Pham Duy Tat hatte in Cheo Reo Quartier genommen. Er schlief in einem der besseren Pfahlhäuser, aus denen man die Bewohner verjagt hatte. Der Chef der Miliz, ein fettleibiger Saigoner, den seine zwei Töchter und seine Frau umgaben, hatte General Tat noch am Abend versichert, der Ort sei absolut ungefährdet. Nie wären hier Kommunisten gesehen worden, und die Bevölkerung wisse, daß sie die Anweisungen der Miliz ohne Widerstand zu befolgen habe. Anschließend hatten die beiden Männer noch eine Flasche Choum geleert. Dieser im Ort aus Früchten gebraute Schnaps war so stark gewesen, daß Tat nur schwer in die Wirklichkeit zurückfand, als westlich des Dorfes die Granatwerfereinschläge einen flammenden Ring um die auf dem Paß lagernden Rangers der 23. Gruppe zogen. Der General sah nicht, wie gleichzeitig Soldaten der Befreiungstruppen mit schußbereiten Maschinenpistolen hangabwärts stürmten. Was die Kommandeure ihren Soldaten vorher eingeschärft hatten, ergab sich nun aus der Situation fast von selbst: Zivilisten drückten sich ängstlich an den Boden und rührten sich nicht, während die Rangers, denen man in ihrer Ausbildung immer wieder eingebleut hatte, kein Kommunist sei ihnen gewachsen, aufsprangen und zurückschossen.

Sie glaubten an einen Überfall einer kleinen Partisanentruppe, mit der sie leicht fertigwerden könnten. Aber die Befreiungssoldaten verloren keine Sekunde, sie schossen auf jeden, der sich vom Boden erhob und eine Waffe trug. Wer liegenblieb, war zunächst sicher, das begriffen schließlich auch die Rangers, also legten sie sich wieder hin. Als es hell wurde, kommandierten die Sieger, die plötzlich überall zu sein schienen, knapp und militärisch: «Soldaten aufstehen!»

Die Rangers taten es, mit erhobenen Händen. Es gab nur wenige unter ihnen, die angesichts der auf sie gerichteten Waffen weiteren Widerstand wagten. Deshalb hörte General Tat auch nur noch wenige Schüsse vom Paß her, als das Granatwerferfeuer verstummt war, denn die Kommandos der Sieger drangen nicht bis zu ihm ins Dorf. Sie lauteten: «Stellt euch in Kolonne auf. Zivilisten können vorerst sitzenbleiben!»

Schon dachte General Tat an einen abgewehrten Feuerüberfall, da hörte er aus südlicher Richtung das Geklirr von Panzerketten. Er wußte nicht, was er davon halten sollte. Das da am Paß war wohl nur eine Schießerei gewesen. Aber wieso kamen von Süden her Kettenfahrzeuge durch das Gehölz? Gab es vielleicht einen Weg, der von da nach Cheo Reo führte?

«He!» schrie er, als er sah, wie der dicke Milizkommandant sich in einen Jeep quetschte und mit seinen drei Weibern ostwärts verschwand. Nun rief Tat seine ebenfalls noch ziemlich benommenen Stabsoffiziere zusammen. Er schickte einen Melder zum Paß; aber der Mann kam nicht zurück. Minuten später schlug die erste Panzergranate im Dorf ein. Erst da merkte der General, daß es in Cheo Reo keine Einwohner mehr gab. Sie hatten sich im Laufe der Nacht in die umliegenden Wälder geflüchtet. Zwischen den Pfahlhäusern liefen ein paar schwarze Schweine herum, Hühner, und überall standen oder lagen verwirrte, betrunkene Offiziere.

General Tat beschloß, selbst in Richtung der Panzergeräusche zu fahren. Er wollte klären, ob es sich bei den Fahrzeugen nicht vielleicht um eigene handelte, die irrtümlich schossen. «Mir nach!» kommandierte er, als er mit schiefsitzendem Barett und aufgekrempelten Ärmeln, ein M-16-Gewehr in der Hand, losstürmte. Einige folgten ihm, aber erst in ziemlichem Abstand. So konnten sie nicht sehen, daß General Tat kurz hinter dem letzten Pfahlhaus an der sogenannten Straße 7B wie angewurzelt stehenblieb. Da lagen nämlich vor ihm die Reste des Milizjeeps, mit dem der Dicke geflüchtet war. Nicht weit davon hielt ein Panzer, aus dessen Luke ein Soldat mit einer seltsamen schwarzen Polsterkappe auf dem Kopf die Gegend musterte. Das Rohr der Kanone zeigte in Richtung Dorf.

General Tat kam nicht mehr dazu, den Typ des Panzers, der den gefürchteten Stern der Befreiungsfront trug, genau zu bestimmen. Er merkte, daß der Soldat im Turm grinsend auf ihn herabblickte. Und dann glitt das Bild plötzlich weg. Der Bewohner des Pfahlhauses, in dem der General die Nacht verbracht und aus dem er zuvor die Familie verjagt hatte, war mit einem Knüppel hinter ihn geschlichen und hatte das Hartholz auf seinen Kopf niedersausen lassen. Als General Tat aus seiner Ohnmacht erwachte, mit noch mächtigerem Schädelsausen als zuvor, befand er sich bereits in Gefangenschaft. Die Befreiungstruppen hatten inzwischen den letzten Widerstand im Dorf niedergekämpft. Einige Bewohner halfen dabei, die Betrunkenen zusammenzutragen und ängstliche Offiziere zu zwingen, aus den Pfahlhäusern herauszuklettern.

Der Rangergeneral hatte viel von seiner Selbstsicherheit verloren. Als er vernommen wurde, gab er beinahe respektvoll Antwort auf die Fragen. Insgeheim fürchtete er, man würde ihn erschießen, so wie seine Soldaten das mit gefangenen Kommunisten grundsätzlich zu tun pflegten. Aber er wurde nur unter Bewachung gestellt, unweit des Passes, wobei man ihm sagte, er werde hier so lange bleiben, bis die Volksbefreiungstruppen Gefangenenlager für die vielen Saigoner Soldaten eingerichtet hätten, die es inzwischen unterzubringen gebe.

Cheo Reo war der vorletzte Akt der Katastrophe für die aus dem Hochland abgezogenen Saigoner Truppen. Wer sich westlich des Ortes befand, wurde in den nächsten Tagen nach und nach gefangengenommen; die Zivilisten schickte man in ihre Wohnorte zurück.

Östlich von Cheo Reo, bei dem die Befreiungstruppen die flüchtende Saigoner Kolonne sozusagen halbiert hatten, gab es noch die 7. Rangergruppe, eine ebenfalls für ihre Grausamkeit berüchtigte Bande. Deren Kommandeur verfügte über gute persönliche Beziehungen zur Luftflotte in Saigon, die es bisher vermieden hatte, sich einer Gefahr auszusetzen, indem sie einfach nicht startete. Nun endlich gelang es dem Rangerchef der 7. Gruppe über die Vermittlung eines guten Freundes, in Nha Trang drei Ketten A-37 zum Eingreifen zu bewegen.

Cessna-Kampfflugzeuge mit dem wie flachgequetscht anmutenden Rumpf griffen am 17. März eine Einheit, die sie für Kommunisten hielten, auf der 7B östlich von Cheo Reo mit Bomben und Bordwaffen an. Doch sie irrten sich; es

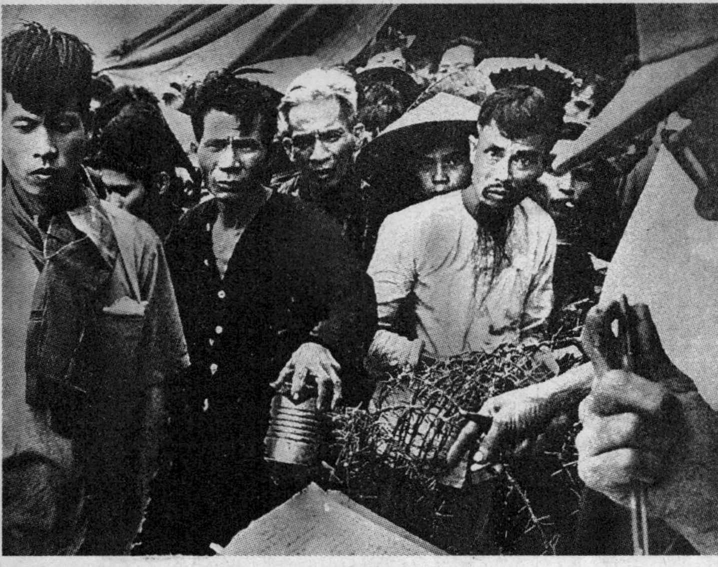

Essenverteilung an Flüchtlinge – gab es nur in den ersten Tagen der Offensive, wenig später hörte auch diese geringfügige Sozialleistung auf; die Leute, die den Propagandisten Saigons Glauben schenkten, waren auf sich selbst angewiesen.

war ein Bataillon der 7. Rangergruppe, das sie hier fast völlig vernichteten. Danach kamen sie nicht mehr. Aber am nächsten Morgen griff ein Regiment der 320. Division an. Es schlug östlich von Cheo Reo so kraftvoll zu, daß der Gegner sich, ohne nennenswerten Widerstand zu leisten, fluchtartig in Richtung Küste, auf Tuy Hoa zu, entfernte. Das Regiment nahm die Verfolgung auf. Überall am Wege saßen erschöpfte Zivilisten; gestorbene Kinder wurden begraben; zerbeulte, ausgebrannte, aber auch intakte, aus Benzinmangel stehengelassene Fahrzeuge aller Art säumten die 7B. Niemand aus Saigon kümmerte sich mehr darum.

Tomas Polgar bekam vom Sicherheitsberater des Präsidenten Thieu, den er um Aufschluß über die Ursachen des Desasters im Hochland gebeten hatte, die ausweichende Antwort, hier habe es einen großen Irrtum gegeben, ein Mißverständnis. General Pham Van Phu habe seine Weisungen nicht richtig aufgefaßt und die Truppenbewegungen zu früh und obendrein falsch ausgeführt. Außerdem hätten die Angehörigen der nationalen Minderheiten im Hochland die Regierung verraten und den Kampf gegen die Kommunisten vorzeitig eingestellt.

Die Militärregion 2 war verloren, das war nicht mehr zu leugnen, obwohl es keine Saigoner Zeitung melden durfte. Selbst die CIA-eigene «Saigon Post» und die «Pacific Stars and Stripes» hielten sich zurück. Aber ein ebenso findiger wie mürrischer und rüder französischer Journalist namens Paul Leandri traf sich am Abend nach der Einnahme von Cheo Reo mit einem seiner Informanten auf der Terrasse des «Majestic». Der Informant war Oberst im Stab des Generals Pham Van Phu. Er war in dessen Auftrag von Nha Trang nach Saigon geflogen, um eine Privatangelegenheit für den General – die Evakuierung von dessen Familie nach Thailand – zu erledigen. Für seine Tips aus der Militärregion 2 hatte der Oberst von Leandri stets ein diskret überreichtes Handgeld bekommen, das er trotz seines hohen Dienstgrades nicht verschmähte. Er nahm es auch diesmal. In Dollars.

«Und die Montagnards? Die Bergstämme?» fragte der Franzose. «Haben sie sich so einfach mit den Kommunisten arrangiert?» Er glaubte es nicht.

Der Oberst griff nach dem Bierglas und nahm einen langen Zug. Er war zufrieden, denn er hatte für seine eigene Familie ebenfalls schon Flugtickets nach Bangkok in der Tasche. Sie würde in den nächsten Tagen fliegen und er selbst bald folgen. Neu anfangen, in Bangkok, mit einem nicht unbeträchtlichen Bankkonto. Als Stabsoffizier hatte er Hunderttausende verdienen können, indem er die Zahl der zu entlohnenden Soldaten der Division einfach um ein Drittel höher angab. Den Überschuß hatte er mit dem Kommandeur geteilt. Aus dem Verkauf der Verpflegung, die man für die Überzahl an Soldaten bezog, waren ebenfalls noch erhebliche Summen herauszuschlagen gewesen.

«Nun», korrigierte er den Franzosen jetzt gelassen, «die Sache war schon ein bißchen anders, Monsieur Leandri. Als der Angriff auf Buon Me Thuot begann, lösten sich viele unserer dort stationierten Einheiten praktisch auf. Ich bedaure, sagen zu müssen, daß die Offiziere sich zuerst entfernten. Die Soldaten folgten ihrem Beispiel. Nur daß sie schnell noch überall in die Häuser eindrangen, um ein paar Wertsachen zu stehlen, die sie später zu Geld machen wollten. Ein schlimmer Vorgang. Zuweilen vergewaltigten sie dabei die eine oder andere junge Frau, das rief dann deren Männer auf den Plan, die in den Montagnards-Einheiten Dienst taten. Sie eilten nach Hause, um ihre Familien und ihr Eigentum zu schützen. So ergab sich, daß sie nicht nur im Kampf gegen die Kommunisten fehlten – sie sahen in ihnen vielfach so etwas wie Retter.»

«Interessant», murmelte der Franzose. Die Disziplinlosigkeit der Saigoner Soldaten war bekannt, was der Oberst da erzählte, klang deshalb durchaus wahr. Die beiden Männer saßen noch eine Weile, dann bezahlte Leandri, und sie verabschiedeten sich.

«Bis zum nächstenmal!» brummte Leandri, aber er sah voraus, daß er den Oberst nicht mehr zu Gesicht bekommen würde. Eine halbe Stunde später telegrafierte er nach

Paris. Als er das Telegrafenbüro verließ, stürzten sich zwei Polizisten auf ihn und zerrten ihn in einen geschlossenen Wagen. Das Auto des Journalisten brachte ein dritter Polizist zum Büro der Staatspolizei, wo Leandri einem Beamten vorgeführt wurde, der barsch den Namen des Informanten verlangte.

Leandri war zwar mürrisch und maulfaul, aber er war ein Korse, und den Leuten von dieser Insel wird nicht zu Unrecht leichte Erregbarkeit nachgesagt, die sich ganz schnell zu heißem Zorn und handgreiflichen Auseinandersetzungen steigern kann. Er war kein höflicher Franzose, deshalb bot er dem vietnamesischen Polizeibeamten auf die Frage nach dem Informanten an, er könne gern seinen Hintern küssen.

«Monsieur», erwiderte der Beamte, mit Mühe um Gelassenheit ringend. «Sie verbreiten Gerüchte. Das ist verboten. Vielleicht sind Sie ein verkappter Kommunist, der hier Verwirrung stiften will. Also ...»

«Ich werde dir das Maul polieren, du Hundefresser!» drohte Leandri erbost. Noch niemand hatte ihn verdächtigt, Kommunist zu sein. «Wage nicht, mich noch einmal festnehmen zu lassen! Besorg es dir selbst und deiner Mutter und der Großmutter, aber sprich mich nicht mehr an, oder du wirst es bereuen!»

Damit wandte er sich einfach ab und verließ das Büro. Der Beamte war nicht so verblüfft, wie es den Anschein gehabt hatte. Er drückte den Knopf seines Sprechgerätes und befahl der Wache: «Der Franzose verläßt nicht den Hof!»

So wurde Paul Leandri am Gebäudeausgang aufmerksam gemacht, er habe gefälligst zu bleiben. Der Korse lachte nur. Auf dem Hof stand sein Wagen, den der dritte Polizist hergefahren hatte. Leandri hatte die Hand am Türgriff, als der Posten am Tor seine Pistole zog und ihn in den Kopf schoß.

Die Botschaft Frankreichs protestierte noch am späten Abend energisch und drohte mit internationalen Konsequenzen. Thieus Sicherheitsberater wandte sich an CIA-Chef Polgar, der sollte vermitteln. Polgar lehnte ab, er habe mit der Sache nichts zu tun, sei weder das Kindermädchen französischer Journalisten noch Saigoner Polizeibeamter.

Es blieb bei dem französischen Protest, Konsequenzen folgten nicht. Die ganze Sache hielt den völligen Zusammenbruch der Militärregion 2 nicht mehr auf.

Der blutige Strand

Premierminister Khiem, für gewöhnlich in dunkle Anzüge, weiße Hemden mit dezenten Schlipsen und modische Halbschuhe gekleidet, trug die gescheckte Tarnuniform der US-Rangers, als er am 19. März mit einigen Begleitern die C-47 in Saigon bestieg, um in der Militärregion 1, hoch im Norden, «nach dem Rechten zu sehen». Er putzte sorgfältig seine Brille, wollte nichts verpassen, was es vielleicht während des Fluges durch das Fenster neben seinem Sitz zu sehen gäbe. Doch da gab es nicht viel: dunkles Grün, abgelöst von rötlich-gelben trockenen Reisfeldern, Dämme, Wasserläufe, Wald, ab und zu ein Dorf, nicht selten nur die Ruinen davon.

In Nha Trang, während die Maschine aufgetankt wurde, besuchte er den nunmehr hier residierenden General Pham Van Phu, der sich immer noch als Chef der Militärregion 2 fühlte, obwohl sie zum größten Teil bereits von den Befreiungsstreitkräften erobert war und sich nur noch Reste flüchtender Saigoner Truppen auf dem letzten Stück der 7B Tuy Hoa entgegenquälten. Sie waren zerlumpt, ausgehungert, und sie hatten Angst, weil sie die Nähe ihrer Verfolger Tag und Nacht spürten.

General Pham Van Phu konnte nicht verbergen, daß seine Hände zitterten. Er war nicht in der Lage, genau zu sagen, was auf dem letzten Teil der 7B tatsächlich geschah. Khiem sah das Chaos selbst nach seinem Weiterflug, als er dem Piloten befahl, die Maschine tiefer zu fliegen. Offenbar waren die meisten Motorfahrzeuge stehengelassen worden. Zwischen ihnen wimmelte es von Menschen. Die einen hasteten vorwärts, die anderen plünderten die Ladeflächen der Lastwagen, obwohl sie, vom langen Marsch geschwächt, ohnehin nichts tragen konnten.

«Da Nang», befahl Khiem. Als er dort den wenig zuversichtlichen und wegen des Abzugs seiner Luftlandedivision verärgerten General Truong nach der Lage befragte, hörte er ein Lamento darüber, daß seine Truppen völlig unzureichend seien, in Zahl wie in Bewaffnung. Obwohl er zahlen-

General Ngo Quang Truong, Kommandeur der Militärregion 1, gab seine Hauptstützpunkte Da Nang und Huê auf, als die Befreiungskräfte angriffen, und zog sich nach Süden zurück.

mäßig immer noch den Befreiungsstreitkräften, die ihm gegenüberstanden und deren Stärke seine Aufklärung ungefähr bestimmen konnte, weit überlegen war, erklärte er sich praktisch jetzt schon als besiegt.

«Wir stehen vor der Katastrophe», eröffnete er dem Premier in seinem Lageraum, an der großen Karte der Militärregion. «Hier, im Norden der Provinz Quang Tri, steht eine feindliche Gruppierung. Drei weitere stecken in dem Gebiet, das uns um Da Nang und Huê verblieben ist. Wir sind stärker, aber aufhalten können wir sie nicht, sobald sie angreifen.»

«Was sind dann die Truppen wert, die Sie befehligen, General?» wollte der Premier wissen.

Truong sagte ihm, sie seien einfach des Kampfes müde. Und er führte eine Anzahl von weiteren Faktoren an, die eine innere Zersetzung bewirkten. Aus einer einzigen Maßnahme in der Vergangenheit ergab sich beispielsweise heute eine Kette von schwerwiegenden Folgen: Man hatte, um dem Bedürfnis der in der Region stationierten Soldaten nach einem Familienleben entgegenzukommen, Frauen, Kinder und weitere Verwandte hierher umgesiedelt. Die Soldaten waren darüber sehr zufrieden gewesen. Jetzt aber zeigte sich die Kehrseite. Große Teile der stationierten

Truppen, die den Angriff der Befreiungsarmee fürchteten, waren nunmehr damit beschäftigt, ihre Familien in Richtung Süden zu bringen, mit allen möglichen legalen und illegalen Methoden. Disziplin und Kampfkraft waren entscheidend geschwächt, oft war nur die Hälfte der registrierten Soldaten in den Einheiten anwesend. Die geflüsterte Parole der meisten lautete: Sind unsere Familien erst einmal in Sicherheit, kommen wir schon allein ins südliche Hinterland durch, sobald der Gegner angreift. Allein flieht es sich besser als mit Familie!

Khiem berichtete dem Präsidenten Thieu noch am selben Abend. Er schlug vor, durch eine radikale Maßnahme wenigstens Da Nang, den größten Stützpunkt mit Seezugang im Norden, zu sichern. Man solle auf die Verteidigung der strategisch wenig bedeutsamen alten Kaiserstadt Huê verzichten und die Truppen von dort nach Da Nang verlegen.

Thieu lehnte das kategorisch ab. Er ließ General Truong sofort die Weisung zugehen, Huê als «Symbol des vietnamesischen Lebenswillens» bis zum letzten Mann zu verteidigen. Khiem hielt das für reine Starrsinnigkeit. Thieu aber wollte mit diesem Vorgehen einen neuen Hebel gewinnen, um die USA wieder militärisch in Vietnam zu engagieren. In Huê gedachte er so etwas wie einen «Heldenkampf» zu veranstalten, der letztlich in den Vereinigten Staaten einen Meinungsumschwung erzeugen sollte. Thieu verbiß sich in die Hoffnung, man würde angesichts sensationeller Kämpfe um Huê in den USA das Pariser Abkommen zerreißen und zur massiven militärischen Einmischung zurückkehren. Eine Illusion, wie alle um ihn herum wußten, aber niemand konnte sie ihm ausreden.

Noch während Premier Khiem sich das Geschwafel Thieus über die in Huê zu bewerkstelligende große Bewegung des «Zusammenschlusses von Volk, Regierung und Armee zur Vernichtung des Kommunismus» anhören mußte, bahnte sich für die Militärregion 1 bereits der erste Schritt zum Ende an.

General Van Tien Dung, Frontoberbefehlshaber der Befreiungsstreitkräfte, hatte dem Oberkommando vorgeschlagen, die offensichtliche Demoralisierung des Gegners durch entschlossenes Handeln zu nutzen. Alle Voraussetzungen waren geprüft worden. Es bestanden reale Aussichten, bei entschlossenem Vorgehen den Widerstand der Thieu-Soldaten bis zum Beginn der Monsunperiode mit ihren bewegungshemmenden Regengüssen weitgehend zu brechen und die Befreiung des Südens ein großes Stück vorwärts zu bringen. Für General Van Tien Dung hieß die Devise: angreifen. Inzwischen hatte er den erfahrenen General Le Trong Tan, bisher stellvertretender Generalstabschef der Volksarmee, zum Befehlshaber der Befreiungstruppen in der Militärregion 1 ernannt und ihm den Befehl zum Handeln übermittelt.

In den frühen Morgenstunden des 20. März herrschte an den Ufern des Flüßchens Thach Han, im Norden der Provinz Quang Tri, reges Treiben. Pontonbrücken wurden in kurzer Zeit über das Wasser geschlagen, darüber rollten Panzer und Geschütze, Infanterie, Nachschubfahrzeuge. Die Nachricht davon lief gerade in der CIA-Basis Da Nang ein, als einige Kilometer südlich von Huê Befreiungsstreitkräfte mit Artillerie und Panzern zur Straße Nr. 1 vorstießen, der unverzichtbaren Lebensader in Nord-Süd-Richtung. Es kam zu einer ersten Unterbrechung der Straße. Heftige Gefechte dauerten bis in den Tag hinein an, der Geschützdonner war in Huê deutlich zu hören. Binnen weniger Stunden waren Tausende Menschen auf der Flucht vor dem nahenden Krieg, nicht wenige von ihnen auch auf der Flucht in die eigene Sicherheit, weil sie zu Helfern der Amerikaner geworden waren und nun die Konsequenzen fürchteten.

Die Amerikaner selbst hatten noch einige Hundert Kollaborateure aus Huê, vor allem aber aus Da Nang zu evakuieren. In Da Nang gab es sogar noch ein amerikanisches Generalkonsulat mit einer reduzierten Besetzung. Der Chef, Konsul Albert Francis, ein Mann von knapp Vierzig, mit einem modischen Vollbart, war soeben erst aus Washington zurückgekehrt. Er hatte unter einer Schilddrüsenerkrankung zu leiden und war in den USA behandelt worden. Als alter Freund und Protegé von Botschafter Martin, der diesen forschen jungen Mann mochte, war er in Washington mit seinem Chef zusammengetroffen, der sich dort immer noch, fern von seiner Saigoner Botschaft, von den Anstrengungen der Zahnbehandlung erholte. Er war ziemlich erkältet gewesen, als Francis ihn traf, und er hatte geschimpft, während seiner Abwesenheit werde in den Berichten aus Saigon die schlimmste Schwarzmalerei betrieben, als sei Südvietnam tatsächlich gefährdet.

Francis mußte daran denken, als er jetzt von der Situation bei Huê hörte. Wie weit doch Botschafter Martin von der Realität entfernt war, und nicht nur im geografischen Sinne! Kurz entschlossen ließ Francis sich auf dem Überseekabel mit Martin in Washington verbinden. Als er dessen mürrische, heisere Stimme hörte, faßte er sich sehr kurz. «Sir, die Kommunisten stehen vor Huê. Den Thach-Han-Fluß haben sie mit schweren Waffen forciert. Auf der Straße Nr. 1 strömen Flüchtlinge südwärts, die Hälfte davon sind Soldaten. Übrigens haben die Roten die Straße bereits unterbrochen, sie werden sie bald endgültig schließen. An Da Nang sind sie von Süden her bis auf zwei Dutzend Kilometer heran. Ich werde in Kürze Saigon mitteilen, daß ich die Räumung einleiten muß. Wollte Ihnen nur die Lage nüchtern schildern, Sir.»

Er mußte lange warten, bis Graham Martin antwortete. Der Botschafter sagte ungläubig: «Das ist doch übertrieben, Al! Prüfen Sie alles genau nach, bevor Sie handeln. Und stimmen Sie alles mit Saigon ab. Al, wir sind nicht so schwach! Wir sind stärker, als es scheint!»

«Das wünschte ich mir auch», murmelte Francis. Doch der Botschafter hatte bereits aufgelegt. Er hatte von jeher die Eigenart, unbequeme Wahrheiten gar nicht oder erst nach langem Kampf ins Kalkül zu ziehen.

Boshaftere Leute als Francis redeten ihm nach, diese Eigenschaften seien es gewesen, die ihn geradezu für den diplomatischen Dienst prädestiniert hätten. Dabei war der strenggläubige Baptist Martin, dessen Bankettreden zuweilen an Sonntagspredigten erinnerten, recht zufällig ins State Department geraten. Nach Lehrjahren im Zeitungswesen wurde er Mitarbeiter des Bankiers und Wirtschaftspolitikers Averell Harriman, der Anfang der dreißiger Jahre versuchte, die Wirtschaft aus der schweren Krise herauszumanipulieren. Bei Beginn des zweiten Weltkrieges dann war er, wohl auf Empfehlung Harrimans, im Range eines Reserveoffiziers ins State Department abkommandiert worden. Er wurde mit einer für ihn völlig ungewohnten Aufgabe betraut: Jeden Morgen hatte er dem Minister über die letzten militärischen Entwicklungen auf dem pazifischen Kriegsschauplatz zu berichten.

Martin war der geborene Aufsteiger. Er legte sich nie mit Vorgesetzten an, taktierte vorsichtig und achtete auf gute Beziehungen. Das zahlte sich aus. Bereits 1947 avancierte er zum Botschaftsrat in Paris. Hier beobachtete er, wie Frankreich durch die Niederlage von Dien Bien Phu zur Aufgabe seiner indochinesischen Kolonien gezwungen wurde, und hier begann ihn Asien erneut zu interessieren. Aber er hatte noch mehrere kleinere diplomatische Posten auszufüllen, bis er schließlich 1963 als Botschafter der USA nach Thailand geschickt wurde. Es war eine fixe Idee von Martin, den Thai zu demonstrieren, wie tolerant die amerikanische Demokratie wäre, indem er dem republikanischen Präsidentschaftskandidaten Richard Nixon, der eine Asienreise unternahm, in Bangkok einen wahrhaft königlichen Empfang bereitete. Nixon unterlag zwar bei dieser Wahl, siegte aber bei der nächsten, und nachdem er 1969 Präsident geworden war, erinnerte er sich an den entgegenkommenden Botschafter, der inzwischen in Rom stationiert war. Er sah ihn als «letzten» Botschafter in Saigon vor.

Nixon wußte zu dieser Zeit bereits, daß die USA sich aus Vietnam würden zurückziehen müssen; er brauchte dort einen cleveren Mann, der auf das Ende zu das «Gesicht» der Weltmacht USA zu wahren half, obwohl sie geschlagen worden war.

So war Graham Martin schließlich 1972 nach Saigon gekommen. Er hatte diesen Krieg schon von seinem ehemaligen Posten in Thailand aus nach Kräften gefördert, indem er die Thai-Regierung überredete, den US-Streitkräften Gelände für mehrere große Luftstützpunkte zu überlassen. Jetzt hätte er eigentlich einsehen müssen, daß die Großmacht USA in Vietnam gescheitert war. Aber Martin war ein schwer zu begreifender Mensch: Obwohl ihm sein ausgeprägter Intellekt tagtäglich die Unvermeidbarkeit der Niederlage vor Augen führte, verdrängte er seine eigenen Erkenntnisse und setzte schönklingende Illusionen an ihre Stelle. Heuchelte er? Oder verbauten ihm Wunschträume den Blick für die Wirklichkeit?

Konsul Francis vermutete, daß beides im Spiel war. Im übrigen zählte er zu den Günstlingen des Botschafters, also war Zurückhaltung geboten. Da es sich aber in Da Nang gegenwärtig um ein Sicherheitsproblem handelte, entschloß sich Francis nun, da er Martin unterrichtet hatte, die CIA-Station in Saigon zu konsultieren. Er rief bei Polgar an. Dieser verlangte gar keine weiteren Einzelheiten. Mit seinem schweren Akzent riet er dem Konsul: «Packen Sie sofort, Al. Unserem Mann habe ich bereits den Befehl zum Abzug gegeben. Wir wissen, was da oben los ist. Air America, Ed Dalys World Airways und auch die Bird Air werden euch ausfliegen, ab sofort. Die Straße ist nicht mehr sicher. Bereitet alles vor. Nehmt beide Flugplätze.»

Wenig später versammelte Francis seine engsten Mitarbeiter einschließlich des Basis-Chefs der CIA von Da Nang, dessen wahrer Name unbekannt war und den jeder nur Phil nannte. Die Konferenz fand im abhörsicheren «Bleikasten» des Generalkonsulats statt und dauerte nicht lange. Es gab nichts mehr zu prüfen, wie Botschafter Martin verlangt hatte, es gab lediglich die Notwendigkeit, sich zu beeilen, denn Tausende von Dokumenten waren zu vernichten, Geräte zu zerstören, vor allem mußten die gefährdeten Spitzenagenten sofort evakuiert werden. Und dann war da noch das neue Netz, das fest zu knüpfen war, bevor man die Tür

Graham Martin, der letzte US-Botschafter in Saigon.

endgültig hinter sich zuschlug. Dies alles erforderte Umsicht und Verschwiegenheit, wollte man nicht zusätzliche Panik erzeugen.

Am Morgen des 23. März, im ungewissen Licht zwischen absoluter Dunkelheit und erster, grauer Tagesstunde, trieb ein kleiner Junge am Stadtrand von Phu Loc, einer ländlichen Kreisstadt südlich von Huê, dort, wo man schon seit geraumer Zeit Geschützdonner hören konnte, einen Wasserbüffel zu einem von Gebüsch umstandenen Tümpel. Großvater bestand darauf, daß der Büffel – der wertvollste Besitz der Familie –, solange die Saigoner Soldaten die Gegend unsicher machten, wenigstens tagsüber versteckt wurde. Die herumstreunenden Kerle bekamen es fertig, ihn kurzerhand zu erschießen, nur um aus seinen Lenden ein paar Steaks zu schneiden, auf die sie gerade Appetit hatten, Hooligane, die sie waren!

Als der Junge sich mit dem Tier dem Tümpel näherte, wurde er leise angerufen. Er erschrak und blieb stehen, den Büffel an der Leine.

«Wie heißt du?»

«Tat.»

«Also, kleiner Bruder Tat, komm mit deinem Büffel langsam näher. Wohin willst du?»

Der Mann, der da sprach, trug einen Tropenhelm aus stoffüberzogenem Kork mit einem roten Blechstern daran. Tat kannte dieses Zeichen. Er erzählte, was er mit dem Büffel vorhatte. Wenig später badete das Tier tatsächlich zwischen den Wasserlinsen im Tümpel, und Tat aß Erdnüsse, die ihm die Soldaten gaben. Es waren keine herumstreunenden Saigoner. Er hatte Glück gehabt, es war ein Stoßtrupp der Befreiungsarmee.

Die Soldaten verlangten von Tat, er solle noch eine Weile bei ihnen bleiben. Er fand sie lustig, es waren alles junge Burschen. Nur ihre Waffen durfte er nicht anfassen. Er sei noch zu klein dafür, meinten sie. Eine halbe Stunde später sperrten sie die Fernstraße Nr. 1 zwischen Huê und der kleinen Kreisstadt Phu Loc endgültig. Angehörige der 1. Saigoner Division, die sich am Morgen auf die Flucht nach Süden begeben hatten, mußten umkehren. Huê war bis auf den Streifen Sand, der den Weg zum Meer offenließ, von der Befreiungsarmee eingekreist, damit auch die 1. Division, das Rückgrat der Saigoner Streitkräfte in der Region.

Unter den Flüchtenden, vor allem bei den Saigoner Soldaten, sprach sich schnell herum, daß in dem winzigen Fischerhafen Tan My angeblich Boote verfügbar seien. Sofort schwenkte ein bunt zusammengewürfelter Menschenstrom, in dem sich viele Militärfahrzeuge, ja sogar Panzer befanden, in Richtung Osten ab. Das Chaos wurde noch größer, als General Truong beschloß, Huê nur mit geringen Kräften und für kurze Zeit zu verteidigen. Der Hauptmasse seiner 1. Division befahl er den Rückzug aus der Stadt. Er wählte dafür einen originellen, aber riskanten Weg: Entlang der Küste erstreckte sich parallel zum Strand eine schmale Landzunge bis weit nach Süden, wo sie etwa in der Nähe des Hai-Van-Passes endete, dem Landzugang nach Da Nang über die Fernstraße Nr. 1. Eine lange, schmale Sandbank, viel mehr war es nicht, was da vor der Küste bis in Höhe des Passes verlief. In die Gegend dieses Passes beorderte nun General Truong Pioniereinheiten, die vom

Ende der Landzunge bis zur Küste eine Pontonbrücke legen sollten.

Inzwischen strömten die aus Huê und den Stellungen vor der Stadt eilig abgezogenen Truppen der 1. Division auf der Landzunge entlang, hasteten südwärts, um über die Pontonbrücke wieder auf das Festland zu gelangen. Sie hatten ihre Frauen und Kinder bei sich – eine Armee, die sich immer mehr auflöste. Zur Verteidigung Huês verblieb lediglich eine Brigade Marineinfanteristen.

General Truong glaubte, seine 1. Division am Hai-Van-Paß wieder sammeln zu können, von wo sie dann die von den Befreiungsstreitkräften gesperrte Straße Nr. 1 freikämpfen sollte, um dann später bei der Verteidigung von Da Nang zu helfen. Er hätte ahnen müssen, daß die flüchtenden Soldaten ihre Waffen und das schwere Gerät wegwerfen würden, entweder um leichter marschieren oder um mehr Beute tragen zu können.

Präsident Thieu bekam einen Tobsuchtsanfall, als ihn die neuesten Nachrichten von der Front erreichten: Die 1. Division befindet sich in Auflösung; die Marineinfanteristen verlassen ihre Stellungen, ziehen plündernd durch Huê zum Strand, während die Granaten der Befreiungsstreitkräfte in ihre verlassenen Bunker am Stadtrand einschlagen; die Befreiungsstreitkräfte greifen auch südlich von Da Nang an, bei Quang Ngai und am Flugplatz von Chu Lai; die dort stationierte 2. Division hat ihre Stellungen aufgegeben und sich in Richtung Stadt gerettet, der Divisionskommandeur hat sich als erster auf eine winzige Insel vor der Küste geflüchtet.

Thieu war dafür bekannt, daß er sich in Rage steigern konnte oder in dumpfes Schweigen verfiel. Diesmal überbot sein Zorn alles bisher Dagewesene. Er stürmte durch den Konferenzraum, schrie jeden an, der ihm begegnete, klagte General Truong an, ein Verräter zu sein und mit dem Gegner zusammenzuarbeiten. Er schien jetzt erst begriffen zu haben, daß die beiden nördlichen Militärregionen und damit mehr als die Hälfte seines Territoriums endgültig verloren waren.

Etwa um die Zeit, als die Soldaten dem Jungen mit dem Büffel erlaubten, in seine inzwischen befreite Siedlung zurückzukehren, gab es in Huê, abseits der Straßen, in denen erregte, verängstigte Bewohner mit ihrer Habe einen Weg zum Strand suchten, einen stillen Bezirk, in dem sich das Anwesen der Familie Bao Dais befand, des letzten vietnamesischen Kaisers, einer wahren Operettengestalt: Mit dreizehn Jahren war er zum Monarchen gemacht worden, ein weichlicher, verzogener Sproß der degenerierten Nguyen-Dynastie. 1945 hatte das Volk ihn gestürzt. Aber die zurückgekehrten Franzosen hatten ihn Jahre später wieder auf den Thron gesetzt, obwohl das Gebiet, über das er «herrschte», nur noch sehr klein war. Ein Jahr nach dem Sieg der Vietminh bei Dien Bien Phu verschwand er endgültig aus Vietnam, begab sich zu dem von ihm ins Ausland geschmuggelten Vermögen und machte fortan als Playboy an der französischen Riviera von sich reden. Seine Mutter jedoch war im Palast von Huê geblieben, um ihren Traum vom Mandat des Himmels weiter zu träumen. Mit sechsundachtzig Jahren war sie nicht gerade mehr rüstig, aber ihr Kopf funktionierte noch. Auch ihr Gehör, denn sie lauschte gespannt auf das ferne Gewummer der Artillerie.

Als die beiden Geheimpolizisten, von Thieus Administration beauftragt, ihre nahelegten, die Koffer zu packen und den Hubschrauber zu besteigen, der zu ihrer «Rettung vor den Kommunisten» auf einer Wiese wartete, lehnte sie entrüstet ab. Nein, sie werde ihren Palast nicht verlassen, sie sei eine Nguyen, und die hätten immer Mut gehabt. Die Roten würden ihr nichts tun, sie respektierten alte Frauen, wie man allgemein hören könnte!

Das Feuer kam näher. Die beiden Geheimpolizisten beratschlagten nur kurz. Wenn Tu Cuong, die alte kaiserliche Dame, unbedingt das Schicksal herausfordern wollte, dann war nichts zu ändern. Es gab keinen Befehl, sie mit Gewalt wegzubringen. Der Hubschrauber, vollgestopft mit ehemaligen Polizeispitzeln, Verhörspezialisten und anderen zwielichtigen Gestalten, hob ohne sie ab. Als zwei Tage danach

Huê, die alte Kaiserstadt, ist befreit.

Soldaten der Befreiungstruppen bei ihr erschienen, erhob sie sich zu ihrem großen Auftritt.

«Ich verlange Respekt, meine Herren!» krähte sie, den Fächer schwingend. «Ich bin die Mutter des Kaisers, die letzte der Nguyen.»

«Aha», sagte der Führer des Trupps. Ihm war die Sache nicht ganz geheuer. Entweder war die Alte übergeschnappt, oder sie hatte tatsächlich etwas mit dieser Figur zu tun, von der in einer Schulungsstunde einmal gesagt worden war, er sei der letzte, dekadente Sproß des verrotteten Kaisergeschlechts, das Vietnam verraten hatte.

«Mutter des Kaisers?» fragte der Führer deshalb zurück.

«Jawohl, das bin ich!»

«Nun, gut», entschied er kurz entschlossen. «Wir haben wenig Zeit, und Kaisermütter interessieren uns nicht. Gibt es Bewaffnete in dem Palast?»

Sie wußte es nicht.

Der Truppführer sagte freundlich: «Dann setzen Sie sich

mal wieder hin, Großmütterchen. Oder wollen Sie solange stehenbleiben, bis wir das Gelände nach versteckten Soldaten durchsucht haben?»

Die Kaisermutter entschloß sich zum Hinsetzen.

Francis, der Generalkonsul von Da Nang, hatte einen Hubschrauber bereitstellen lassen. Als er die Erlaubnis für den Flug über Huê aus Saigon einholte, war plötzlich dort ein Mann am Telefon, den er an der Stimme erkannte. Niemand, auch Francis nicht, wußte, wie er in Wirklichkeit hieß. Man nannte ihn Dobson, zuweilen auch Reg. Er war eine Art «Feuerwehr» der Agentur, tauchte immer dann auf, wenn entweder Unangenehmes im eigenen Apparat zu regeln war, wie die Ausschaltung eines Verdächtigen, oder wenn die Agentur irgendwo ihre Zelte abbrechen mußte. Francis hatte mit ihm schon in Washington zu tun gehabt. Als er ihn nun versuchsweise mit seinem Tarnnamen ansprach, erwiderte Dobson sofort: «Ja, ich bin es. Komme gerade aus Phnom Penh. Dort ist schon Toresschluß. Jetzt bleibe ich hier.»

«Bis zum Toresschluß in Saigon?» frotzelte Francis vorlaut. Der andere lachte. «Weißt du, Al, was der Botschafter in Washington gesagt hat, als er von uns auf deine Situationsberichte hingewiesen wurde?»

«Hat er überhaupt etwas sagen können?»

«Er meinte, es läge an deiner Schilddrüse, sie müsse wieder rebellieren, sonst wärst du nicht so nervös.»

«Ihr habt es ihm hoffentlich ausgeredet! Meine Schilddrüse ist wieder in Ordnung! Aber hier ist der Teufel los. Kann ich über Huê fliegen? Möglich, daß dort jemand vergessen wurde.»

Dobson antwortete: «Dauernde Funkverbindung. Kugelweste unterm Arsch, zweite angezogen, klar? Und – wir haben von den Aufklärungsmaschinen bereits Nachricht: Es gibt Funksignale der Kommunisten direkt aus der Stadt. Fallt nicht auf eine der üblichen Schlingen herein, mit Fahnenschwenken und so. Übrigens – südlich von Da Nang wird es heiß. Morgen früh werden Air Base Chu Lai und

Quang Ngai aufgegeben. Kalkuliert das ein. Läuft der Airlift?»

«Alle zehn Minuten eine Maschine, abwechselnd auf dem Hauptflugplatz und dem Ausweichfeld Marble Mountain.»

«Buche rechtzeitig», ulkte Dobson.

Francis wollte wissen: «Wie viele Tage noch? Zwei? Drei?»

«Fünf, höchstens sechs», gab Dobson zurück. Er mußte es wissen. Nicht zum erstenmal beaufsichtigte er das große Kofferpacken in einem Land, aus dem die CIA hinausgeworfen wurde.

Francis gewahrte aus der Luft ein ziemlich zerstörtes Huê, auf dessen Zitadelle die Fahne der Befreiungsfront wehte. Er sah ruhige Straßen, Truppen, um Kochfeuer geschart, offenbar ohne Furcht vor dem Hubschrauber.

Die Szenerie am Strand hingegen erinnerte an einen Horrorfilm. Uniformierte und Zivilisten schlugen, schossen um sich, prügelten sich um die wenigen Plätze in den winzigen Küstenwachbooten. Die übrigen wimmelten ratlos durcheinander oder saßen apathisch herum. Überall lag tonnenweise Kriegsmaterial, vom Revolver bis zur Haubitze, Kraftwagen und Panzer standen herum. Hubschrauber eines weit vor der Küste liegenden Trägers holten Leute ab, nur landeten sie nicht, aus Furcht, von den Flüchtlingen gestürmt zu werden. Sie ließen Strickleitern aus sicherer Höhe herab. Alte Männer, die einige Sprossen erklettert hatten, wurden von Soldaten heruntergeschossen, die selbst gerettet werden wollten. Chaos war ein zu mildes Wort für das, was hier vor sich ging.

Francis flog zum Ende der Landzunge, wo Pioniere die Brücke zum Land geschlagen hatten. Über diese Pontonbrücke und durch den Hai-Van-Paß sollte Verstärkung nach Da Nang kommen. Aber die Hoffnung war bereits zerschlagen. Francis konnte die Geschütze der Befreiungstruppen, die aus geringer Entfernung die Brücke zusammenschossen, mit bloßem Auge erkennen. Er sagte müde zum Piloten, er solle umkehren.

Der Frontoberbefehlshaber der Befreiungsstreitkräfte, General Van Tien Dung, hatte sein Hauptquartier zwar weit vom Ort dieses Geschehens entfernt, aber er wurde laufend über die Ereignisse informiert. Aus Hanoi war der Beschluß der höchsten politischen und militärischen Führungsgremien gekommen, die offenkundige Schwäche und Konfusion des Gegners weiter konsequent für den Vorstoß auf Saigon zu nutzen. Huê und Da Nang waren schnellstens zu erobern. Danach sollten die Kräfte zum letzten, entscheidenden Stoß umgruppiert werden, ohne jedoch den Angriffsdruck zu mindern. Inzwischen war Huê befreit, und bei Da Nang ging es in die letzte Schlacht.

General Van Tien Dung blinzelte dem Funker zu, als dieser ihm die Meldung von der Eroberung Quang Ngais brachte.

«Es geht vorwärts, Genosse General», bemerkte der Funker vorlaut und ohne gefragt zu sein. Doch in diesem Augenblick war Van Tien Dung nicht in der Stimmung, disziplinarische Belehrungen anzubringen. Er ließ sich die Karte der Stadt Da Nang und ihrer näheren Umgebung holen. Versunken in sie, erwischte er sich wenig später dabei, wie er an einer Zigarette zog. Eigentlich hatte er das Rauchen lange aufgegeben. Aber wenn ihn große Erregung packte, wenn er Freude über den zügigen Fortgang einer Aktion empfand, wenn schwere Entscheidungen anstanden, dann verlangte es ihn nach ein paar Zügen aus einer «Dien Bien».

Die Saigoner Verwaltung hatte in nicht mehr als drei Wochen Offensive der Volksbefreiungskräfte bereits acht Provinzen verloren, weitere vier waren nicht mehr lange zu halten, sie befanden sich teilweise schon in der Hand der Befreier. Nun war Da Nang an der Reihe, die zweitgrößte Stadt Südvietnams. Hier hatten einst die amerikanischen Marinesoldaten für Filmkameras und Fotografen das Schauspiel geliefert, «an Land zu gehen», offiziell, nachdem es bereits Zehntausende kämpfender US-Soldaten überall im Lande gab.

Nach Saigon war dies die am meisten amerikanisierte

Stadt. Ihr äußeres Bild erinnerte kaum an Vietnam, es hätte sich ebensogut um einen Hafen an der Südküste der USA handeln können. Auch die Lebensgewohnheiten der Menschen waren verfremdet. Abgesehen von der Jeanskleidung und den japanischen Sonnenbrillen fiel einem Beobachter auf, daß zu viele der jungen Leute Reis als Nahrung verschmähten. Sie aßen lieber in einem Mac-Donalds-Schuppen eines der aus amerikanischem Maismehl gebackenen Brötchen mit Hackfleisch dazwischen und Ketchup. Sie verspeisten gegrillte Hähnchen und Softeis, rauchten «Camel» und wippten die Füße im Rhythmus des Beat, der aus den Türen der unzähligen Kneipen und Bordelle quoll.

Der Bevölkerung dieser Stadt ging es materiell weitaus besser als etwa ihren Landsleuten in den kleinen Siedlungen des Binnenlandes. Das war allein darauf zurückzuführen, daß Amerika hier mit dem riesigen Reservoir seiner Überschußgüter, mit Jobs, die der Krieg hervorbrachte, eine gezielte Korruption der Bevölkerung in der Umgebung des gigantischen Stützpunktes erzeugt hatte. Nun aber, da die Herren aus Übersee gegangen und nur noch wenige Nachzügler geblieben waren, verblich der Flitterglanz des Besatzungswohlstandes. Die Leute wußten nicht so recht, ob sie den Amerikanern böse sein sollten, weil sie sich davongestohlen hatten, oder den Saigonern, weil sie sich schlagen ließen. Einig war man sich in der künstlich über lange Zeit erzeugten Angst vor den Befreiern, die das Gebiet wieder vietnamesisch machen würden.

Nun fielen Tausende von Deserteuren der Saigoner Armee in die Stadt ein, abgerissen, ohne Skrupel. Sie nahmen sich, was sie wollten, und sie schossen, sobald man ihnen widersprach. Binnen weniger Tage war, einschließlich der Zivilflüchtlinge, eine halbe Million Menschen nach Da Nang gekommen; jeder vierte der nun 2 Millionen Einwohner war ein Fremder. Was würde geschehen, wenn die Kommunisten angriffen? fragten sich viele Leute bange.

Generalkonsul Francis hatte Zeit, die Informationsbulletins der Aufklärung zu lesen, während die Maschinen der Air

America und der World Air vom Hauptflugplatz, einen Kilometer von der CIA-Basis mit ihren bisher noch unangetasteten Materiallagern entfernt, laufend Amerikaner und Kollaborateure nach Cam Ranh oder Saigon ausflogen – Männer, Frauen und Kinder. Phil, der Geheimdienstchef in Da Nang, hatte die Sprengung des CIA-Lagers vorbereiten lassen. Die Spezialisten waren inzwischen wieder ausgeflogen worden, die Auslöseapparatur stand bereit. Sonst war hier nichts mehr zu tun. Es war auch anderswo kaum noch etwas zu ändern. Dieses Staatsgebilde, das man anspruchsvoll Republik Vietnam getauft hatte, feierlich, mit eigener Fahne und Hymne, zerfiel buchstäblich; seine Administration in den bedrohten Provinzen hatte sich ebenso schnell aufgelöst wie seine Streitkräfte.

«Im Norden gibt es lediglich noch die Enklave Da Nang», las Francis. «In der Militärregion 2 ist das Hochland verloren. Die dort frei gewordenen roten Truppen in Stärke von mehreren Divisionen stoßen auf den schmalen Küstenstreifen zu, auf die Küstenstädte Qui Nhon, Tuy Hoa und Nha Trang. Ihnen stehen nur noch zwei Regimenter der 22. Saigoner Division sowie eine neuaufgestellte Luftlandebrigade gegenüber. Die übrigen Saigoner Truppen in der Militärregion 2 sind entweder vernichtet oder gefangen. Ein Teil versteckt sich im Dschungel beiderseits der Straße 7B, die von den Kommunisten völlig beherrscht wird … Dazu kommen Aktivitäten der Kommunisten in der Militärregion 3. Starke rote Verbände gruppieren sich hier um Tay Ninh, andere operieren im sogenannten eisernen Dreieck, nördlich von Saigon, sowie in der gesamten Provinz Long Khanh. Dort liegt der Straßenknotenpunkt Xuan Loc, der als Schlüsselposition für einen weiteren Vorstoß auf Bien Hoa und Saigon betrachtet werden muß … Im Mekongdelta binden rote Verbände drei Saigoner Divisionen, hauptsächlich bei den strategisch wichtigen Städten My Tho und Can Tho … Die kommunistischen Verbände südlich des Hochlandes haben keine logistischen Probleme mehr, weil sie weiter nördlich alle entscheidenden Straßen kontrollieren. Sie können heute

Truppen schneller verlegen und zum Angriff umgruppieren als jemals zuvor ...

Berücksichtigt man diese Faktoren und den Allgemeinzustand der Saigoner Truppen, ist vorerst nicht damit zu rechnen, daß sie auf dem Kampffeld die Initiative wiedergewinnen. Damit hat sich die Situation im Lande innerhalb von drei Wochen grundsätzlich verändert. Für die Saigoner Administration besteht die ernstzunehmende Gefahr, in kurzer Zeit völlig zerschlagen zu werden.»

Francis legte die Berichte aus der Hand. Die Saigoner Regierung hatte ihre letzte Chance verspielt, als sie, statt die Bedingungen des Pariser Abkommens einzuhalten, Hasard spielte und die Kommunisten militärisch angriff. Nun hatten sie die Offensive eröffnet. Von Washington würden, wie immer in solchen Fällen, noch ein paar große Worte und Hilfsgüter kommen, soweit das Kongreß-Limit es zuließ, aber es war einfach nicht zu leugnen: Hier zeichnete sich das Ende ab!

Am Morgen des 25. März 1975 begann der Kampf um Da Nang. Die ersten 122-mm-Raketengeschosse schlugen in Verteidigungsstellungen ein, ein Munitionslager ging hoch, irgendwo ertönten Feuerwehrsirenen, ein Stabsgebäude war getroffen worden – Personen kamen nicht zu Schaden, der Stab war bereits geflüchtet!

An den Piers am Han-Fluß, von wo aus die Küstenschiffe abgingen, wimmelte es von Menschen. Zunächst hatten nur die Kollaborateure und diejenigen zu entkommen versucht, die sich fürchteten, für Verbrechen an der Bevölkerung zur Rechenschaft gezogen zu werden. Jetzt aber zeigte sich die volle Wirkung des Ansteckungseffektes. Immer mehr Menschen begaben sich ohne rechten Grund auf den unbestimmten und gefahrvollen Weg nach Süden.

Allein – es blieben nur die Küstenschiffe und die beiden Flugplätze, weil die Straße Nr. 1 bereits südlich der Stadt unterbrochen war. Und auf den Flugplätzen wurden jene bevorzugt abgefertigt, die eine Bescheinigung der CIA oder des US-Konsulats vorweisen konnten: ehemalige Agenten und V-Leute, Gefängniswärter, Folterspezialisten, Verräter

General Cao Van Vien; die von ihm angeregte Absetzbewegung der Saigoner Truppen aus dem Zentralen Hochland in Richtung Küste endete im Desaster.

und andere Vertraute der einstigen Verbündeten samt ihren vielköpfigen Familien.

Während im westlichen Vorgelände und südlich der Stadt gekämpft wurde, drängten sich den ganzen Tag über Tausende an den Eisenzäunen der Flugplätze, an den Kais, auch am Strand, versuchten, Fischerboote in die Hände zu bekommen. Jedes Transportmittel, selbst das primitivste, schien recht zu sein.

«Phil», hörte der CIA-Basischef im Telefon die Stimme von Dobson aus Saigon, «mach sofort Schluß. Du persönlich. Sprengen und ab. Klar?»

«Reg», wandte Phil ein, «es sind noch einige hundert Amerikaner auszufliegen! Solange gehe ich nicht, sonst lynchen die mich.»

Aber Dobson ließ sich nicht erweichen. «Du hältst dich an unsere Weisung, an sonst nichts. Du bist verantwortlich, daß kein US-Bürger den Roten in die Hände fällt. Aber das brauchst du nicht selbst abzuwickeln, veranlasse es, das genügt. In der Maschine, die du nimmst, bringst du alles mit, was substantielle Aussagen über die Zusammenarbeit mit uns machen könnte!»

«Wir haben nur noch den kleinen Flugplatz am Marble Mountain, Reg», erklärte Phil. «Den großen haben die

Leute gestern gestürmt, als gerade eine 727 landete. Sie ließen sich nicht einmal mit Tränengas aufhalten. Der Pilot hat dann, als die Maschine bereits überladen war, die Luken per Fernbetätigung geschlossen und ist gestartet, rücksichtslos.»

Dobson hatte ihn erzählen lassen, jetzt unterbrach er ihn. «Wir wissen das, Phil. Der World-Airways-Direktor war selbst an Bord. Hat einige der besten Kinnhaken seines Lebens ausgeteilt. Abgequetschte Hände und Füße, dutzendweise. Alles bekannt. Du liquidierst die Basis und nimmst die Maschine, die wir schicken. Sollte das schiefgehen – du weißt, wo unser Motorboot liegt? Ist jetzt alles klar?»

«Ist es wirklich so schlimm?» fragte Phil. Er hatte sich im Gespräch mit Dobson bemüht, forsch zu reden, jetzt verließ ihn der Mut.

«Schlimmer», gab Dobson zurück. «Kriegst du noch Fernschreiben?»

«Die Leitung ist gekappt.»

«Also – in Washington hat es eine Konferenz gegeben. Kissinger, Botschafter Martin, General Weyand. Der General wird mit ein paar Spezialisten nach Saigon fliegen, um die Lage an Ort und Stelle zu erkunden. Show für die Zeitungen. Martin kommt mit ihm auf seinen Posten zurück. Kein Einsatz der Armee mehr, ist schon beschlossen. Beschleunigte Lieferung von ein paar Materialien, Hilfe bei der Evakuierung, unter Vermeidung von Kampfhandlungen, das ist alles.»

«Und die Kommunisten? Worauf zielen sie wirklich?»

«Auf unseren Arsch», antwortete Dobson lakonisch. «Sie haben in einem Gefecht von mehreren Stunden die westlich von Qui Nhon gelegenen Linien der Saigoner überrannt, sind jetzt auf dem Wege in die Stadt. Zweihundert Kilometer südlich von euch, an der Küste. Ist dir klar, was das heißt?»

«Ich habe Landkarten hier», sagte Phil mürrisch. «Für den Fall, daß wir mit dem Boot abhauen müssen, können wir also erst in Tuy Hoa an Land, wie?»

Der Strand von Da Nang – zwischen weggeworfenen Ausrüstungsgegenständen und Waffen sammeln sich Grüppchen von Saigoner Soldaten; sie werden zu rücksichtslosen Verbrechern, die andere töten, um selbst ihr Leben zu retten.

«Nein», eröffnete ihm Dobson. «Wir haben unserem Stützpunkt in Tuy Hoa soeben den Befehl zur Evakuierung gegeben. Kommunistische Truppen sind bis auf zwei Dutzend Kilometer westlich an die Stadt herangekommen. Es ist eine Frage von Tagen, vielleicht Stunden. Allgemeine Absetzrichtung ist Nha Trang. Dort wird weiter entschieden. Also – richte dich danach. Ende!»

Zwischen Da Nang und Nha Trang betrug die Entfernung in Luftlinie etwa 500 Kilometer. Zur See war sie größer. Phil fröstelte. Was geschah, wenn die Kommunisten Küstenwachschiffe südwärts schickten und die flüchtenden Boote zusammenschossen? Sie wußten sehr genau, wer da vor ihnen floh. Die CIA hatte äußerst eng mit Thieus Geheimpolizei zusammengearbeitet. Allein die Zahl der buchstäblich zu Tode geschundenen Gefangenen, aus denen man Aussagen herausquetschen wollte, ging in Da Nang in die Hunderte. Nicht zu reden von denen, die man beseitigt hatte, ohne sie auch nur nach ihrem Namen zu fragen. Kam jetzt die Rache? Dobson hatte recht, es war höchste Zeit, das Weite zu suchen. Mochte aus diesem verdammten Land werden, was wollte – jetzt mußte man das eigene Leben retten.

Generalkonsul Francis ging betrübt durch die Zimmer seiner Wohnung. Sie war modern eingerichtet, aber zwischen den modernen Möbeln gab es Einzelstücke vietnamesischer und chinesischer Kunst, die einfach unbezahlbar waren. Schwere Eisenholzschränke und Sessel, seidene Wandbehänge und alte Porzellangefäße, Bronzefiguren und Silberarbeiten – dies alles war nicht mehr wegzubringen. Al Francis hatte viel von seinem Geld in diese Dinge investiert. Die Wut packte ihn. Wer war an dem Desaster schuld? Washington? Die Agentur? Saigon? Warum hatte niemand auf die gehört, die bereits vor Jahren zum Einsatz von Atomwaffen über dem Norden geraten hatten?

«Al!» rief eine Stimme draußen.

Francis sah unter dem Fenster den Radiospezialisten stehen. Am Hubschrauberlandeplatz, auf dem die wichtigsten Mitarbeiter ausgeflogen wurden, gäbe es Prügeleien um die Plätze in den Maschinen. Ob man schießen solle, um die Ordnung wenigstens einigermaßen wiederherzustellen?

«Nicht schießen!» entschied Francis. Er war sicher, das würde die Panik noch vergrößern.

«Gut», gab der andere sich zufrieden. «Ich gehe rüber und sage Bescheid. Übrigens – es wird Sie interessieren, daß der Rivale Thieus, der ehemalige Vizepräsident und jetzige Luftflottenchef Nguyen Cao Ky in Tan Son Nhut eine Konferenz abgehalten hat. Ergebnis ist ein Aufruf, Thieu solle abdanken und eine sogenannte Interimsregierung gebildet werden, die in der Lage wäre, die Streitkräfte vernünftig einzusetzen und den Kommunisten das Konzept zu durchkreuzen.»

«Wer meldete das? Die Kommunisten?»

Der andere schüttelte den Kopf. «Radio Bangkok. Aus Saigon haben wir eine Rede von Präsident Thieu. Notorische Besserwisser hätten sich zu Werkzeugen der Kommunisten gemacht und würden versuchen, Armee und Regierung zu entzweien. Dabei verliefen alle Aktionen der heldenhaften Saigoner Truppen nach Plan. An der Notwendigkeit, große Gebiete im Norden aufzugeben, seien die Verbündeten schuld. Das sagte er durch die Blume, aber immerhin, die versprochene Hilfe sei ausgeblieben, daher müsse man die Verteidigung ‹stromlinisieren›. Und die Verräter, damit meinte er Ky, würden das schmutzige Handwerk des Gegners betreiben. Das übliche Gewäsch: Wir werden die Kommunisten vor Saigon endgültig vernichten.»

«Sieh nach dem Hubschrauberlandeplatz!» trug Francis ihm auf, dann setzte er seine Wanderung durch die Zimmer fort.

Der Radiospezialist vergewisserte sich, daß Francis ihm nicht folgte. Dann flitzte er zuerst ins bereits mit Sprengladungen gespickte Gebäude des CIA-Stützpunktes und erschien mit zwei braunen, verplombten Säcken wieder, die den irreführenden, aber sehr nützlichen Aufdruck «Diplomatenpost» trugen. Darin befand sich seine «Steinsammlung», eine Kollektion billig erworbener, gegen US-Kantinenartikel oder Dollarscheine eingetauschter Edelsteine, die Leute aus Not, Dummheit oder unter Zwang veräußert hatten. Ein Schatz, der gut und gerne eine Viertelmillion Dollar wert war, zu Hause, in den Staaten.

Und da war noch das Mädchen. Weniger Liebe war es, was die beiden verband – sie war eine gute Zwischenhändlerin gewesen, außerdem eine angenehme Geschäftszugabe auf der Matte. Umsonst hatte sie dies alles nicht getan, und auch auf seinen Heiratsantrag wartete sie nicht. Nein, sie hatte die Einwanderungserlaubnis in die USA in der Tasche, dazu ein Päckchen ebensolcher Steine, die sie bei den Geschäften abgezweigt hatte. Sie war nicht auf diesen kleinen Amerikaner da angewiesen, der vielleicht, wenn er zu Hause aus dem Armeedienst entlassen wurde, als Mechaniker in einer lokalen Radiostation landete.

Des Mädchens Zukunft in Kalifornien war gesichert: Restaurant mit chinesischer Küche; früher oder später einen betuchten Feinschmecker aus Los Angeles, der eine Schwäche für asiatische Frauen hatte, auch wenn diese nicht mehr ausgesprochen taufrisch waren. Amerika, ich komme!

Der Radiospezialist meldete sich bei niemandem ab. Unnötig, er selbst hatte den Räumungsbefehl empfangen. Keine Sentimentalität jetzt. Es war Zeit zum Einsteigen oder Aussteigen, je nachdem, wie man es sah.

Die Leute wichen nicht freiwillig zurück, als er sich mit dem Mädchen der Hubschrauberplattform näherte. Aber er hatte vorgesorgt. Er zog 20 Meter vor dem «Huey» der Air America einen unverhältnismäßig großen Revolver unter seiner Jacke hervor und schoß eine der Patronen, die mit kleingehacktem Weichblei gefüllt waren, auf ein Plakat ab, von dem eine Zahnpastaschönheit lächelte. Nach dem Knall gab es von dem bunten Gesicht nur noch verbrannte Fetzen.

«Platz für die Diplomatenpost!» schrie er und richtete den Revolver auf die Leute vor ihm. Der Schock wirkte. Alle stoben beiseite. Der Pilot, der den beiden Sitze zuwies, bevor er den Einstieg zuknallte, forderte: »Junge, steck das Ding weg! Ich habe keine Lust, durch ein Versehen zum Sieb zu werden!» Der grinste. «Du wärest als Sieb kaum zu gebrauchen. Übrigens – das Rezept für diese Patronen hat mein Großvater erfunden. Er jagte Wölfe mit den Dingern.»

CIA-Basischef Phil lungerte an den Piers herum und hielt Ausschau nach einem unauffälligen Motorboot. Es sollte so klein sein, daß niemand von der erregten, in hysterische Angst getriebenen Menschenmenge zum Sturm darauf geneigt sein würde. Nein, auch nicht das Küstenwachschiff, dessen Umrisse soeben langsam aus dem Morgennebel traten, ein relativ gut gehaltenes Fahrzeug mit dem amerikanischen Namen «Pioneer Contender».

Statt des von Phil erwarteten Motorbootes glitt schließlich, gerade als die «Pioneer Contender» anlegte, von der Mündung des Han-Flusses eines der niedrigen Landungsfahrzeuge der US-Marine in die Bucht von Da Nang herein. Es stellte sich heraus, daß dies sein «Bus» war.

Solche Landungsboote waren aus dicken Stahlplatten zusammengeschweißt. Sie konnten, je nach Typ, Panzer, Artillerie, Infanterie oder Nachschub befördern, eine herabklappbare Rampe am Bug ermöglichte die Anlandung an jedem flach auslaufenden Strand. Jetzt glitt das Fahrzeug mit der Nummer 240 am Bug längsseits gegen die Pier. Kaum lag es fest, sprangen zwei Dutzend von Phil und seinen Mitarbeitern ausgebildete vietnamesische Rangers mit schußbereiten Schnellfeuergewehren heraus und hielten die Zivilisten zurück, die sich dem Fahrzeug hoffnungsvoll nähern wollten. Schüsse peitschten. Die Leute duckten sich erschrocken.

«Zurück!» kommandierte der Anführer. Dabei nahm er eine Handgranate vom Koppel und zog mit den Zähnen den Sicherungsstift heraus, eine unmißverständliche Geste, die ihre Wirkung nicht verfehlte, weil die Menschen seit vielen Jahren mit einem Krieg zu leben hatten und wußten, daß der Soldat nur noch den Griff der Granate loszulassen brauchte, vier Sekunden später würde sie detonieren.

Während die Umstehenden auf die Hand des Rangers starrten, dirigierte Phil etwa hundert von ihm zur Evakuierung ausgewählte vietnamesische Mitarbeiter der CIA-Basis zum Landungsboot. Dort wurden sie von den Rangers nach Waffen untersucht und auf das Fahrzeug gelassen. Sie füllten das Boot nicht, aber es nahm niemand anderen auf. Geschlossene Gesellschaft von hochkarätigen Kollaborateuren. Zuletzt sprang Phil an Bord, er übernahm das Kommando und befahl: «Los!»

Das Boot legte ab. Der Ranger mit der Handgranate sah, wie sich die Menschenmauer auf der Pier vorwärtsschob. Er blickte sich nach Phil um, aber der war nicht mehr daran interessiert, was an Land geschah. So holte der Soldat kurz entschlossen aus und warf.

Die Granate tötete zwei Männer, verletzte einige Frauen und kostete einem zwölfjährigen Mädchen, der Tochter des obersten Richters in unzähligen Prozessen gegen Patrioten von Da Nang und Huê, das Augenlicht. Phil hatte vergessen, diese Familie in seine Evakuierungsliste aufzunehmen, und es war ihr nicht gelungen, sich bemerkbar zu machen.

Widerwillig meldete sich Generalkonsul Francis, als in seiner Villa das Telefon läutete. Jemand aus einer Treffwohnung der CIA in der Gia-Dinh-Straße meldete aufgeregt: «Sir, die ‹Nungs› drehen durch! Jemand hat ihnen gesagt, sie würden zurückgelassen. Jetzt haben sie die Vordertür aufgebrochen und zertrümmern aus Wut das Inventar.»

«Hören Sie», unterbrach ihn Francis, dem die krachenden Geräusche im Hintergrund nicht entgangen waren, «nehmen Sie die Hintertür, sofort! Schalten Sie Ihr Sprechgerät ein, bleiben Sie auf Sendung. Kommen Sie meinetwegen hierher.»

Er erwähnte nicht, daß die CIA-Kollaborateure längst auf See waren. Man hatte wohl in der Eile einige der Treffwohnungen vergessen.

Dem Mann, einem kleinen Agenten, gelang es, durch den Hintereingang der versteckt zwischen Hibiskusbüschen und Zierbambus gelegenen Villa zu verschwinden. Hier hatte sich Phil oft mit Spitzeln getroffen. Das Haus war immer von «Nungs» bewacht worden, wie die Amerikaner Soldaten der chinesischen Minderheit in Vietnam etwas abschätzig nannten. Sie zeichnete eine so gut wie unerschütterliche Ergebenheit für die Amerikaner aus, ebenso ein blindwütiger Haß gegen alles, was ihnen als «kommunistisch» bezeichnet wurde. Da sie absolut keine Skrupel zeigten, Gegner zu töten – selbst wenn diese bereits wehrlos waren –, konnte man sie bei der Agentur gut gebrauchen. Man schätzte ihre Brutalität und verwendete diese mordgierigen Kerle vorzugsweise für sogenannte blutige Jobs, zuweilen aber auch als Wach- und Begleitpersonal. Jetzt, in der CIA-Villa in der Gia-Dinh-Straße, wie auch an anderen Orten, wandten sich die «Nungs» gegen ihre ehemaligen Herren, von denen sie sich verraten fühlten. Sie schossen hinter dem flüchtenden Agenten her, ohne ihn zu treffen. Danach zerschlugen sie die Einrichtung der Villa, stahlen, was noch von Wert war, und zündeten den Rest an. Später begaben sie sich zum Flugplatz Marble Mountain, am Westufer des Han, nicht weit von der Küste des Südchinesischen Meeres.

Dieser kleine Nebenflugplatz, über den die CIA früher ihre Flüge abgewickelt hatte, war wieder geöffnet worden, nachdem er eine Zeitlang wegen Schießereien auf der Startpiste geschlossen werden mußte. Die Wartenden hatten sich nach und nach in Richtung Hauptflugplatz entfernt. Nun aber hatte es dort einen Aufruhr mit vielen Toten und Verletzten gegeben, und die Landepisten waren von erregten Menschen überfüllt. Man hatte ihnen eingehämmert, sie müßten fliehen, und nun schien sich das nicht mehr verwirklichen zu lassen. Die meisten versanken nach und nach in stumpfe Gleichgültigkeit. Eine unverantwortliche Propaganda hatte sie aus ihren Behausungen getrieben, und jetzt überließ man sie einfach ihrem Schicksal.

Die Boeing-727-Maschinen der World Airways, die der Air America und die Militärhubschrauber der vor der Küste kreuzenden amerikanischen Träger flogen inzwischen wieder den Flugplatz Marble Mountain an, wo es relativ ruhig war.

Auch Generalkonsul Francis wollte die Möglichkeit nutzen. Es lag ihm daran, Vietnamesen loszuwerden, die sich am Hubschrauberlandeplaz unweit seiner Villa versammelt hatten, alles ehemalige US-Bedienstete. Er ließ sie, nachdem er aus Saigon von Edward Daly, dem World-Airways-Manager, persönlich über die Landung der nächsten 727 telefonisch informiert worden war, mit zwei ihm verbliebenen CIA-Hubschraubern zum Marble Mountain Field bringen. Er dachte dabei an die Weisung aus Washington, daß möglichst niemand, der einmal mit den US-Organen im Lande zu tun gehabt hatte, zurückgelassen werden sollte. Alle Dokumente über Geheimdienstoperationen während der US-Zeit waren zu vernichten. Nur war das leichter angeordnet als ausgeführt! Francis flog selbst zum Marble Mountain Field hinüber. Was er sah, ließ ihn ungehalten werden. Eine Batterie Haubitzen der Saigoner Armee wurde soeben von ihren Bedienungen am Rande des Rollfeldes in Stellung gebracht.

«Wo ist der kommandierende Offizier?» brüllte Francis, so laut er konnte. Nach einer Weile meldete sich ein schlaksiger junger Mann bei ihm, dessen Uniform trotz des bunten Halstuchs und der vollgestopften, offenen Taschen den Captain auswies.

«Sie gefährden die Evakuierung», machte Francis ihn unwirsch aufmerksam, nachdem er sich vorgestellt hatte. Der Offizier musterte ihn abschätzend, bewegte leicht den Kopf in südlicher Richtung und erkundigte sich, ob der Herr das Artilleriefeuer der Kommunisten höre.

«Ja», gab Francis zurück, «aber es muß ...»

Der Vietnamese winkte ab. Er ahnte, was dieser Amerikaner wollte. «Reden wir Klartext», bot er an. «Wir feuern die erste Runde ab, und die Roten decken dieses Flugfeld so ein, daß der Beton wieder zu Zementpulver wird. Also – einigen wir beide uns: Mit der nächsten Maschine fliegen alle meine Leute aus, auch ich selbst, dafür lasse ich die Geschütze schweigen. Spielen Sie mit?»

Francis lag eine scharfe Erwiderung auf der Zunge, aber er wußte sehr gut, wie es um die Moral der Saigoner Armee stand. Außerdem hatte er als Amerikaner diesem Captain nichts mehr zu befehlen. Man mußte sich mit ihm einigen.

Der Amerikaner blickte auf das Häufchen Kollaborateure und dann auf die Soldaten an den Geschützen. Eine Maschine würde nicht ausreichen. Ein weiterer Blick auf die eisernen Tore des Flugplatzes, vor denen sich schon wieder Tausende verängstigter Vietnamesen drängten, denen man erzählt hatte, die Kommunisten würden sie massakrieren, sobald sie sie erwischten.

Er entschied sich, mit dem Captain zu verhandeln, und bot ihm an: «In der ersten Maschine fliegen alle unsere Zivilmitarbeiter. Das ist die Gruppe, die Sie da sehen. Außerdem alle Ihre Offiziere und Unteroffiziere. Mehr schafft die Maschine nicht. Der Rest Ihrer Soldaten sorgt dafür, daß die Masse da draußen das Rollfeld nicht überflutet. Die Männer regeln den geordneten Abflug der nächsten Maschine, die sie selbst mitnimmt. Einverstanden?»

Im Süden und Westen rumpelten Einschläge, es roch brandig. Jede Sekunde mußte die erwartete Maschine eintreffen. Francis befürchtete, es könnte sehr leicht die letzte sein. Auch der Offizier mußte etwas ähnliches vermuten, denn er erklärte kategorisch: «Okay, Sir. Unter der Voraussetzung, daß ich in der ersten Maschine fliege. In der ersten, die jetzt hier abgeht!»

Als Francis nickte, tippte er an den Helm und wandte sich mit ein paar lauten Kommandoworten seinen Artilleristen zu. Unter denen brach ungewohnte Geschäftigkeit aus. Francis ging beruhigt zu seinen ehemaligen Helfern. Er war sicher, gab sich zufrieden.

Als die alte C-47, die jahrelang als sogenanntes Gunship gedient hatte – als nächtliches Störungsflugzeug, das aus automatischen Waffen Hunderttausende von Geschossen, elektronisch gesteuert, in tagsüber ausgemachte Ziele pumpte –, auf der Landebahn aufsetzte, rannten die Artilleristen plötzlich los, mit schußbereiten Waffen. Es waren nicht nur die Offiziere und Unteroffiziere, sondern auch alle Mannschaftsdienstgrade. Sie erreichten die Maschine als erste, blockierten ihren Weg und stürmten in den Laderaum. Erst danach war es den anderen möglich, ebenfalls einzusteigen.

Die C-47 faßte knapp hundert Passagiere. Bald war sie überfüllt, und der Pilot betätigte den Hebel, der automatisch den Einstieg mit der Klapp-Gangway einzog. Zwei junge Männer, die sich gerade auf der Gangway befanden und Halt suchten, wurden dabei schwer verletzt. Ihre abgequetschten Gliedmaßen blieben hinter der Maschine liegen, als die zum Start rollte. Zuvor hatten sich noch etwa ein Dutzend Leute, die wohl zu Recht fürchteten, daß die Befreiungstruppen sie für Vergehen gegen das Volk zur Verantwortung ziehen würden, an die ausgefahrenen Landeklappen geklammert und an die Säulen des Fahrgestells.

Generalkonsul Francis, erbost über den Trick des Captains und die Hysterie der Leute, schrie warnend: «Nein! Nein!»

Aber niemand hörte auf ihn. Er wurde von rasenden Menschen hin und hergestoßen, bis er schließlich seine Pistole zog und in die Luft feuerte. Doch die Panik war längst über den Punkt hinaus, wo ein Schuß sie noch hätte stoppen können. Im Gegenteil, die Knallerei versetzte die Leute in Wut. Sie schlugen Francis, bis er blutend und besinnungslos auf der Rollbahn liegenblieb. Man glaubte wohl, er sei tot.

Nach und nach fielen von der inzwischen gestarteten Maschine Menschen herab wie überreife Früchte von einem hohen Baum. Auf den Beton der Piste klatschten auch die Gliedmaßen derer, die sich an die Fahrwerkssäulen geklammert hatten. Sie wurden von den Körpern getrennt, als der Pilot das Fahrwerk einzog. So blieb Konsul Francis zwischen Toten, Verstümmelten und weggeworfener Habe liegen, bis ein Hubschrauberpilot der Air America ihn entdeckte und auflas.

Es stellte sich heraus, daß er nicht schwer verletzt war und gehen konnte. Er hinkte zu seiner Villa, rief von dort über eine noch intakte Sprechfunkverbindung den Kommandeur der Militärregion 1, General Truong, an, der auf einer winzigen Insel vor der Küste saß, gut versorgt und vorerst sicher. Er bat ihn um Hilfe.

Truong versprach, ein Motorboot zu einer bestimmten Stelle am Strand des Südchinesischen Meeres zu schicken. So machte Generalkonsul Francis sich auf den Weg, humpelnd, sich selbst und die Welt verwünschend. Als er am Strand ankam, war das Boot schon da.

Weiter nördlich, an den Piers, hatten die Leute begonnen, mit allen nur erdenklichen Waffen um Plätze auf Fischerbooten, Schleppern, Küstenschiffen, Yachten, ja auf Ruderbooten zu kämpfen. Immer mehr dieser Fahrzeuge legten deshalb südlich der Piers an. Der Strand war übersät mit weggeworfenen Gepäckstücken. Vom Goldfischglas bis zum Seidenkimono konnte man alles aufheben, von der schlagsicher verpackten Stereoanlage bis zum Stahlhelm

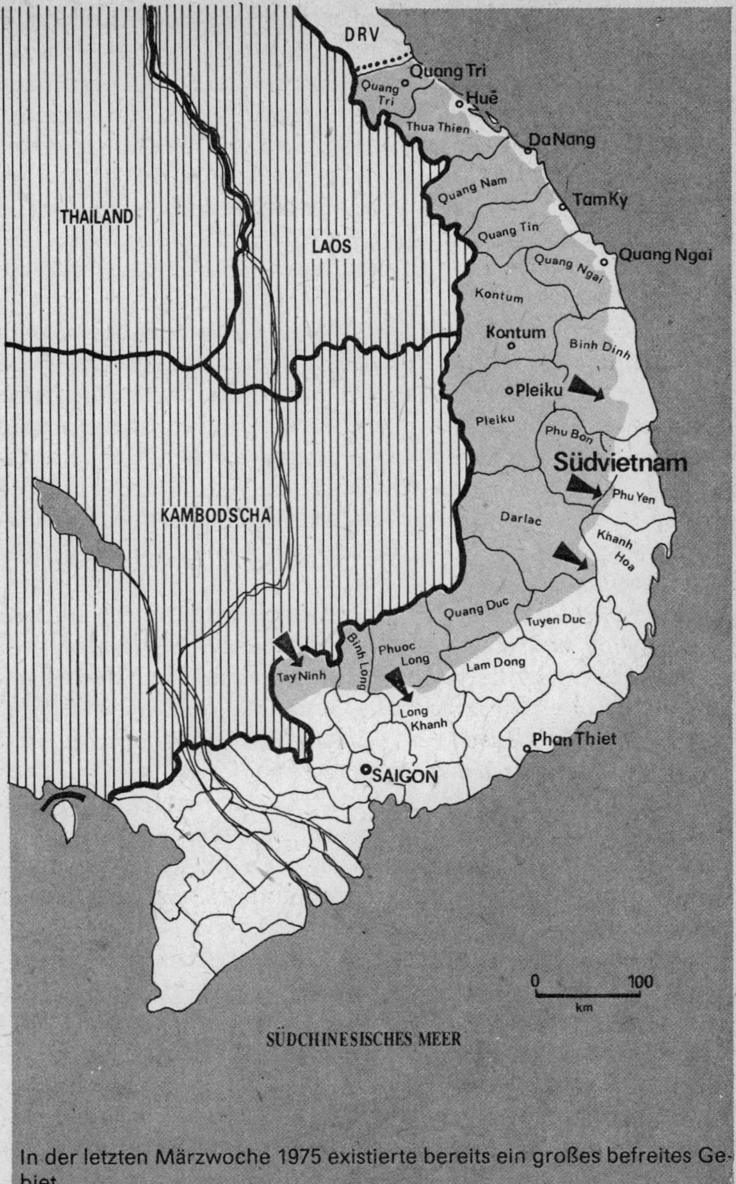

In der letzten Märzwoche 1975 existierte bereits ein großes befreites Gebiet.

mit der Aufschrift «Killer No. 1». Tote lagen da herum, zertrampelte Säuglinge, Erschlagene, Erschossene. Trupps von Saigoner Soldaten zogen schießend, betrunken grölend umher und fledderten. Viele kleideten sich in Zivilsachen um, so daß es eine Menge nackter Leichen am Strand gab. Blut färbte den Sand. Es war der Abend des 28. März.

Als die Frühnebel sich am nächsten Tag über dem Meer lichteten, sahen die Insassen der Boote und Fähren, die sich an der Küste entlang südwärts bewegten, daß die See voller Trümmer von zerschlagenen Booten war. Dazwischen schwammen Haie, die erbarmungslos zuschnappten, wo immer es Schiffbrüchige gab. Das Wasser färbte sich rot an diesem Tag. Die unbegründete Furcht der Einwohner Da Nangs vor Vergeltungsmaßnahmen der Befreiungsstreitkräfte, die Hysterie, in die man sie versetzt hatte, war am Tod von Tausenden schuld.

Die Truppen mit dem roten Stern an den Tropenhelmen standen an diesem Morgen 3 Kilometer vor Da Nang. Es wurde kaum Artillerie eingesetzt, man wollte so wenig wie möglich zerstören. Aufklärer berichteten, daß die Saigoner Armee sich ohnehin in Auflösung befand, daß sie floh.

General Le Trong Tan, der Befehlshaber der Befreiungsstreitkräfte an diesem Frontabschnitt, beobachtete mit dem Fernglas die Zivilmaschine der World Airways, die an diesem nebligen 29. März morgens Da Nang anflog. Die Boeing 727 flog für die CIA!

Nun, die Passagiere haben wahrlich keinen freudigen Auszug, überlegte der General. Er wußte nicht, daß Edward Daly, der Manager der Linie, in der Maschine saß, fest entschlossen, noch einmal auf dem Hauptflughafen Da Nangs zu landen und letzte Freunde aufzunehmen, wie er sagte.

Edward Daly, der Held von Da Nang! Er hatte für Publicity gesorgt. Ein Kamerateam saß um ihn herum. Es sollte filmen, wie der unerschrockene Amerikaner bedrängte Vietnamesen vor den teuflischen Roten rettete. Die Filmer hatten denn auch vollauf zu tun. Kaum war die Einstiegrampe herabgelassen, da stürzten sich Hunderte von Saigoner Rangers auf die Maschine, Deserteure, Versprengte, Marodeure. Sie erschossen oder erschlugen jeden Zivilisten, der sich ihnen in den Weg stellte.

Diese Soldaten waren in Panik. Man hatte sie förmlich darauf dressiert, jeden Kommunisten, auch jeden, der verdächtig wurde, mit dem Gegner zu sympathisieren, auf bestialische Weise zu töten. Und sie hatten es getan, jahrelang. Nun stand der Gegner vor ihnen, und Angst beherrschte sie, er könnte mit gleicher Münze zurückzahlen.

Edward Daly, ein dicklicher Mann, der leicht zu erregen war, erkannte sogleich, in welche Lage er mit der Maschine geraten war. Kurzerhand zog er seine Pistole und schoß in die uniformierte Menge zurück. Annähernd dreihundert bereits in der Maschine befindliche Soldaten unterstützten ihn dabei, die restlichen Marodeure zurückzuschlagen. Sie verteidigten ihre Plätze gegen die vielen Hundert, die noch draußen tobten. Bald ratterten Maschinenpistolen, Handgranaten detonierten. Der Pilot schloß die Rampe, und – wie schon beim letzten Flug von Marble Mountain Field aus – wurden wieder Leute zu Tode gequetscht, zerrissen, verstümmelt. Im Inneren der Maschine bluteten Verletzte.

Unter dem Rumpfbug verschoß ein Zurückbleibender wütend alle Patronen seines Revolvers auf das Leichtmetall, bis die Maschine langsam anrollte, schneller wurde und schließlich abhob. Der Strahl der Düsen wirbelte die Zurückbleibenden durcheinander.

General Le Trong Tan, der befohlen hatte, in den Nachtstunden Da Nang anzugreifen und die Reste der gegnerischen Truppen gefangenzunehmen, sah die World-Airways-Maschine abfliegen. Sie interessierte ihn nicht weiter. Mochten die Fremden sehen, wie sie aus dem Lande kamen, ihre Zeit war um. Was er selbst durch das Fernglas nicht hatte sehen können, waren die von Handgranaten aufgerissenen Tragflächenbleche der 727, war das Blut der verwundet in der Maschine Liegenden, das durch die Schußlöcher im Rumpf sickerte und vom Luftzug weggefegt wurde.

Außer der eigenen Bevölkerung und den Flüchtlingen,

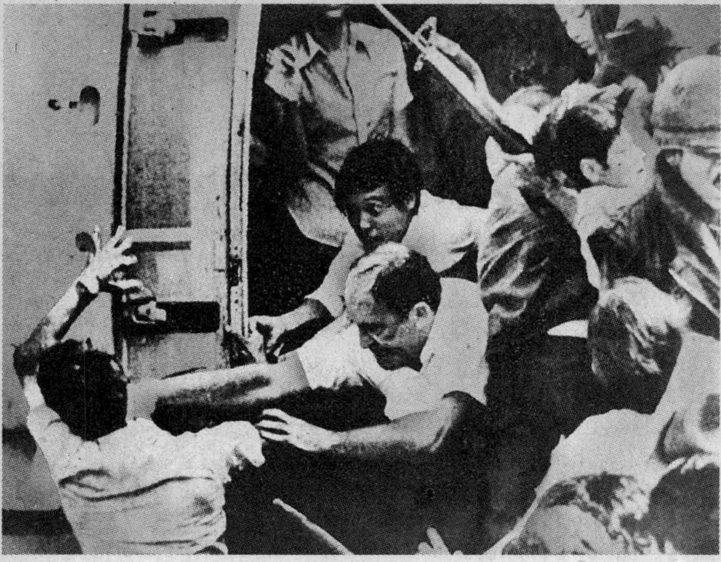

Panik – ein alltägliches Bild während der Evakuierungsflüge. Kollaborateure versuchen in Da Nang eine Maschine zu stürmen.

etwa 2 Millionen Menschen, waren noch etwa 100 000 Saigoner Soldaten in Da Nang und am blutigen Strand des Südchinesischen Meeres verblieben, als die Befreiungstruppen die Stadt besetzten. Es gab nur stellenweise noch Widerstand. Die Moral der Saigoner Truppen war verloren. Sie wußten nicht mehr, wofür sie hätten kämpfen sollen, es sei denn, es hätte sich um einen Napf Reis gehandelt oder ein Paket Zigaretten.

Die Katholiken Saigons feierten am nächsten Morgen, dem 30. März, einem sonnigen Sonntag, das Osterfest. Zur selben Zeit brachte der Rundfunk die Mitteilung, Da Nang sei «in die Hände der Kommunisten gefallen». Es wurde für das Seelenheil der Glaubensbrüder gebetet.

General Le Trong Tan stand am Strand des Südchinesischen Meeres und blickte versonnen auf das Durcheinander von Fahrzeugen, Gepäck, Toten und Lebenden, freudig erregten Bewohnern, die die Befreiung ersehnt hatten, und solchen, die aschgrau vor Angst waren. Unweit von ihm schrie eine Frau, sie schien Schmerzen zu haben. Der General konnte sie nicht sehen. Er fragte einen seiner Stabsoffiziere: «Was ist mit ihr? Verletzt?»

«Nein, Genosse General», kam es zurück, «Baby!»

Der General machte sich seine Gedanken über eine Geburt in dieser Stunde des Sieges. Die Frau fing wieder an zu klagen, laut und schrill.

«Kann man ihr denn nicht helfen?»

Der Stabsoffizier bemerkte respektvoll, daß die Armee leider keine Hebammen in ihrem medizinischen Dienst habe. Aber er ging zu der Frau, die hinter einem ausgebrannten Lastwagen lag. Zwei Sanitäter waren bei ihr, junge Männer, daran gewöhnt, Verletzte zu verbinden und vom Kampfplatz zu tragen.

«Bringt sie es nun zur Welt oder nicht?» wollte der Stabsoffizier wissen. Einer der Sanitäter gab, ohne den Frager anzusehen, barsch zurück: «Kümmere dich um deine eigenen Pflichten! Wir haben keine Zeit für Redereien, das ist nämlich neu für uns!»

Ein Arzt kam herbeigeeilt. Er untersuchte die Frau, während sich die beiden Sanitäter schnell entfernten. Sie hatten den Offizier erkannt. Man wolle eine Trage holen, bemerkte der eine von ihnen. Plötzlich stand der General da.

«Wehen?»

Der Arzt nickte. Er benahm sich Generalen gegenüber korrekt, wenn auch nicht übermäßig stramm. Beiläufig sagte er: «Das Kind hat eine völlig verkehrte Lage. Oder ich verstehe nichts von Schwangerschaften. Aber wiederum ...» Er betastete den Bauch der Frau.

Der General äußerte sich nicht zu dem medizinischen Problem. Für einen Augenblick hörte der Schmerz auf. Die Frau starrte auf die roten Sterne an den Helmen und wimmerte: «Töten Sie mich, wenn es sein muß! Aber lassen Sie das Kind leben! Der Vater ist gefallen.»

Sie war verwirrt, das begriff der General, so wie es der Arzt begriff, der sie mit ein paar schnellen Worten beruhigte: Sie werde nicht getötet und das Kind selbstverständlich leben.

Der General verzog die Mundwinkel, als die Frau wieder zu schreien begann. Er wandte sich an den Arzt: «Schaffen Sie es?»

Dem riß die Geduld, er fauchte: «Bei dieser Lage des Kindes kann es nötig sein zu schneiden! Und das ohne Operationstisch, mitten im Sand! Ich möchte wissen, wer das schon einmal vor mir versucht hat!»

Der General sah ihn belustigt an. Er war ein beherrschter Mann, und es erheiterte ihn immer, wenn jemand Schwierigkeiten mit seinen Nerven hatte.

«Braucht sie noch eine halbe Stunde?» fragte er.

«Ja!» Der Arzt war sicher, daß die Wehen erst begonnen hatten, obgleich die Frau erbärmlich schrie. Sie tat es wohl mehr aus Angst als aus Schmerz.

Der General winkte dem Stabsoffizier und befahl: «Die Frau wird mit meinem Fahrzeug zum Krankenhaus in die Stadt gebracht. Ich möchte persönlich Bericht, ob es ein Junge oder ein Mädchen geworden ist.»

Als er allein zurückblieb, versank er angesichts der chaotischen Umgebung erneut ins Grübeln. Diese Frau, dachte er, ihr Mann ist im Kampf gegen uns gefallen; sie hat es selbst gesagt. Jetzt retten wir sein Kind; die Mutter auch. Hoffentlich. Es ist Zeit, daß wir in diesem Lande wieder menschenwürdige Verhältnisse herstellen. Es hat einfach aufzuhören, daß ein Vietnamese einen anderen töten muß, nur weil der sich gegen ihn hat aufhetzen lassen. Von Fremden.

Anfang April liefen die ersten Boote, Fähren und Schleppkähne aus Da Nang in Cam Ranh Bay ein. Auch Francis kam an, Phil war schon da. Sie wurden nach Saigon geflogen. Dort gab es inzwischen wieder einen US-Botschafter. Graham Anderson Martin war zurückgekehrt, hoffnungsvoll, zukunftsfreudig, an einer Grippe leidend, aber von der Überzeugung erfüllt, man werde «hier in ganz kurzer Zeit Ordnung schaffen».

Generalkonsul Francis, zerschlagen von seinem Abenteuer auf dem Marble Mountain Flugplatz, zermürbt von der langen Seereise, hielt Botschafter Martin für einen lebenden Anachronismus. Als er ihm mitteilte, Da Nang sei verloren, und die Armee des Generals Truong, überhaupt die ganze Militärregion 1, existierten nicht mehr, lächelte Martin ihn nur mitleidig an und empfahl ihm, erst einmal auszuschlafen. Im übrigen sei er soeben von Präsident Thieu informiert worden, daß dieser dem General den Befehl erteilt habe, auf einer Insel vor der Küste einen Brükkenkopf zu bilden und von dort aus die Rückeroberung Da Nangs einzuleiten.

«Sehen Sie, mein lieber Francis», sagte Martin aufgekratzt, «Da Nang ist also keinesfalls verloren. Außerdem ist General Weyand mit mir aus den Staaten herübergeflogen, im Auftrag des Präsidenten. Mit einigen Spezialisten wird er in ganz kurzer Zeit feststellen, wie wir Präsident Thieu und seiner Armee am wirkungsvollsten helfen können, damit sie den kommunistischen Spuk endgültig hinwegfegt.»

«Sir!» wandte der verdatterte Francis ein, «da oben ist alles zusammengebrochen, ich habe es miterlebt! Ich bin Tage auf dem Meer gewesen, niemand ist nach uns mehr entkommen! Sir, die Kommunisten haben Da Nang eingenommen! Wenn Sie es nicht glauben, setzen Sie sich mit mir in einen Hubschrauber, wir können uns vielleicht die Siegesparade der Roten aus der Luft ansehen!»

Martin wollte nichts mehr hören. Er murmelte etwas von der überanstrengten Physis des Generalkonsuls, von der ohnehin kranken Schilddrüse, und dann komplimentierte er ihn freundlich aus dem Zimmer.

Am 3. April, als dieses Gespräch stattfand, rollte gegen Abend der Jeep des Frontoberbefehlshabers der Befreiungsstreitkräfte mit General Van Tien Dung in die bereits befreite Kreisstadt Loc Ninh, knapp 100 Kilometer nordwestlich von Saigon.

Der General fiel unter den vielen Soldaten kaum auf. Er begab sich in eine Bambushütte am Stadtrand, wo er in den nächsten Tagen mit seinem Stab und den Kommandeuren der beteiligten Einheiten den Angriff auf Saigon plante.

Drei Fronten würden vorstoßen. Schwerpunkt der Offensive war zunächst die Stadt Xuan Loc, in der sich die entscheidenden Fernstraßen zwischen Saigon und der Küste kreuzten. Dieser Ort war eine strategische Schlüsselposition. Wer sie beherrschte, dem standen alle Wege offen: zur Küste, nach Vung Tau oder nach Bien Hoa, wo die Saigoner einen schier unvorstellbaren Stapelplatz für Kriegsmaterial aus den USA geschaffen hatten, und nach Saigon selbst.

Während die entsprechenden Befehle an die Truppen gingen, lief die Nachschubversorgung auf vollen Touren. General Van Tien Dung wünschte Informationen aus Saigon selbst. Er beauftragte den Funker, jenen Aufklärern, die sich in Saigon aufhielten, einige präzise Fragen zu stellen. Von deren Beantwortung würde einiges abhängen, was in der Angriffsplanung noch nicht endgültig entschieden worden war.

Der Frontoberbefehlshaber war freudig erregt, als er die Vorbereitungen soweit gebracht hatte. Nicht einmal 100 Kilometer bis Saigon! Das Ende des Sterbens, des Elends kündigte sich an. Es war greifbar nahe in diesem Lande, in dem seit mehr als drei Jahrzehnten gegen wechselnde Feinde immer der gleiche Kampf geführt werden mußte. Van Tien Dung verfiel wieder in die alte Gewohnheit, sich bei besonders freudigen Anlässen eine «Dien Bien» anzubrennen.

Aktion «Baby-Lift»

«Thi Nam!»

Der die Kellnerin rief, war einer der jüngeren Küchenhelfer des «Arizona». Thi Nam hatte sich mit ihm angefreundet. Er litt an einer Beinverletzung, die ihm ein Verkehrsunfall eingebracht hatte, daher brauchte er nicht zur Saigoner Armee. Als er das einmal erzählte und äußerte, wie glücklich er – trotz der Blessur – deshalb war, hatte Thi Nam ihn sich näher angesehen. Er ließ vorsichtig durchblicken, daß er von dem Regime in Saigon ohnehin nicht viel halte. Das klang ehrlich, weil er es ganz nebenbei erwähnte, nicht mit Nachdruck herausposaunte.

In der ersten Zeit, als Thi Nam sich in ihrer neuen Umgebung zurechtfinden mußte, war ihr der junge Mann, der Than Hao hieß, behilflich gewesen. Er steckte ihr Essen aus der Küche zu und begleitete sie zuweilen mit seinem Fahrrad irgendwohin, um ihr zu zeigen, was es in Saigon alles zu sehen gab, ohne zu wissen, daß sie aus der Stadt stammte.

Thi Nam hatte die Überzeugung gewonnen, daß er ein guter Verbündeter sein würde, wenn sie eines Tages einmal einen solchen brauchte.

Er glich so gar nicht dem Bild junger Nichtstuer, die entweder vom Geld ihrer reichen Eltern lebten oder selbst fragwürdige Geschäfte betrieben – mit Schmuggelware oder Rauschgift. Than Hao war stets sauber und unauffällig gekleidet, er las Zeitungen und Bücher, lernte in seiner Freizeit die französische Sprache und besuchte außerdem einen Kursus für Autoschlosser, weil er später einmal den Beruf wechseln wollte. Eltern hatte er nicht mehr, er schlief in einem Verschlag auf dem Hinterhof des «Arizona», neben seinem Fahrrad.

Als Thi Nam jetzt die Küche betrat, winkte ihr der junge Mann mit Verschwörermiene zu, in den Hof zu kommen. Niemand kümmerte sich weiter um sie, es war Vormittag, und da herrschte in der Tu Do ohnehin Flaute. Than Hao

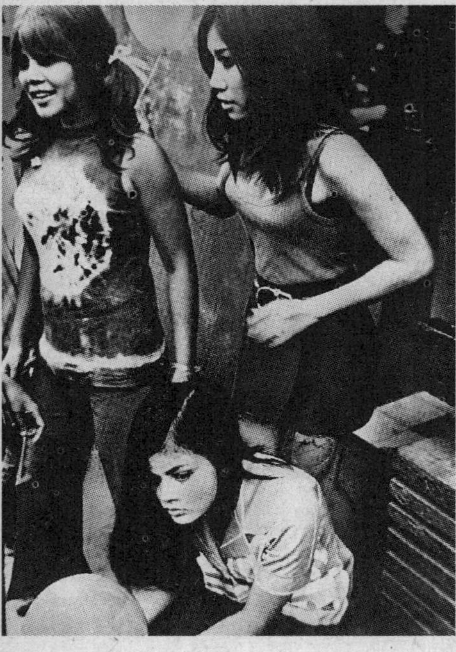

Zuhälter mit zwölf Jahren. Das hat das Saigoner Regime aus Kindern wie diesem Jungen gemacht. Die krassen Bildungsprivilegien schlossen den größten Teil der Jugend von der Bildung aus, vielfach blieb als Ausweg nur noch die Gelegenheitsarbeit, von der aus die Leiter des sozialen Abstiegs dann direkt in die Unterwelt führte.

Hunderttausende Mädchen hatten keine andere Möglichkeit, ihren Lebensunterhalt zu verdienen als durch Prostitution.

lotste das Mädchen zu seinem aus Kistenbrettern und Blechen gefertigten Wohnverschlag und zog die Decke zurück, die als Windschutz vor dem Eingang hing. Da saß auf der Matte, die Than Hao als Schlaflager diente, ein kleines Mädchen, das verlegen ihre dicken schwarzen Zöpfe befingerte und aus ihren dunklen Augen Thi Nam ängstlich anblickte. «Das ist Phuong», sagte Than Hao. «Sie ist aus dem Waisenhaus hinter dem Ben-Nghe-Kanal.»

Thi Nam kannte die Gegend im Stadtbezirk Khanh Hoi, wo in einem ziemlich weitläufigen Gebäudekomplex, der früher einmal eine französische Kaserne gewesen war, elternlose Kinder lebten. Sie wurden dazu angehalten, für ihren Unterhalt möglichst selbst zu sorgen. Ein Teil von ihnen arbeitete auf Reisfeldern und erhielt ein paar Piaster von den Besitzern, die meisten aber zogen durch die Stadt, immer hungrig, bettelnd, stehlend, kleine Dienstleistungen anbietend. Schule gab es für sie nicht.

«Guten Tag», grüßte das Kind schüchtern. Es machte keine Anstalten aufzustehen, kroch eher in sich zusammen, als Thi Nam nähertrat. Erst als Than Hao ihr zuredete: «Du brauchst keine Angst vor der Tante zu haben, sie wird dich nicht wegjagen!» entspannte sich das Gesicht des Mädchens.

Than Hao wandte sich an Thi Nam. «Sie ist jeden Tag gekommen, ich habe ihr immer etwas zu essen gegeben. Heute will sie nicht mehr zurück. Sie fürchtet sich.»

Phuong überwand ihre Angst vor der fremden Frau, weil ihr Freund Than Hao da war. Sie erzählte stockend, weshalb sie nicht in das Heim nach Khanh Hoi zurück wollte. «Morgen früh werden wir weggebracht, in großen Flugzeugen, übers Meer. Sie sagen, dort ist es schöner als hier. Aber ich will hierbleiben. Vielleicht kommt meine Mutter.»

«Wie alt bist du?»

«Sie sieht älter aus», antwortete Than Hao anstelle des Kindes. «Aber sie ist gerade acht Jahre.» Dann flüsterte er Thi Nam zu: «Sie weiß es nicht, aber ihre Mutter ist im Gefängnis, weil der Vater bei den Vietcong ist. Sie hat Glück gehabt, in das Waisenhaus zu kommen. Manche Kinder wurden von den Polizisten einfach erschossen.»

«Und sie wollen euch in die Metallvögel setzen und wegfliegen?»

Das Kind nickte. «Weit fort, haben sie gesagt, übers Meer.»

Than Hao wandte sich an Thi Nam. Wieder einmal konnte sie sich überzeugen, daß dieser junge Bursche mit äußerst wachen Sinnen durch die Welt ging. Er sagte: «Es gibt seit ein paar Tagen das Gerücht, daß kleine Kinder in die USA geflogen werden sollen. Zur Adoption für amerikanische Leute, die selber keine haben. Aber eigentlich soll damit eher ein bißchen Sensation gemacht werden, denke ich: Die Amerikaner helfen den von den Kommunisten bedrohten vietnamesischen Kindern, in dieser Art eben. Was machen wir mit ihr?»

Er muß den Sender «Befreiung» gehört haben, überlegte Thi Nam, die froh war, daß es den Jungen in ihrer Nähe gab. Le Minh war zwar da, wenn sie ihn brauchte, aber der Kontakt mit ihm unterlag strengen Regeln. Bei diesem Burschen hingegen konnte sie so handeln, wie sie es angesichts der Lage für richtig hielt. Sie sagte: «Wenn du nicht übers Meer willst, Phuong, dann bleibst du eben hier.»

Das Kind gab leise zurück: «Danke, Tante!»

«Bei mir? Hier?» wollte Than Hao wissen. Er war verblüfft, wie schnell die Kellnerin, die ihm gefiel, Entscheidungen von beträchtlicher Tragweite traf. Aber er war auch etwas ratlos.

«Natürlich bei dir!» antwortete Thi Nam. «Bei mir kann sie schlecht unterkommen. Ich schlafe im Restaurant unter dem zweiten Tisch, rechts vom Eingang, und zwar von zwei Uhr nachts, wenn wir schließen, bis acht Uhr morgens, wenn die Fahrzeuge mit Eis und Bier und Fleisch kommen.»

Than Hao schluckte. Er wußte, daß das Mädchen als Flüchtling lebte und sich nachts unter dem Tisch mit einem Handtuch zudeckte. Er hatte schon überlegt, ob der Besitzer es wohl gestatten würde, wenn er neben seinem Verschlag einen zweiten für sie baute. Andererseits wollte dieser selbst Than Haos Verschlag in Kürze abreißen lassen.

Er trug sich mit der Absicht, im Hof Schweineställe einzurichten.

«Sie kann dableiben», entschied Than Hao. Das Kind begann zu weinen. Der Küchengehilfe fügte hinzu: «Ich werde ihr immer Essen bringen, es bleibt viel übrig im Lokal. Nur – daß niemand die Kleine entdeckt!»

Thi Nam wandte sich eindringlich an das Kind. «Hörst du? Du kannst bleiben, wenn du versprichst, tagsüber nicht aus diesem Bau herauszukriechen. Erst wenn die Dunkelheit kommt und niemand auf dem Hof ist, darfst du dich zeigen. Wirst du das nicht vergessen?»

Das Kind schüttelte den Kopf.

Thi Nam sagte: «Es wird nicht mehr lange dauern, Phuong, sei zuversichtlich. Bald werden keine Kinder mehr in eisernen Vögeln übers Meer geflogen, und du wirst den ganzen Tag an der Sonne sein können. Schule wird es auch geben. Und um Essen brauchst du dann nicht mehr zu betteln. Jetzt leg dich ihn, sei still, du bist sicher hier, also brauchst du nicht zu weinen.»

Sie strich über das Haar des Mädchens. Irgendwann werde ich dieses kleine Wesen gründlich waschen müssen, dachte sie, ich werde auch die Kleidung säubern. Phuong hielt ein paar Sekunden ihre Hand fest und flüsterte dabei: «Ich weine gar nicht, Tante. Ich freue mich!» Und dabei weinte sie weiter, bis Thi Nam sie an sich drückte und beruhigte: «Ach du! Schlaf ein bißchen, wir müssen arbeiten!»

Als sie mit dem hinkenden Than Hao über den Hof zurückging, meinte der mit ernstem Gesicht: «Ich komme mir vor wie ein Verschwörer! Du auch?» Sie lachte nur. Im Schankraum gelang es ihr, eine Büchse Coca Cola verschwinden zu lassen, die trug sie wenig später zu dem Verschlag. Das Kind nahm sie wie einen Schatz entgegen. Umsichtig wie Thi Nam war, holte sie eine alte Konservendose und gab sie Phuong, für den Fall, daß sie austreten mußte. Sie schärfte ihr nochmals ein, das Quartier vorerst nicht zu verlassen. «Nur wenn dich der Besitzer entdecken sollte oder ein Polizist, dann darfst du weglaufen. Du mußt es sogar. Kommst dann zurück, wenn die Gefahr vorbei ist.»

Than Hao war froh, daß es jemanden gab, mit dem er wenigstens die Hälfte des Geheimnisses teilen konnte. Vielleicht kam wirklich bald eine andere Zeit, und dann konnte er diesem Mädchen, das ihm gefiel, gestehen, daß Phuong die Tochter eines Onkels war, der zuletzt in den Sümpfen zwischen Go Cong und Binh Trung gekämpft hatte und von dem niemand wußte, wo er jetzt war. Möge das Schicksal gnädig sein und die Mutter aus dem Gefängnis zurückkehren lassen, wenn schon der Vater verschollen blieb! Und wenn nicht? Was würde wohl Thi Nam antworten, wenn der humpelnde Küchengehilfe Than Hao ihr vorschlug, sie zu heiraten und Phuong zu adoptieren? Er begann, die Glut unter dem Holzkohlengrill durchzurühren und neu anzufachen, damit sie für das Mittagsgeschäft bereit war, wenn die Leute Steaks verlangten. Seine Gedanken waren weit fort.

Was unter den Amerikanern in Saigon Aktion «Baby-Lift» genannt wurde, hatte eine Vorgeschichte, die nicht sehr geradlinig verlief, wie so manches um diese Zeit.

Mit Botschafter Martin war der ehemalige letzte US-Oberkommandierende in Vietnam, General Weyand, nach Saigon gekommen. Während Martin seinen Posten in der Botschaft bezog, suchte Weyand mit sogenannten Spezialisten Möglichkeiten, Saigons in sich zusammengefallenes Regime in letzter Stunde noch etwas aufzuplustern. Geplant war ein Täuschungsmanöver großen Stils, das Thieu gegenüber den Anschein ungebrochenen Engagements erwecken und für die USA «das Gesicht wahren» sollte, gegen den Vorwurf, sie würden ihre ehemaligen Verbündeten im Stich lassen. Die Wahrheit war, daß die USA sich im Pariser Abkommen verpflichtet hatten, nicht mehr am Krieg teilzunehmen. Die Washingtoner Politiker kannten die Gefahr, die aus einem Bruch dieses Abkommens entstehen konnte.

Weyands Team sollte – von viel Publicity unterstützt – etwas Augenwischerei betreiben. Außerdem aber sollte Weyand mit Thieu gemeinsam ein neues Verteidigungskonzept aushecken. Er tat das schnell, weil er nicht viel

Auswahl hatte: Eine Verteidigungsfront sollte von Tay Ninh im Westen bis Nha Trang an der Küste geschaffen werden. Doch noch während Weyand darüber mit Thieu beriet, stießen Kräfte der Befreiungsfront zur Küste vor, und nicht nur Nha Trang, sondern auch die riesige Basis Cam Ranh stand vor der Aufgabe. Man entschloß sich daher, die neue Verteidigungslinie weiter südlich, bei der letzten größeren Küstenstadt, Phan Rang, enden zu lassen. Xuan Loc, der Schnittpunkt vieler Straßen, sollte das Zentrum des Widerstandes sein.

Thieu, der natürlich ahnte, daß die Amerikaner sich nur noch der Form halber engagiert zeigten und der Kongreß in Washington längst die Mittel für weitere Militärhilfe an Saigon gesperrt hatte, so daß die US-Militärs nur noch aus ihren eigenen Fonds Unterstützung gewähren konnten, drängte Weyand, B-52 über den Einheiten der Befreiungsarmee einzusetzen. Konzentrierte Bombenangriffe sollten Erleichterung schaffen. Aber Weyand konnte das nicht zusagen. Er hatte selbst lange genug als – erfolgloser – Oberkommandierender in Südvietnam gestanden, um zu wissen, daß hier B-52 nicht mehr helfen würden, zu deren Einsatz er überdies nicht ermächtigt war. Die zusammengebrochene Disziplin, der verlorene Kampfeswille, die Auflösung der Staatsstruktur – dies alles konnte kein B-52-Angriff mehr reparieren. Um sich aus der Affäre zu ziehen, bot er Thieu an: «Ich kann die Auslieferung von ‹Daisy Cutters› und CBU-Bomben an Sie verfügen, Herr Präsident. Ich halte diese Waffen für wirksamer als Flächenbombardements.»

Thieu griff sofort zu.

In der Tat handelte es sich um zwei schreckliche Waffen. «Daisy Cutters» (Gänseblümchenschneider, wörtlich übersetzt; man nennt in Amerika auch einen Rasenmäher so) waren riesige Bomben, die über dem Boden zündeten und alles, was sich in einem Gebiet von der Größe eines Fußballfeldes befand, vernichteten. Ursprünglich waren sie für das schnelle Anlegen von Hubschrauberlandeplätzen mitten im Dschungel entwickelt worden, weil sie großflächig das Gelände einfach einebneten, Bäume, Gebüsch, selbst Gebäude. Später hatte man herausgefunden, daß damit auch Menschen vernichtet werden konnten, und zwar in großer Zahl. Wegen ihres Umfanges und Gewichtes konnten die Bomben nur einzeln und von besonders dazu eingerichteten Flugzeugen abgeworfen werden.

General Weyand sagte auch die Bereitstellung dieser Maschinen zu.

Die CBU war in ihrer Wirkung nicht weniger harmlos als die «Daisy Cutter». Es handelte sich dabei um eine große, unter Druck stehende, mit einem hochexplosiven Treibstoffgemisch gefüllte Tonne, die ebenfalls über dem Boden gezündet wurde. Durch die Explosion der so entstehenden Wolke aus Treibstoff und Luftsauerstoff entstand ein Druck, der in Richtung Boden etwa eine Dezitonne pro Quadratzentimeter betrug, eine nahezu unvorstellbare Kraft, die buchstäblich alles zermalmte. Blieb tatsächlich im Zielgebiet noch Leben übrig, so erstickte es Bruchteile von Sekunden nach der Explosion in dem durch die schlagartige Verbrennung des Luftsauerstoffs entstehenden Vakuum.

«Wir werden Höllenfeuer auf sie herabregnen lassen!» versprach Thieu. «Man wird sehen, wie sie nordwärts fliehen!» Er war, zumindest nach außen, sehr zuversichtlich.

Die CIA-Leute um den Stationschef Polgar, die in der US-Botschaft einen recht genauen Überblick über die Lage im Lande hatten, teilten seinen Optimismus nicht mehr. Mit der Festlegung, daß die neue Verteidigungslinie sich zwischen Tay Ninh im Westen und Phan Rang im Osten hinziehen sollte, ging die Aufgabe von Nha Trang und der noch bedeutsameren Küstenbasis Cam Ranh einher. Damit blieb als einziger leistungsfähiger Seehafen nur noch Vung Tau übrig, knapp 100 Kilometer östlich von Saigon gelegen, an der Mündung des Saigon-Flusses. Hier trafen dann auch bald unzählige Küstenschiffe, Fischdampfer, Kähne und Fähren aus dem Norden ein, vollgestopft mit Flüchtlingen und Deserteuren.

Einheiten der Befreiungsstreitkräfte, die das Hochland

erobert hatten, stießen bis kurz vor Phan Rang vor, andere nahmen am 4. April Dalat, eine beinahe idyllisch anmutende Gebirgsstadt, die in der französischen Kolonialzeit als Kurort berühmt geworden war. Sie hatte auch den Amerikanern für diesen Zweck gedient. Aber sie wies eine weitere Besonderheit auf: Hier war von den Amerikanern ein Atomreaktor plaziert worden, angeblich als Beitrag zur Modernisierung Südvietnams. Die Befreiungsstreitkräfte besetzten die Stadt ohne viel Aufhebens und sicherten auch den Reaktor.

Stationschef Polgar meldete seinem Dienstvorgesetzten in Langley, dem CIA-Direktor Colby, per Funk: «Es besteht die Möglichkeit, daß die Kommunisten ohne Unterbrechung weiter angreifen, allerdings könnten sie, wie die Dinge jetzt stehen, auch billiger zum Sieg gelangen – der Zusammenbruch des südvietnamesischen Staatswesens steht bevor.»

Colby ordnete sofort verdeckte Evakuierungsmaßnahmen für alle amerikanischen CIA-Angehörigen in Südvietnam an. Das waren immerhin 370 hauptberuflich Angestellte, 160 Frauen und Kinder sowie 43 Funk- und Chiffrierspezialisten. Weitere sechstausend Bürger der Vereinigten Staaten arbeiteten in Saigon und Umgebung, darunter einige Hundert im sogenannten DAO-Komplex unweit des Flughafens Tan Son Nhut.

Diese Dienststelle, die während des Krieges die oberste Nervenzentrale gewesen war, hatte die Ausmaße eines kleinen Pentagons. Nun war die Sicherheit ihres Restpersonals nicht mehr zu gewährleisten. General Homer Smith, offiziell Militärattaché der US-Botschaft und in dieser Eigenschaft Chef des DAO-Komplexes, organisierte denn auch mit Polgar gemeinsam eilig die Evakuierung. Dazu drängte noch eine besondere Drohung, die von den ehemaligen Verbündeten selbst kam. Polgar erfuhr als erster davon, durch einen V-Mann, und er setzte sich sofort mit General Smith in Verbindung.

«Homer, Sie kennen diesen Generalmajor Nguyen Ngoc Loan?»

Ein Foto, das um die Welt ging: Der Polizeichef von Saigon mordet vor der Kamera einen gefangenen Kämpfer der Befreiungsfront.

«Natürlich kenne ich ihn! Guter Mann. Sitzt im Generalstab von Thieu, als Sonderberater. Was ist mit ihm?»

«Er will uns an den Kragen!»

Smith wollte es nicht glauben. Dieser Loan, der im Sold der Franzosen ein Bein verloren hatte, war unter amerikanischer Protektion schnell im Rang gestiegen. 1968, zur Zeit der legendären Tet-Offensive der Befreiungsfront, war er Polizeichef von Saigon gewesen. Ein Foto hatte ihn in aller Welt so dargestellt, wie er tatsächlich war: ein pathologischer Kommunistenhasser, brutal und absolut skrupellos. Er stellte sich neben einen verletzt in Gefangenschaft geratenen Kämpfer der Befreiungsfront, vergewisserte sich, daß alle Kameras auf ihn gerichtet waren, und dann schoß er den jungen Mann in den Kopf. Als sich Smith erkundigte, was Loan denn angestellt habe, sagte Polgar: «Er hat sich eine feine Gemeinheit einfallen lassen. Für den Fall, daß wir nicht mehr mit Truppen und Flugzeugen Hilfe leisten, sollen wir alle gefangengenommen und als Geiseln behandelt werden.»

«Das hat der tatsächlich gesagt?»

«Er hat dazu im Generalstab einen genauen Plan vorgelegt!»

Zunächst war Smith sprachlos. Aber dann einigte er sich mit dem CIA-Chef schnell auf entsprechende Sicherungsmaßnahmen. Umgehend begannen Trupps von Marinepionieren im DAO-Komplex einen riesigen Hubschrauberlandeplatz anzulegen. Sie sägten jeden Baum um, entfernten jeden Laternenpfahl und kappten selbst jede Fernsehantenne, die die Landung von Hubschraubern behindern könnte. Dann veranlaßte Smith, daß aus Einheiten der im Pazifik stationierten 7. US-Flotte ein besonderer Verband gebildet wurde, der die schnelle Evakuierung der US-Bürger aus einem ringsum verteidigten Gelände heraus militärisch abschirmen konnte. Der Verband erhielt die Deckbezeichnung «Task Force 76», wurde von Admiral Donald Whitmire geführt und bestand zunächst aus acht größeren Kriegsschiffen, darunter der Hubschrauberträger «Okinawa», sowie einer auf kleinere Fahrzeuge verteilten Landungsbrigade.

Etwa um diese Zeit erschien der Manager der für die CIA fliegenden World Airways, Edward Daly, der sich von seinem Abenteuer in Da Nang erholt hatte, bei Botschafter Martin und unterbreitete ihm einen Plan, der dazu dienen sollte, die proamerikanische Stimmung in Saigon zu heben sowie in der übrigen Welt Sympathie für die menschenfreundlichen Amerikaner und Abscheu gegenüber den Kommunisten zu erzeugen.

«Außerdem», bemerkte Daly etwas leiser, «hilft er uns bei einem besonderen Problem. Wir bekommen Leute in die Hand, die wir nach unseren Prinzipien erziehen und später hier einsetzen können. Echte Vietnamesen mit unserer Gesinnung; weil wir sie als Kinder übernehmen, wo sie noch formbar sind.»

Botschafter Martin, der Daly schätzte, war schnell zu begeistern. Er bewunderte die Voraussicht des Mannes, aber auch sein Gespür für publizistische Wirkungen. Polgar wurde hinzugezogen. Der war ebenfalls sogleich einverstanden. Und DAO-Chef Homer Smith, der eingeweiht wurde, fand die Sache außerordentlich nützlich. Er sagte offen: «Okay, ich stelle aus all den Weibern, die bei mir noch herumhängen, das Begleitpersonal zusammen. Dadurch spare ich einige Evakuierungsflüge. Wann geht's los?»

Die von Daly mit Weyand ausgeheckte Aktion lief darauf hinaus, vietnamesische Waisenkinder, die es zu Tausenden in Saigon gab, in die USA zu fliegen, das publikumswirksam als «Hilfsaktion für vom Kommunismus gefährdete Kinder» aufzumachen und zugleich noch an der sprichwörtlichen Adoptionsfreudigkeit vieler amerikanischer Bürger zu verdienen. Sofort schwärmten DAO-Angestellte in die verschiedenen Saigoner Waisenhäuser aus, um geeignete Kinder auszuwählen. Zeitungsreporter wurden über das großherzige Vorhaben informiert, zugleich lud man sie ein, am Morgen des 4. April auf dem Flugplatz Tan Son Nhut zu erscheinen, wo sie den Abflug der ersten Maschine miterleben könnten «Waisenkinder in die USA!» – «Aktion ‹Baby-Lift!›» – Die Schlagzeilen stachen ins Auge. Wieder einmal erwiesen sich für viele Saigoner die Amerikaner als gnädige Engel in der Not.

Die «größte Transportmaschine der Welt», wie das Flugzeug in der US-Presse gelobt wurde, stand schon bereit, als die Omnibusse mit den vietnamesischen Waisenkindern in Tan Son Nhut eintrafen. Ein Sprecher erläuterte über Megaphon: «Es sind genau 243 liebe, kleine Rangen, auf die ihre neuen Eltern in den Staaten schon sehnsüchtig warten, Ladies and Gentlemen! Begleitet werden sie von genau vierundvierzig echten amerikanischen Muttis auf Zeit, sie werden ihnen während des Fluges die Zeit vertreiben. Erfrischungen sind an Bord, Essen, speziell für die Kleinen vorbereitet – well, ein herzliches Good-bye für alle!»

Die DAO-Leute hatten eine Zirkusveranstaltung aufgezogen, ein Happening für die internationale Presse: lachende Vietnamesenkinder, Bonbons und Puppen, Papierfähnchen mit Stars and Stripes, amerikanische Offiziersfrauen, deren chinesische Möbel sich bereits an Bord der Maschine befanden und die jetzt verschüchterte Waisenkinder demonstrativ an ihre Busen drückten, während die Kameras surrten und die Verschlüsse klickten – USA hilft Vietnamesen, vor allem den Kindern!

Die Lockheed C-5 A «Galaxy» war ein Monstrum von Flugzeug. Seit Ende der sechziger Jahre gab es vier Geschwader dieser strategischen Lufttransporter, ein Teil davon war auf den Philippinen stationiert. Die vierstrahligen Maschinen erreichten eine Höchstgeschwindigkeit von etwa 900 Stundenkilometern in 10000 Meter Höhe und konnten eine Last bis zu 100 Tonnen über mehr als 6000 Kilometer befördern; falls sie in der Luft aufgetankt wurden, auch entsprechend weiter. Sie waren zweistöckig gebaut, die untere Etage mit ihrem Zugang durch die Ladeluke im Heck, die die Größe eines Scheunentores hatte, konnte mehrere Panzer oder schwere Geschütze, Lastwagen oder Waffencontainer aufnehmen. In der oberen Etage gab es Sitzreihen, die je nach Beladung der Maschine variabel gestaltet werden konnten. Dazu hatte die «Galaxy» ein speziell konstruiertes Fahrwerk aus 28 Rädern; sie konnte selbst mit voller Ladung bei relativ kurzer Startbahn sogar von unebenen Graspisten starten. Es hatte zwar bei der Entwicklung dieses Luftriesen nicht geringe aerodynamische Probleme gegeben, auch Materialermüdungserscheinungen an den Tragflächen hatten den Konstrukteuren zu schaffen gemacht. Doch dann war das 50 Meter lange Flugzeug mit der Spannweite von 88 Metern in Dienst gestellt worden, gewissermaßen als Rückgrat für die Aufgaben, die sich aus den globalen militärischen Interessen der USA ergaben: Truppen und Material konnten damit schnellstens an jeden beliebigen Ort der Welt gebracht werden, an dem Washington «Interessen» zu wahren gedachte.

DAO-Chef Homer Smith hatte so viele Leute wie möglich für die Show freigestellt. Er selbst legte feierlich die Hand an den Mützenschirm, als die schwere Maschine zum Start rollte. Dann brüllten die Triebwerke auf, wurden noch einmal abgebremst, bis sich wenige Sekunden später der Riesenvogel voller vietnamesischer Kinder mit heulenden Düsen in die Luft erhob. Die Reporter packten ihre Kameras ein, die Zuschauer zerstreuten sich, der Start der nächsten Maschine würde noch bekanntgegeben werden. Aber das würde dann schon Routine sein, das eigentliche Ereignis war vorüber, die Show gelaufen. Keiner der Reporter ahnte, daß er etwas mehr als eine halbe Stunde später schon wieder auf dem Weg nach Tan Son Nhut sein würde.

Die «Galaxy» ging schnell auf Höhe, und der Pilot sah bereits die Küste unter der Maschine. Es herrschte klares Wetter. Seit dem Start waren vielleicht zwanzig Minuten vergangen, als plötzlich im Cockpit eine rote Signallampe aufblinkte.

«Was ist mit der Luke?» schrie der Pilot.

Der Bordingenieur glaubte sekundenlang an eine Fehlpolung des Warnlichtes, aber dann, nach einer schnellen Prüfung, riet er dem Piloten, nicht ohne ein leichtes Beben in der Stimme: «Flieg zurück! Die hintere Luke schließt nicht voll!»

Der Pilot kannte die Gefahr. Gab es einen Defekt an der Ladeluke, dann hieß das, jede Sekunde konnte dort eine undichte Stelle entstehen, die einen plötzlichen Druckabfall im Inneren der «Galaxy» zur Folge hatte. So etwas äußerte sich wie eine Explosion. Er betätigte das Seitenruder und leitete den Rückflug ein, während der Funker schon Tan Son Nhut rief: «May Day! May Day! Außerplanmäßige Landung nötig! Position ...»

Die «Galaxy» ging, noch während sie den Halbkreis über der Küste flog, niedriger. Der Pilot wollte die Explosionsgefahr vermindern, indem er in möglichst geringer Höhe flog. Tan Shon Nhut erteilte sofort die Landeerlaubnis. Die «Galaxy» war bereits im Landeanflug von Süden her, als der defekte Verschlußmechanismus der riesigen hinteren Ladeluke endgültig brach. Die meisten Passagiere waren durch den schockartigen Entzug des Luftsauerstoffs beim Zusammenbruch des Druckausgleichssystems sofort bewußtlos. Viele wurden mit dem Luftschwall durch die aufgeklappte

Luke geschleudert. Nur wer angeschnallt war und wessen Anschnallgurt nicht riß, kam überhaupt mit der torkelnden Maschine auf der Erde an.

Die «Galaxy» sackte in ein sumpfiges Reisfeld südlich von Tan Son Nhut und zerbarst. Wer in den Trümmern noch lebte, versank im Schlamm und mußte um sein Leben kämpfen. Wenige schafften es, sich zu retten, den meisten fehlte die Kraft.

Minuten nach dem Aufprall erschienen die ersten Rettungshubschrauber über der Absturzstelle; sie waren schon beim ersten Notruf der «Galaxy» gestartet. Jetzt setzten sie Sanitäter und anderes Hilfspersonal ab, das sich bemühte, Kinder und Begleiterinnen aus den Trümmern zu bergen.

Jener Analytiker der CIA-Station Saigon, der sich John nannte, erschien am Nachmittag im Sporting Club, um den letzten dort noch verbliebenen Green-Berets-Veteranen eine Weisung zu übermitteln. Er hatte zu denen gehört, die nach Bekanntwerden des Absturzes sofort an die Unglücksstelle eilten. Nachdem er nun den kriegswütigen ehemaligen Kameraden den Wunsch Polgars übermittelt hatte, sie möchten sich zum CIA-Stützpunkt Can Tho begeben – dem größten nach Saigon, im Mekongdelta –, um dort der zahlenmäßig geringen Besatzung bei der bevorstehenden Evakuierung zu helfen, die per Boot durch das unsichere Flußgebiet südwärts erfolgen sollte, wurde er nach der «Galaxy» gefragt.

Le Minh, der wie immer am Schwimmbecken Getränke servierte, wurde Zeuge des Gesprächs. Den Amerikanern schien es jetzt ziemlich egal zu sein, ob Vietnamesen ihre Unterhaltungen mithörten; sie kümmerten sich nicht um Le Minh, dämpften nicht einmal ihre Stimmen.

«Chaos», sagte John. «Die Sanitäter fischten Schlammklumpen aus dem Sumpf, die sie auf Tragen packten. Niemand wußte, ob es Tote waren, oder ob sie noch lebten. Sie wurden in unser ehemaliges Hauptlazarett gebracht. Dort hielten die Schwestern sie unter die Dusche, bis der Dreck ab war, und dann horchten sie mit dem Stethoskop, ob sie noch Herztöne hatten.»

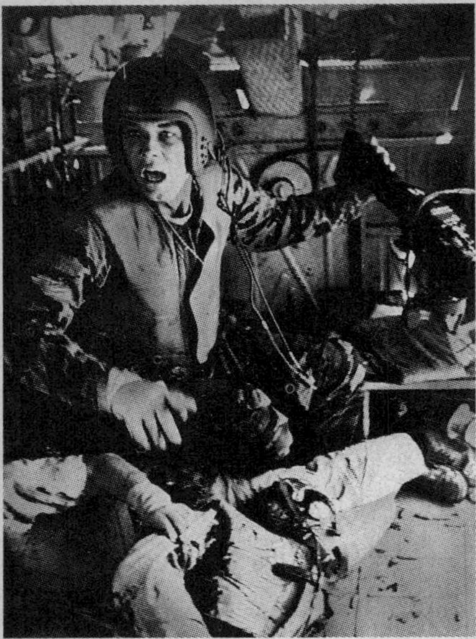

Die US-Soldaten gerieten schnell in Panik, wenn sich bei ihnen Verluste einstellten.

Abgestürzter amerikanischer Evakuierungshubschrauber; ein von einem Träger ausgesetztes Rettungsboot versucht, die Kollaborateure aus dem Wasser zu ziehen.

«Schade um die ‹Galaxy›», bemerkte einer der Veteranen.

Le Minh mußte sich beherrschen, um ein gleichgültiges Gesicht zu zeigen. Er sah, daß ein aus Da Nang geflüchteter CIA-Beamter, der Phil genannt wurde, den Tennisplatz betrat. Mit ihm kam der von Thieu in den Ruhestand geschickte General Minh, von dem Gerüchte wissen wollten, daß er darauf aus sei, Thieu mit Hilfe des Luftmarschalls Ky zu stürzen und dann die Franzosen als Vermittler für einen Waffenstillstand in letzter Stunde zu benutzen.

«Wenn die Herren keine Wünsche mehr haben», sagte Le Minh zu John, «kümmere ich mich einmal um die Tennisspieler; sie schätzen einen kühlen Drink zwischen den Sätzen!»

John blickte nur kurz hinüber. Le Minh konnte gerade noch hören, wie er den anderen mitteilte, Polgar habe diesen Phil, der da mit dem General Minh Tennis spielte, zum neuen Chef der CIA-Basis für die Stadt Saigon ernannt.

In der Stunde, bevor der Abendbetrieb einsetzte und das Personal im «Arizona» noch einmal für eine Weile ausruhen konnte, nahm Thi Nam von Le Minh die bereits chiffrierten Meldungen entgegen. Sie bestieg das Fahrrad einer Kollegin und eilte in Richtung Cong-Hoa-Stadion davon, wo sie auf dem Schrottplatz verschwand, in dem Wrack, in dem das Funkgerät verborgen war. Sie gab schnell die Meldungen über Phil und die Evakuierungsabsichten der CIA von Can Tho durch, aber auch eine weitere, von Le Minh aufgesetzte Nachricht, derzufolge die CIA in der US-Botschaft, ebenso wie im DAO-Komplex von Tan Son Nhut, den Befehl zur schrittweisen Evakuierung aller Amerikaner bekommen hatte. Sie würde auf dem Luftwege erfolgen, zu den auf See wartenden US-Schiffen, aber auch mit allen verfügbaren Küstenfahrzeugen, die sich im Saigoner Hafen finden ließen, in Richtung Vung Tau.

Als Le Minh wieder im Sporting Club ankam, waren die Veteranen gegangen. John hockte mit dem ehemaligen

Chef der CIA-Basis für die Stadt Saigon, einem gewissen Johnson, beisammen. Sie feierten Johnsons neue Berufung: Er hatte den Auftrag, das «Nachkriegsnetz» der CIA in Südvietnam zu organisieren. Johnson trank Cola mit Gin. Er hatte sich über seine Frau geärgert, die ebenfalls bei der CIA arbeitete, und zwar als Analytikerin in Polgars Station. Nun war er darauf aus, sich zu betrinken. John warnte ihn: «Bleib lieber nüchtern, Bill, du hast da einen schweren Job vor dir!»

Doch Johnson, ein großer Mann mit der ungesund gelblichen Gesichtsfarbe des lebergeschädigten Tropenresidenten, klopfte nur grinsend auf die Ledermappe, die neben seinem Sessel stand. «Alles schon erledigt! Habe mein Netz längst beisammen! Wenn ich hätte warten sollen, bis Polgar den Startschuß gibt – he, Kellner, mein Glas ist voll Luft!»

Eine Stunde später verabschiedete sich John mit der Bemerkung, auf ihn warte im Hotel «Duc», wo die meisten CIA-Leute ihre Appartements hatten, ein Mädchen, mit dem er heute zum letztenmal schlafen würde, morgen ginge ihre Maschine nach Bangkok.

«Guten Hieb!» wünschte ihm der schon betrunkene Johnson. Er rutschte später von seinem Sessel und schlief ein, was ihm früher nie passiert war. Aber Le Minh, der umsichtige Helfer, war zur Stelle. Mit einem Kollegen trug er den Amerikaner in ein Zimmer des Clubs und legte ihn auf ein Sofa. Er vergaß auch nicht, die Ledermappe neben das Sofa zu stellen, nachdem er sie einer eingehenden Durchsicht unterzogen hatte, wobei er leise in eines jener praktischen japanischen Diktiergeräte sprach, das zu seiner Ausrüstung gehörte.

Während Johnson ausschlief, führte Le Minh ein Telefongespräch, und wenig später übergab er die Kassette aus dem Diktiergerät einem jungen Mann, der auf einer schweren Kawasaki vor dem Sporting Club parkte. Er trug Lederkleidung, die mit amerikanischen Staatsemblemen und Sheriffsternen geschmückt war. Auf dem vorderen Schutzblech der Kawasaki klebte ein Tigerkopf, auf dem hinteren stand «Truck it!», in großen, weißen Buchstaben, was so manchen

Amerikaner zu einem Schmunzeln veranlaßte. Diese Jungen hatten wirklich eine kesse Lebensart angenommen. Die Bronx war ein Pfadfinderlager dagegen!

Thi Nam huschte während des Abendbetriebes für einige Minuten in die Küche, wo ihr der arg beschäftigte Than Hao eine Schüssel mit Reis, Fleisch und Gemüse zuschob. Blitzschnell verschwand Thi Nam damit in den Hof.

Phuong schlief noch nicht, sie saß auf der Matte und lächelte, als Thi Nam die Decke beiseite zog. Sie sah das Essen und begann wieder zu weinen. Aber sie nahm die Schüssel und blickte erleichtert auf, als Thi Nam flüsterte: «Du kannst alles aufessen! Onkel Than Hao kommt erst spät. Wenn du fertig bist, erledigst du dein Geschäft in die leere Büchse, und dann schläfst du. Stell die Büchse vor den Eingang, seitlich. Und – Angst brauchst du keine mehr zu haben, wir sind ja beide da!»

«Ist der eiserne Vogel fort?» fragte das Kind beklommen, die Schüssel wie eine Reliquie haltend.

«Ja, fort.»

«Und ich kann dableiben?»

«Wir bleiben alle da», sagte Thi Nam, «du auch!»

Dann huschte sie über den Hof zurück. Sie war müde. Es war ein langer Tag gewesen, und noch lagen Stunden voller abscheulicher Kneipenarbeit vor ihr. Ich werde dem Mädchen an der Espressomaschine ein gutes Wort geben, nahm sie sich vor, dann schenkt sie mir heimlich einen Kaffee ein, schwarz und stark.

Bruderschaft der armen Leute! Aber eines Tages werden wir die Herren Saigons sein. Es wird vielleicht auch dann noch arme Leute geben, lange Zeit, aber keine Kinder mehr, die sich zitternd in Kistenverschlägen verstecken müssen. Und es wird keinen Krieg mehr geben.

«He, Mädchen!» rief sie der erste Besucher an. «Bring Bier! Viel Bier!»

«Sofort, Sir! – Danke, Sir!» antwortete sie automatisch und verzog das Gesicht zu einer Grimasse, die die meisten Leute für ein Lächeln hielten.

Bomben auf Thieu

In Präsident Fords Ferienhaus in Palm Springs saßen die Mitglieder der inzwischen in die Vereinigten Staaten zurückgekehrten Weyand-Mission und warteten, nachdem der Bericht gegeben war, auf die Entscheidung des Präsidenten. Henry Kissinger, inzwischen Chef des State Department, hatte dafür gesorgt, daß Verteidigungsminister Schlesinger nicht an der Debatte teilnahm. Schlesinger war bekannt dafür, daß er weitere Finanzspritzen für Saigon kategorisch ablehnte; er bewertete die Chancen für das Überleben des Thieu-Regimes als äußerst gering. Kissinger und Ford hingegen vertraten den Standpunkt, Saigon sollte weiterhin geholfen werden. Ein Antrag für eine neue Dollarhilfe in Höhe von 322 Millionen lag dem Kongreß vor. Jetzt, in der Abgeschiedenheit des streng bewachten, von hohen Bäumen der Sicht entzogenen Präsidentensitzes, erklärte General Weyand rundheraus, die Summe – obwohl vorerst nur eine theoretisch mögliche – würde nicht genügen.

«Ich bin der Meinung, durch Umgruppierung der alten und Aufstellung von neuen Einheiten kann es Thieu gelingen, gegen die Kommunisten in die Offensive zu gehen. Dafür aber braucht er Ausrüstung, Bewaffnung und anderes. Mein Team hat den Sofortbedarf sorgfältig ermittelt und setzt ihn auf eine Höhe von 722 Millionen Dollar fest.«

Das waren 400 Millionen mehr als die ohnehin schon auf den Widerstand des Kongresses gestoßene ursprüngliche Forderung, in der die Mehrzahl der Abgeordneten eine Verschwendung von Finanzmitteln sah, die besser im eigenen Land verwendet werden sollten. Ford schwankte. Er verstand von Kriegführung wenig, aber er kannte die Berichte über den fortschreitenden Zusammenbruch der Saigoner Streitkräfte. Andererseits war es ihm um das Prestige der Vereinigten Staaten als Verbündeter Südvietnams, oder das, was davon übrig war, zu tun.

Kissinger nutzte die Befürchtungen Fords und argumen-

Protestdemonstration amerikanischer Bürger vor dem Pentagon. In dem schmutzigen Krieg gegen Vietnam engagierten sich viele US-Bürger für Gerechtigkeit und Humanität und kamen so zwangsläufig in Konflikt mit ihrer Regierung.

tierte: «Die Regierungen der westlichen Welt würden einen Abbruch der Finanzhilfe sicher als schweren Fehler der USA betrachten. Unsere weltweite Glaubwürdigkeit hängt von dieser Entscheidung ab, unsere Verläßlichkeit als Verbündeter könnte in Frage gestellt sein.»

So ging es hin und her, obwohl jeder Beteiligte wußte, daß es nahezu unmöglich sein würde, den Kongreß zur Bewilligung zu bringen, denn dieser Kongreß war von der landesweiten Anti-Vietnamkriegsbewegung beeindruckt. Außerdem schanzten die Senatoren ohnehin Staatsgelder lieber ihren eigenen Staaten zu, als sie für ein Land zu bewilligen, das weit hinter dem Pazifik lag. Die Finanzlage vieler Bundesstaaten war nämlich alles andere als rosig.

Es war Kissinger, der schließlich einen Dreh vorschlug, mit dem man den Kongreß überlisten könnte. Man sollte die Endsumme nicht so laut aussprechen, dafür aber darauf verweisen, welche ungeheuren finanziellen Aufwendungen schon allein nötig wären, um das Leben und die Evakuierung aller amerikanischen Bürger in Vietnam zu gewährleisten. Ein Papier zur Vorlage im Kongreß entstand, in dem der «Schutz amerikanischen Lebens» sehr geschickt als Vorwand für neue finanzielle Hilfe an Saigon diente. Es würde dem Kongreß schwerfallen, dazu kategorisch nein zu sagen, und ein bedingtes Ja bedeutete bereits die Chance zur späteren Ausweitung der Summe. Als die Herren sich am Abend der Presse stellten, waren sie zuversichtlich. Doch die Entscheidung des Kongresses würde noch auf sich warten lassen. Die Abgeordneten pflegten langsam zu reagieren, wenn es sich um Dollarsummen in dieser Höhe handelte.

In Saigon war der 8. April angebrochen, ein sonniger, mäßig warmer Tag. Reg Dobson, der große, hagere CIA-Sonderbeauftragte, der sich selbst ganz gern als «Feuerwehrmann» der Agentur bezeichnete, hatte ein Mädchen in seinem Appartement im Hotel «Duc». Er kannte sie einige Wochen, und er hatte sich entschlossen, ihre Gesellschaft zu pflegen, solange es ging.

Das Mädchen war gesund und gutaussehend, zudem war sie eine jener naiven Verehrerinnen amerikanischer Lebensart, die Coca Cola für ein unübertreffliches Lebenselixier hielten und den Dollar für die einzige Währung der Welt, die wenigstens das Papier wert war, auf dem sie gedruckt wurde. Außerdem war sie eine der angenehmsten und am besten ausgebildeten Bettgespielinnen gewesen, die man in «Mimi's Bar» auf der Nguyen Huê auftreiben konnte.

Dort verkehrte sie jetzt nicht mehr; die Besitzerin von «Mimi's» trug sich mit der Absicht, ihr gesamtes Freudenhaus im Rahmen der Evakuierung amerikafreundlicher Vietnamesen einfach nach Kalifornien zu verlegen und dort weiterzuführen, als exotische Attraktion. Dobsons Freundin aber wollte ohne ihre Familie nicht gern aus dem

Lande gehen. Wenn sie nicht in der Stadt herumstreunte und auf der Jagd nach neuen Schallplatten und T-Shirts mit Aufdruck war, lag sie tagsüber auf Dobsons Bett und hörte Radio, wobei sie mit Vorliebe amerikanische Kriminalmagazine zu lesen pflegte, in Ausnahmefällen einmal die «Vogue».

«Wirst du mir wirklich Flugscheine besorgen, Reg?» wollte sie wissen. «Für mich und die Familie?» Sie war noch splitternackt, ihr langes Haar hing über die etwas flachen Brüste, und sie zog einen Schmollmund, wie sie das in Filmen gesehen hatte.

Dobson hatte ihr zugesagt, sie könnte mit ihrer Familie in einer der nächsten Zivilmaschinen nach den Philippinen ausfliegen. Allerdings wollte er den Zeitpunkt der Abreise gern solange wie möglich hinausschieben. Es waren langweilige Abende in Saigon ohne ein Mädchen. Im übrigen hatte er Vorsorge getroffen, daß sie ihm nicht lästig werden konnte, war sie erst einmal auf den Philippinen. Der Freund, der sie in Clark Field in Empfang nehmen sollte, belieferte erstklassige Etablissements, und nach einem gewissen Reg Dobson befragt, würde er mit der verwunderten Miene des ratlosen Mannes antworten, er habe nicht die geringste Ahnung, wer das sein könnte.

«Die Tickets sind bereits ausgeschrieben», versicherte Dobson dem Mädchen jetzt, als sie sich an ihn drängte. Er spürte ihre warme Haut und überlegte, ob er es sich leisten konnte, eine halbe Stunde später in der Botschaft zu erscheinen. Da klingelte das Telefon, das neben dem niedrigen Schlaflager auf dem Fußboden stand. Am anderen Ende der Leitung war einer von Dobsons persönlichen V-Leuten. Er arbeitete unweit der Newport-Brücke am Saigon-Fluß und hatte einen ausgezeichneten Überblick über den Schiffsverkehr und verschiedene Schmuggelmanipulationen auf dem zur See führenden Wasserlauf.

Es war ein eigenartiges Gespräch, das da geführt wurde.

«Ist dort Father Christmas?»

«Persönlich, mit Bart. Was gibt's?»

«Der liebe Gott hat die Bänke aus seiner Kirche gerissen

und läßt sie im Wasser schwimmen. Dachte, es würde einen religiösen Mann wie Sie interessieren!»

«Das tut es. Name des Schiffes?»

«Nagoya Maru.»

«Der schlaue Hund!»

«Keine üblen Worte über den lieben Gott, bitte. Goodbye!»

Aus dem persönlichen Code, in dem Dobson mit seinem Informanten verkehrte, in Klartext übersetzt, hieß das nicht mehr und nicht weniger, als daß der Chef der CIA-Station Saigon, Tomas Polgar, seine Wohnungseinrichtung, allen übrigen Besitz einschließlich der Wertsachen in Container verpackt auf einem im Saigon-Fluß ankernden Küstenmotorschiff untergebracht hatte, zum Abtransport in die Staaten, via Japan.

«Laß mich zuerst duschen!» Dobson war schon hinter dem Vorhang, bevor das Mädchen Tam ihm zuvorkommen konnte. Als sie sich ebenfalls unter den Wasserstrahl drängte, um ein von ihr besonders geliebtes Spielchen mit Dobson zu spielen, drehte der den Hahn auf Kalt, so daß die kleine Hure schreiend floh. Dobson hatte plötzlich wenig Zeit. Was war geschehen, daß Polgar seine Effekten in Sicherheit brachte? Ahnte er nicht, daß er damit den übrigen CIA-Angestellten ein Signal gab?

Dobson kam zu spät, um ihn das als erster zu fragen. Polgar stand, als Dobson in der obersten Botschaftsetage, dem CIA-Domizil, eintraf, bereits vor Botschafter Martin, der ihm bescheinigte: «Tom, Sie haben mich arg enttäuscht! Wie können Sie das tun? Wir kriegen die Sache hier wieder in den Griff, und Sie wollen das einfach nicht glauben! Ich hätte es verboten.»

Polgar war nicht verlegen. Entscheidend für ihn war nicht, daß die Sache unbekannt blieb. Er war kein Träumer und wußte, wie viele Augen es um ihn herum gab, nein, entscheidend war vielmehr, daß seine Habe jetzt bereits auf Vung Tau zu schwamm, mochte Botschafter Martin ihm auch Vorhaltungen machen. Zu viel mehr war er nicht berechtigt. Polgar konnte es sich nicht verkneifen, Martin zu erinnern: «Sir, wissen Sie, wie viele Maschinen mit Evakuierungsgut gegenwärtig von Tan Son Nhut täglich abgehen?»

«Wollen Sie sich rechtfertigen?»

«Nein», gab Polgar kühl zurück. «Es sind zwölf C-141-Transporter während der Tagesstunden und dieselbe Zahl von C-130-Maschinen in der Nacht. Etwa hundert Personen mit Gepäck täglich.»

«Aber», wandte Martin ein. Er stockte. Er war schwach, eine Grippe plagte ihn, sein Kopf dröhnte. Und Polgar wartete gar nicht darauf, daß sich der siegessichere Missionschef wieder faßte, er fügte beiläufig an: «Übrigens – Sie werden das gleich noch schriftlich bekommen: Die Kommunisten beschießen Saigoner Truppen südlich von Bien Hoa mit Artillerie, seit dem Morgengrauen. Südlich von Bien Hoa, Sir. Die Militärakademie von Thu Duc wurde von einem roten Kommando angegriffen. Thu Duc, acht Kilometer östlich von dieser Botschaft, Sir. Und – etwa zwanzig Kilometer südlich der Stadt, im Delta, haben die Roten die Straße Nr. 4 blockiert. Ich teile Ihnen das alles mit, Sir, damit Sie nicht denken, es wäre außer meinen Privatangelegenheiten weiter nichts passiert.»

Er konnte ätzende Ironie absondern, dieser CIA-Chef. Martin winkte nur müde ab. Als ob man sich an Leuten orientieren könnte, die eilig ihre Haut retteten nach ein paar kleinen Nadelstichen der Kommunisten hier und da!

Dobson verzichtete darauf, mit Polgar weiter über die Situation zu reden. Es wäre auch nicht mehr dazu gekommen, denn schon gab es ein neues Ereignis, das die Unsicherheit der allgemeinen Lage bewies.

Dobson telefonierte soeben mit dem CIA-Stützpunkt in Can Tho, der weiter südlich, an der jetzt unterbrochenen Straße Nr. 4 lag, und er erfuhr, daß es zwischen My Tho und Can Tho Schießereien gab, bisher aber noch nichts Genaues bekannt war. Da lief plötzlich die Sekretärin zum Flur und reckte den Hals. Das Geräusch eines Düsenflugzeuges war zu hören, sehr nahe, das beängstigende Heulen von Triebwerken in nächster Nähe, und dann eine schmetternde Detonation, das Rasseln von Scherben, die, von der Druckwelle geschleudert, irgendwo aufschlugen, zuletzt das Rattern schwerer Fla-MGs.

«Unter die Schreibtische!» schrie jemand in den Raum. Es hatte keinen Sinn, auf den Flur zu laufen, die Fenster waren durch Betonplatten gesichert, so daß man nichts sehen konnte. Dobson griff in seine Schublade und steckte eine Pistole ein. Es war innerhalb der Botschaft durch Martin streng untersagt, Waffen zu tragen, aber die sich nähernde Gefahr hatte längst alle diese Vorschriften überholt.

Eine Treppe führte zum Dach des Botschaftsgebäudes mit der Hubschrauberplattform. Von hier aus war, ein Stück die Thong Nhut abwärts, der Präsidentenpalast zu sehen, inmitten seiner parkartigen Umgebung. Er war nicht zerstört, jedenfalls konnte man vom Dach der Botschaft davon nichts erkennen, lediglich an einer Seite stieg eine Qualmwolke aus dem großen Gebäude auf. Dort war vermutlich die Bombe eingeschlagen. Dobson sah das Flugzeug noch abdrehen und nordwärts verschwinden, eine A-37, die von Cessna gebaute zweistrahlige Düsenmaschine, die seit 1969 zum Bestand der südvietnamesischen Luftstreitkräfte gehörte.

Was war geschehen?

«Da hat einer was auf den Palast geschmissen», sagte John, der plötzlich neben Dobson stand. «Hoffentlich kommt er nicht noch mal zurück!»

Eine A-37, das hieß, es handelte sich um einen Angriff der eigenen Leute. Die Kommunisten besaßen keine A-37, und es war auch unwahrscheinlich, daß einer ihrer Piloten eine auf dem Vormarsch erbeutete Maschine dieses Typs so schnell fliegen konnte.

«Telefon für Mister Dobson!» kam der Ruf von unten. Dobson stöhnte leise auf, als sich das Mädchen Tam meldete. Sie fragte aufgeregt: «Was ist, Darling? Sind die Vietcong in der Stadt?»

Er beruhigte sie. «Nichts dergleichen. Ein kleines Mißverständnis. Navigationsfehler vielleicht. Du brauchst keine Angst zu haben.»

Als sie sich wieder nach den Flugtickets erkundigte, brach er das Gespräch mit einer knappen Entschuldigung ab. Es gab Arbeit für ihn. Ein Anruf im Palast und eine kurze Unterhaltung mit einem V-Mann dort ergaben, daß es sich tatsächlich um eine Maschine der südvietnamesischen Luftstreitkräfte gehandelt hatte, vermutlich vom 23. Geschwader, das in Tan Son Nhut stationiert war.

«Präsident Thieu lebt, er ist unverletzt. Der Schaden ist gering, lediglich ein Beamter wurde verletzt.»

«Gibt es Vermutungen über den Urheber?»

Der Informant zögerte. Doch dann sagte er, etwas leiser: «Der Chef des 23. Geschwaders fragte gestern zwei seiner Offiziere, ob sie bereit wären, Präsident Thieu auszuschalten. Dadurch sollte der Weg für eine energischere Kriegführung unter Luftmarschall Ky frei werden.»

Das alte Gerücht lebte wieder auf, die Putschversuche des Rivalen von Thieu. Dobson wußte recht gut, Ky war nicht der einzige, der gern an die Stelle des jetzigen Präsidenten getreten wäre. Unter der ohnehin unruhigen Oberfläche des offiziellen Saigons schlugen die Wellen höher, als man vermuten konnte. Dobson war mit Ky, dem geckenhaften Luftmarschall, früher Vizepräsident, seit jener Zeit bekannt, als er einer italienischen Reporterin gestand, von Hitler begeistert zu sein. Damals hatte man bei der CIA mit dieser schnurrbärtigen Figur Ky noch Pläne gehabt. Doch die offen eingestandene Affinität für Hitler gefährdete das Renommee eines Politikers. Also mußte Dobson ihm beibringen, daß unbedachte Äußerungen dieser Art weitreichende Konzepte völlig zerstören konnten, weil der größere Teil der Öffentlichkeit eben mit Leuten wie Hitler nichts gemein haben wollte.

Eine knappe Stunde nach dem Einschlag der Bombe im Präsidentenpalast fuhr Dobson in seinem unauffälligen grauen Fiat am gerüstumbauten Denkmal für die amerikanischen Heldentaten in Vietnam vorbei auf Tan Son Nhut zu. Er blickte kurz zum Riesenbau des DAO-Komplexes hinüber, wo emsige Geschäftigkeit herrschte, Aufbruchstimmung.

Nguyen Cao Ky, zuletzt Marschall der Saigoner Luftflotte, war ein Intimfeind Thieus, kam aber nicht gegen diesen zum Zuge.

Trübsal beschlich ihn. Er hatte miterlebt, wie der erste Militärattaché der Vereinigten Staaten kategorisch verlangt hatte, daß sein Büro aus einem Zimmer der Botschaft hinausverlegt würde, in ein eigenes Gebäude. Die Aufgaben erforderten das. Aus dem eigenen Gebäude war binnen kurzer Zeit der DAO-Komplex geworden, höchster Gefechtsstand, weisungsberechtigt gegenüber den Saigoner Streitkräften. Heute waren diese auf sich selbst angewiesen – das Ende kam. Der DAO-Komplex war zumindest seit Abschluß des Pariser Abkommens ein Anachronismus geworden; jetzt wurde er geräumt. Schluß ohne Vorbeimarsch.

«Es ist eine Frechheit, mich mit solch einer Stümperei in Verbindung zu bringen!» schimpfte Luftmarschall Ky, als Dobson ihm berichtete, was er aus dem Palast erfahren hatte. «Nein, wenn ich etwas in die Hand nehme, dann klappt es auch!»

Großmaul wie immer. Ky, der eine maßgeschneiderte Phantasieuniform trug, über und über mit Orden und Aufnähern bedeckt, drehte ein Bierglas in der Hand, trank einen langen Zug, schüttelte geringschätzig lachend den Kopf. Sie saßen in Kys Villa in Tan Son Nhut, und Dobson bemerkte mit Erstaunen, daß einige Antiquitäten, die Stücke mit dem höchsten Wert nämlich, nicht mehr vorhanden waren. Das Haus war zwar noch voll eingerichtet, aber so wie es jetzt war, erinnerte es nicht mehr im geringsten an den Reichtum, der hier früher zur Schau gestellt worden war. Marschall Ky schied wohl offensichtlich als Rivale Thieus aus, wenn er jetzt schon seinen Besitz außer Landes brachte. Er wird das Zeug über seine Frau in die Staaten geschafft haben, dachte Dobson, er hat ja die besten Verbindungen. Er prostete Ky zu. «Aber die A-37 stammte aus dem 23. Geschwader, nicht wahr, Marschall?»

Grollend sagte Ky: «Ich habe gehört, daß ein Pilot vermißt wird. Die Sache ist noch nicht geklärt. Auf jeden Fall ist eine Anschuldigung gegen den Chef des Geschwaders absurd, er hat nichts mit der Sache zu tun. Oder ich würde es wissen!»

Wieder in der Botschaft, gegen Mittag, wurde Dobson in die Funkstelle gerufen. Der Funkter sagte: «An den Botschafter und Polgar geht es schriftlich, ich dachte, es würde Sie interessieren, es vorher zu kennen.»

Er spielte ein Tonband ab, auf dem die Mittagsnachrichten des Senders «Befreiung» mitgeschnitten waren. Da teilte die glockenhelle, leicht schrill klingende Stimme der Sprecherin mit, am Morgen habe ein Offizier der südvietnamesischen Luftstreitkräfte namens Nguyen Thanh Trung eine heldenhafte Tat vollbracht. Er hätte seit langer Zeit an der Ehrlichkeit des Präsidenten Thieu Zweifel gehegt, habe mitansehen müssen, wie dieser das Pariser Abkommen brach und den Krieg erneut begann. Und weil endlich Schluß sein müsse mit diesem von den Amerikanern angezettelten Bruderkrieg, für dessen Fortsetzung Thieu stehe, habe der besagte Offizier den Entschluß gefaßt, Thieu auszuschalten, damit der Weg zum Frieden endlich frei werde. Die Bombe auf den Palast sei in diesem Sinne ein Signal für das gesamte Volk. Der Offizier Nguyen Thanh Trung sei nach seiner ehrenhaften Tat auf dem von den Volksstreitkräften befreiten Territorium gelandet.

«Wie immer diese Sache zusammenhängt», sagte Polgar

später zu Dobson, von dem er wußte, daß er fast alle hohen Saigoner Politiker, ebenso die Militärs kannte, «es gibt Anzeichen, daß sich Kräfte rühren, die Thieu verschwinden lassen wollen. Er gilt als das Haupthindernis für einen möglichen Kompromiß mit den Roten, der den endgültigen Angriff auf Saigon noch stoppen könnte. Verschiedene Figuren sind im Gespräch. Leute, die eine Art Waffenstillstand aushandeln wollen, in letzter Minute. Wir müssen unsere Finger in diesem Kuchen behalten, Reg. Kümmern Sie sich darum.»

«Ky scheidet aus», bemerkte Dobson. «Er sitzt auf den Koffern.»

«Wer tut das nicht?» Polgar überlegte, sagte dann: «Er hat in Kalifornien Quartier gemacht, ich bin informiert. Übrigens hat man mir mitgeteilt, Premierminister Khiem treffe sich neuerdings immer öfter mit diesem abgehalfterten General Duong Van Minh.»

«Den sie ‹Big Minh› nennen?»

«Genau der. Und dann gibt es da noch diesen Mann, den Thieu zum Verteidigungsminister machen will, um die Gegenbewegung abzufangen, diesen Tran Van Don. Er war kürzlich in Frankreich. Die Franzosen haben bestimmte Interessen hier. Sie würden sich am liebsten mit den Kommunisten arrangieren. Khiem und Don basteln an General Minh herum. Kümmern Sie sich darum, was da vorgeht. Phil spielt zwar gelegentlich Tennis mit Minh, aber er scheint nicht viel von ihm zu erfahren.»

«Der General ist maulfaul, ich kenne ihn.»

«Nun, wir müssen im Bilde sein, was vorgeht! Es gibt hier vermutlich nicht nur Palastbombardements, sondern auch Palastrevolten.»

Duong Van Minh, der für einen Vietnamesen außergewöhnlich große und breitschultrige General, steckte nicht das erstemal mit Khiem und Don zusammen, das wußte Dobson als einer von wenigen Eingeweihten sehr genau. Unter der Abschirmung des damaligen CIA-Sonderbeauftragten Edward Lansdale, der auf Weisung Washingtons für die «Ausschaltung» des katholischen Diktators Diem und dessen Bruders Nhu verantwortlich gemacht worden war, hatten diese drei sozusagen die schmutzige Arbeit verrichtet. Damals, im November 1963, als die Vereinigten Staaten Diem loswerden wollten, weil dieser ihnen die verschiedensten Schwierigkeiten machte, hatte das Trio Minh – Khiem – Don einige andere hohe Militärs um sich geschart und den Coup ausgeführt. Diem und Nhu waren gefesselt in ein M-130-Transportfahrzeug geworfen und darin vom Adjutanten General Minhs, einem Hauptmann Nhung, durch Schüsse in den Kopf getötet worden. Einige Zeit war Minh dann noch für höhere Posten im Gespräch gewesen. Aber die Amerikaner sorgten dafür, daß er im Hintergrund verschwand, weil er sich gelegentlich über die Möglichkeit von Verhandlungen mit den Kommunisten zu äußern pflegte. Jüngere Militärs gab es in genügender Zahl, also fehlte «Big Minh», wie man ihn seiner Größe wegen nannte, nirgends.

Gerüchte wollten wissen, daß er sogar privat Gespräche mit Leuten von der Nationalen Befreiungsfront führte. Offiziell aber lebte er im Ruhestand, wohnte in einer Villa an der ruhigen Tran-Qui-Cap-Straße, unweit der Kathedrale, und es war durchaus nicht sicher, ob er sich nicht mit seinen beiden alten Kumpanen Khiem und Don zu einem erneuten Coup bereitfand.

«Ja, die alten Tage», murmelte der General versonnen, als er mit seinem Gast Dobson nach der Besichtigung seiner Orchideen auf der schattigen Terrasse saß und Tee anbot. «Wir werden untergehen, ohne die alten Tage zurückholen zu können!»

«Sie wollen nicht einmal den Versuch unternehmen, sie zurückzuholen, General?» bohrte Dobson.

Minh lächelte behäbig, er wirkte träge, zu müde, um Politik zu machen.

«Lieber Kamerad Dobson», sagte er, «ich weiß sehr gut, weshalb Sie mich gerade jetzt besuchen. Ja, der Geheimdienstchef aus der französischen Botschaft war bei mir, Monsieur Brochand. Und Don setzt mir zu, Khiem eben-

So sahen Saigons Reiche aus! Sie besaßen Geld genug, um teure Waren zu kaufen, wohnten in stark gesicherten Villen und kümmerten sich nicht darum, wie das Volk lebte.

falls. Da gibt es den uralten Plan, Vietnam zu dreiteilen. Tongking im Norden, Annam und Cochin im Süden. Tongking bleibt kommunistisch, Annam wird neutral, und Cochin erhält eine neue, demokratische Regierung mit mir an der Spitze. Thieu verschwindet. Ich bin bereit, wenn die Nation mich ruft. Aber – es ist sinnlos, niemand wird eine solche indochinesische Balkanföderation zustande bringen. Ich kann mir denken, daß Sie gekommen sind, um meine persönliche Meinung zu dem Projekt zu hören: Wunschträume. Zu spät.»

«Aber Sie sind bereit, wenn das Vaterland Sie braucht?»

Der General beeilte sich zu versichern: «Das Vaterland? Ja, natürlich! Ich bin immer bereit!»

Die Sache blieb unklar. Polgar entschied, nachdem er Dobson angehört hatte, gegenüber den Franzosen eine Karte aufzudecken. Er ließ dem französischen Geheimdienst hinterbringen, er kenne aus todsicherer Quelle jeden einzelnen Schachzug der Thieu-Gegner. Erfahrungsgemäß liquidierten sich Verschwörungen meist von selbst, wenn

Saigon – Paris des Ostens. Viele Amerikaner bezeichneten die Stadt so. Die Franzosen protestierten gegen diese Bezeichnung. Einig war man sich stets, daß die Vergnügungsindustrie in Südvietnams Hauptstadt besonders üppig blühte.

Gnadenlos war diese Stadt bis zum letzten Tag des Thieu-Regimes: Wer arm und Krüppel war, selbst dem vielbesungenen Kriegshelden, blieb nicht viel anderes übrig als zu betteln.

die Beteiligten einsehen mußten, daß ihr Vorhaben kein Geheimnis mehr war.

Obwohl Polgar Thieu nicht mehr zutraute, das Desaster abzuwenden, hatte er doch aus Langley keine Weisung, Thieu anzugehen. Und Tom Polgar, so starrsinnig er auch zuweilen sein konnte, wußte, was sein Posten wert war. Er hielt sich an die Spielregeln. Immerhin, so glaubte er, hatte er den Franzosen einen gewissen Schock versetzt. Sie würden sich etwas Neues einfallen lassen müssen, und das kostete Zeit.

Inzwischen bewegten sich die Truppen der Befreiungsstreitkräfte immer weiter auf Saigon zu. Am 9. April 1975, einen Tag nach dem Bombenabwurf auf den Palast Thieus, begann der Kampf um Xuan Loc, 60 Kilometer nordöstlich der Hauptstadt. Dort war jetzt rund ein Drittel der Saigon noch verbliebenen Truppen konzentriert, 25000 Mann, ausgerüstet mit der modernsten amerikanischen Waffentechnik, vom Nachtsichtgerät bis zur CBU-Bombe.

Aus der Bewegung heraus stießen Befreiungstruppen nach längerem Artilleriefeuer auf die Stellungen der Saigoner bis an den Stadtrand vor, mußten sich aber wieder zurückziehen, weil der Gegner aus der Luft seine technischen Massenvernichtungsmittel einsetzte und er an diesem Abschnitt der Front noch relativ stark war. Man mußte ihn erst durch fortwährende Kämpfe an vielen Stellen zermürben, um dann am Straßenknotenpunkt Xuan Loc den entscheidenden Schlag zu führen.

Der Beginn der Kämpfe um Xuan Loc ließ sich in Saigon nicht geheimhalten, obwohl das zwei Tage lang versucht wurde. Als Folge setzte eine bisher nicht für möglich gehaltene Flucht wohlhabender Bürger über alle noch fliegenden zivilen Luftfahrtgesellschaften ein. Tickets waren plötzlich auf Wochen ausverkauft. Saigons Kriegsgewinnler und Großverdiener hatten den Kampf aufgegeben. Sie setzten sich meist nach Bangkok oder Hongkong ab, wo sie ohnehin den größten Teil ihres Geldes auf Banken deponiert hatten. Zusätzliche Maschinen wurden eingesetzt, Chartergesellschaften stiegen ins Geschäft ein, aus Singapore, Manila und Tokio. Auf den Flughäfen der Zielländer wimmelte es plötzlich von reichen Vietnamesen aus Saigon, von chinesischen Kaufleuten aus Cholon, die jeden Preis für eine Aufenthaltsgenehmigung zu zahlen bereit waren. Professionelle Händler übernahmen das Geschäft; ein Visum für die USA wurde in Hongkong für die runde Summe von 100000 Dollar gehandelt. Der Handel blühte.

Die sich da aus Saigon absetzten, hatten länger als ein Jahrzehnt Reichtümer angehäuft. Für sie war es kein Krieg gewesen, in dem es um so etwas wie das Vaterland ging oder etwa um Unabhängigkeit, für sie ging es darum, den Reis zu ernten, solange das Feld trocken war. Das hatten sie getan. Jetzt zogen sie sich zurück, um die Beute zu verleben.

Im DAO-Komplex von Saigon wurden ebenfalls Geschäfte mit Flugtickets gemacht, aber dort hatte die Sache einen Haken: Die Militärmaschinen landeten sämtlich auf der US-Basis Clark Field, und die philippinische Regierung betrachtete die Ankömmlinge als illegale Einwanderer. Sie erklärte sich auch bald außerstande, die vielen Vietnamesen in Auffanglagern unterzubringen; die Philippinen hatten ohnehin genug eigene Probleme. Also wurde US-Botschafter Sullivan in Manila von der philippinischen Regierung in aller Form gebeten, die illegale Einwanderung über Clark Field zu unterbinden.

«Unternehmt etwas!» brüllte General Homer Smith ins Telefon, als er mit Honolulu sprach, «die Leute lynchen uns hier, wenn wir sie abweisen wollen! Gibt es denn nicht irgendwo eine Insel im Ozean, wo wir sie hinbringen können?».

Es gab eine: Guam. Pioniere der Navy begannen sofort mit der Einrichtung eines Lagers. Baracken, Latrinen, Küchen und Freiluftkinos wurden zusammengezimmert. Guam wurde das große Durchgangslager für alle ehemaligen Kollaborateure, für Angestellte und für solche, die einfach den Kapitalismus dem vorzogen, was es in einem freien Vietnam als gesellschaftliche Ordnung geben würde. Die kleine Marianeninsel, einstmals spanische, seit dem Ende des vergangenen Jahrhunderts amerikanische Kolonie, wichtigster Stützpunkt der US-Marine und Luftflotte im Pazifik, wurde zum Sammelplatz für das Strandgut des amerikanischen Krieges in Vietnam.

Das relativ kleine Vulkaneiland mit seinen weißen Palmenstränden, umgeben von azurblauem Meer, durch das die weißen Korallenriffe schimmerten, erlebte einen ungeahnten Boom. Mit den ersten Flüchtlingen aus dem mehr als 4000 Kilometer entfernten Saigon kam Geld auf die Insel, auch Gold. Unter den Leuten aus Saigon gab es eine große Zahl Reicher, und die waren fest entschlossen, in Zukunft nicht etwa von Bananen, Maniok und kaltem Wasser zu leben. Was der Eintritt in die Vereinigten Staaten kostete, waren sie bereit zu zahlen. Jeden Preis. Ob Babys, die nach Kalifornien geflogen wurden, zur Auswahl für zeugungsschwache amerikanische Paare, ob Goldbarren, die auf Guam den Besitzer wechselten, ob emsige Hände, die in Saigon Bündel von Dollarnoten zählten – die Niederlage war noch nicht einmal endgültig, aber sie wurde bereits vermarktet, von derselben Schicht Vietnamesen, die zuvor den Krieg vermarktet hatte.

Mittlerweile hatte Präsident Ford im Kongreß eine nicht ganz unerwartete Niederlage erlitten, als er die im wesentlichen von Kissinger ausgeheckten Vorschläge zu weiterer Finanzhilfe an Saigon unterbreitete. Er argumentierte, Saigon brauche 722 Millionen und weitere 250 Millionen Reserve, um «sich selbst retten zu können und um Zeit für eine politische Lösung zu kaufen». Die Senatoren achteten nicht weiter auf die vorgeschobene Begründung, die Finanzspritze würde vor allem helfen, «eine ordentliche Evakuierung der in die Zehntausende gehenden Zahl der noch in Saigon befindlichen amerikanischen Bürger und ihrer durch die Kommunisten gefährdeten engsten vietnamesischen Mitarbeiter» zu ermöglichen. Derlei Sprüche übten nach den schweren moralischen Erschütterungen und den finanziellen Belastungen, die der schmutzige Krieg in Vietnam den Amerikanern beschert hatte, auf die Senatoren keine merkliche Wirkung mehr aus. Nun wägten sie ihre Entscheidungen sehr vorsichtig ab. Letzten Endes wurden sie gewählt, und da mußte man sich der allgemeinen Stimmung im Lande, die gegen eine weitere Unterstützung Saigons war, schon anpassen! Es gab kaum eine Stimme für Saigon in diesem von der Anti-Vietnamkriegsstimmung im Lande vorgewarnten Kongreß. Alles, was dem Präsidenten verblieb, war die unwillig gegebene Erlaubnis, «zum Schutze amerikanischen Lebens und einer humanitären Evakuierung US-Streitkräfte in begrenztem Umfange einzusetzen». Und dem wurde nur zugestimmt, weil der Präsident bereits vorgegriffen und US-Streitkräfte zur Evakuierung eingesetzt hatte. Das rückgängig zu machen, wollte nun wiederum kein Kongreßabgeordneter verantworten, denn es wäre eine gezielte Brüskierung des Präsidenten gewesen, ein – nach Watergate – weiterer innenpolitischer Präzedenzfall, den man besser vermied. So blieb es denn bei der Entscheidung: Keine weiteren Gelder für Saigon!

Im übrigen war die amerikanische Bevölkerung, was Indochina anging, durch eine weitere Entwicklung beunruhigt, die in Kampuchea eingetreten war, beschleunigt durch die noch von Präsident Nixon befohlene Ausweitung des Krieges auf dieses Nachbarland Vietnams. Die Befreiungsbewegung Kampucheas stand am 11. April, als man in Washington über eine neue Saigon-Hilfe redete, am nördlichen Stadtrand der Hauptstadt Phnom Penh, dem letzten noch nicht befreiten Flecken des Landes. Der Flughafen der Hauptstadt lag bereits unter Artilleriebeschuß. Auf den Bildschirmen in Millionen amerikanischer Haushalte war zu sehen, wie eine amerikanische DC-3, die gerade starten wollte, einen Volltreffer erhielt. Kommentatoren machten sich lustig darüber, daß das State Department den US-Botschafter in Phnom Penh anwies, weiter auszuhalten, bis sich der ins Ausland emigrierte ehemalige Staatschef Sihanouk einschalten und eine weitere US-Präsenz in Kampuchea aushandeln könnte. Sihanouk, im Pekinger Exil, war in keiner Lage, die es ihm erlaubt hätte, noch irgend etwas auszuhandeln.

Während des Tages schlugen die Geschosse also weiterhin rings um die US-Botschaft von Phnom Penh ein, und Kissinger entschloß sich auf Drängen seiner Mitarbeiter, endlich den Befehl zur Evakuierung zu geben. «Phantom»-Jagdflugzeuge flitzten mit heulenden Triebwerken über die Stadt, um die Aufmerksamkeit von den schweren C-53-Hubschraubern abzulenken, die auf der schnell errichteten Landeplattform der Botschaft aufsetzten und jeweils etwa sechzig Leute aufnahmen, die sie auf die Träger der 7. US-Flotte brachten. Die Fernsehsendungen – obwohl dadurch zur Nationalgefühlsshow hochstilisiert, daß Botschafter Dean betont würdevoll die US-Flagge niederholte und unter den Arm klemmte, bevor er in den Hubschrauber stieg – waren kein voller Erfolg: Zu viele der Berichterstatter zitierten aus einem Abschiedsschreiben, das der Premierminister von US-Gnaden, Sirik Matak, dem Botschafter vor dem Ausfliegen überreicht hatte. «Ich habe den Fehler gemacht, Amerikanern zu glauben», hieß es darin wenig schmeichelhaft.

So etwas eignete sich kaum für patriotische Titelseiten. Die «Pacific Stars and Stripes», Organ der US-Militärmacht, von CIA-Experten gemanagt, erschien denn auch am nächsten Tage in Saigon lieber mit dem Titelbildfoto des stolz dreinblickenden Botschafters Dean auf einem Schiff der 7. Flotte, über dem die US-Fahne flatterte. Es war nichts davon zu lesen, daß Minuten nach dem Abflug des Botschafters aus Phnom Penh rings um die Hubschrauberplattform Raketen einschlugen und die «unbesiegbaren» Marineinfanteristen, die sie bewachten, von den Einheimischen mit Steinen beworfen wurden, bis auch sie in dem letzten C-53 verschwanden, der schleunigst abhob, mit ein paar Beulen im Rumpf.

Reg Dobson hatte sich, gegen den Rat Polgars, entschlossen, am Abend einen Spaziergang zu unternehmen. Er wollte sich über die Atmosphäre, die in der Stadt herrschte, sein eigenes Bild machen.

Vor der Botschaft stand eine lange Schlange von Antragstellern, die auf ein Visum nach den USA warteten. Schon die nächste Straßenkreuzung war durch Polizei und Soldaten gesperrt, hier wurden Ausweise kontrolliert. Ohne gültige Papiere sollte niemand mehr in der Stadt Asyl finden, eine Illusion angesichts der Hunderttausenden von Flüchtlingen, die vom Norden heranströmten.

Die Tu Do war, wie immer, von flanierenden Pärchen bevölkert; Mopeds und Motorräder verbreiteten mit der aus den Kneipen dringenden Musik, dem Geschrei der Händler und den Klagerufen der Bettler den üblichen Höllenlärm.

Dobson versuchte vergeblich dahinterzukommen, was heute anders war. Es war ein Gefühl, das sich nicht greifen ließ. Weniger GIs, fast gar keine amerikanischen Uniformen, ja das war ein Unterschied zu früher, aber da war noch etwas anderes: eine trotz allen Lärms unterschwellig spürbare Angst.

Tanz auf den Trümmern? Den Gesichtern der jungen Leute, die sich in den Kneipen im Beat-Rhythmus schüttelten, war nichts anzumerken. Am Straßenrand saßen diejenigen, die auf dem Trip waren, eine Injektion hinter sich hatten. Sie würden da, wo sie saßen, übernachten.

Alte Frauen, die mit gezierten Trippelschritten an den Auslagen vorbeigingen, warfen weder auf die Bettler noch auf die Prostituierten oder Süchtigen auch nur einen Blick. Am Blumenmarkt flüsterte ein Händler, der Orchideen aus Singapore feilbot, Dobson zu: «Die letzten, Sir!» Ein Halbwüchsiger machte sich an Dobson heran: «Noch einmal ein Mädchen, mein Freund? Sehr speziell! Noch Jungfrau. Aus Kontum geflohen. Wild, aber willig. Hinführen, ja? Nur achtzig Dollar, zweihundert die ganze Nacht.»

Er war enttäuscht, als Dobson weiterging, in Richtung auf den Diebesmarkt, wo vom Jeep über den Flugzeugmotor, von der Timex-Uhr bis zum Micky-Maus-Präservativ alles gehandelt wurde, was mit den amerikanischen Warenlieferungen an die Strände Vietnams gelangt war. Dobson beobachtete einen Mann in der Kleidung der Busfahrer, der an einem Stand lange suchte, bis er endlich irgendein Gemüse kaufte, für das er umständlich Kleingeld hinzählte. Ein Juwelenhändler sprach den Amerikaner ungeniert an. «Die letzten Brillanten, Sir? Morgen kann Schluß sein!»

«Wann ist bei Ihnen Schluß?» konnte Dobson sich nicht verkneifen, ironisch zu fragen. Der Mann schien die Ironie nicht zu spüren; er überreichte ihm eine Visitenkarte mit einer Adresse in Bangkok. «Habe mich bereits dort etabliert, Sir. Geschäft in alter Qualität. Besuchen Sie mich! Oder kommen Sie nicht dort vorbei, wenn Sie selbst weggehen? Ich fliege am Wochenende.»

Auf einen Drink ins «Continental» hineinschauend, entdeckte Dobson einen Franzosen, den er kannte, Besitzer einer Kautschukplantage in dem Gebiet, das die Befreiungsstreitkräfte bereits besetzt hatten.

«Einen Pernod zum Abschied?» Der Mann lächelte.

Dobson nahm das milchige, nach Anis riechende Getränk an, obwohl ihm übel davon zu werden drohte.

«Plantage verloren?»

«Wird Kollektivwirtschaft. Aber sie werden mich brauchen. Ich habe die Fühler ausgestreckt. Vertragsarbeit bringt auch was ein.»

Der Kellner brachte Nachschub. Dobson winkte ab.

«Trinken Sie ruhig», ermunterte ihn der Franzose, «die Belegschaft hat die Preise gesenkt, auf die Hälfte.»

«Die Belegschaft tut so etwas?»

«Der Chef ist in Hongkong», klärte ihn der Franzose gleichmütig auf. «Hat da noch zwei weitere Hotels.»

«Warum haben Sie nicht vorgesorgt? Plantage in Malaysia? Indonesien?»

Der Franzose grinste, schlürfte seinen Pernod und bemerkte anzüglich: «Warum sollte ich nicht trotz Vorsorge hierbleiben? Frankreich hatte keinen Krieg mit den Vietcong.»

Die Frechheit überraschte Dobson nicht mehr. Er kannte diese Art der hiesigen Franzosen, ihren eigenen Mißerfolg in Indochina zu überspielen. Er erinnerte sich an ein Ge-

Straßensperren – ein alltägliches Bild in Saigon, nachdem das Hochland befreit war. Das Regime befürchtete, Befreiungssoldaten würden in Zivil in die Stadt einsickern.

spräch, das er mit einem Colonel des französischen Expeditionskorps in den fünfziger Jahren geführt hatte. Damals hatte ihm der Offizier versichert: «Amerika macht einen Fehler, wenn es hier das weiterführen will, was wir aufgeben. Dieses Land ist nicht zu erobern, man muß das als Realität akzeptieren und damit leben!»

Straßensperren aus Drahtverhau, je weiter Dobson sich vom Zentrum entfernte. Ruhe in den Gassen, keine Erregung. Eher bedrückende Stille. Hunde und Kinder, der einzige Lärm dort, wo das Leben normal lief, nicht unter der Treibhauslampe der ausländischen Zivilisation wucherte. Nach einer halben Stunde hatte Dobson das Bedürfnis, wieder zum Zentrum zurückzukehren, als sei dies hier die andere Welt, in die er nicht gehörte. Das Zentrum mit seinem Neon und dem voll aufgedrehten Beat, den Bierbüchsen und Camel-Reklamen war sein Platz.

In seinem Appartement im «Duc» empfing ihn das Mädchen Tam, Tränen in den Augen, die ihre Wimperntusche zu einem abenteuerlichen Kunstwerk werden ließen. Sie jammerte, weil er immer noch nicht an die Flugtickets gedacht hatte. Sie zeigte ihm die «Pacific Stars and Stripes» mit dem Foto von Botschafter Dean, nachdem er Phnom Penh verlassen hatte.

«Soll ich solange warten? Bis ihr die Flagge einzieht, wie? Keine Maschine geht dann mehr!»

Sie warf ihm das Blatt vor die Füße, war nicht mehr umzustimmen, verließ das Hotel mit einem kühlen Gruß und der gemurmelten Bemerkung, ihre Familie habe noch andere Freunde.

An den Piers am Saigon-Fluß stand der ehemalige GI Julio Pertazzo, der sich vor Jahren von seiner Truppe entfernt und in die Gesellschaft einiger Leute begeben hatte, die sich «Blaue Drachen» nannten, von Einbrüchen in US-Magazinen lebten, vom Verkauf von Schmuggelware, Opium, Waffen, Mädchen und manch anderer «Ware». GI Pertazzo war ihnen mit seinen Sprachkenntnissen und dem Wissen über den Gang der Dinge in der Army sehr nützlich.

Jetzt war Pertazzo, den nie eine MP-Streife oder ein Saigoner Polizist auch nur angehalten hatte, damit beschäftigt, von einer Rolle alter Kinoeintrittskarten Stücke abzureißen, unmittelbar am Pier 5, wo ein Schlepper unter Dampf lag, der drei mit Menschen vollbeladene Frachtkähne auf dem Haken hatte.

«Eintausend», forderte Pertazzo, «und bitte passend! Das schließt Verpflegung am Ort der Ankunft für drei Tage ein. Amerikanische, aber immerhin!»

Er kassierte Dollarnoten, steckte sie in einen Diplomatenkoffer, der aufgeklappt neben ihm stand. Als das Mädchen Tam von der Seite an ihn herantrat, blickte er nur kurz auf.

«Wir fahren mit!» Sie hielt ihm ein Bündel Hunderter hin. Pertazzo nahm sie ungerührt, drückte ihr die Karten in die Hand und schob sie dann an der Schlange der Wartenden vorbei. Er rief: «Augenblick, hinter der Dame kommen noch Verwandte, also Plätze freihalten! Kein Drängeln, bitte, nach diesem Schleppzug geht der nächste ab, und der nächste, und der nächste.»

Er war verlegen, als Tam ihm einen Kuß auf den Mund drückte, weil er eigentlich junge Männer liebte. Schade um die Kleine, wäre vielleicht etwas fürs Geschäft gewesen. Mit Mädchen wie diesem hier ließ sich immer etwas anfangen, wenngleich der Markt nicht gerade dünn bestückt war.

Der Schlepperkapitän winkte ihm vom letzten Kahn zu. «Schluß!» Alles sah sehr professionell aus. Der Schlepperkapitän gehörte ebenfalls zur Gang der «Blauen Drachen». Er raunte Pertazzo noch zu: «Morgen abend im ‹Western Saloon›, bevor wir hier weitermachen, klar?»

«Okay», gab Pertazzo seelenruhig zurück, obwohl er wußte, daß der «Saloon» inzwischen recht langweilig geworden war. Jeder der Frachtkähne faßte rund hundert Menschen. Und das Geschäft war privat, ging nicht über die «Blauen Drachen», fifty-fifty mit dem Kapitän, das lohnte.

Als der Schleppzug im Dunkel verschwunden war, in Richtung Osten auf die Mündung des Saigon-Flusses ins Meer zu, manövrierte bereits das nächste Zugboot in Position. Ein paar Stunden ging das noch weiter, das würde eine lange Nacht werden. Pertazzo hatte unweit der Anlegestelle einen alten Ford stehen, in dem brachte er schnell das bisher eingenommene Geld zu seinem Quartier. Als er zurückkam, bugsierte das Zugboot gerade das dritte leere Fahrzeug heran. Pertazzo sah, daß die Leute unruhig von einem Fuß auf den anderen traten, und zückte seine Eintrittskartenrolle.

Gegen Morgen, als Pertazzo längst schlief, koppelte der Kapitän des ersten Schleppzuges mit der Bemerkung, er müsse zwischendurch mal Treibstoff tanken, die Kähne ab, die er in Ufernähe festgemacht hatte. Das war etwa 30 Kilometer von Vung Tau entfernt, in einer ziemlich öden Gegend.

Der Kapitän kam nicht wieder, auch kein anderer Schlepper erschien. Am dritten Tag dämmerte den Leuten, daß sie betrogen worden waren. Sie kletterten an Land, standen hilflos herum, es gab weder eine Straße noch ein Dorf in der Nähe. Nicht einmal die riesige weiße Christusfigur war zu sehen, die über Vung Tau ihre Arme einladend in Richtung Meer ausbreitete.

Der 20-Millionen-Dollar-Abgang

Die Kolonne marschierte bei Nacht auf einem schmalen Fahrweg, der etwa parallel zu der großen Straße verlief, die der Kommandeur auf einer Karte betrachtete, beim Licht einer abgedeckten Taschenlampe. Er hob die Hand.

«Halt!» wurde halblaut weitergesagt. Die Soldaten gingen in die Hocke. Das wurde nie extra befohlen, wenn Pausen eingelegt wurden, aber es war die von Kind an geübte Ruheposition, über die sich die meisten Ausländer so oft wunderten, weil ihnen in dieser Stellung die Wadenmuskeln schmerzten. Gespräche wurden nicht geführt; es wurde weder geraucht noch gegessen, lediglich hier und da nahm einer einen Schluck aus der Flasche – trotz der Nacht war die Temperatur kaum gesunken.

Der Kommandeur orientierte sich im Gelände. Ein Aufklärer war neben ihm aufgetaucht, etwas später als abgemacht, aber immerhin früh genug: Die Kolonne war an dem Punkt angekommen, von dem aus sie im Morgengrauen die Straße zwischen Xuan Loc und Bien Hoa unterbrechen sollte.

Der Kommandeur hatte den Befehl für die Aktion mit jener Selbstverständlichkeit entgegengenommen, wie ein Soldat das tut, und doch war er nicht ganz zufrieden. Bei Xuan Loc hatte der Gegner seine kampfstärkste Division, die 18., zum Einsatz gebracht, um den Befreiungsstreitkräften den Weg nach Saigon zu verlegen. Die 18. Division war zu besiegen, wie jede andere, auch wenn sie sich heute noch mit Hilfe ihrer modernen Kampftechnik aus den amerikanischen Arsenalen in der geschundenen Stadt zu halten vermochte.

Der Kommandeur der Befreiungsstreitkräfte hätte – ebenso wie seine Soldaten – den direkten Angriff gegen die Saigoner vorgezogen.

Doch dieser Kampf mußte nicht nur mit strategischer, sondern auch mit taktischer Umsicht geführt werden, darauf hatte der Frontoberbefehlshaber nach dem Sieg bei Da

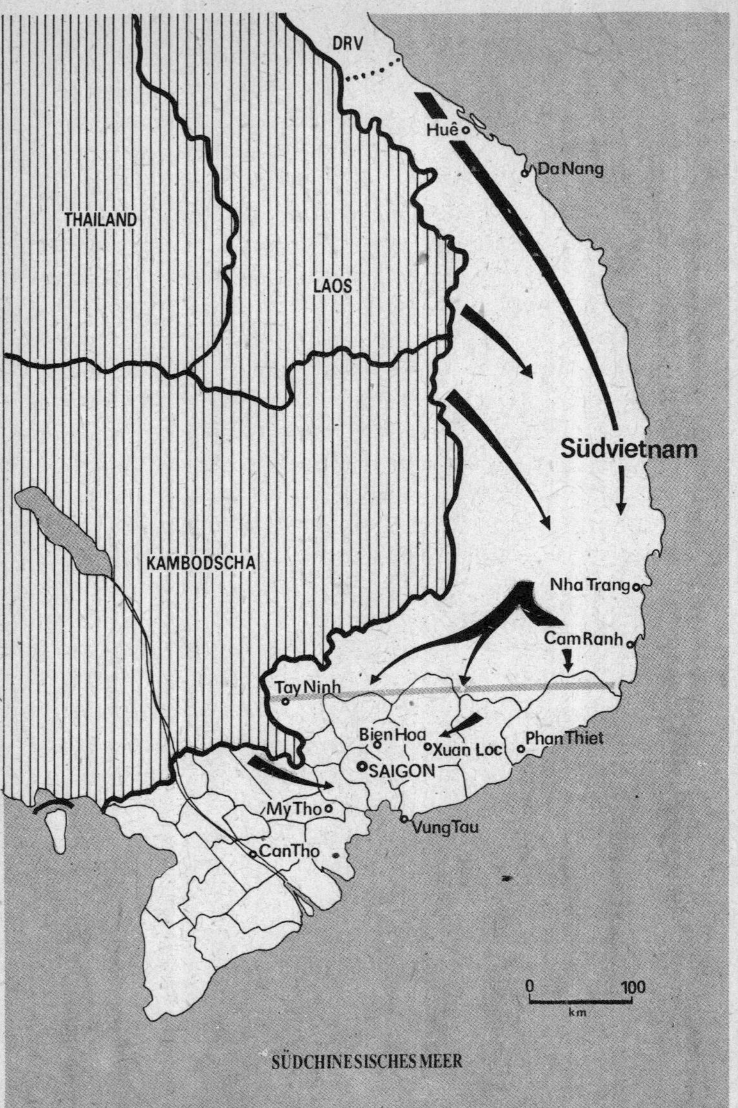

Die Angriffsbewegungen der Befreiungsstreitkräfte Anfang April 1975. Neben Frontalangriffen an der sogenannten Verteidigungslinie gab es Stoßkeile, die in der Tiefe des gegnerischen Raumes operierten.

Nang immer wieder hingewiesen. General Le Trong Tan befahl, die letzten Gefechte unter größtmöglicher Schonung der Zivilbevölkerung und der wertvollen Anlagen zu führen, nicht zuletzt auch so, daß bei den eigenen Einheiten keine allzu hohen Verluste durch unüberlegtes Voranpreschen entstanden.

Deshalb hatten mehrere Einheiten Xuan Loc erst einmal umgangen und waren dabei, es von seinen logistischen Linien abzuschneiden. Das würde dem Gegner klarmachen, daß es besser war, den Kampf einzustellen. Die Erkenntnis würde wachsen, daß man für eine militärisch unfähige und moralisch verkommene Bande von Verrätern kämpfte. Ähnlich wie hier, an der Straße von Xuan Loc nach Bien Hoa, der letzten großen gegnerischen Basis vor Saigon, wurde gleichzeitig im Delta verfahren. Auch dort wurde der befestigte Stützpunkt Can Tho, Knotenpunkt entscheidender Land- und Wasserwege, noch nicht direkt angegriffen, aber mehrere Einheiten stießen nördlich und nordwestlich der Stadt vor und riegelten die Landwege nach Saigon ab.

Xuan Loc würde in den nächsten Tagen fallen, da war der Kommandeur sicher, während er sich am Rande des Weges niederließ, um den Tagesanbruch abzuwarten. Von Tay Ninh her, das wußte er, stieß im Augenblick das III. Korps der Befreiungstruppen gegen Saigon vor. Vom Nordosten her rückte das I. Korps heran. Gegen den letzten Küstenstreifen im Osten, vor Saigons Seehafen Vung Tau, zwischen Phan Rang und Phan Thiet, waren ebenfalls starke Kräfte der Befreiungstruppen eingesetzt, die nach der Eroberung des Küstengebietes Saigon von der Pazifikküste abschneiden würden.

«Genosse Kommandeur.» Ein Melder stand da und legte kurz die Hand an den Helm, mit der anderen hielt er dem Offizier einen Funkspruch des Frontoberbefehlshabers hin, in dem mitgeteilt wurde, daß das Oberkommando den Kampf um Saigon, der nun begann, im Andenken an den unvergeßnen Führer der vietnamesischen Revolution «Ho-Chi-Minh-Offensive» nannte und von allen Offizieren und

Soldaten erwartete, sie würden dem Namen Ho Chi Minhs Ehre machen.

Der Kommandeur entließ den Melder und sah auf die Uhr. Dabei merkte er, die Ruhezeit war um. Er gab das Zeichen, die Angriffsstellungen zu beziehen. Lautlos entfaltete sich seine Truppe.

Um 5.00 Uhr, als am Horizont gerade der erste fahle Streifen erschien, griff die Einheit an, ohne Artillerie, selbst die Granatwerfer schwiegen. Das Ziel war ein Posten vor einer kleinen Siedlung, der von einem Zug Saigoner Soldaten besetzt war, die im stündlichen Rhythmus Streife bis zur nächsten, etwa 6 Kilometer entfernten Ortschaft gingen.

Zunächst fiel kein Schuß. Der schläfrige Posten vor dem Blockhaus, in dem die Saigoner schliefen, schreckte erst hoch, als er plötzlich aus dem morgendlichen Zwielicht Gestalten auf sich zustürmen sah. Er schoß, aber es war zu spät für einen Alarm. Zwar peitschte sofort Abwehrfeuer aus dem Blockhaus, und in ein paar Stellungen am Stadtrand begannen Maschinengewehre zu bellen, doch die Soldaten der Befreiungsarmee waren schon in Wurfweite. Ihre Handgranaten zerfetzten die Stämme des Blockhauses, Brandflaschen ließen es Feuer fangen. Halb blind, mit erhobenen Händen, krochen die übriggebliebenen Saigoner aus dem qualmenden Quartier. Mit den Maschinengewehren war einige Minuten später Schluß. Ihre Schützen überlebten den Kampf nicht – sie waren der ausdrücklichen Aufforderung, sich zu ergeben, nicht gefolgt.

Eine Stunde später, als es um den noch schwelenden Trümmerhaufen bereits wieder sehr still war, kam aus westlicher Richtung ein einzelner Soldat angelaufen, der schon von weitem rief: «Kameraden, was war bei euch los? Auch ein Angriff? Uns haben sie aufgerieben, ich bin der letzte.«

«Dann bist du bei uns richtig», sagte einer der Befreiungssoldaten, die an der Straße Posten bezogen hatten und die der Nachzügler nicht erkannt hatte. »Schnall dein Koppel auf, laß es fallen, samt MPi, und dann komm näher!»

In Saigon brach dieser Tag mit Geschützfeuer an.

Irgendwo im Norden, hinter Tan Son Nhut, schossen Saigoner Haubitzen auf ein Phantom. Sie glaubten, einen Panzer entdeckt zu haben. Bis in die oberste Etage der US-Botschaft drang der Lärm nicht. Außerdem war man hier mit einer Verlautbarung der Befreiungsstreitkräfte beschäftigt, in der darauf hingewiesen wurde, daß die Bevölkerung sich gegen das Thieu-Regime in Saigon selbst erheben müsse und es besser wäre, wenn die vielen, als Zivilisten verkleideten sogenannten amerikanischen Berater sich vorher nach Hause scherten. Im übrigen würde eine geordnete Evakuierung des amerikanischen Personals ungehindert möglich sein, falls sie sofort geschehe.

Der Hinweis war kaum mißzuverstehen. Auch Botschafter Martin, auf den der CIA-Chef Polgar lange halblaut eingeredet hatte, schloß sich letztlich dessen Ansicht an, daß es für Thieu tatsächlich an der Zeit sei, zu demissionieren. In einem Telegramm zur Lage, das er später nach Washington absetzen ließ, formulierte er es etwas vorsichtiger. Er schrieb, Thieu habe «seine Nützlichkeit für die US-Politik hier eingebüßt».

Thieu erfuhr davon über einen seiner Zuträger, und er beantwortete diese Einschätzung auf seine Weise, er bildete das Kabinett um. Khiem, von dem bekanntgeworden war, daß er gegen den Präsidenten konspiriere, wurde als Premier abgesetzt. An seine Stelle trat Nguyen Ba Can, vormals Sprecher der sogenannten Nationalversammlung. Die übrigen Veränderungen waren unerheblich; sie kümmerten weiter niemand. Da erregte es die Bevölkerung schon eher, daß am selben Tag vom Präsidenten die befristete Schließung aller Bars und Bordelle in Saigon verfügt wurde. Das löste einen wahren Proteststurm aus, und es schuf schlagartig eine neue Einnahmequelle für Organisationen von der Art des «Blauen Drachen».

Am Abend erschienen zwei ziemlich kräftige Chinesen im «Arizona» und verlangten den Chef zu sprechen. Dieser hatte sich entschlossen, die Weisung Thieus nur pro forma zu befolgen. Er stellte ein Schild «Geschlossen» auf die Bartheke und eines mit derselben Aufschrift in den Treppenaufgang. Die Musik hatte Pause. Das schien die beiden Chinesen zu belustigen, denn sie erkundigten sich beim Barkeeper: «Keine Musik?»

Der Barkeeper war ebenfalls Chinese, wie der Besitzer auch, und er konnte Zwiebeln von Kohl unterscheiden, also drückte er auf den Alarmknopf und antwortete flüsternd: «Verboten, die Herren!»

«Wer verbietet hier was?» Die beiden blickten sich in dem noch leeren Raum um.

«Oberster Präsident, heute früh.»

«Mädchen auch verboten, wie?» Sie waren nicht besonders freundlich, und als der Besitzer auf den Alarmruf herbeieilte, wußte auch er sogleich, wen er vor sich hatte. Er bemühte sich, freundlich zu sein. Das zahlte sich immer aus, selbst wenn man teilen mußte.

«Paß auf, Chef», wandte sich der eine der beiden an ihn, «du machst die Schilder weg, die Tür weit auf und läßt die Mädchen arbeiten, klar?»

«Nun ja.»

«Keine Angst. Wir bleiben in der Nähe. Wir kennen jeden Polizisten im Bezirk. Keiner wird deinen Laden zumachen, solange wir da vorn an dem Tisch sitzen.»

«Das wäre sehr schön!»

«Gut. Die Kellnerin bringt alle zwanzig Minuten Bier für uns. Bei Lokalschluß bekommen wir ein Drittel der Einnahmen. Versuch nicht zu handeln. Zwecklos. Oder willst du, daß unsere jüngeren Brüder kommen und den Laden zerschlagen?»

Er wollte das nicht, und ein Drittel erschien ihm durchaus akzeptabel, wenn man die Umstände in Rechnung stellte. Also sorgte er dafür, daß Thi Nam den beiden regelmäßig ihr Bier brachte. Er versprach ihnen, sie keinesfalls zu betrügen, obwohl er das Drittel lieber selbst gehabt hätte – aber es abzugeben war immerhin besser, als den ganzen Laden zu verlieren.

Thi Nam wartete auf Le Minh. Sie hatte am Mittag, zur vereinbarten Zeit, einen dringenden Spruch für ihn aufgenommen. Aber Le Minh kam an diesem Abend später, weil er einer Sache auf der Spur war, die ihm wichtig genug erschien.

Da war Dobson gekommen, der gelegentlich mit diesem John hier beim Bier saß, und hatte nach einem gewissen James gefragt. Niemand wußte, wo der steckte und ob er noch kommen würde. Es schien sich um eine wichtige Mitteilung zu handeln, denn Dobson blieb am Schwimmbad sitzen und wartete. Trank dabei weiter. Le Minh glaubte, es könnte sich um eine Information handeln, die für ihn wichtig war, deshalb blieb er in der Nähe, bis der Mann schließlich zu Dobson stieß. Im Sporting Club hatten die Leute ihn unter einem anderen Namen in Erinnerung. Dobson unterhielt sich mit ihm nur ein paar Sekunden, da protestierte James schon laut. «Ich? Nach Phan Rang? Ist Polgar verrückt? Was soll ich dort? Weiß er nicht, daß die Roten da oben vorstoßen?»

«Leiser!» mahnte ihn Dobson. Er sah Le Minh, bedeutete ihm, neues Bier zu bringen, und er sagte: «Ich weiß, du hast von Nha Trang noch die Schnauze voll. Aber der Chef will, daß du als unser Verbindungsmann bei General Nguyen Vinh Nghi operierst, bis fünf vor zwölf. Alle gefährdeten Leute ausschleusen, alle, die mit uns Verbindung hatten! Kein anderer kann das für uns tun, deshalb mußt du hin. Geh, hol dir den Befehl selbst – ich soll ihn dir nicht übermitteln, ich soll dich nur zur Station schicken. Der Hubschrauber wartet schon.»

Le Minh brachte das Bier, er prägte sich das Aussehen des Mannes genau ein. Namen wurden bei der CIA öfter gewechselt als Hemden, sie waren wertlos. Aber ein Gesicht ließ sich beschreiben. Als Le Minh ohne Aufsehen verschwinden konnte, schwang er sich auf sein Fahrrad und flitzte zu Thi Nam, die ihm im Hof die Meldung in die Hand drückte und ratlos dreinblickte, als er ihr eine bereits chiffrierte Nachricht zusteckte und ihr einschärfte, sie müsse unbedingt sofort durchgegeben werden.

«Ich werde mir was einfallen lassen», versprach sie.

Offenbar hatte sich Thieus Barverbot doch herumgesprochen, denn eine Menge Leute kamen nicht. Thi Nam beschloß, mit den beiden chinesischen «Beschützern» zu reden. Sie brachte ihnen zunächst mehrere Flaschen Larue-Bier und dazu Erdnüsse und geröstete Krabben. Als die beiden ihr Erstaunen äußerten, flüsterte sie ihnen zu, sie müsse jetzt ganz schnell einen «besonderen Kunden» bedienen, und zwar in der ersten Etage. Sie möchten doch bitte keinen Lärm schlagen, bis sie wiederkäme, auch wenn es mit dem Bier ein paar Minuten länger dauerte. Der Wirt solle von dem Nebengeschäft nichts erfahren.

«Der Kunde hat mir ein Ticket nach Bangkok versprochen», erklärte sie den beiden.

Gauner fühlen sich zuweilen geschmeichelt, wenn ein Schwacher sie artig um einen Gefallen bittet. Thi Nam hatte genau das Richtige getan. Die beiden blinzelten ihr zu und lachten. «Verschwinde! Mach deine Sache anständig!»

«Das tue ich bestimmt!» versprach das Mädchen.

Sie war eine Dreiviertelstunde später zurück, und die beiden lachten nur. Der eine verlangte: «Wasch dir die Hände, bevor du uns neue Gläser bringst!»

Am nächsten Nachmittag, es war der 16. April, kämpften sich die ersten Stoßtrupps der Befreiungsarmee, die Phan Rang angriff, zu dem Bunker durch, in dem sie General Nghi, einen weiteren General der Saigoner Luftlandetruppen sowie einen amerikanischen Zivilisten wußten. Die Gegend, ein Park, an den ein Sportplatz grenzte, lag schon seit dem Morgen unter Beschuß. Damit hatten die Verteidiger nicht gerechnet, sie waren total überrascht worden.

Jetzt krochen drei Soldaten unter dem Feuerschutz ihrer Genossen auf den Eingang des Bunkers zu. Dort hätte es einen Posten geben müssen, aber der war längst geflohen.

Sergeant Dong, ein kleiner Soldat, der erst am Morgen durch einen Streifschuß am Hals verwundet worden war, hatte es sich nicht nehmen lassen, als Dolmetscher den Handstreich mitzumachen. Als nun der Bunkereingang unter Kontrolle war und ringsum das Schießen aufhörte, räusperte sich Dong feierlich und brüllte dann mit furchterregender Lautstärke, für die er bekannt war: «Achtung! Hier steht die Befreiungsarmee! Einzeln herauskommen, ohne

Waffen, Hände hinter dem Kopf! Sonst Handgranate bei Zahl Zehn. Eins, zwei ...«

Er kam bis sechs, da erschien, den Kopf im niedrigen Einstieg duckend, General Nghi, hinter ihm der andere, der sich förmlich vorstellte: «Brigadegeneral Pham Ngoc Sang; ich gebe auf!»

«Das ist schön von dir, du Fettarsch», brummte Dong respektlos. Dann winkte er dem dritten Mann herauszukriechen. Es war ein junger amerikanischer Zivilist, der genauso aussah, wie der Kommandeur es den Mitgliedern des Stoßtrupps beschrieben hatte, damit sie ihn auch nicht verwechselten.

«Ich bin amerikanischer Nichtkombattant!» sagte der Mann.

Dong wechselte einen Blick mit seinen Genossen, die nickten auch, es gab keinen Zweifel, der Mann entsprach der Beschreibung.

«Ist schon gut», redete Dong ihn auf englisch an. «Ich erlaube mir, Sie nach Waffen zu durchsuchen, Herr Nichtkombattant, also halten Sie still!»

Der Amerikaner zitterte, er blickte unsicher in die Mündungen der auf ihn gerichteten MPis. Es war alles so schnell gegangen!

Dong legte alles, was der Amerikaner bei sich trug, in ein Tuch, knüpfte es zu und bedeutete dem Mann, die Hände herabzunehmen. «Vorwärts!»

«Bin ich denn Gefangener?» entrüstete sich der Amerikaner. Er war entschlossen, auf jeden Fall zu versuchen, seinen Status als Nichtkombattant zu wahren und seine Identität zu verbergen. Aber Sergeant Dong brummte nur unfreundlich: «Gefangener, ja. Für deine Sorte haben wir keinen besonderen Ausdruck.»

Er sagte es zum Glück auf vietnamesisch, und deshalb begriff James nicht, daß er längst identifiziert war. Das merkte er erst viel später.

Die Kawasaki mit der zweideutigen Aufforderung «Truck it» auf dem hinteren Schutzblech erregte kaum Aufsehen, als sie auf dem öffentlichen Parkplatz des Sporting Club abgestellt wurde. Der junge Mann in der ledernen Rockerkleidung, den Sheriffstern an der Brust, ging mit dem stelzbeinigen Schritt der Reiter aus Wildwestfilmen zum Eingang des Clubs und setzte sich auf den Rand eines der Blumentöpfe mit den Zwergpalmen. Le Minh hatte ausdrücklich darum gebeten, er solle sich so aufführen. Es lag ihm daran, mit jungen Leuten gesehen zu werden, deren äußere Erscheinung allein jeden Gedanken daran verdrängte, daß sie vielleicht die Amerikaner oder Thieu nicht so sehr mochten. Ein Lederanzug mit Sheriffstern wirkte da sozusagen wie das berühmte Glöckchen bei Pawlows Hunden.

Le Minh selbst hatte sich seiner Tätigkeit und der Umwelt, in der sie sich abspielte, äußerlich ebenfalls angepaßt. Er trug verwaschene Jeans und ein über den Bund herabhängendes knallbuntes Hemd aus Hongkong, mit einem Segelschiff vorn und einem bonbonfarbenen Sonnenuntergang einschließlich Palme auf dem Rücken. Nur mit seiner Frisur hatte er immer noch Schwierigkeiten. Das Haar, das er bei der Befreiungsarmee kurz getragen hatte, wuchs langsamer nach, als er gehofft hatte. Tat – so hieß der Junge mit der Kawasaki – hatte ihm geraten, es mit Öl zu behandeln. Aus irgendeinem Grunde war Haaröl für den modernen Saigoner Herrn in letzter Zeit besonders «in». Und wer «in» war, von dem erwartete nicht einmal der findigste Spitzel, daß er insgeheim mit den Kommunisten sympathisierte, ganz zu schweigen davon, daß er vielleicht aktiv im Untergrund für sie tätig sein könnte.

Die Spitzel irrten. Tat beispielsweise, ein Autoschlosser von bemerkenswerten Fähigkeiten, die sich bei weitem nicht allein auf die Automechanik beschränkten, hatte einige Semester an der Technischen Universität studiert, wo er zum erstenmal Kontakt mit jungen Kommunisten bekam. Er vertraute ihnen, und sie ihm. Als Tat sein Studium wegen Geldmangels abbrechen mußte, blieb er Kommunist und führte fortan zwei Leben: Das eine verbrachte er in einer großen Werkstatt in Gia Dinh, dem nördlichen Teil Saigons, unweit der Mündung des Cau-Kanals in den Thi-

Nghe-Kanal. Dieser kreuzte die Ausfallstraße nach Bien Hoa. Es war eine Gegend, in der die Häuser nicht sehr dicht standen. Weite Flächen waren mit Reis bebaut, einige mit verstrüpptem Gebüsch überwuchert. Allgemein hieß es, hier draußen versteckten sich «Vietcong», gelegentlich ganze Abteilungen.

Tat grinste nur, wenn amerikanische Kunden zuweilen solche Bemerkungen machten. Sie brachten ihre Straßenkreuzer zur Reparatur, und manchmal wollten sie von den Beschäftigten dieser schnell arbeitenden Werkstatt wissen, ob sie gar keine Furcht hätten, von den Kommunisten überfallen zu werden.

Daß der Chef der Werkstatt seit der Tet-Offensive 1968 einen Granatwerfer unter einem Gerümpelberg versteckt hielt, ahnte niemand, nicht einmal Tat wußte davon. Sein Chef hatte aber auch keine Ahnung, daß dieser amerikanisierte Stenz mit den geschickten Mechanikerfingern und der Vorliebe für schwere Motorräder sein zweites Leben als junger Illegaler verbrachte, als Kurier und Verbindungsmann einer Gruppe, die einst an der Universität entstanden war. In den Plänen, die Schlosser Tat an diesem Tag mit dem Kellner Le Minh besprach, spielte die Lage der Werkstatt, unmittelbar an der Straße nach Bien Hoa, eine entscheidende Rolle.

Le Minh traf sich zum erstenmal mit der Gruppe, zu der Tat gehörte. Das war nötig geworden, weil das Oberkommando ihn beauftragt hatte, mit Hilfe von Kräften aus Saigon selbst Sicherungsmaßnahmen vorzubereiten, die den geplanten Panzervorstoß aus nördlicher Richtung in die Stadt gegen Überraschungen abschirmten. Le Minh hatte einige Nächte über Stadtkarten verbracht, Kreuzungen und Brücken markiert, enge und unübersichtliche Stellen, an denen sich Panzerabwehr einnisten könnte. Er hatte versucht, alles zu berücksichtigen. Jetzt saß er mit Tat und weiteren vier jungen Männern in einer wackligen Hütte aus plattgehämmerten Benzinkanistern in einer Slumsgegend von Newport, dem amerikanischen Flußhafen, in der Gelegenheitsarbeiter ihre dürftigen Unterkünfte nahe der Stelle errichteten, die wenigstens gelegentlich Arbeit versprach. Es dauerte zuweilen Monate, bis die Polizei wieder einmal unter dem Hinweis auf Hygienevorschriften oder einem anderen handlichen Vorwand die Elendsbauten abriß. Hier war ein Treff sicherer als sonstwo in der Stadt, zumal man Polizisten schon von weitem sehen konnte und Spitzel meist bekannt waren.

«Laß dich ansehen», sagte ein Mädchen, das verspätet zu der Runde stieß. «Ich habe mir so oft vorzustellen versucht, wie ihr ausseht, da draußen im Wald. Jetzt sehe ich zum erstenmal einen richtigen Soldaten!» Sie blickte Le Minh so intensiv an, als sei er ein Gemälde in einer Galerie.

«Versuch nicht gleich, ihn zu heiraten», zog Tat sie auf. «Er wird gebraucht!» Zu Le Minh gewandt, erklärte er: «Ly ist Medizinstudentin. Suchtkrankheiten. Entwöhnungen und das alles.»

«Etwas am Rande der Medizin», bemerkte Le Minh. Er dachte an die Verwundeten, die im Wald zuweilen unter sehr schwierigen Umständen von dürftig ausgebildeten Helfern versorgt werden mußten. Aber er wurde von dem Mädchen Ly seelenruhig belehrt, sie sei von der illegalen Partei ausdrücklich auf dieses Studienfach gelenkt worden.

«Wir haben einige Hunderttausend Drogensüchtige allein in der Stadt», sagte sie. «Junge Leute meist. Haschisch, Opium, Heroin. Wenn wir die Stadt regieren, sind wir dafür verantwortlich, daß sie geheilt werden können. Dazu braucht man spezialisierte Ärzte, und zwar schnell. Es gibt jetzt so gut wie keine. Aber es werden, wie du siehst, welche dasein, wenn sie gebraucht werden. So einfach ist das!»

«Und jetzt reden wir über weniger einfache Sachen», unterbrach Tat ihre Unterhaltung. «Die Genossen erwarten, kurz und bündig gesagt, von uns, daß wir ihnen den Weg von Bien Hoa her in die Stadt frei machen. Keine Artillerieduelle an überraschend auftauchenden Widerstandsnestern, an Straßensperren – die Stadt soll nicht total demoliert werden, weil es nämlich unsere Stadt ist und wir in Zukunft darin leben wollen. Deswegen wollen wir der

Befreiungsarmee den Weg öffnen. Gibt es dagegen grundsätzliche Einwände?»

Die jungen Leute lachten und brannten sich Zigaretten an. Tat wiegte den Kopf. «Gut, dann haben wir zu handeln. Le Minh und ich haben darüber beraten, was zu tun ist. Wir haben Vorschläge. In Saigon ist es leicht, eine beliebige Anzahl Kraftfahrzeuge aufzutreiben, und zwar solche, in denen jeweils eine Gruppe von fünf bis sechs Kämpfern Platz hat. Mit diesen Fahrzeugen könnten Kampfgruppen von uns sehr schnell an den strategisch wichtigen Punkten sein und dort die Sicherung übernehmen. Die Auflösung von Thieus Armee geht voran. Man kann heute schon beurteilen, wie es in Saigon aussehen wird, wenn der erste Panzer von uns zu hören ist. Wir haben die Chance, die Sache weiter zu beschleunigen und die Stadt zu schonen.»

Er rollte den Stadtplan auf, über dem Le Minh Stunde um Stunde gebrütet hatte, und hängte ihn an die Blechwand. Die jungen Leute vertieften sich in das Gewirr der Linien, Punkte, Symbole. Sie verbrachten lange Zeit darüber, und sie gingen erst auseinander, nachdem sie alle Einzelheiten festgelegt hatten.

In der CIA-Station wurde inzwischen rund um die Uhr gearbeitet. Polgar war aus Langley angewiesen worden, Dobson die volle Verantwortung für alle Maßnahmen zu übertragen, die mit der Räumung der Station selbst, der Räumung der zwei noch bestehenden Stützpunkte in Can Tho und Bien Hoa sowie mit der Evakuierung allen Personals, auch der vietnamesischen V-Leute, und der Vernichtung sämtlicher, in Langley nicht benötigter Dokumente zusammenhingen. Seitdem rauchten auf dem Dach der Botschaft, auf dem Parkplatz und im Garten um das Schwimmbad die Papierverbrennungsöfen. Grauschwarze Ascheflocken trieb der Wind hoch. Vor dem Haus am Chien Sy Cercle, vor dem «Duc»-Hotel in der Pasteurstraße und vor einer Anzahl anderer Häuser in der Stadt, in denen die CIA Ausweichquartiere oder Treffwohnungen unterhalten hatte, sammelten sich vietnamesische Kollaborateure der

Agentur, mit Gepäck und Familien. Sie richteten sich auf Tage ein, kochten ihr Essen am Straßenrand und verrichteten ihre Notdurft in den Rinnstein. Im allgemeinen Chaos, das inzwischen in Saigon herrschte, waren das lediglich einige neue Erscheinungen, aber sie wurden immerhin von den illegal Tätigen sorgfältig beobachtet.

Die Stadt wand sich in Krämpfen, während Dobson dafür sorgte, daß die Zahl der in Tan Son Nhut abgehenden Flugzeuge vervielfacht wurde, ebenso wie die Flüge der Privatgesellschaften nach Bangkok, Singapore, Hongkong und Taiwan. Naturgemäß eskalierte damit in Saigon der ohnehin allgegenwärtige Schwarz- und Schleichhandel zu einer neuen Dimension: Der Handel mit echten und unechten Flugscheinen und sonstigen Ausreisepapieren wurde zum Stoßgeschäft.

Der Preis für einen Paß, einschließlich Ausreisevisum, kletterte auf 3000 Dollar. Das heimische Zahlungsmittel Piaster wurde 1 zu 2000 für Dollars gehandelt – kennzeichnend für die totale Wertlosigkeit dieser Währung. Für ein einziges Gramm Feingold hingegen zahlten die Händler in Cholon, die sich mit gehortetem Edelmetall für eine ungewisse Zukunft zu wappnen gedachten, 200 Dollar.

Ganz clevere Kollaborateure, die den Versprechungen der Amerikaner nicht so recht trauten und über genügend Geldmittel verfügten, verließen sich nicht mehr auf zugesagte Flugtickets. Sie fielen auch nicht auf die Täuschungsmanöver von Gangstern an den Piers herein, sondern erwarben seetüchtige Boote, Yachten oder Motorsegler, deren Mindestpreis bei 10000 Dollar lag.

Lebensmittel wurden teuer, weil aus den landwirtschaftlichen Gebieten um die Stadt kaum noch Waren kamen. Die Wege waren nicht mehr sicher. Zuweilen beschlagnahmten Saigoner Soldaten an einer Straßensperre, die den Zugang für Flüchtlinge sperren sollte, den ganzen Gemüsekarren eines Bauern und jagten ihn davon. Flüchtlinge ließen sie je nach der Höhe des gezahlten Bestechungsgeldes passieren.

Gearbeitet wurde in den vielen kleinen Betrieben der

Stadt nur noch sporadisch. Löhne waren wertlos, Naturalien knapp, das Ende kam näher.

Botschafter Martin, der seinen aufgetragenen Optimismus immer mehr ablegte, war von seiner Grippe geplagt, die ihm immer ärger zu schaffen machte. Aber er saß in seinem Büro und verfolgte, wenn auch von Fieberschauern geschüttelt, die laufenden Ereignisse. Besonders interessierten ihn die offiziellen Nachrichten des Saigoner Fernsehsenders, von dem man in der Bevölkerung ironisch sagte, dies sei die Station, die einem sehr reichen Manne gehöre und daher auch für ihn ganz allein noch sende: Thieu.

Als Polgar dem Botschafter eine Agentenmeldung vorlegte, nach der die Befreiungsstreitkräfte um Xuan Loc und auch nordwestlich von Saigon Luftabwehrraketen mitführten, sah Martin sogleich eine neue Chance, die Kongreßabgeordneten in Washington doch noch zum Umdenken zu veranlassen. Raketen!

«Das wird sie umstimmen!» frohlockte er, als er den Bericht durchgeben ließ. Er irrte sich. Gleichzeitig mit dem Eintreffen seines Eilberichtes über die kommunistischen Raketen druckte die «New York Times» eine Verlautbarung des in Paris residierenden Sprechers der Provisorischen Revolutionären Regierung. Dieser erklärte, es gäbe seitens der Befreiungsstreitkräfte nicht die Absicht, die Evakuierung der amerikanischen Staatsbürger aus Saigon zu behindern. Der amerikanische Kongreß entschied erneut: keine Finanzhilfe. Am Rande der sich immer noch dahinschleppenden Hearings und Konsultationen wurde den Vertretern des Hilfsanliegens diskret bedeutet, sie könnten ja einmal die humanitären Organisationen, etwa die großen Kirchen, um eine Hilfe für die vietnamesischen Glaubensgenossen angehen.

Admiral Whitmires Evakuierungsflotte allerdings wurde von den Militärs aus deren eigenen unergründlichen Budgets mit neuen Zuschüssen versehen. Sie bestand nun aus fünf Flugzeugträgern, je einem Dutzend Zerstörern und Amphibienfahrzeugen und acht Frachtschiffen. Insgesamt viertausend Marineinfanteristen befanden sich auf den schwimmenden Einheiten, bereit zum Eingreifen, wenn der Befehl erging.

In Loc Ninh legte General Van Tien Dung in seinem Hauptquartier mit den Kommandeuren der Armeekorps die nächsten Vorstöße fest. Die Staatsführung in Hanoi hatte bereits ihre Zustimmung gegeben. Man mußte die Schwäche des Gegners weiter entschlossen ausnutzen und das Ende des Krieges so schnell wie möglich herbeiführen.

Ohne viel darüber zu reden war man sich einig geworden, daß es für die gesamte Nation am 19. Mai, dem 85. Geburtstag des Führers der vietnamesischen Revolution, Ho Chi Minh, kein schöneres Geschenk geben könnte als den endgültigen Sieg. Doch vorerst wurde festgelegt, die Operation bis zu Beginn der Regenperiode abzuschließen. Noch lagen schwere Kämpfe vor den Befreiungssoldaten, es mußte mit einer verzweifelten Gegenwehr gerechnet werden, wenngleich sie von Tag zu Tag aussichtsloser wurde.

Die Kommandeure, die abgesehen von den noch in Kämpfen gebundenen Einheiten mit der Umgruppierung und logistischen Vorbereitungen für den Stoß auf Saigon beschäftigt waren, erwarteten den kritischen Punkt der kommenden letzten Angriffsphase in etwa zwei Wochen. Sie gingen zuversichtlich auseinander.

Am 18. April, morgens, die Sonne war noch nicht aufgegangen, arbeiteten sich etwa zwanzig Männer eines Stoßtrupps der Befreiungsstreitkräfte im westlichen Vorgelände Saigons, dem Vorort Phu Lam, die letzten Meter an den elektrisch gesicherten Zaun der dortigen Radarstation heran. Sie kamen aus Richtung Stadt. Sie nutzten die Routine der gegnerischen Posten, hauptsächlich das westliche Vorfeld zu überwachen. Welche Gefahr sollte schon aus Saigon selbst drohen?

Ein Pionier legte drei Sprengladungen an Zaunsäulen und kroch zurück. Sekunden später zerfetzten Explosionen die Säulen, die Drähte rissen, der Stromkreis war unterbrochen. Geduckt stürmten die Angehörigen des Trupps vorwärts, in das Objekt hinein, mit seinem hohen, dauernd in Drehung befindlichen Antennenmast. Schüsse peitschten auf, aber die Kämpfer waren bereits an den Gebäuden und warfen Granaten durch die mit Fliegengaze bespannten Fenster. Die im westlichen Vorgelände befindlichen Streifen dachten nicht daran, etwa zur Hilfe herbeizueilen, sie nahmen Reißaus. Wozu noch in den letzten Stunden des ohnehin verlorenen Krieges sein Leben wegwerfen?

Als der Antennenmast durch Sprengladungen aus seiner Verankerung gerissen wurde und krachend zusammenstürzte, gab es auf dem ganzen Gelände schon keinen Saigoner Soldaten mehr, der auf den Stroßtrupp schoß.

Die Männer verschwanden wieder in Richtung Stadt; das Rot der aufgehenden Sonne verschluckte sie.

Am 20. April ließ sich Botschafter Martin zum Präsidentenpalast fahren. Er wollte ein vertrauliches Gespräch mit Thieu führen, von dem es hieß, er habe völlig aufgehört, in den Amerikanern überhaupt noch Verbündete zu sehen. Natürlich hatte Martin nicht aus eigenen Stücken dieses Gespräch angeregt. Er handelte im Auftrag des State Department, und das hatte ihm Weisungen erteilt, die auf CIA-Berichte aus seiner eigenen obersten Botschaftsetage zurückgingen.

In dieser obersten Etage, im Raum der Funker, gab es eine kleine Extrakabine, die nur mit ausdrücklicher Genehmigung Polgars benutzt werden durfte. Am Morgen dieses 20. April, während Botschafter Martin noch unterwegs zu Thieu war, erschien Reg Dobson im Funkraum und schwenkte einen Erlaubniszettel Polgars.

«Möchte mir das Gesabbel des Präsidenten anhören!» verkündete er fröhlich. Als der Funker ihn aufmerksam machte, es handle sich dabei um eine höchst geheime Sache, lachte Dobson nur. «Oh, Junge, wollen wir wetten, daß es diesen ganzen supergeheimen Laden hier in vierzehn Tagen nicht mehr gibt?»

Der Funker war nicht wettlustig. Er ließ Dobson in die

Kabine, knipste die Klimaanlage an, stellte einen Aschenbecher parat und wies auf ein paar Büchsen Schlitz-Bier. Dann stellte er an einem kleinen Knopf des in der Kabine stehenden Empfangsgerätes einen Sender ein und erkundigte sich: «Aufzeichnen?»

Dobson winkte ab. Der Funker verschwand und schloß die Tür. Was er über eine «Wanze» mithörte, die Spezialisten in Präsident Thieus persönlichem Büro angebracht hatten, ließ Dobson abwechselnd mitleidig lächeln und staunend den Kopf schütteln.

Botschafter Martin: «Exzellenz, ich würde vor allem gern über unsere letzten Informationen auf militärischem Gebiet sprechen, aber auch über die Stimmung unter Ihren Militärs und Politikern. Wir haben uns die Meinung gebildet, sollten die Kommunisten heute oder morgen die Offensive fortsetzen, würde es für Sie sehr schwer sein standzuhalten, selbst bei ausgezeichnet organisierter Verteidigung. Aber wir glauben, die Kommunisten sind nicht an einer im Kampf zerstörten Stadt Saigon interessiert, sondern an ihrer Erhaltung. Deshalb sind Verhandlungen unserer Meinung nach geboten. Mit ihnen kann ein Angriff so lange verzögert werden, bis Saigons Verteidigung tatsächlich unüberwindbar gemacht worden ist.»

Thieu: «Sie wissen, für das letztere benötigen wir zusätzliche Finanzhilfe aus den USA. Können Sie, Herr Botschafter, mir eine verbindliche Zusage machen?»

Botschafter Martin: «Das kann ich nicht. Es gibt ein weiteres Problem, Herr Präsident, das ich Ihnen als Privatmann, nicht als Vertreter des State Department schildern will. Nach unseren Analysen hält der überwiegende Teil der Bevölkerung Sie persönlich für die jetzige Lage verantwortlich. Ihre engeren Freunde ebenso wie Ihre innenpolitischen Gegner. Wir wissen, fast alle Generale Ihrer Armee halten eine durch Verhandlungen herbeigeführte Kampfpause für unerläßlich. Die Militärs ebenso wie die meisten Politiker glauben – gestützt durch entsprechende Verlautbarungen der Kommunisten – nicht an Verhandlungsmöglichkeiten, solange Sie, Herr Präsident, noch im Amt sind.

Es ist zu befürchten, daß sie sich aus diesen Erwägungen zu einem massiven Komplott gegen Sie, Exzellenz, zusammenschließen. Was das bedeutet ...»

Thieu: «Ich verstehe. Sie möchten eine neue Situation schaffen, durch meine Demission. Würde sich dadurch die Haltung des US-Kongresses hinsichtlich der Finanzhilfe ändern?»

Botschafter Martin: «Darauf kann ich keine verbindliche Antwort geben. Nur – die meisten Militärs und Politiker in Ihrer Umgebung, Exzellenz, sind überzeugt, daß man vor allem Zeit gewinnen muß. Gelingt es, Saigon zu halten, indem man die Kommunisten in Verhandlungen verstrickt und sie am weiteren Vorgehen hindert, dann besteht die berechtigte Hoffnung, daß die Republik Vietnam, wenngleich kleiner geworden, wenigstens weiterbesteht und die Lage nach und nach zu bessern ist.»

Thieu: «Mit anderen Worten, man sieht in mir persönlich das Hindernis?»

Botschafter Martin: «Exzellenz, ich bitte, meine Worte lediglich als gutgemeinte private Information zu betrachten. Ich darf Ihnen übrigens einen weiteren, streng privaten Hinweis geben, den ich als Zeichen guten Willens und ungebrochener Sympathie zu werten bitte. Wir haben Informationen, wonach Sie mit der Sicherung Ihres Staatsschatzes Schwierigkeiten haben.»

Thieu: «Ich habe versucht, Gold im Wert von etwa 200 Millionen Dollar auf eine Schweizer Bank zu transportieren, damit es, wenn wir aus den USA keine Hilfe mehr bekommen, zum Ankauf von Waffen und Material anderswo verwendet werden kann. Sie müssen sich nicht entschuldigen, aber ich weiß, daß es Ihre Botschaft war, die davon Kenntnis bekam und die Saigoner Presse alarmierte. Daraufhin mußte mein Plan aufgegeben werden. Man warf mir persönliche Bereicherung vor, wie Ihnen sicher bekannt ist, denn aus Ihrer Botschaft gingen ja die entsprechenden Informationen an die Presse!»

Botschafter Martin: «Ich – Exzellenz, ich bin nicht über die Einzelheiten informiert.»

Thieu: «Das ist merkwürdig, finden Sie nicht auch? Nun, jetzt sind Sie informiert.»

Botschafter Martin: «Lassen Sie mich Ihnen versichern, daß die Kampagne nicht von mir ausging. Um das zu untermauern, habe ich einen Vorschlag. Wenn Sie einverstanden sind, das Gold statt in der Schweiz bei der Federal Reserve Bank of New York zu deponieren, würde ich persönlich dafür sorgen, daß der Transport gesichert vor sich gehen kann.»

Thieu: «Das gilt aber wohl nur für den Fall meiner Demission?»

Botschafter Martin: «Exzellenz, dies ist eine Frage, über die Sie ganz allein zu befinden haben. Ich bitte Sie nochmals, über die Situation in Ihrer engsten Umgebung nachzudenken, auf der Basis meiner Hinweise.»

Thieu: «Ich werde tun, was ich im Interesse meines Landes für das beste halte. Ich danke für Ihren Besuch, Herr Botschafter!»

Dobson tauchte schwitzend aus der Kabine auf und bedeutete dem Funker, die Abhöranlage wieder abzustellen. Wenig später informierte er Langley, ohne sich zuvor mit Polgar zu beraten, daß Thieu wohl in den nächsten Tagen abdanken würde.

Polgar war außer Haus. Er hatte von den ungarischen Delegierten der Internationalen Kontrollkommission, die ebenso wie die Delegation der Provisorischen Revolutionären Volksregierung Südvietnams in Tan Son Nhut in einem exterritorialen Gebäude stationiert waren, die Einladung zu einem Glas Tokayer erhalten. Tokayer! Polgar war sofort hingefahren, Kommunisten oder nicht, er hatte, seitdem er in Asien war, keinen Tokayer mehr gesehen, der direkt aus Ungarn kam!

Am nächsten Morgen, dem 21. April, weckte ein noch ziemlich betrunkener Polgar seinen immer stärker an der Grippe leidenden Botschafter mit den Worten: «Sir, die Kerle haben Xuan Loc eingenommen, die Himmelhunde. Sie sind nicht aufzuhalten, stoßen auf Vung Tau vor, hol's der Teufel!»

Thieu erfuhr die Nachricht vom Fall Xuan Locs etwa um dieselbe Zeit von seinem Verteidigungsminister Tran Van Don, der ihm zugleich unverblümt eröffnete, daß noch im Laufe des Vormittages von den Kabinettsmitgliedern über die Absetzung des Präsidenten beraten werden sollte. Thieu reagierte auf seine Weise. Er ließ den ehemaligen Premier Khiem und den Vizepräsidenten Huong in sein Büro bitten und eröffnete den beiden, er habe sich entschlossen zurückzutreten. Am Abend würde er im Radio und Fernsehen die entsprechenden Worte sagen.

In der CIA-Station hörte man dieses Gespräch mit. Polgar besuchte sofort General Minh, und der versicherte wieder einmal seine Bereitschaft für den Fall, daß das Vaterland ihn rufe. Aber Thieu, der am Abend eine lange, melancholische, mit indirekten Anschuldigungen gegen die ehemaligen Verbündeten gespickte Abschiedsrede hielt, zog noch eine Karte aus dem Ärmel, mit der Polgar nicht gerechnet hatte. Er übergab sein Amt an den bisherigen Vizepräsidenten Huong. Im Anschluß an seine Rede ließ er den Verteidigungsminister verkünden, es könne gar keine Rede von Verhandlungen mit den Kommunisten sein. Die Armee würde unbeirrt ihren Heldenkampf gegen die rote Gefahr weiterführen. Wie zum Hohn auf die «privaten» Hinweise Botschafter Martins wurde auch noch die Vereidigung des neuen Präsidenten übertragen. Der Siebzigjährige, der, von Arthritis geplagt, kaum noch gehen konnte und außerdem nahezu erblindet war, keckerte ins Mikrofon, unter seiner Führung werde «gekämpft werden, bis zum Sieg oder bis zum Tod».

Dobson erschien in der CIA-Station, aufgeregt und von einer neuen Mitteilung beunruhigt. Er faßte binnen weniger Sekunden einen Entschluß, der einigen Sekretärinnen sowie einer ausgekochten Agentin, die auf den Decknamen Sally hörte, eine frühe Evakuierung bescherte.

«Packen!» befahl Dobson dem halben Dutzend Frauen, die ihn verdattert anblickten und an zwei oder drei Tage dachten. Dobson belehrte sie: «Dies ist keine Ausflugsreise, sondern ein dienstlicher Auftrag. Packen heißt, ihr

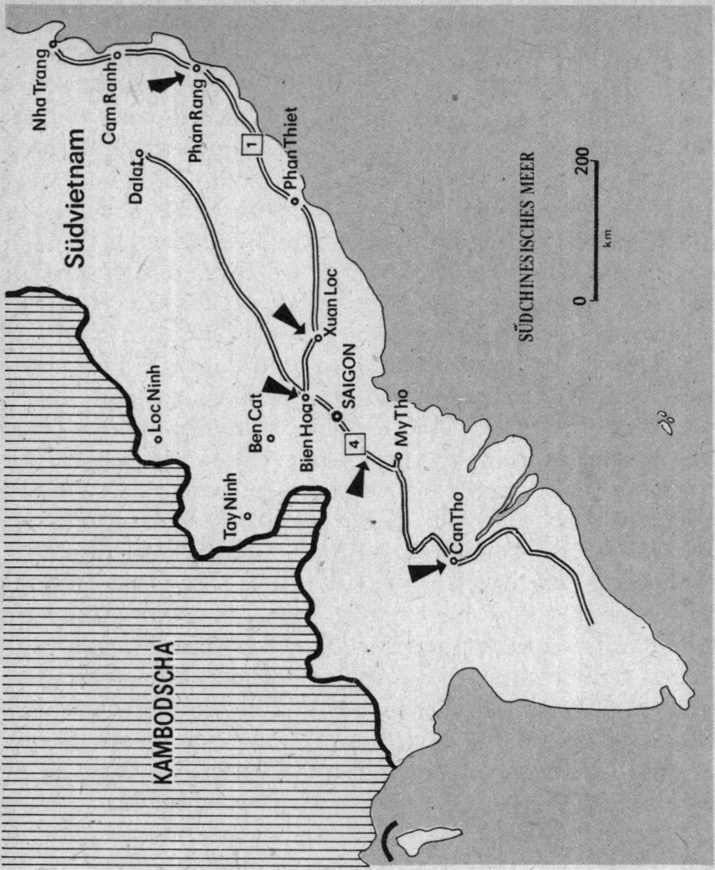

Mitte April 1975 stießen die Befreiungsstreitkräfte in starken Gruppierungen auf die letzten Ziele des Kampfes vor: Xuan Loc, Saigon, Can Tho.

steht in genau einer Stunde mit eurem Handgepäck und sonst nichts an der Hubschrauberplattform!»

In der verbleibenden Stunde instruierte Dobson Sally: World Airways-Chef Edward Daly lasse mit der Maschine das Kapital seiner Firma aus der Schußlinie schaffen. Zugleich aber transportiere er aus dem Privatbesitz seines Freundes Thieu die wertvollsten Stücke sowie Koffer mit

Wertsachen und Gold nach Bangkok. Selbstverständlich sei die Zentrale in Langley informiert; Daly sei schließlich der Chef eines CIA-eigenen Holdingunternehmens. Ebenso selbstverständlich wolle die Agentur wissen, wohin Thieus Gold und die Wertsachen von Bangkok aus gingen.

Als Sally nach der Höhe des Wertes fragte, bekam sie die Auskunft, es handle sich um runde 20 Millionen.

Zu Sallys Tarnung war der Flug als Routine-Evakuierung der World Airways deklariert und mit Botschaftspersonal ausgelastet worden.

Am nächsten Mittag hielt Dobson das dechiffrierte Fernschreiben, von der Station Bangkok an ihn abgesetzt, in der Hand: «Lieferung wurde am Airport Don Muang/Bangkok von Hoang Duc Nha (Cousin von Ex-Präsident Thieu, gegenwärtig in Singapore residierend) in Empfang genommen und weiter befördert. Zielort zunächst Taiwan. Weiterbeförderung nach Kanada scheint möglich. Hoang Duc Nha (ehemals Saigons Teilnehmer an den Pariser Verhandlungen, später durch Intrigen aus dem Amt geschieden, mit Thieu aber weiterhin eng verbunden) führte am selben Abend Überseetelefongespräch mit Republik-Vietnam-Botschafter in Washington, Tranh Kim Phuong (Mitschnitt bei Bangkok-Station). Kurzfassung: Hoang Duc Nha beauftragte Botschafter Phuong, über CIA-Langley die Evakuierung sämtlicher Familienmitglieder einschließlich seiner selbst zu erwirken. Andeutung, das Gepäck sei da. Phuong gab Zusage. Erkundigte sich, ob er geeignete Quartiere beschaffen solle, was Hoang Duc Nha verneinte. Darauf Abreise von Hoang Duc Nha mit gecharterter Nachtmaschine nach Singapore. Sally.»

Saigoner Zeitungen druckten an diesem Tag die Schlagzeile, General Nguyen Van Toan, Kommandeur der Militärregion 3, sei aus Bien Hoa nach Saigon geflohen. Bien Hoa liege unter kommunistischem Artilleriefeuer. Von Xuan Loc aus, so hieß es in riesigen Lettern, seien kommunistische Truppen westwärts nach Bien Hoa auf dem Vormarsch, ebenso südwärts in Richtung Vung Tau.

General Van Tien Dung hielt die letzte Kommandeursbesprechung in seinem Hauptquartier in Loc Ninh ab, bevor er seinen Jeep bestieg. Beim Angriff auf Saigon waren zuerst die äußeren Verteidigungsstellungen zu nehmen. Dabei sollte der Widerstand des Gegners möglichst im Vorfeld der Stadt gebrochen werden. Danach sollten motorisierte Einheiten schnell in die Stadt selbst vorstoßen, auf den Routen, die den illegalen Kämpfern in Saigon bekannt waren. Vorrangige Ziele waren der Präsidentenpalast, das militärische Hauptquartier bei Tan Son Nhut, das städtische Militärkommando, das Polizeipräsidium und der Flugplatz Tan Son Nhut.

Wichtigster Hinweis an alle Kommandeure: Kapitulierte der Gegner oder brach er den Kampf ab, so hatten die Einheiten unverzüglich das Feuer einzustellen.

Der Jeep brachte den Frontoberbefehlshaber in das neue Hauptquartier in Ben Cat. Vor dem Eingang hatte ein Adjutant gerade einen Wegweiser montiert, als Van Tien Dung eintraf: «Saigon 50 km».

«Mutter Vietnam» sendet nicht mehr

Die junge Frau saß in einem Glaskasten, Kopfhörer angelegt, vor sich ein laufendes Tonbandgerät, daneben ein abspielbereiter Plattenteller. Das Band lief. An der Außenwand des Glaskastens leuchtete die Schrift «Sendung».

«... und dann haben sie meinen Sohn getötet, meine Tochter vergewaltigt, die Kinder mit Messern umgebracht, alles angebrannt. Ich lief weg. Hierher. Brüder und Schwestern, ihr müßt alle zu den Waffen greifen. Sie kommen, bald! Vergeßt nicht, euch zu wehren, mit allem, was schießt! Lieber tot als unter den Kommunisten!»

Im Kontrollautsprecher gab es ein knackendes Geräusch, ein Tontechniker machte der jungen Frau in dem Glaskasten ein Zeichen, worauf die in ihr eigenes Mikrofon sprach. «Das, liebe Landsleute, war ‹Mutter Vietnam› in der schwersten Stunde, die für uns alle angebrochen ist. Das Interview kam aus Phan Rang und berichtete von den roten Greueltaten. Aber Saigon werden sie nicht bekommen – wie unser Präsident bei seiner Vereidigung sagte, wir werden siegen oder sterben!»

Hier drückte sie den Knopf, der den Plattenspieler in Gang setzte, und der Sender strahlte die aufmunternden Klänge von Philipp Sousas Marsch «Semper Fidelis» aus.

Der Tontechniker drehte die Lautstärke zurück. Für eine Weile würde «Mutter Vietnam» jetzt Musik senden.

Die junge Frau, die bei näherem Hinsehen gut ihre dreißig Jahre alt war, ansehnlich und gepflegt, exzellent gekleidet und frisiert, trat aus dem Glaskasten und ging auf den amerikanischen Zivilisten zu, der neben den Tontechniker getreten war. Sie kannte ihn lange und gut, diesen John, der gegenwärtig von Saigon aus den Versuch unternahm, eine Anzahl Kollaborateure für die Zukunftspläne der CIA zu gewinnen. Einstmals, vor vielen Jahren, war John in den Vereinigten Staaten an der Universität erschienen, an der die junge Frau Zeitungswissenschaft studierte, und hatte sie auf ein Gespräch ins Büro des Rektors gebeten. Aus diesem Gespräch war später ein immer noch andauerndes Bettverhältnis geworden, eine Kumpanei, die ihr den gutbezahlten Job bei der Radiostation der CIA in Saigon verbürgte und die Zusicherung Johns, er werde persönlich dafür sorgen, daß sie den Kommunisten nicht in die Hände falle.

«Komm», sagte John nur, «gehen wir was trinken.»

Mai Lon, die Sprecherin, war in Südvietnam eine Berühmtheit, obwohl kaum jemand mehr als ihre Stimme kannte. Als Mädchen war sie durch Vermittlung ihres Vaters, eines hohen Verwaltungsbeamten, zum College und danach auf die Universität nach Amerika geschickt worden. Dort erwarb sie nicht nur ihre Bildung und ihre ausgefeilten Umgangsformen, sondern auch ihre Weltanschauung, eine Mischung aus theoretischem Antikommunismus und amerikanischem Aus-dem-vollen-Leben. Vietnam, das sie als Kind verlassen hatte, war ein notwendiges Übel, der Platz, an dem man das Geld machte. Vaterland, das man nicht mochte; es stank, hatte einen Krieg am Hals, die Leute waren arm, Reisbäuerinnen, ein Greuel, mit ihren schorfigen Beinen. Nein, Mai Lon war für die USA geschaffen. Sie würde auch dorthin zurückkehren, jetzt, da der Krieg, der ihr jahrelang einen horrenden Verdienst eingebracht hatte, zu Ende ging.

In den Staaten war ihr eine gute Stelle sicher – die CIA ließ ihre Mitarbeiter nicht versauern, sofern sie noch nützlich waren. Und angesichts der Tatsache, daß es bald ein kommunistisches Gesamtvietnam geben würde, woran Mai Lon nicht mehr zweifelte, ergaben sich neue Aufgaben für jemanden mit ihrer Schulung. Ihr großes Unglück war die Liebe zu diesem John. Er hatte seit der ersten Begegnung in den Staaten für sie gesorgt, sie protegiert, mit ihr geschlafen. Aber er war verheiratet, und er würde sich nicht so einfach von seiner Frau trennen, die ebenfalls in der Agentur arbeitete. Es war das, was die Schreiber der Boulevardromane eine «unerfüllte Liebe» zu nennen pflegten.

«Sie ist bereits in Bangkok», klärte John die junge Frau über seine Gattin auf, als sie in der Kantine saßen und einen Kaffee tranken. «Ich bin gekommen, um das Signal zu geben. Am Abend fliegt die erste Maschine.»

Sie sah ihn ziemlich ungerührt an. Es war eine Frage der Zeit gewesen, wie lange sie noch hier blieb.

«Nach Bangkok?»

Er schüttelte den Kopf. «Phu Quoc.»

«Das ist doch die Insel, nicht weit von der kambodschanischen Küste? Was sollen wir dort?»

In der Tat lag Phu Quoc, obwohl es zu Vietnam gehörte, sehr weit westlich. Außer einem 1000 Meter hohen Berg gab es dort Savanne und Palmenwälder, immerhin aber auch Wasser und ein paar Unterkünfte, die Marinepioniere vorsorglich gebaut hatten.

«Eine Zwischenstation», erläuterte John. «Wir müssen das ganze Material mitnehmen, und es muß schnell gehen. Mit Bangkok gäbe es da Schwierigkeiten. Deshalb fliegen wir euch erst einmal nach Phu Quoc. Dort bleibt ihr einige Tage, dann holt euch ein Frachter ab, aus Whitmires Verband. Er ist schon unterwegs, heißt ‹Pioneer Challenger›. Ich bin in der Nähe. Das ist alles gut überlegt, Mai Lon.»

Die Frau blickte ihn mit ihren großen dunklen Augen traurig an. Wer weiß, wann es ein Wiedersehen gab. Sie strich ihr leicht gewelltes, modisch kurzgeschnittenes Haar zurecht und nahm seine Hand. Ihre Art, den Abschied zu vollziehen.

Die Radiostation in der Hong Thap Tu hatte ihre eigene Geschichte. Ein unscheinbares Haus mit der Nummer 7, weshalb sie auch im Agenturjargon nur «Die 7» genannt wurde. So geheim, wie sie einstmals aufgebaut worden war, blieb die Station natürlich nicht. Etwa um die Zeit, als die Pariser Verhandlungen sich einem vernünftigen Abschluß näherten, fand die Agentur, man müsse die Bevölkerung und vor allem die Armee Südvietnams psychologisch auf die geistige Konfrontation mit dem Kommunismus besser vorbereiten. Damals entstand, als Teil der ideologischen Kriegführung, die eines der Geschäfte der Agentur war, der Sender, der auf fünf verschiedenen Wellenlängen arbeitete, mit fünf verschiedenen Programmen. Zwei liefen in Kam-

Flüchtlinge kamen aus dem Norden nach Saigon – eine unverantwortliche Propaganda ließ sie vor den Befreiungstruppen die Flucht ergreifen.

Elendsquartiere entstanden in Massen; die sie aufgehetzt hatten, ihre Heimat zu verlassen, dachten nicht daran, den Flüchtlingen zu helfen.

pucheanisch und zielten auf das Nachbarland. Sie waren inzwischen eingestellt worden. Für die Vietnamesen gab es die «Stimme des südlichen Vietnams», außerdem die «Stimme des heiligen Schwertes», bei der man etwas Opposition vortäuschte, allerdings streng antikommunistisch, und zuletzt die «Mutter Vietnam», das sentimentalste und an die primitivsten Instinkte anknüpfende Instrument schwarzer Propaganda. Nach einhelliger Meinung von Spezialisten auch das wirksamste.

Mai Lon war die Seele dieses Programms, das sehr geschickt antikommunistische Klischees nutzte und in Heimatmelancholie schwelgte. Bei den Saigoner Soldaten kam es besonders gut an. Mai Lons geschulte Stimme war zu schneidender, polemischer Schärfe ebenso fähig wie zu schmeichelnder Weichheit, etwa wenn sie Kindergrüße aufsagte. Sie inspirierte die Soldaten sexuell, wenn sie gegen Mitternacht halblaut, etwas belegt, stockend schilderte, daß sie allein, nur spärlich bekleidet in ihrem heißen Zimmer auf dem Bett liege, in dem der Liebhaber fehle, weil er an der Front sei, und der ihren Körper jetzt leider nicht zum Beben, ihre Stimme nicht zum Schluchzen bringen könnte. Eine Komödiantin von beachtlichen Fähigkeiten, die sie kühl und berechnend einsetzte, kaltschnäuzig, trotz ihres äußerlichen Liebreizes.

«Stimmt es, daß Radio Saigon in eurem Auftrag eine verschlüsselte Meldung durchgeben wird, wenn die Vietcong einmarschieren?»

«Ich weiß nichts davon», gab John zurück.

«Es heißt, der Sender soll dann sein Programm unterbrechen, es soll angesagt werden, die Temperatur betrage 105 Grad Fahrenheit.»

«Unsinn!» John lachte. Es war in der Agentur ausdrücklich vereinbart worden, zu niemandem dürfe auch nur ein Wort über dieses Signal gesprochen werden. Deshalb lenkte er ab. «Es gibt in Saigon so viele Gerüchte, daß man immer wieder über die Erfindungsgabe der Leute staunen muß. Aber – es ist Zeit, Mai Lon, heute abend. Du mußt mit der ersten Maschine fliegen. Sag allen Mitarbeitern Bescheid, sie sollen sich sofort hier versammeln, mit ihren Familien. Wie viele werden es etwa sein?»

«Wir haben hundertfünfzig Angestellte!»

John rechnete. «Veranschlagen wir für jeden einen Ehepartner und fünf Kinder oder die Eltern – werden tausend Plätze reichen?»

«Vermutlich ja.»

«Dann nimm alles in die Hand. Hol die Leute zusammen, laß die Kantine Essen vorbereiten. Alles bleibt hier, keiner zeigt sich außerhalb des Hauses. Ich schicke Lastwagen mit Marines. Sie fahren in den Innenhof und laden Archiv und Ausrüstung auf. Alles geht mit.»

Eine Stunde später rumpelte der erste Viertonner auf den Hof. Kisten wurden herangeschleppt. Der Tontechniker nahm die Platte mit den Sousa-Märschen vom Teller und legte Beat auf. Dann nahm er sein Handgepäck und stieg in den Bus, den die CIA für das Personal geschickt hatte.

Mai Lon war von John selbst mit einem Jeep abgeholt worden, samt Gepäck. Sie kam als erste in Tan Son Nhut an. Die Maschine wartete bereits auf der besonders für den DAO-Komplex reservierten Startbahn. Der Flugplatz hatte noch nie so viele Passagiere abgefertigt wie jetzt. Einen Tag nach der Aufgabe von Xuan Loc und der Abdankung Thieus waren es allein dreitausend, die von früh bis abends ausgeflogen wurden. Nachts wickelte bevorzugt die CIA ihre Transporte ab.

«Wirst du mich vergessen?» fragte Mai Lon ihren Freund. Die üblichen Plattheiten beim Abschied. «Oder werden wir uns wiedersehen?»

John lag als Erwiderung auf der Zunge, sie solle nicht versuchen, ausgebrannte Feuer neu anzufachen, aber er sagte das nicht. Seine Frau wußte, daß er mit dieser «Mutter Vietnam» ein Verhältnis hatte, und sie hatte ihm freigestellt, das als eine vorübergehende Episode zu betrachten. In diesem Falle wolle sie kein Aufheben davon machen. Andernfalls sei sie bereit, in eine Scheidung einzuwilligen, doch davon konnte jetzt keine Rede mehr sein.

Abschied von den Mädchen in der Tu Do nimmt hier ein amerikanischer Soldat. Er und seine Kameraden haben das Land verwüstet, die Einwohner zu Bettlern, Drogensüchtigen und Huren gemacht.

Wer weiß, wohin der Wind dieses schöne vietnamesische Dämchen wehte, das ihm die Nächte in Saigon so angenehm versüßt hatte! Er versprach ihr, sich zu melden, sobald er aus Vietnam heraus war. Man würde sehen, ob es sich lohnte, noch einmal da anzuknüpfen, wo man aufgehört hatte, später, sehr viel später vielleicht. John gab der Sache allerdings nicht mehr viel Chancen, er hatte eine nüchterne Meinung über sich selbst und wußte, wie konservativ er war – eine Ehescheidung stellte sich ihm als ein Greuel dar.

Vier Nächte lang dauerte es, dann war «Nr. 7» bis auf den letzten Fetzen Papier, bis auf das letzte Tonband nach Phu Quoc geschafft. Ein Spezialtrupp zog danach in das Haus in der Hong Thap Tu ein und versetzte es in den Zustand hochgradiger Baufälligkeit – es blieben keine Spuren des Senders zurück.

Auch im Äther versiegte die Stimme der «Mutter Vietnam». Ebenso wie sie schwiegen die Wellen von «Stimme des südlichen Vietnams» und «Stimme des heiligen Schwer-

Xuan Loc, an der Straße von Saigon zur Küste gelegen, Kreuzungspunkt vieler Verbindungslinien, wurde zur am heißesten umkämpften Ortschaft in der letzten Offensive der Befreiungskräfte.

tes», während die «Pioneer Challenger» auf die Insel Phu Quoc zu dampfte, um zunächst die technische Ausrüstung und das Archiv des CIA-Senders aufzunehmen.

Südlich von Xuan Loc wurde am Abend des letzten Sendetages von «Mutter Vietnam» eine Straßensicherung der Saigoner Truppen im Handstreich ausgeschaltet. Dabei ergab sich den Befreiungssoldaten ein verhältnismäßig junger, naiver Soldat, der an einem Lederriemen ein japanisches Transistorradio auf der Brust hängen hatte. Die Befreiungssoldaten fragten ihn: «Spielt das Ding noch?»

«Nein», gab er verstört zurück. «Saigon muß explodiert sein.»

«Wieso explodiert?»

Er wies auf das Radio. «Ich habe den Sender gehört, in dem immer die liebevolle Frau Grüße an uns durchgesagt hat. Plötzlich war Schluß, von einer Sekunde auf die andere.»

«Vielleicht sind die Batterien leer», vermutete einer.

Aber der Saigoner schüttelte betrübt den Kopf. Er war noch völlig verwirrt, und er hatte Angst, aber daß diese jungen Burschen mit dem Blechstern am Tropenhelm ihn über sein Radio befragten, ließ ihn Zuversicht schöpfen. Vielleicht kam es doch nicht ganz so schlimm, wie die «Mutter Vietnam» immer angekündigt hatte.

«Es war einfach Schluß», sagte er. «Sie spielten Beat. Es war ‹Tubalubali, Tubalubalu›, was sie brachten. Und dann hätte eigentlich ‹Tubalubalei› kommen müssen. Aber da war plötzlich gar nichts mehr.»

«Schnall dein Koppel mit den Reservemagazinen ab», forderte einer der Befreiungssoldaten ihn auf. Sie hatten schon echte Gauner angetroffen und zitternde Angsthasen. Nun zur Abwechslung einen Dummkopf. Er legte sein Koppel ab.

«Tubaluba wie heißt das?»

«Tubalubalei!»

«Du hast ein phänomenales Gedächtnis», bescheinigte ihm der Frager, dann wies er zur Seite. «Und jetzt geh rüber zu den anderen und setz dich hin, bis man euch abholt. Der Sergeant, der euch bewacht, soll dir sagen, wo du auf deinem Radio den Sender ‹Befreiung› findest.»

Der Gefangene grinste nur, als er zur Seite ging. Er kannte die Frequenz.

Der eiserne Ring

Die Trümmer von Xuan Loc qualmten noch. Es war nicht viel mehr von der einstmals blühenden Stadt übriggeblieben als ein Berg Schutt, gespickt mit hastig weggeworfenen amerikanischen Ausrüstungsgegenständen, von der Uniformjacke bis zum Schnellfeuergewehr.

Einheiten der Befreiungsarmee hatten die Stadt durchkämmt, waren aber dann, um vor den immer noch wütenden Bränden Schutz zu finden, an ihre Ränder zurückgewichen, während der Vorstoß nach Bien Hoa und Vung Tau weiterging.

Fast an jedem Tag nach der Eroberung von Xuan Loc erschien ein Saigoner Hubschrauber über den Resten der Stadt und beobachtete, was da unten vorging. Auf seine Nachricht, an einer bestimmten Stelle im Zentrum von Xuan Loc habe sich ein kommunistischer Stab eingenistet, der Einsatz von CBU-Bomben könnte zu seiner schlagartigen Vernichtung und damit zur Wende des Krieges führen, äußerten selbst einige Generale im Saigoner Hauptquartier Zweifel. Sie glaubten nicht daran, daß die Kommunisten einen Stab ausgerechnet inmitten einer total zerstörten, an vielen Stellen noch brennenden Stadt einrichten würden. Aber die Fürsprecher eines Angriffs mit Massenvernichtungswaffen behielten die Oberhand, und so wurde stillschweigend mit General Smith vom DAO in Tan Son Nhut eine Vereinbarung getroffen: Das US-Militärzentrum verfügte über die einzige Maschine, die eine CBU-55 abwerfen konnte, also lieh man sie aus. Hastig wurden am 22. April morgens die US-Hoheitszeichen an der schweren C-130 überspritzt, so daß das Flugzeug überhaupt keine Kennzeichen aufwies. Es wurde von Amerikanern geflogen. Vietnamesen waren auf diesem Typ nicht ausgebildet worden.

Die C-130 erschien am Nachmittag über Xuan Loc, in gebührender Höhe, die gegen Rohrflak schützte. Sie warf die CBU-55 ab und begab sich schleunigst auf den Rückflug. Nicht einmal einen Kreis zog sie über der Stelle, an der die

In Bien Hoa, dem größten Stützpunkt und Materiallager nördlich von Saigon, blieben diese modernen Düsenflugzeuge einfach stehen. Sie waren mit den letzten Lieferungen aus den USA eingetroffen und noch nie geflogen worden.

«Feuerbombe» eine riesige Fläche der zerstörten Stadt endgültig eingeebnet und unzählige, nach ihrer Habe suchende Bewohner getötet hatte.

Noch schwebte der Rauchpilz der CBU-Detonation über der Stadt, als von Bien Hoa her weitere Maschinen anflogen, F5-A-Jagdbomber und leichte A-37-Bomber, die nun schwere Sprengbomben auf die Trümmer der Stadt und ihre Umgebung herabregnen ließen. Eine weitere Großraummaschine aus Tan Son Nhut brachte eine «Daisy Cutter» zum Abwurf. Xuan Loc wurde von diesen Angriffen in eine Wüste verwandelt.

Die Befreiungsstreitkräfte erkannten sofort, daß die Angriffe mit Unterstützung der Amerikaner ausgeführt, teilweise die Maschinen von US-Piloten geflogen wurden. Sie hatten ihre Artillerie inzwischen bis nahe an den riesigen Stützpunkt Bien Hoa mit seinem Flugfeld herangezogen. Noch bevor die A-37 und F5-A von ihrem Einsatz in Xuan Loc zurückkehrten, wurde das Feuer eröffnet. Es kam überraschend, und die Wirkung war katastrophal. Depots gingen in Flammen auf, Munitionsbunker flogen mit kilometerweit hörbaren Detonationen in die Luft, Start- und Landebahnen waren binnen weniger Minuten nicht mehr benutzbar, so daß die vom Angriff auf Xuan Loc heimkehrenden Maschinen nicht wieder aufgenommen werden konnten. Sie mußten mit dem letzten Treibstoff nach Tan Son Nhut ausweichen.

Irgend jemand aus den Verwaltungsbaracken des Militärlagers von Bien Hoa vermeinte plötzlich, das Geräusch von Panzern zu hören. Die Nachricht verbreitete sich noch schneller als die vom Feuer in den Depots. «Sie kommen! Die Panzer der Kommunisten rollen an!»

Panik war die Folge. Wer ein Kraftfahrzeug erwischen konnte, sauste damit südwärts, andere liefen wie gehetzt in Richtung Saigon. Es gab niemanden, der dieses Durcheinander beenden konnte. Jeder rettete sich, so schnell er konnte. Als die Befreiungstruppen das Artilleriefeuer einstellten, war Bien Hoa zwar nicht genommen, aber ein ernstes Hindernis stellte es nicht mehr dar.

Die ersten Spähtrupps der Befreiungstruppen, die sich durch den geborstenen Elektrozaun bis in die Nähe der Depots heranarbeiteten, konnten keine organisierte Verteidigung entdecken, dafür aber Trupps von Saigoner Soldaten, die sich vor ihrem Abzug mit Whisky und Schokolade, mit Fleischkonserven und Bierbüchsen aus den Lagerbeständen versorgten. Plündern wurde zur Hauptbeschäftigung jener Saigoner Soldaten, die sich noch in und um Bien Hoa aufhielten.

Zwei Tage später mahnte der Sender «Befreiung» die Saigoner erneut, es sei höchste Zeit, den Kampf einzustellen. Die US-Kriegsschiffe, das amerikanische Spionagepersonal und die als Zivilisten getarnten US-Militärberater müßten Vietnam sofort verlassen, sich auch aus den Hoheitsgewässern zurückziehen. Die Saigoner Politiker sollten eine Regierung aus vernünftigen, unbelasteten Personen bilden, die bisher keine Positionen im System eingenommen hätten. Botschafter Martin sah darin eine Bestätigung seiner Lieblingstheorie, daß man doch noch mit der Befreiungsfront zu einer Einigung über die «drei Vietnams» kommen könnte, und er telegrafierte sogleich nach Washington, die Dinge stünden nicht so schlecht, wie es den Anschein habe.

Beim Frontoberkommando der Befreiungsstreitkräfte, das sich jetzt in Ben Cat befand, in Unterkünften, die von Saigoner Rangertruppen fluchtartig verlassen worden waren, hatte man wenig Illusionen über die Bereitschaft des Gegners, die Kämpfe endlich einzustellen und im buchstäblich letzten Augenblick zu einer friedlichen Lösung zu kommen. Die Delegation der Provisorischen Revolutionären Volksregierung, die sich seit dem Abschluß des Pariser Abkommens in einem exterritorialen Gebäude bei Tan Son Nhut aufhielt, teilte mit, bei ihr seien keine ernsthaften Vorschläge der Saigoner Regierung zur Beendigung der Kämpfe eingegangen.

«Also, dann», General Van Tien Dung war entschlossen, dem Gegner keine Chance mehr zu geben, sich zu sammeln, seine Kräfte umzugruppieren und weiteres Blutvergießen zu verursachen. Es mußte so schnell wie möglich wieder zugeschlagen werden, wenn man ein baldiges Ende des Krieges wollte.

Vor dem General stand der Kommandeur der kampferprobten 203. Panzerbrigade. Noch war sie im Vorfeld von Bien Hoa disloziert, aber die Soldaten hofften, daß sie nun bald mit ihren T-54 den Schlußpunkt in einem Krieg setzen könnten, der die Nation seit mehr als dreißig Jahren nicht zur Ruhe kommen ließ.

«Genau das sollen Sie tun», eröffnete der General dem Kommandeur, nachdem dieser ihn über den Wunsch seiner Soldaten informiert hatte. «Setzen Sie sich, nehmen Sie dieses Papier da, und studieren Sie es genau. Es ist eine Karte von Saigon. Die letzte Kriegskarte, wie ich hoffe, auf der vietnamesische Ortsnamen zu finden sind.»

Der Kommandeur legte seine schwarze Kappe neben sich auf die Holzbank, rollte die Karte auf und besah sie eine Weile. Bevor er, der nie zuvor in Saigon gewesen war und kaum eine Vorstellung von den Verkehrsverhältnissen in einer solchen Millionenstadt hatte, die erste Frage stellte, teilte ihm der General mit: «Ihr Truppenteil soll die Ehre haben, als erster in den letzten Zufluchtsort des Gegners einzudringen. Es ist eine Auszeichnung für alles, was die Panzerbesatzungen der 203. bisher geleistet haben. Also – die roten Linien sind uns von Genossen vorgeschlagen worden, die in Saigon im Untergrund kämpfen. Es sind die Strecken, die am schnellsten zu den von uns festgelegten Zielen führen. Die mit blauer Tusche gezogenen Kreise stellen gefährliche Punkte auf diesem Wege dar. Dort kann es gegnerisches Feuer geben, Minen und anderes. Sie können die Karte einstecken und Ihre Kommandanten informieren. Nehmen Sie das genau, es kann Leben retten, wenn man weiß, wo der Gegner eventuell lauert. Wir alle haben im Häuserkampf wenig Erfahrung. Hoffen wir, daß es uns erspart bleibt, Saigon zusammenzuschießen. Und eins noch – an allen markierten Stellen wird es Untergrundkämpfer geben. Junge und auch ältere Leute aus der Stadt. Sie besitzen Waffen und werden an Ihrer Seite sein. Als Erkennungszeichen tragen sie einen roten Stern.»

Als er schwieg, sagte der Panzerkommandeur selbstbewußt: «Genosse General, meine Männer konnten schon immer Gegner von eigenen Genossen unterscheiden.»

Van Tien Dung lächelte; er kannte die Geschichte dieser Truppe. Wie oft waren die Panzer in eine Ortschaft eingefahren, in der es Bewaffnete gab, die winkten, anstatt zu schießen! Trotzdem. Dies war nicht irgendeine Stadt, es war Saigon, die letzte Bastion!

«Studieren Sie die Karte gut. Melden Sie sich danach bei mir. Noch haben Sie einige Tage Zeit. Ich befehle Ruhe für Ihre Soldaten. Ruhe und Studium des Gefechtsfeldes. Wenn Sie den Angriffsbefehl erhalten, wird darin stehen, daß Sie zu siegen haben!»

Der Kommandeur stand auf, nahm den Plan und die Kappe, dann erklärte er: «Ich kann nicht voraussagen, ob wir ohne Verluste bleiben, Genosse General, aber ich sage voraus, daß wir siegen werden, wie es Ihr Befehl verlangt.»

«Das Vaterland braucht den Sieg», gab ihm Van Tien Dung leise mit auf den Weg. «Es braucht Frieden.» Van

Tien Dung hatte großen Respekt vor dem Panzerkommandeur und seinen Soldaten. Er wußte ihre Leistungen zu würdigen, weil er sehr gut beurteilen konnte, was es hieß, in einem dieser Stahlkolosse bei 35 Grad Außentemperatur, bei schwüler, feuchter Luft auch nur die Augen offenzuhalten, geschweige denn, einen schwerbewaffneten und gut ausgebildeten Gegner zu schlagen. Er blickte dem Genossen gedankenvoll nach.

In Saigon wurden die Zeichen des nahenden Desasters immer deutlicher sichtbar. Während die CIA-Station auf direkte Weisung Langleys und mit dem mürrischen Einverständnis des immer noch auf ein Wunder hoffenden Botschafters Martin die Evakuierung weiter eskalierte, wurde der Dokumentenbestand mit verzweifelten Anstrengungen reduziert. Für den Fall des unmittelbaren Angriffs der Befreiungsstreitkräfte auf die Stadt war ein Vierstufenplan ausgeheckt worden, der Sicherheit für alle Amerikaner und ihre streng ausgewählten vietnamesischen Vertrauten verbürgen sollte. Das Fieber in den Straßen Saigons stieg indessen weiter an. Die Leute wurden Zeugen des Auszugs derer, für die sich dieser Krieg gelohnt hatte.

Botschaften, die Thieus Staat bisher mit dem nötigen internationalen Renommee versorgt hatten, schlossen jetzt und evakuierten unauffällig ihr Personal, ohne Abschiedsbesuch und Zeremoniell; die Engländer ebenso wie die Kanadier oder jene aus der BRD, die ihr Gebäude in der Obhut eines Nachtwächters zurückließen und einer Schar Gänse, die bei Annäherung von Kommunisten Lärm schlagen sollten. Im Gegensatz zu diesem Geflügel hatte der Nachtwächter wenigstens militärische Ausbildung. Er war ein Veteran der Fremdenlegion, der seinen neuen Herren aus Bonn mit dem gedient hatte, was sie als «hervorragende Kenntnis von Land und Leuten» bezeichneten.

Die Franzosen hingegen erhielten aus Paris die Weisung zu bleiben. Nicht unbeträchtliche wirtschaftliche Interessen in Vietnam sollten gewahrt bleiben, auch wenn die Ge-

Willkommen bei «Mai Kim» – eines der unzähligen Bordelle in Saigon. Die letzten amerikanischen Soldaten, die noch zum Schutz der Botschaft verblieben waren, statteten in den Tagen, in denen sich die Befreiungskräfte der Stadt näherten, ihren Lieblingsaufenthaltsorten schnell noch einen Besuch ab.

sellschaftsform sich änderte. Taiwan, selbstverständlich, verfrachtete seine Botschaft blitzschnell, andere folgten dem Beispiel. Und dann ging betuchten Saigoner Bürgern, die Dollarkonten unterhielten, auf, daß ihre Banken sich aus dem Staube machten, die Chase Manhatten Bank ebenso wie die First National City Bank und die Bank of America. Der Dollar war im Preis bis zu diesem Tage auf etwa 500000 Piaster geklettert, nur daß niemand mehr Dollars gegen Piaster abgab.

Das schlimmste Signal für jene Saigoner, die wie Botschafter Martin auf ein Wunder hofften, waren jedoch weder die immer häufiger werdenden Straßenkontrollen, die Stacheldrahtsperren an den Zugängen zur Stadt, an Kreuzungen und Brücken, auch nicht das unausgesetzte Gewummer ferner Artillerie oder die hektischen Flüge über das Stadtzentrum, nein, so recht begriffen die meisten dieser Leute erst die Trostlosigkeit ihrer Situation, als die bekanntesten Bars, Bordelle und Massagesalons, die nach Thieus kurzlebigem Verbot wieder aufgelebt waren, nun endgültig schlossen. Die millionenschweren Inhaber, deren Geld ohnehin bereits auf Hongkonger oder Bangkoker Banken lag, schickten ihre Mädchen nach Hause und reisten ab. Einige flogen mit der gesamten Belegschaft nach Thailand oder gar nach Kalifornien, um den Betrieb dort wieder aufzunehmen. Teils tauchten sie auch im Chinesenviertel Cholon unter, der verwirrenden Ansammlung von äußerlich ärmlich anmutenden Häusern und elenden Slumshütten, wo kein Polizist jemanden fand. Auch die Kommunisten, so hoffte man, würden hier keinen Durchblick bekommen. Und – wer weiß, was für Chancen man in Zukunft hatte! Kam es ganz schlimm, so konnte man immer noch das Weite suchen. Man besaß ja eine seetüchtige Motoryacht, die sicher in einem Seitenarm des Saigon-Flusses lag.

Die Mädchen aus «Mimi's Salon», in Saigon die weitaus berühmtesten Huren, die mit Unterleib, Hintern, Lippen, Fingern, ja selbst mit ihren Brustwarzen, wie es hieß, Wunderdinge zu tun verstanden, warteten jetzt arbeitslos auf eine Chance, entweder von einem Amerikaner zum Privatgebrauch mitgenommen zu werden oder unauffällig in ihr Heimatdorf zu verschwinden. In der verstörten Ratlosigkeit, mit der sie vor ihrem geschlossenen Etablissement herumstanden und flennten, erschienen die Dinge plötzlich ungeschminkt, so wie sie in Wirklichkeit waren: Es war vorbei!

Washington, bedrängt von den Hilferufen einflußreicher Geldleute aus Saigon, setzte zu deren Beruhigung die Evakuierungsquoten formal herauf. Täglich sollten nun 130000 Vietnamesen, die mit den USA zusammengearbeitet hatten, ausfliegen. Eine illusionäre Zahl! Und – wie um zu beweisen, wie weit man in Amerika den Begriff «Zusammenarbeit» faßte – erhielten sogar die talentiertesten von «Mimi's» Mädchen dadurch ein Visum. Nur daß die schnell errichteten Lager auf Guam inzwischen überfüllt waren.

Neue Unterkünfte mußten errichtet werden. Bis sie standen, würde eine weitere Pazifikinsel, Wake, als Anlandeplatz für die überfüllten C-130 benutzt werden.

In der Botschaft in Saigon ordnete Polgar an, auf allen Häusern der CIA in der Stadt die Hubschrauberplattformen betriebsbereit zu machen. Bei Eintreten der Evakuierungsstufe 4, so wurde CIA-intern bekanntgegeben, haben die letzten noch in Saigon befindlichen CIA-Mitarbeiter, Amerikaner wie Vietnamesen, vor diesen Plattformen Schlange zu stehen; Maschinen würden sie in Minutenabständen aufnehmen. Damit niemand in der Stadt den Abflug verpaßte, würde der Armeesender, ebenso Radio Saigon, wenn man sich dort nicht aus Bosheit weigerte, bei Evakuierungsstufe 4 in kurzen Abständen durchsagen: «Mutter wünscht deinen Anruf!» Danach sollte dann ein für diese Zeit ungewöhnliches Weihnachtslied gespielt werden.

Die Händler am Diebesmarkt spürten ein sprunghaftes Ansteigen der Nachfrage nach Transistorradios.

Der neue Präsident Huong kam aus dem Haus des Generals Minh, den er hatte überzeugen wollen, in seinem Kabinett Premierminister zu werden. Er hätte ihm dann gern die Aufgabe gestellt, bei den Delegierten der Provisorischen Revolutionären Regierung um eine Kampfpause zu bitten. Doch Minh stellte sich taub. Bevor man ihm nicht die höchste Würde anbot, das Amt des Präsidenten, blieb er unzugänglich. Was er sich von dieser «Würde» noch versprach, begriff niemand.

So machte sich der alte Huong selbst nach Tan Son Nhut auf, zu den Delegierten, um eine Gnadenfrist für sein Regime zu erwirken. Er bot sogar an, sofort alle politischen Gefangenen freizulassen, vergaß dabei nur, daß die Mitglieder der Delegation ausgezeichnet darüber informiert waren, was in den Saigoner Gefängnissen gegenwärtig vor sich ging. Vor der Offerte Huongs war eine barbarische Selektion durchgeführt worden, in deren Verlauf man alle jene Gefangenen, die man für politisch gewichtig hielt, die im übrigen auch unter monatelanger Folter keine Aussagen gemacht hatten und später einmal Kronzeugen für die Unmenschlichkeit des Saigoner Systems sein könnten, stillschweigend getötet hatte. Und man würde weitere Morde nur verhindern, wenn man diesem System keine Pause mehr gönnte, es so schnell wie möglich zerschlug. Deshalb mußte Präsident Huong auch aus Tan Son Nhut unverrichteterdinge wieder heimfahren.

Zu den Schicksalen, die zu dieser Zeit noch nicht bekannt waren, gehörte das eines Mannes namens Nguyen Van Tai, der bis zum vorhergegangenen Tage in einer Zelle im Sondertrakt des Spezialgefängnisses der Saigoner Geheimpolizei mehr als vier Jahre verbracht hatte.

Er hatte sehr lange zu den illegal in Saigon tätigen Mitgliedern der Befreiungsfront gehört, bis er im Dezember 1970 in eine Falle der Geheimpolizei geriet, die in ihm einen wichtigen Organisator vermutete und auf jede nur erdenkliche Weise versuchte, ihn zu Aussagen zu bewegen. Sogar die amerikanischen Spezialisten für Verhörtechnik in der CIA-Station stellten ihren vietnamesischen Handlangern manches zur Verfügung, von Werkzeugen, die körperlichen Schmerz verursachten, bis zu ausgeklügelten psychologischen Rezepten, mit denen man den Willen des Gefangenen zu brechen gedachte.

Doch der Gefangene, ein ziemlich schmächtiger, aber nicht schwacher Mann, den ein wacher Geist und eine kaum zu erschütternde politische Entschlossenheit auszeichneten, gab lediglich zu Protokoll, er sei ein Abkömmling einer Bauernfamilie und habe für die Befreiung seines Landes gekämpft. Das sei sein gutes Recht. Man schickte ihm einen Amerikaner in die Zelle, der nicht zum erstenmal seine trickreichen Vernehmungsmethoden erprobte.

Dobson hatte sich später mit diesem Vernehmer unterhalten, und der hatte freimütig zugegeben, daß es absolut keinen Zweck habe, den Mann weiter zu verhören.

«Ist er körperlich kaputt?» wollte Dobson wissen. Es bestand die Chance, solche Leute in US-Hospitälern wieder vernehmungsfähig zu machen. Aber der andere winkte ab. «Sie haben ihn kaputtgemacht. Zu spät.»

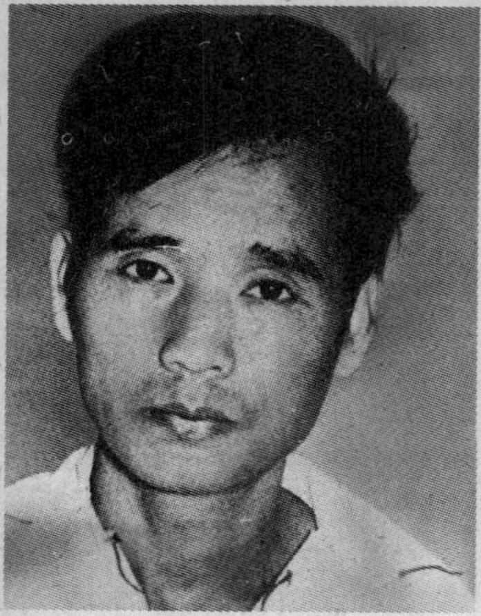 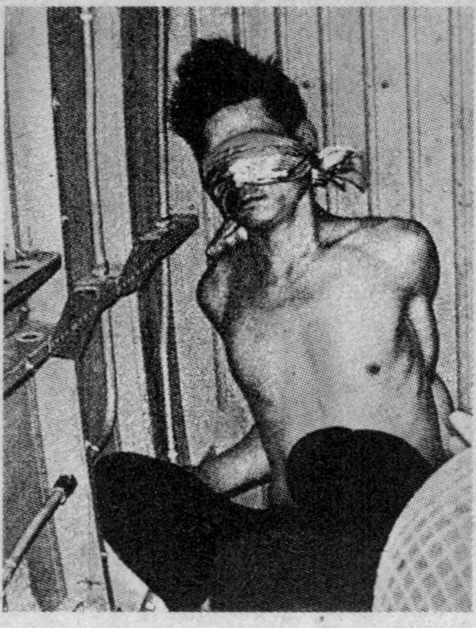

Nguyen Van Tai, Aufklärer der Befreiungskräfte, arbeitete längere Zeit illegal in Saigon, hatte große Erfolge, geriet aber dann in eine Falle der CIA.

Gefesselt, mit verbundenen Augen, so wurden politische Gefangene, die nicht ausgesagt hatten, in Hubschraubern zur Exekution geflogen: Abwurf über dem Meer. Auch Nguyen Van Tai wurde auf diese Weise getötet.

«Läuft vielleicht was mit Weibern?»

Der Vernehmer lachte. «Du hast den Mann nicht gesehen! Ich habe ihm versprochen, er würde freigelassen, wenn er uns lediglich seine engsten Verbindungsleute nenne. Er hat mir geantwortet, er habe mit mir nichts zu reden, was seine Landsleute betreffe.»

«Harte Nuß, wie?»

«Es ist zweifellos ein Mann, der nicht gerade im letzten Glied gekämpft hat. Aber es ist alles nutzlos. Der Mann wird eher sterben, als auch nur ein Wort zu reden.»

«Psychologie versagt?»

Der Vernehmer wiegte den Kopf. «Das übliche jedenfalls. Die Familie, die Frau, die Kinder, er hat auf alle Hinweise geantwortet, er sei Revolutionär, seine Familie wisse ebensogut wie er, daß sein Leben der Revolution gehöre.»

«Das klingt nach Resignation! Wäre das nicht ein Hebel gewesen?»

«Wir haben es versucht, hatten uns sogar etwas ganz Neues ausgedacht. Nachdem wir beobachtet hatten, daß der Mann nachts fror, wandten wir die Eismaschine an: eine Zelle von einem Quadratmeter, weiß gekalkt, Tag und Nacht mit weißem Neonlicht hell ausgeleuchtet, so daß er jedes Zeitgefühl verlor. Im Raum wurde eine Klimaanlage installiert, die die Temperatur monatelang konstant so niedrig hielt, daß der Mann unablässig fror. Ein paar Monate Zähneklappern haben bei manchen Landsleuten schon Erfolg gehabt, bei Kriminellen etwa. Wenn die frieren mußten, gestanden sie sofort, wo sie das geklaute Zeug versteckt hatten.»

«Er nicht?»

«Zwecklos», sagte der andere. «Ich reise wieder ab.»

Was aus dem Gefangenen werden sollte, war damals nicht entschieden worden, weder in Saigon noch in Langley. Aber nach dem Fall von Xuan Loc war von Langley die Weisung gekommen, den Verbündeten von der Saigoner Geheimpolizei nahezulegen, die «hochkarätigen Gefangenen», wie es hieß, «an künftigen Aktivitäten zu hindern».

Dobson, der diese Weisung der Saigoner Geheimpolizei überbrachte, wußte, was das hieß. Er benutzte seinen persönlichen Vertrauten im Polizeiapparat, den Polizeichef Binh, die Sache zu erledigen, die auch Nguyen Van Tai betraf.

Als man ihn dort fragte, ob er den Mann noch einmal sehen wolle, lehnte er ab. Was war schon ein Gefangener – es gab Wichtigeres zu tun, schließlich packte man die Koffer! Sollte der Teufel die Gefangenen holen!

So wurde Nguyen Van Tai, einen Tag bevor Präsident Huong in Tan Son Nhut die Freilassung der politischen Gefangenen anbot, ebenso wie eine große Zahl anderer, gefesselt in einen Hubschrauber gesetzt, über das Südchinesische Meer geflogen und aus etwa 3000 Metern Höhe herabgeworfen.

Das war eine von den Saigoner Polizisten seit jeher gern

Ermordung über hoher See – eine beliebte Methode der Saigoner Militärs, besonders standhafte Gegner loszuwerden. Die Frau auf diesem Bild erlitt dieses Schicksal wenige Minuten, nachdem das Foto gemacht wurde.

geübte Methode, Leute spurlos verschwinden zu lassen. Doch es gab eine Spur, denn selbst im Apparat der Saigoner Polizei waren Leute tätig, die nicht schwiegen. So erfuhren die Delegierten der Provisorischen Revolutionären Regierung in Tan Son Nhut davon. Und Präsident Huong, der ihnen seinen kläglichen Vorschlag machte, spürte, daß sie davon wußten.

«Polgar sucht dich», erfuhr Dobson, als er am Nachmittag des 25. April in die Botschaft zurückkam. Soeben hatte er, von Chien Sy Cercle angefangen, über das «Duc»-Hotel bis nach Gia Dinh, alle CIA-Häuser überprüft, ob die Hubschrauberplattformen intakt und bewacht waren. Dabei hatte er beobachtet, daß sich die ersten «Stufe-4-Leute» bereits vor den Häusern niedergelassen hatten, samt Familien, um nur ja nicht vergessen zu werden. Hühner und selbst Ferkel hatten manche dabei, als Marschverpflegung in eine Welt, von der sie keine blasse Ahnung besaßen.

Dobson war, wie das des öfteren geschah, an einem Punkt angelangt, wo ihm seine Rolle als «Feuerwehrmann» nicht besonders ruhmträchtig vorkam, und er knurrte böse: «Er soll mich noch eine Weile suchen, ich muß mich stärken! Diese Stadt raubt mir den Verstand!»

Die Stärkung bestand aus einem Mars-Riegel und einem halben Wasserglas Bourbon, so daß Dobson etwas schwankte, als er schließlich bei Polgar erschien. Dieser machte keine Bemerkung darüber, daß ihm eine Whiskyfahne entgegenschlug, er übermittelte Dobson lediglich die Weisung Langleys, Thieu und seinen ehemaligen Premier Khiem aus dem Lande zu schaffen.

«Heute nacht noch!» betonte er mit erhobenem Zeigefinger.

«Ob sie wollen oder nicht?»

«Sie wollen!» schimpfte Polgar. «Und wie sie wollen!»

«Aber – Thieu hat uns erst unlängst erklärt, das Vaterland würde ihn noch brauchen, und wenn er überhaupt ginge, dann stilgerecht, mit Stab und Begleitzeremoniell!»

«Meinetwegen laß auf dem Flugplatz die Hymne der Heilsarmee spielen!» fauchte Polgar ungehalten. «Aber er wird verfrachtet, und zwar nach Taiwan. Dort ist seine Frau ohnehin schon!»

«Und es ist absolut sicher, daß er keine Sperenzchen macht?»

«Er zittert», sagte Polgar. «Wir haben ihn mit der Nachricht gefüttert, Luftmarschall Ky sei endgültig auf die Haut von seinem Arsch aus. Er ist bereit. DAO legt einen zusätzlichen Flug ein, speziell für ihn. Das ist Zeremoniell genug. Air-America-Maschine, C-118. Martin wird zum Abschied dasein.»

«Wer fliegt außer den beiden mit?»

«Alle ihre Diener, Adjutanten, was weiß ich. Es ist mir egal, das ist ohnehin ein illegaler Flug. Also trink ein Alka Seltzer, damit er dich nicht für besoffen hält, und mache die Sache mit ihm klar. Du bist voll verantwortlich. Auch dafür, daß ihn niemand in der Stadt anhält – sie haben neuerdings die Sperrstunde auf 20.30 Uhr festgelegt.»

Khiem wohnte in einer Villensiedlung in Tan Son Nhut. Thieu hingegen hatte sein Privathaus in der Stadt. Also fuhr Dobson fluchend mit einigen Bewachern und einer Anzahl großer Limousinen zuerst zu Thieu, der ihn schweigend empfing und auf einen riesigen Kabinenkoffer deutete, der in einem der Autos untergebracht wurde. Er war ungemein schwer, und Dobson vermeinte, Metall aneinanderklicken zu hören, als er angehoben wurde. Aber er hatte Befehl, keine Bemerkungen zu machen, die ungünstig aufgenommen werden könnten. Also erkundigte er sich lediglich bei Thieu, ob Frau und Tochter sich bereits im Exil eingerichtet hätten. Thieu gab im Stil eines englischen Lords zurück, sie wären gegenwärtig in London, und zwar um einzukaufen.

Nachdem sie Khiem in seiner Villa abgeholt hatten, mußte die Fahrzeugkolonne das Eingangstor zum Militärkomplex von Tan Son Nhut passieren. Hier standen Saigoner Soldaten Posten. Es war Sperrstunde, und die Posten hätten leicht unangenehme Fragen stellen können, wenn sie ihren ehemaligen Präsidenten entdeckten. Also ordnete Dobson an, die beiden Politiker auf dem Rücksitz sollten sich ganz tief ducken, außerdem warf er eine Wolldecke über sie. Sein Beifahrer entsicherte die Maschinenpistole. Aber sie hatten Glück, die Posten waren nicht zu intensiven Kontrollen aufgelegt. Als Thieu hörte, die Gefahr sei vorbei, warf er die Decke ab und brachte seine Frisur wieder in Ordnung. Khiem hustete.

Es war wie in einem schlechten Gaunerfilm. Botschafter Martin stand an der Gangway der Air-America-Maschine, um ihn herum die stämmigen Gestalten seiner Leibwächter, bei denen es sich um in Zivil gesteckte Marineinfanteristen handelte. Der Platz lag im Dunkel, es gab keine Scheinwerfer, nicht einen Pressefotografen, geschweige denn einen Kameramann vom Film. Lediglich das Personal der Agentur war da, das Maschine und Umgebung absicherte.

Thieu hatte Tränen in den Augen, als er aus dem Auto stieg. Er verabschiedete sich von Dobson mit einem gemurmelten: «Danke», dann blieb er ein paar Sekunden stehen, ohne sich um den Botschafter zu kümmern, und ließ seinen Blick ringsum schweifen. Es war wie ein dilettantisch gespielter Abschiedsblick auf einer Provinzbühne. Schließlich, als er sah, daß Khiem sich nicht aufhielt und Diener und Adjutanten bereits die Gangway hinaufkletterten, wandte Thieu sich dem Botschafter zu. Dieser war ungeduldig. Es handelte sich zwar um eine geheime Aktion, trotzdem konnte niemand wissen, ob Thieus alter Widersacher Ky nicht etwa im letzten Augenblick einen Überfall inszenierte. Also hielt Martin sich nicht bei langen Abschiedsworten auf, sondern sagte ganz einfach: «Good-bye, Mister President!»

Damit trat er von der Gangway zurück. Thieu blieb nichts weiter übrig, als zu nicken und dann die Stufen zur Maschine hinaufzusteigen. Die Farce von Respekt für einen Mann, in den die USA all ihre Hoffnung investiert hatten und den sie nun nicht schnell genug loswerden konnten.

Dobson war über ein Sprechgerät mit dem Piloten verbunden. Er blickte nervös in die Dunkelheit. Ob da Leute mit MPis lauerten? Oben an der Bühne der Gangway drehte sich Thieu nochmals um, wie um zurückzuwinken.

«Jesus», knurrte Dobson in sein Sprechgerät, und an den Piloten gewandt: «Kann ihm denn keiner sagen, er soll sich endlich hinsetzen und abhauen? Wirf die Motoren an!»

Die vier Triebwerke der C-118 sprangen nacheinander an, während oben das Schott geschlossen wurde. Dobson riet dem Piloten feixend: «Vielleicht sollte ihm jemand versichern, daß er nicht über dem Meer herausgeworfen wird!»

Der Pilot gab trocken zurück: «Wir lassen ihm Scotch servieren, das wird auch genügen.»

Zehn Minuten später war die Maschine weg, ihr Triebwerkgeräusch nicht mehr zu hören. Botschafter Martin saß bereits in seinem Wagen und fuhr durch das Portal von Tan Son Nhut. Beim Anblick des Denkmals, das hier für die amerikanischen Soldaten gebaut worden war, seufzte er nur. Da stand: «Die ehrenhaften Opfer der alliierten Soldaten werden nie vergessen sein.» Das Denkmal war nicht fertig geworden.

Etwa vierundzwanzig Stunden später schlugen die ersten drei Raketengeschosse der Befreiungstruppen in Saigon ein, unweit des Polizeipräsidiums. Kurz zuvor hatte der Sender «Befreiung» die Saigoner Führung noch einmal aufgefordert, endlich zu kapitulieren.

Die Raketen nahmen sich aus wie eine Unterstreichung. Eilig besetzten die CIA-Leute ihre Posten in der Station. Sie verbrachten den Rest der Nacht in Ungewißheit. Doch am Morgen des 27. April machten ihnen die ersten Meldungen klar, daß der Ring um Saigon aus Eisen war und sich immer enger zog.

Achtzehn Kilometer südwestlich der Stadt wurde die Straße Nr. 4 kilometerlang gesperrt, Fahrzeuge der Befreiungstruppen rollten in Richtung Saigon. Nordwestlich unterbrachen sie die Autostraße nach Tay Ninh. Wenig später sperrten andere auch noch die sechsbahnige Ausfallstraße zum Seehafen Vung Tau. Zudem griff eine Einheit Bien Hoa von Westen her an und besetzte die wichtigste Brücke auf dem Weg nach Saigon. War Bien Hoa schon beim ersten Beschuß in Panik verfallen, so brach jetzt selbst der letzte Rest der Verteidigung zusammen.

Saigoner Soldaten, die nordwestlich und westlich der Militäranlagen in Stellung liegen sollten, trampten mit laut spielenden Transistorradios in der Hand in Richtung Saigon. Zuvor allerdings hatten sie alles an Wertsachen eingesteckt, was sie ausmachen konnten. Es gab Soldaten, deren Arme vom Handgelenk bis zur Achselhöhle mit gestohlenen Rolex-Uhren geschmückt waren.

Präsident Huong erlitt einen ziemlichen Schock, als er die Morgennachrichten serviert bekam. Aber er war nicht ganz unvorbereitet, er hatte schon tagelang nach einer Ausstiegemöglichkeit gesucht. Jetzt erklärte er, seine Gesundheit mache ihm zu schaffen, nicht nur sein hohes Alter, und er sei bereit, General Minh als Nachfolger einzusetzen. Darüber müsse allerdings die Nationalversammlung beschließen, so schreibe es die Verfassung vor.

Diese sogenannte Nationalversammlung wurde noch am Nachmittag zusammengetrommelt. Ein Drittel der Senatoren war bereits unerreichbar, weil ausgeflogen. Der Rest hielt sich nicht lange auf und ermächtigte Huong, General Minh zu ernennen. Man kam allerdings dem Wunsche Huongs nach, die Ernennung Minhs erst am folgenden Nachmittag vorzunehmen – dann war Huong wenigstens eine runde Woche lang in seinem Amt gewesen!

Der neugewählte Präsident, der sein Amt offiziell noch gar nicht angetreten hatte, jener behäbige und politisch nur sehr begrenzt bewanderte General Duong Van Minh, begann gleich zu handeln. Noch am Abend des 27. April lud er den amerikanischen Botschafter zu einer wichtigen Unterredung in seine Privatvilla in der stillen Tran-Quy-Cap-Straße ein.

Botschafter Martin, dessen Grippe sich zu einer Kehlkopfentzündung ausgewachsen hatte, die ihm das Sprechen erschwerte, verspürte an diesem Abend die ersten Fieberschübe einer beginnenden Lungenentzündung, und sein Botschaftsarzt registrierte bereits anomale Geräusche in den Atmungsorganen. Er verordnete ihm Antibiotika und Bettruhe, und zwar in einem außerhalb Vietnams gelegenen Hospital. Der Botschafter schluckte die Antibiotika, außerdem noch fiebersenkende Mittel, und verschob die Bettruhe. Er war überzeugt, eine historische Mission warte auf ihn. Als er bei Dunkelheit durch die unruhige Stadt fuhr, hatte er das Gefühl, man könne aus jeder dunklen Ecke auf ihn schießen. Er vertraute dem kugelsicheren Chevrolet, den er benutzte, aber er war nicht sehr sicher, ob das Fahrzeug auch eine Mine aushalten würde.

General Minh, so hoffte er, würde mit den Kommunisten eine Abmachung treffen können, die Saigon für die USA offenhielt.

Der General merkte, daß sein Besucher alles andere als gesund war. Er befahl seinem Diener, gewürzten Tee zu

General Duong Van Minh, am Putsch der CIA gegen den katholischen Diktator Diem führend beteiligt, dann im Ruhestand, sollte am Ende das Saigoner Regime noch einmal retten.

brühen, den die Chinesen gegen Erkältungen zu trinken pflegen, dann sagte er: «Ich werde Sie nicht zu lange aufhalten, Exzellenz, Sie sind ein kranker Mann, ich kann das sehen. Also – kommen wir ohne Umschweife zur Sache. Wenn ich die Kommunisten beschwichtigen will, wenn ich sie tatsächlich dazu veranlassen will, vor Saigon haltzumachen, muß ich wohl oder übel ihrer Forderung nach Entfernung aller amerikanischen Militärs und Zivilisten nachgeben. Sonst werden sie sich auf gar nichts einlassen. Ich möchte Sie bitten zu veranlassen, daß der DAO-Komplex zum Zeitpunkt meiner Amtsübernahme, morgen nachmittag, geräumt ist. Das wäre ein Trumpf, der stechen müßte.»

Der Botschafter hörte ihn ruhig an. Früher wäre Martin ihm bereits nach dem zweiten Satz ins Wort gefallen, heute aber war er müde, hatte einen schweren Kopf, und alle seine Gelenke schmerzten. Als Minh ihn schließlich fragend anblickte, erwiderte er: «Tut mir leid, Herr Präsident, aber diesen Wunsch kann ich nicht erfüllen. Wir haben bereits das Datum der endgültigen Räumung des DAO-Komplexes für den 30. April festgelegt.»

«Das wäre einen Tag später. Gibt es keine Möglichkeit zur Beschleunigung, Exzellenz?»

Martin nippte an dem Tee, er schmeckte kräftig und duf-

Auf ihren Panzern brachten diese jungen Soldaten der Befreiungsstreitkräfte die Fahne mit dem Stern in die Stadt Saigon.

tete nach Nelken und Orangenöl. «Leider», beschied er Minh, «wir haben gewisse Schwierigkeiten. Die Kapazität der Flugzeuge, die vielen guten alten Mitarbeiter.»

«Ja», brummte der General Duong Van Minh nach einer ganzen Weile, «es ist eben nicht ganz so einfach, alles auszuräumen, was hineingebracht wurde.»

Er sah ein, daß er keine Chance haben würde, an den Plänen der Amerikaner etwas zu ändern. Zu lange hatten sie Südvietnam als ihr eigenes Land betrachtet, in dem sie schalten konnten, wie immer sie wollten.

Minh hatte lange genug mit ihnen zusammengearbeitet, um zu wissen, wie wenig sie sich um die Interessen von Vietnamesen zu kümmern pflegten, wenn es um ihre eigenen ging.

Am Morgen des 28. April 1975 schlugen die Befreiungsstreitkräfte zum erstenmal in der Stadt selbst zu.

Es war noch nicht ganz hell, leichter Morgendunst lag

über dem Saigon-Fluß, ein Zeichen, daß die Regenzeit nicht mehr fern war. Das gelbliche Flußwasser gurgelte um die Pfeiler der mächtigen Newportbrücke am nördlichen Stadtrand, über die die Fernstraße nach Bien Hoa verlief. Noch gab es keinen Fahrzeuglärm, erst unmittelbar mit dem Tagesanbruch setzte hier der Verkehr ein. Dies war nicht eine Brücke, über die morgens die Bauern ihr Gemüse zum Markt fuhren, es war eine mehrbahnige strategische Schnellstraße, auf der Karren und Fahrräder störten; für die gab es andere Übergänge. Die Newportbrücke war ein Schlüsselobjekt, fähig, Panzer und schwerste Lasten zu tragen, und wurde an jedem Ende durch Sperren und Posten gesichert.

Noch hatten die verschlafenen Soldaten an der stadtabgewandten Seite der langen Brücke ihren morgendlichen Reis nicht bekommen, sie warteten auf das Toyota-Dreirad, das jeden Morgen aus der Stadt das Frühstück heranfuhr. Routinemäßig zogen sie die Stacheldrahtsperren, die über Nacht den Durchgang verengt hatten, beiseite. Sie wollten gerade in ihr Postenhaus zurückkehren, als das klapprige Fahrzeug aus dem Morgendunst von Norden her auftauchte. Jemand, der sehr früh in die Stadt wollte. Nun, man würde die Ladung kontrollieren und den Fahrer …

Der Kampf dauerte nur Sekunden. Zwei Handgranaten rollten auf die verdatterte Gruppe Saigoner Posten zu. Sie rissen zwar ihre Schnellfeuergewehre hoch, aber noch bevor sie den ersten Schuß abgegeben hatten, detonierten die Granaten, und gleichzeitig sprangen von der Ladefläche des Wagens, unter der Plane hervor, die Angreifer. Ihr Feuer machte Schluß mit den Saigoner Posten. Es dauerte nicht ganz eine Minute, dann hatte das nördliche Brückenende eine neue Wache, eine andere als das südliche. Und bevor die Saigoner Posten am Südende der Brücke richtig begriffen, was da überhaupt vorging, war mitten unter dem zentralen Betonbogen ein Maschinengewehr der Befreiungstruppen in Stellung gegangen.

Die Posten ließen es nicht auf einen Kampf ankommen. Sie zogen sich zurück. Später kamen Hubschrauber aus Tan

Son Nhut und schossen auf die Postenhäuser. Aber sie hatten es nicht mit Anfängern zu tun, sondern mit erfahrenen Soldaten, die nicht ungedeckt blieben, weil sie wußten, daß der Gegner Flugzeuge besaß. So wurde zwar viel Munition verbraucht, aber an der Tatsache, daß die Newportbrücke nicht mehr den Saigonern gehörte, änderte sich nichts. So war die letzte große Verkehrsader aus der Hauptstadt unterbrochen, und damit hatte sich der eiserne Ring endgültig geschlossen.

An der Anlegestelle unweit des Hotels «Majestic», südöstlich vom Schauplatz des morgendlichen Kampfes, stand der Deserteur Julio Pertazzo, der wieder eine Nacht lang Leute in Lastkähne bugsiert und dafür Dollars kassiert hatte, für sich und den Schlepperkapitän. Als die Schießerei aus Richtung Newportbrücke zu hören war, wurde ihm schlagartig klar, daß es an der Zeit war, das Geschäft zu beenden.

Pertazzo hatte vorgesorgt. Von den Einnahmen war es ihm gelungen, eine Summe nach Singapore zu schmuggeln, die ihn lange Zeit über Wasser halten würde, egal was geschah. Dazu kam der Inhalt des Koffers, den er in Reichweite stehen hatte. Verschwinden!

Er bedeutete dem Schlepperkapitän, er solle ihn für einige Zeit vertreten. Der trottete heran, nahm die Rolle mit den Eintrittskarten, schielte auf die Dollarnoten in den Händen der Wartenden. Pertazzo hatte ein Motorboot in der Nähe festgemacht. An Bord befand sich alles, was er für eine Fahrt bis Singapore brauchte, 1000 Kilometer immer in Küstennähe. Hier in Saigon war nichts mehr zu gewinnen.

«Ich fahre mal den Fluß lang, sehe nach, was da los ist», erklärte er dem Schlepperkapitän. Dieser war von der Schießerei und den Angriffsflügen der Hubschrauber selbst noch zu überrascht, als daß er Pertazzos Trick sogleich begriffen hätte. Zudem drängten die Leute. Manche hatten keine Dollars, sie boten Gold an. Die meisten hatten in dieser oder jener Weise Dienstleistungen für die Amerikaner verrichtet, und jetzt ließen sie sich von den hysterischen

Der erste Soldat der Befreiungstruppen – Neugier und Wißbegier mischen sich bei den Umstehenden.

Schnell umgestellt hatten sich die Straßenhändler; nunmehr boten sie Fähnchen der Befreiungsfront an. Die Sterne wurden nicht selten aus alten US-Flaggen herausgeschnitten.

Lügen der Saigoner Propaganda beeindrucken, die Kommunisten würden jeden umbringen, der Amerikaner auch nur gekannt hätte. Dabei handelte es sich oft nur um Hausmädchen oder Gärtner, Kinderfrauen und Köche. Panik hatte sie erfaßt; sie waren zu lange Nutznießer einer nationalen Katastrophe gewesen, wenngleich nur auf niederer Ebene.

Als der Schlepperkapitän nach geraumer Zeit begriff, daß Pertazzo entweder verloren war oder auf eigene Faust verschwunden, machte er sich mit den Kähnen flußabwärts auf die Reise.

Er hatte schon vorher eine weitere Mangrovenbucht ausgewählt, wo er dann die Kähne abkoppelte und – wie üblich – tanken fuhr. In Wirklichkeit dampfte er mit seinem Schlepper in Richtung Vung Tau davon.

Zu dieser Zeit befand sich Pertazzo bereits südwärts der Mündung des Saigon-Flusses auf dem Meer. Er konnte die riesige weiße Christusfigur mit den ausgebreiteten Armen, das Wahrzeichen Vung Taus, das damals gebaut worden war, als man die mit allerlei Gerüchten aus dem Norden hierher gelockten vietnamesischen Katholiken empfing, nicht mehr sehen, aber er behielt die Küste im Auge. Keine Gefahr drohte von dort – die Reste der Saigoner Armee waren zu beschäftigt, um auf ein seetüchtiges Motorboot zu achten, das da südwärts flitzte.

Alle 200 Kilometer werde ich Kraftstoff nachfüllen müssen, überlegte Pertazzo. Doch das war nicht problematisch, er hatte vorgesorgt: Kraftstoff, Nahrungsmittel und Geld – von allem war genug da. Mochte aus Saigon werden, was wollte – das Geschäft in Vietnam war vorbei, da vorn lag Singapore. Es würde leicht sein, einen Paß zu kaufen. Und dann gab es Zeit genug, Pläne für neue Unternehmungen zu schmieden.

White Christmas

Auf dem Dach der US-Botschaft hatte sich während der Schießerei um die Newportbrücke eine Menge Leute angesammelt. Es waren meist Angehörige der CIA-Station; das Personal des State Department war außer einigen wenigen Sekretärinnen längst evakuiert worden. Den verbliebenen mehr oder weniger direkt vom Geheimdienst Beschäftigten war es vorbehalten, als letzte die Botschaft zu verlassen, in der es außer dem kranken Botschafter Martin niemanden mehr mit Diplomatenstatus gab. Es lag auf der Hand, daß sich in der nächsten Zukunft auch kein US-Diplomat hier zeigen würde, denn die Vermutung, die Vereinigten Staaten würden ein freies Vietnam, aus dem ihre Truppen soeben herausgeworfen worden waren, diplomatisch anerkennen, erschien absurd.

Einige der Neugierigen auf dem Dach trugen Stahlhelme und Kugelwesten, andere wieder kamen in lässiger Zivilkleidung, hatten allerdings Pistolen umgeschnallt. Alle zusammen wurden reichlich von der schwarzen Flugasche berieselt, die aus den Aktenverbrennungsöfen aufstieg und die Gegend um die Botschaft in eine schmutzige Qualmwolke tauchte. Niemand dachte mehr darüber nach, daß diese Art Qualm gegenwärtig selbst die geheimsten Quartiere der CIA kenntlich machte.

Le Minh, der am Vormittag frei hatte, war ebenso wie ein gutes Dutzend anderer junger Burschen in der Stadt unterwegs, um herauszufinden, wo es überall Qualm brennender Akten gab. Das war ihm per Funk aufgetragen worden, und er wußte, es konnte sich dabei um CIA-Quartiere, um Treffhäuser und Archive mit Unterlagen über Einzelaktionen, über Gefangene und Getötete handeln. Die Amerikaner würden es nicht mehr schaffen, restlos alles zu vernichten. In der Stunde der Befreiung mußte man schnell an diesen Orten sein.

Daß diese Stunde unmittelbar bevorstand, war in den höchsten Kreisen der Saigoner Armee inzwischen zur unumstößlichen Gewißheit geworden. Man zerbrach sich dort gar nicht mehr den Kopf über Widerstand; man rettete sein Fell. Es wurde auf seltsam drastische Weise gerade in diesen Stunden klar, wie sehr es sich doch um einen amerikanischen Krieg gehandelt hatte, eine von den strategischen Interessen der USA bestimmte aufwendige Militäraktion, bei der die Saigoner Oberschicht als Mitläufer gewonnen worden war: Kollaborateure, Schmarotzer, die jetzt nichts weiter im Sinn hatten, als nach Transferierung ihrer durch den Krieg umfangreich gewordenen Bankkonten den Weg ins Exil anzutreten.

Der Chef des ehemaligen gemeinsamen Generalstabes, General Cao Van Vien, war an diesem Morgen nur eines der vielen Beispiele dafür, daß es sich bei den Saigoner Militärs um nahezu unvorstellbar korrupte Gestalten handelte, die nun das Weite suchten. Kein Wort mehr über Vaterland oder Gesinnung; wichtig war ihnen allein, aus dem vor der Befreiung stehenden Saigon herauszukommen.

General Cao Van Vien erschien kurz nach Einstellung des Feuers an der Newportbrücke in der US-Botschaft und wurde sofort in einen extra dafür vorgesehenen Raum gebracht, wo er freudig erregt seine Generalsuniform gegen einen Konfektionsanzug von Woolworth vertauschte. Sodann wurde er mit einem der nun regelmäßig zum Flugplatz Tan Son Nhut verkehrenden Busse bis vor eine C-130 gefahren, in die er lachend und winkend einstieg, so als verabschiedete er sich nach einem Freundschaftsbesuch.

Der ehemalige General flog mit hohen Saigoner Staatsbeamten zusammen, mit Leuten, die für gute Bezahlung in den unzähligen Dienststellen der USA in Vietnam gearbeitet hatten: USIS, USIA, USAID – sie hatten die unterschiedlichsten Bezeichnungen, waren aber alle mit dem Zweck der Bevormundung, der Täuschung, der besseren Benutzbarkeit Vietnams als strategisches US-Objekt etabliert worden. Jetzt verschwanden sie, und mit ihrem Personal verschwanden auch die Chefs der Banken und Eliteschulen, der Spezialkrankenhäuser und der kapitalistischen Multis, die in Saigon ein wahres Dorado gehabt hatten:

Shell und Coca Cola, Texaco und Proctor & Gamble, Unilever und Philipp Morris. General Cao Van Vien befand sich bei seiner Flucht in genau der Gesellschaft, die er verdiente.

Etwa um die Zeit, als die C-130 mit ihrer Ladung abhob, beobachteten drei junge Leute, hinter einer Kaktushecke verborgen, ein Haus in der Le-Quy-Don-Straße, das einmal eine äußerlich harmlos erscheinende Einrichtung beherbergt hatte. Jetzt stand es anscheinend leer. Aufklärer waren allerdings auf den im Garten qualmenden Ofen, in dem Akten verbrannt wurden, aufmerksam geworden. Sie entdeckten auch, daß sich hier in gewissen Abständen zivil gekleidete Vietnamesen einfanden, die nach etwa einer Stunde wieder gingen. Im Gebäude selbst, so stellten die Aufklärer fest, hatte sich ein CIA-Beamter namens John eingenistet, den man als ehemaligen Basis-Chef von Saigon kannte. Einer der Leute, die hierher bestellt worden waren, hatte sich nach jahrelanger Kollaboration entschlossen, einem Vertrauten der Befreiungsfront die Wahrheit zu beichten. John selektiere hier Kader für das zukünftige geheime Netz der CIA im freien Vietnam, und er arbeite an Täuschungsmanövern, auf die die Befreiungsstreitkräfte hereinfallen sollen. So stellten ein paar aus dem Gefängnis beurlaubte Choloner Dokumentenfälscher in dem Haus emsig Denunziationsberichte zusammen, die an die Saigoner Polizei gerichtet waren und die Unterschrift bekannter illegaler Kämpfer der Front trugen. Sie fälschten Aussageprotokolle und alle nur erdenklichen Papiere, ja sie erfanden selbst einen CIA-Informanten im Generalstab der Befreiungstruppen, dessen fingierte Berichte sie mit einem Pseudonym unterzeichneten, das auf mehrere hohe Offiziere deutete.

John war Spezialist für diese Art der geistigen Irreführung des Gegners, er hatte seine Ausbildung in der Langleyer Abteilung für schmutzige Tricks nicht vergessen. Zu seinen Fähigkeiten gehörte es, selbst geringfügige Details nicht zu übersehen. So benutzte der Fälscher, der die Berichte aus dem Hauptstab der Befreiungstruppen anfertigte, beispielsweise einen Stift, den John direkt aus Hanoi hatte besorgen lassen, von einem Journalisten, der sich dort aufhalten konnte.

Trotz aller Umsicht übersah John allerdings, daß sein Unternehmen nicht geheim blieb. Unter den drei jungen Leuten hinter der Kaktushecke befand sich ein Mädchen namens Ly, das außerdem mit Le Minh und anderen an der Vorbereitung für die Straßensicherung am Tag der Befreiung arbeitete, sie war der Kurier der Gruppe.

Immer wenn einer der Jungen mit einer Minolta einen Film voller Tele-Aufnahmen von Besuchern des amerikanischen Hauses belichtet hatte, übernahm sie ihn. Sie fuhr damit zu einem Laden unweit des Botanischen Gartens und übergab den Film einem sehr seriös aussehenden alten Herrn, dem Besitzer. An der Tür seines Ateliers stand auf einem Schild, er liefere Porträts, Gruppenaufnahmen, Familien- und Kinderbilder aller Art binnen vierundzwanzig Stunden. Daß sein Sohn ein Bataillon der Befreiungsstreitkräfte führte, stand natürlich nicht da, es wußte auch außer dem Vater, Ly und einigen anderen Genossen niemand davon.

Jeweils zwei Stunden nach Abgabe eines Filmes konnte Ly die fertigen Aufnahmen von den Gesichtern der «Zukünftigen» abholen. Sie hielt sich nicht damit auf, sie alle zu betrachten, sondern brachte sie zu dem jungen Mann mit der Kawasaki. Von ihm gelangten sie auf einem Weg, den nur er und seine Partner außerhalb der Stadt kannten, direkt zum Hauptstab der Befreiungsarmee, und zwar zu dem Offizier, der sich mit Abwehrfragen beschäftigte. Er hatte eine verkrüppelte Hand. Wie würde es wohl sein, wenn er so manchen Kampfgefährten aus Saigon wiedersah, auch Le Minh und die Funkerin Thi Nam?

Aus dem Tor der US-Botschaft fuhr gegen Mittag ein alter Ford in Richtung Sporting Club davon. Dobson, der den Wagen lenkte, brauchte nach dem Qualm, den die Klimaanlagen nun ständig in die Räume saugten, ein bißchen frische Luft. Außerdem traf er sich auf der Terrasse am Schwimmbecken mit einer jungen Dame, der er einen Platz in einer Maschine beschaffen sollte, auf ausdrücklichen Wunsch Polgars. Angeblich war sie die Tochter eines geschätzten Agenten, aber Dobson vermutete eher, daß sie Polgar gelegentlich in «Privatbehandlung» gehabt hatte. Egal, er würde den Treff nutzen, sich auszuruhen, in angenehmer Gesellschaft, und um etwas zu essen.

Le Minh, der pünktlich seinen Dienst im Club begann, war sehr zufrieden, daß Dobson sich da aufhielt, weil er mit ihm zu reden hatte. Vor Tagen hatte Thi Nam ihm grinsend einen in Klartext übertragenen Spruch ausgehändigt und ihm «viel Spaß in Kalifornien!» gewünscht.

Er hatte zuerst ziemlich verständnislos dreingeblickt. Als er den Text las, war er noch verwirrter, bis er plötzlich begriff, was er tun sollte. Er servierte dem CIA-Mann und der Dame kühle Drinks und hielt sich im Hintergrund bereit. Es gab um das Schwimmbad herum keinen Amerikaner außer Dobson, nur ein paar Franzosen, die in Saigon verschiedene Geschäfte und Exportfirmen betrieben. Sie ließen sich von der allgemeinen Fluchtpsychose nicht beeindrucken.

Mit der Dame nahm sich Dobson Zeit. Nach einer ausführlichen Unterhaltung entließ er sie schließlich mit dem Rat, sich sofort zur Botschaft zu begeben. Er würde getrennt von ihr ebenfalls dorthin fahren und sie zu dem Platz bringen, von wo die Busse nach Tan Son Nhut abgingen. Nachdem sie gegangen war, ließ er sich noch ein Bier bringen. Das war der Augenblick, in dem Le Minh, nachdem er sich höflich erkundigt hatte, ob er eine Bitte äußern dürfte, ihm schilderte, welche Angst er habe, von den anrückenden Kommunisten gemeuchelt zu werden. Ob es nicht die Möglichkeit gäbe, auch ein Auswanderungsticket nach den USA zu bekommen.

«Oh, mein Junge», gab ihm Dobson zu bedenken, «das ist nicht so einfach. Wir haben Tausende von Wartenden, und wir können nur bis übermorgen fliegen. Dann ist Schluß!»

«Aber – vielleicht wäre eine Ausnahme möglich?»

Dobson zog die Stirn in Falten. Er erinnerte sich an Johns Job. «Alle Wartenden sind Ausnahmen, mein Junge.»

«Es wird also übermorgen Schluß sein? Keine Chance mehr?»

«Ab übermorgen wird es uns in Saigon nicht mehr geben», eröffnete ihm Dobson. Es war eine Mitteilung, die Le Minh sogleich nach dem Gespräch über Thi Nam an den Stab weiterleiten würde; das konnte für die Gefechtsplanung von hohem Interesse sein.

«Ich habe einfach Angst», gestand er dem Amerikaner; er hoffte, daß der schon weniger guten Schauspielern ihre Rollen abgenommen hatte. Er hatte es richtig angestellt, das merkte er sogleich. Dobson musterte ihn abschätzend und kam zu dem Ergebnis, daß dieser junge Mann sich geradezu als zukünftiger Verbündeter anbot.

«Wäre dir denn wohler, wenn du eine Waffe hättest?» erkundigte er sich.

Le Minh bewegte unschlüssig die Schultern. «Vielleicht. Man könnte sich wenigstens verteidigen. Ich weiß nicht, was die Kommunisten mit mir machen werden.»

«Gar nichts werden sie machen», stellte Dobson fest, «vorausgesetzt, du bist klug, tauchst rechtzeitig unter, und du hast die richtigen Verbindungen.»

«Aber – ich habe nichts von alledem, Sir!»

Dobson nickte. Der Bursche biß bereits an. Er musterte ihn nochmals, dann verlangte er: «Bring mir das Telefon her!»

Le Minh brachte es. Dobson wählte und fragte dann den Partner am anderen Ende der Leitung: «John, hier ist Reg, bist du immer noch an der Arbeit? So! Was dagegen, wenn ich dir einen jungen Mann aus dem Sporting Club schicke? Das übliche. Sehe dich später!»

Er legte auf, schrieb eine Adresse in der Le-Quy-Don-Straße auf einen Zettel, gab ihn Le Minh und schärfte ihm ein: «Hingehen. Niemandem ein Wort sagen. Alles andere erfährst du dort. Klar?»

Am Nachmittag empfing John in dem Haus in der Le Quy Don den Kellner Le Minh. Er hatte keine Ahnung, daß ein Fotograf unweit des Botanischen Gartens wenig später ein Bild seines Besuchers herstellte. Mit einem Pakken ähnlicher Aufnahmen wurde es dem Autoschlosser übergeben, und am nächsten Tag landete es im Frontstab der Befreiungsarmee, wo der Abwehroffizier daraus ersah, daß die Einschleusung Le Minhs in den künftigen Apparat der CIA im Lande geglückt war. Er sortierte das Bild aus und verbrannte es, vor sich hinlächelnd. Johns neues Netz bekam Laufmaschen!

In der Botschaft angekommen, erledigte Dobson das Ausfliegen der von Polgar so geschätzten Dame. Als er das hinter sich hatte, meldete er es dem Stationschef. Der überraschte ihn sogleich mit einem neuen Auftrag: Er solle prominente Leute nach Tan Son Nhut begleiten.

«Wer ist das?»

«Präsident Duong Van Minh hat seine Tochter und die Enkelkinder geschickt, mit der Bitte ...»

«Ja, ja», grollte Dobson, «warum hängen wir der Dame nicht ein Ticket um den Hals und setzen sie in den Bus? Wo kommen wir hin, wenn wir alle Töchter und Enkelkinder irgendwelcher Prominenter zum Flughafen begleiten sollen?»

Doch es half nichts, Polgar machte ihm klar, daß es sich um eine protokollarische Frage handelte, also begab sich Dobson zu dem Zimmer, in dem General Minhs Tochter mit ihren Kindern wartete.

Der Vater der jungen Frau, die nun ohne weiteres Zeremoniell in einem Auto nach Tan Son Nhut gefahren wurde, erlebte am Nachmittag dieses 28. April seine Inauguration als Präsident einer Republik Vietnam, die es nicht mehr gab.

Gegen 16 Uhr versammelten sich die wenigen in Saigon verbliebenen Angehörigen der sogenannten Nationalversammlung im Empfangssaal des Präsidentenpalastes. Düstere Wolken brauten sich über der Stadt zusammen, die Luft war dick und wie mit Elektrizität aufgeladen, es regte sich kein Luftzug, das sicherste Zeichen für das Nahen eines jener Tropengewitter, bei denen außer Blitz und

Donner tonnenweise Regen niederstürzte. Feierlich lobte der alte Präsident Huong, der gerade eine Woche im Amt war, sich selbst und den Nachfolger. Die Siegel wurden ausgetauscht, wie das Zeremoniell es verlangte, dann setzte der neue Präsident zu einer Rede an, in der er es meisterhaft verstand, alle Realität zu ignorieren.

Immerhin erwähnte Minh die Provisorische Revolutionäre Regierung, die von Huong ebenso wie zuvor von Thieu niemals öffentlich genannt worden war. Man müsse, so meinte der neue Präsident, mit diesen Leuten einen sofortigen Waffenstillstand aushandeln und Gespräche über die Einhaltung der Pariser Abmachungen führen. Eine aus allen Schichten der Bevölkerung zusammengesetzte Regierung müsse gebildet werden, und eine der ersten Maßnahmen dieser Regierung sollte es sein, die aus politischen Gründen Inhaftierten zu entlassen sowie die Pressezensur aufzuheben.

Nichts Neues. Der Saigoner Armee empfahl der neue Präsident, als wisse er nicht, daß sie sich bereits weitgehend aufgelöst hatte, sie solle das verbliebene Territorium fest und treu verteidigen, Ordnung und Sicherheit verbürgen, und was dergleichen Traumwünsche mehr waren.

Botschafter Martin, der in der ersten Reihe auf einem Ehrenplatz saß, zuckte zusammen, als gleichzeitig mit dem Beifall für Minhs Rede ein Blitz vor den hohen Fenstern aufleuchtete, gefolgt von rollendem Donner. Martin erhob sich, nahm das obligatorische Glas Champagner, trank lustlos einen Schluck, gratulierte Minh mit krächzender Stimme, entschuldigte sich dann wegen seiner Lungenentzündung und ließ sich durch den strömenden Sturzregen zur Botschaft zurückfahren, vorbei an Autos, deren Motoren durch die Wasserfluten außer Betrieb gesetzt waren, an Motorradfahrern, die unter Bäumen Schutz suchten, Fußgängern, die Plastetüten über den Köpfen ausbreiteten. Das erste ernste Signal der bevorstehenden Regenzeit war da.

In der Botschaft herrschte hektische Stimmung. Martin kam bis zum dritten Stockwerk, dann wurde er aus dem Lift gebeten. Man zog ihm eine Kugelweste an und setzte ihm einen Stahlhelm auf, wogegen er energisch protestierte, allerdings nur mit leiser, heiserer Stimme. Er bekam einen Telefonhörer in die Hand gedrückt. Am anderen Ende war General Homer Smith, Chef des DAO-Komplexes, der ihm militärisch knapp mitteilte: «Sir, wir sind seit 18 Uhr unter Feuer. Fünf A-37, offenbar erbeutete Maschinen, mit Bomben und Raketen. Mehrere am Boden abgestellte Flugzeuge sind getroffen worden, nicht mehr betriebsfähig. Die kommunistischen A-37 fliegen jetzt noch Angriffe mit Bordkanonen und Maschinengewehren. Schießen auf alles, was sich bewegt. Und, Sir, unsere Zentrale ist getroffen worden. Wir sind nicht mehr aktionsfähig, müssen umbauen. Die Evakuierung muß unterbrochen werden, Sir.»

«Ich wünsche», krähte Martin, «daß sie weitergeht! Haben Sie verstanden, General? Keine Unterbrechung!»

«Tue, was ich kann», gab Smith beherrscht zurück, dann war die Leitung tot. General Smith, der vom einzigen noch intakten Anschluß in der Kantine gesprochen hatte, mußte unter einem Tisch in Deckung gehen, weil Maschinengewehrgarben plötzlich Serien von Löchern in die Wände zauberten. Kommunisten mit Düsenflugzeugen – das war das Ende!

Vor dem «Arizona» parkte ein Toyota. An einem Tisch in der Bar saßen zwei amerikanische Marinesoldaten in Zivil, die sich total betrunken hatten. Sie wollten nicht in den Regen hinausgehen, obwohl der Besitzer ihnen immer wieder versicherte, sie würden Ärger bekommen, wenn sie weiterhin jeden Donnerschlag mit einem Schuß aus dem vergitterten Fenster quittierten. Schließlich hatte er in der Botschaft angerufen, und nun brachte ein kräftiger Militärpolizist die beiden Randalierer hinaus in den Toyota.

Le Minh, der auf dem Hof unter einem Regendach wartete, sah Thi Nam kommen und ein Fahrrad besteigen. Er folgte ihr auf seinem eigenen Fahrrad. In Sekunden waren beide völlig durchnäßt, aber der Regen war warm. Le Minh mußte Thi Nam nach Cholon begleiten, wie es die Regel der Arbeit verlangte. So fuhren die beiden mit den Fahrrädern hinter dem Toyota her, der seinerseits nicht schneller vorankam als ein Fahrrad, und sie sahen, daß die beiden Betrunkenen immer noch weiter randalierten, was das Auto zuweilen gefährliche Bogen fahren ließ.

Als der Toyota vor ihnen nach links abbog, aus der Tu Do in die Hong Thap Tu, rollte der Donner ferner Detonationen heran. Dies war nicht mehr das Gewitter, es war ein Angriff, soviel verstand Le Minh sofort. Er glaubte, es handele sich um Bomben, trotzdem trat er eifrig in die Pedalen, er hatte keine Zeit, anzuhalten und zu lauschen, der Weg nach Cholon war noch weit.

Thi Nam und Le Minh befanden sich auf Höhe der US-Botschaft, als die Schießerei begann. Blitzschnell sprangen sie von den Rädern und drückten sich am Straßenrand in Deckung. Vor ihnen stand der Toyota, genau vor dem schweren Eisentor der Botschaft.

Einer der betrunkenen Marinesoldaten war herausgeklettert und schlug auf den vietnamesischen Posten ein, der lauthals beteuerte, er habe den Schlüssel nicht. Das Gebrüll, das der Betrunkene ausstieß, mußte einen Posten an der nicht weit entfernten britischen Botschaft irritiert haben, er feuerte nun auf den Toyota, weil er einen Überfall vermutete. Die Scheiben des Wagens splitterten unter den Einschüssen. Als endlich von innen das Botschaftstor geöffnet wurde, endete die Knallerei. Eilig fuhren Le Minh und seine Cousine davon. Das immer lauter werdende Geräusch der in Tan Son Nhut einschlagenden Bomben und das Geknatter der schweren Bordkanonen klang wie Musik für ihre Ohren.

Der Berichterstatter der «Times» war der erste, der es nach den USA telegrafierte, er übermittelte seine Meldung auch an den Präsidentenpalast: Die Provisorische Revolutionäre Regierung, deren Sprecher er bei Tan Son Nhut interviewt hatte, erklärte offiziell, daß sie die Versprechungen General Minhs nicht als tatsächliche Rückkehr Saigons zu den Bedingungen des Pariser Abkommens betrachte. Die Artikel des Abkommens wurden aufgezählt, die von Saigon immer noch verletzt wurden. Unter diesen Umständen könne von einer nationalen Versöhnung nicht die Rede sein.

Das war überraschend klar; die Befreiungskräfte hatten das Manöver durchschaut, mit dem Minh in buchstäblich letzter Stunde das verrottete System wenigstens in Saigon und seinen Vororten konservieren wollte. Sie machten einen Strich durch seine Rechnung.

Während sich die Nachricht verbreitete, der Rundfunk und das Fernsehen sie ausstrahlten, kreisten seit Einbruch der Dunkelheit zwei C-130 über Tan Son Nhut, aber bis gegen 20 Uhr war es unmöglich, sie landen zu lassen. Nicht nur, daß die beschädigten Betonpisten erst wieder ausgebessert werden mußten – auch ein neues, provisorisches Flugleitzentrum war einzurichten. Dann erst konnten die beiden schweren Maschinen mit dem letzten Tropfen Treibstoff landen. General Smith hatte sich inzwischen radikal von allen Illusionen über einen Umschwung der Lage in letzter Stunde gelöst. Seine Befehle aus Washington verlangten unmißverständlich die Einstellung der Evakuierungsflüge in genau vierundzwanzig Stunden und anschließend die Sprengung des DAO-Komplexes.

Smith hatte erreicht, daß die Zahl der hereinkommenden Maschinen bis dahin auf sechzig C-130 erhöht wurde. Damit mußte nach seiner Rechnung der Rest der Kollaborateure abzutransportieren sein. Danach war es lediglich noch möglich, mit Hubschraubern zu operieren. Das wenigstens besagten die Erkenntnisse der Militärs, an die sich Smith nun zu halten gedachte, ob das Botschafter Martin gefiel oder nicht. Er forderte Polgar telefonisch auf, er solle den regelmäßigen Bus-Service von der Botschaft, wo sich die Leute sammelten, nach Tan Son Nhut verstärken. Wenig später sah er, daß sein Wunsch erfüllt war: Die ersten Busse spuckten in Abständen von einer Viertelstunde vor den C-130-Maschinen Vietnamesen aus, darunter blinde Großmütter und schreiende Säuglinge sowie unförmige Gepäckballen.

«Der vorletzte Zug geht ab», murmelte Smith vor sich hin. Er war müde. Um 22.00 Uhr war die Kantine, in der

Tan Son Nhut, über viele Jahre hinweg wichtigster Nachschubflughafen Südvietnams; nach der Befreiung standen dort unzählige Wracks amerikanischer Maschinen herum, aber auch Hunderte in noch flugfähigem Zustand.

die Kollaborateure warteten, überfüllt. Ausgerechnet da hatten die nächsten drei C-130, die hereinkamen, «Daisy Cutters» geladen, ein Geschenk amerikanischer Militärs an ihre vietnamesischen Zöglinge. Wie wenig willkommen diese Riesenbomben waren, merkte Smith persönlich. Luftmarschall Ky, den er anrief, damit er sich um die Last kümmere, hatte kein Interesse. Für seine Maschinen eigneten sie sich nicht, erklärte er. Größere, die sie abwerfen könnten, gab es nicht mehr im geschrumpften Gebiet der Saigoner.

Smith schimpfte sich heiser, aber es nützte nichts, seine eigenen Marinesoldaten mußten die schweren Bomben entladen; eine mühsame Arbeit, die sechs Stunden dauern würde. Dann mußten die «Daisy Cutters» irgendwo außerhalb der Hallen, die ja gesprengt werden sollten, zwischengelagert werden.

«Macht, was ihr wollt», rief Smith seinen Unterstellten zu. «Knallt sie meinetwegen in den Zivilflughafen, damit sie bei der Sprengung nicht hochgehen. Und laßt mich ein paar Stunden in Ruhe!»

In der Botschaft bildete sich um Mitternacht eine Art Krisenstab, weil offensichtlich geworden war, daß der kranke und in seiner Wohnung vor sich hin brütende Botschafter Martin nicht mehr in der Lage sein würde, die nötigen Entscheidungen schnell zu treffen. Polgar und Dobson sowie eine Anzahl jüngerer CIA-Beamter traten nun in Aktion.

Sie legten fest, am nächsten Morgen sollten zusätzliche Großhubschrauber die auf etwa 2000 «heiße Personen» festgelegte Zahl von vietnamesischen CIA-Mitarbeitern von den Treffhäusern und Geheimquartieren abholen. Kleine Hubschrauber sollten auch schon von der Botschaft selbst Leute aufnehmen, sie nach Tan Son Nhut schaffen, wo sie entweder in C-130 oder in Großhubschrauber umzusteigen hatten, um auf die Flugzeugträger im Südchinesischen Meer gebracht zu werden. Für die einzelnen Sammelstellen wurden CIA-Offiziere als Organisatoren eingeteilt.

Die Aktion unterschied sich von allem, was Botschafter Martin bisher organisiert hatte, durch ihre Resolutheit. Was sich bisher wenigstens noch kümmerlich als diplomatische Vertretung der Vereinigten Staaten vorgeführt hatte, wurde nun, mit dem Anbruch des letzten Tages vor Beendigung der Flüge, endgültig zu einer Zweigstelle Langleys. Neben erhöhter Alarmbereitschaft ordnete die CIA-Führung auch an, daß jeder Amerikaner eine Schußwaffe zu tragen hatte.

Um 4.00 Uhr früh, am 29. April, meldeten die Piloten der C-130, die ihre «Daisy Cutters» entladen hatten, ihre Maschinen startklar. Sofort wurden sie mit Passagieren vollgestopft. Die ersten beiden hoben schwerfällig ab, die dritte rollte soeben an die Rampe, als die Marineposten, die überall herumstanden, plötzlich wie auf Kommando Deckung suchten. Ihr in vielen Gefechten geschultes Gehör hatte den jaulenden, pfeifenden Ton heranfliegender Raketen ausgemacht.

Die erste Rakete schlug neben der dritten C-130 ein und

demolierte ihren Rumpf. Andere rissen Löcher in die Betonpisten. Dann gab es eine mächtige Erschütterung, als eines der Geschosse das Treibstoffdepot am Rande des Flughafens traf und in die Luft jagte, wobei der Feuerball sekundenlang Tageshelle verbreitete.

General Smith, der geschlafen hatte, fuhr auf und rannte zum Telefon. Er erfuhr, daß genau zu dem Zeitpunkt, für den die Befreiungskräfte die Beendigung der amerikanischen Transportflüge gefordert hatten, nun die Beschießung des Flughafens einsetzte, die zwangsläufig den angrenzenden DAO-Komplex paralysieren mußte. Smith befahl dem Funker, sofort die 7. Flotte zu informieren, und Guam, die Flüge auszusetzen, solange die Beschießung anhielt.

Ein Oberst, der neben Smith stand, als er die Nachricht aufsetzte, bemerkte respektlos: «Wenn die das Feuer einstellen, brauchen wir sechs Wochen, um die Startbahnen zu reparieren, Sir!»

Er sollte recht behalten. Zu den Raketen gesellten sich bald Artilleriegranaten. Jeder, der sich in Tan Son Nhut oder im DAO-Komplex aufhielt, erkannte die Unmöglichkeit, selbst nach Aussetzen des Feuers noch etwas anderes zu benutzen als Hubschrauber. Lediglich Botschafter Martin wollte das nicht glauben. Er veranlaßte persönlich beim Chef der 7. Flotte, daß sofort weitere sechs C-130 nach Tan Son Nhut starteten.

Um diese Zeit verfolgte General Van Tien Dung in seinem Befehlsstand aufmerksam den Fortgang der Offensive. Der Auftrag, den er unmittelbar vor Beginn der Feuereröffnung von Partei und Regierung erhalten hatte, war eindeutig: Alle Kämpfer sind aufgerufen, mit höchster Entschlossenheit die letzte Bastion des Gegners anzugreifen und seinen Widerstand zu brechen, damit Saigon befreit und der Sieg in der Offensive errungen werde, die den Namen Ho Chi Minhs trägt.

Wenige Minuten vor 5.00 Uhr wurden die Motoren der Panzer angelassen, die zur 203. Brigade gehörten. Sie waren teils eingegraben, mit Laubwerk getarnt. Die Mannschaften brannten darauf, endlich in die letzte Schlacht zu kommen. Eine Zigarette noch war genehmigt worden, aber sie wurde unkonzentriert und schnell geraucht. Immer wieder glitten die Hände über die Kombinationen, griffen sie zu, um Äste beiseite zu zerren, Tarnnetze wegzuziehen. Als die Motoren der T-54 gleichmäßig brummten, stimmten die Funker ihre Geräte ab, um sie danach auszuschalten: Funkstille bis zu einem ausdrücklichen Befehl.

Der Kommandeurspanzer rollte als erster aus der Dekkung, ohne die Lichter einzuschalten, obwohl es noch dunkel war. Jeder Kommandant hatte eine Karte an die Innenwand des Turmes geklemmt, darauf war der Weg in das Herz des Gegners mit allen kritischen Punkten eingezeichnet, an denen sich entscheiden würde, ob die Genossen in Saigon die Lage selbst klären konnten, oder ob die Panzerkanonen würden sprechen müssen. «Wir schonen Zivilisten und privates Eigentum so weit als möglich», hieß der ausdrückliche Befehl. «Aufgebende Gegner werden anständig behandelt und gefangengenommen; Widerstand wird in schneller Aktion gebrochen.»

Mit großen Abständen fuhren die Panzer südwärts. Vor ihnen gab es gelegentlich gegnerische Soldaten, doch wenn die das Rasseln der Ketten hörten, verließen die meisten ihre Stellungen, ohne die Erlaubnis ihrer Vorgesetzten einzuholen.

Vom Dach eines der höheren Stadthäuser blickte bei Sonnenaufgang ein junger Vietnamese interessiert zum Parkplatz der US-Botschaft hinüber. Er sah die vielen Autos, die Busse, die Personen aufnahmen und wegbrachten, er sah auch die Menschen, die sich am Eingangstor drängelten, in der Hoffnung, außer Landes gebracht zu werden. Nun ja, es war ein amerikanischer Krieg gewesen, und wer mit den Amerikanern gegen seine eigenen Landsleute gearbeitet hatte, wurde jetzt von einem schlechten Gewissen geplagt. Jeder kleine Denunziant, jeder Agent und Informant, viele auch, die keine Verbrechen begangen hatten, lediglich in Panik gehetzt worden waren, daß «unbarmherzige Kommunisten sie kurzerhand erschießen würden», wie es auch heute wieder in jeder Zeitung stand, drängten sich jetzt verängstigt um die letzte Bastion der einstigen Herrscher in Südvietnam. Es wird lange dauern, dachte der junge Mann, bis sich da eine neue Denkweise durchsetzt.

Er trug geflickte Jeans, ein knallbuntes Hemd, das über den Hosenbund hing und die Pistole verdeckte, die er dahin gesteckt hatte. Er erweckte absichtlich den Eindruck, als lege er auf sein Äußeres keinen Wert; dies war die beste Tarnung. Jetzt sah er, wie einige amerikanische Marinesoldaten mit einer Motorsäge aus der Botschaft kamen. Sie schoben zuerst den Chevrolet des Botschafters beiseite, der allein unter dem riesigen, ausladenden Tamarindenbaum parken durfte. Wenige Minuten später hatten sie den mächtigen, alten Stamm umgelegt. Sie sägten noch die am höchsten aufragenden Äste ab, dann verschwanden sie.

Der junge Mann brauchte dafür keine Erläuterung: Das Feuer auf Tan Son Nhut hatte die Startbahnen so zerstört, daß keine C-130 mehr dort landen oder starten konnten. Jetzt würde man Hubschrauber benutzen, auch von der Botschaft aus, und da störten Bäume auf einer so idealen Landefläche, wie es der betonierte Autoparkplatz war.

Der junge Mann entschloß sich, diese Neuigkeit sofort weiterzugeben. Er stieg ein paar Treppen abwärts, informierte einen anderen jungen Burschen, der hier wohnte, und dann bezog er wieder seinen Posten.

Der Beobachter hatte richtig vermutet. Tan Son Nhut konnte nur noch von Hubschraubern angeflogen werden, das teilte General Smith dem Botschafter kurz und bündig mit, auch daß Reparaturen ausgeschlossen und Saigoner Abwehrmaßnahmen gegen die Angreifer unmöglich waren. Er habe im übrigen Admiral Gayler im Pazifik-Hauptquartier der US-Flotte in Honolulu persönlich Bericht über die militärische Lage erstattet und ihn gebeten, das Signal 4 zu geben, ein von den Militärs intern vereinbartes Stichwort für die letzte, lediglich noch mit Hubschraubern zu bestreitende Phase des Ausfliegens von eigenem Personal.

Smith blickte aus dem zerborstenen Fenster des provisorischen Flugleitzentrums, als er mit Martin telefonierte. Wracks waren über die Betonpisten verstreut, Brände loderten, überall lagen Ausrüstungsgegenstände, Munition, Bomben herum. Motoren vietnamesischer Flugzeuge liefen, ohne daß Piloten zu sehen waren. Sie versuchten Arbeiter aufzutreiben, die ihnen wenigstens eine behelfsmäßige Startbahn frei machten, zur schnellen Flucht.

«Unmöglich», schloß Smith das Gespräch. Er wiederholte dieses Wort, als wenig später Botschafter Martin, schwankend, grau im Gesicht, von seiner Krankheit zermürbt, persönlich im DAO-Komplex erschien und bat, daß seine Frau mit einer C-130 ausgeflogen werde. Smith nahm die alte Dame beiseite und redete auf sie ein: «Bitte begreifen Sie, es gibt keine C-130 mehr. Aus. Aber wir bringen Sie fort, wenn Sie den Herrn Gemahl gütigst davon überzeugen wollen. Wir machen das mit einem Hubschrauber, zu anderem sind wir nicht mehr in der Lage. Gedulden Sie sich nur kurze Zeit.»

In der CIA-Station ließ Polgar inzwischen immer wieder seine führenden Mitarbeiter zu den verschiedenen Treffhäusern ausschwärmen, um das Ausfliegen über die Hubschrauberplattformen zu beaufsichtigen. Kleine Huey-Maschinen der Air America brachten die Leute von den Sammelstellen nach Tan Son Nhut, von wo aus sie in größere Hubschrauber vom Typ CH-53 und CH-47 umstiegen, die sie zu den auf See wartenden Schiffen flogen. Man schätzte, etwa 2000 Leute ausfliegen zu können.

Polgar wurde verpflichtet, die Zahl der in der Stadt noch anwesenden Amerikaner auf 150 zu reduzieren, eine Art Sicherheitsquote, die im äußersten Notfall sehr schnell zu bewältigen war. Bei den auszufliegenden Vietnamesen erwartete Guam, wie man Polgar unmißverständlich wissen ließ, «nicht mehr dieses Gemisch von Friseuren, Köchen und Nutten, sondern tatsächlich gefährdete Personen». Im übrigen waren die in der Botschaft vorgesehenen Sprengmaßnahmen einzuleiten, Dokumente, Bargeld und alle Beweismittel zu vernichten.

Nachdem Polgar die Umstellung auf Hubschrauberflüge organisiert und mit General Smith besprochen hatte, gab er den Befehl, das Verbrennen der Dokumente zu beschleunigen. Da meldete ihm John, in einem Safe der Botschaft lägen zwei Millionen US-Dollar in großen Scheinen, Geld, das für laufende Ausgaben der Botschaft, unter anderem auch für die Bezahlung von V-Leuten und Denunzianten, bestimmt gewesen war. Er habe es entdeckt, als er dabei war, in diesem Safe ein paar gefälschte Dokumente unterzubringen, die die Sieger irreführen sollten.

«Geld?» Polgar überlegte nicht lange. Da war doch in den letzten Weisungen aus Langley auch die Rede von Geld gewesen! Als John die Bemerkung machte, er würde bei Angehörigen seines neuen Netzes Abnehmer finden, es wäre immer gut, Geld im gegnerischen Land zu haben, flüsterte Polgar ihm nur zu: «Nimm dir, was du brauchst. Du hast zehn Minuten!»

Danach schleppten einige Marinesoldaten Säcke mit den Dollars in die Nähe des Schwimmbades der Botschaft. Dort waren zwei Verbrennungsöfen in Betrieb, aber das Bedienungspersonal winkte ab: für Stunden beschäftigt! Da holten sich die Marinesoldaten mehrere leere Mülltonnen und einen Kanister Autobenzin, warfen die Säcke in die Tonnen, gossen Benzin darüber und zündeten es an.

Nun gesellten sich zu den schwarzen Aschefetzen, die aus dem Botschaftsgelände aufstiegen, Teile verbrannter Dollarnoten. Sie segelten, von der heißen Luft emporgehoben, über die Mauer hinaus.

Botschafter Martin sah, daß die Leute, die dort warteten, das Auftauchen der versengten Banknotenreste als sicheres Zeichen dafür nahmen, daß die Amerikaner endgültig im Fortgehen begriffen waren. Das heizte die Panik weiter an. Also befahl der Botschafter, das Feuer in den Mülltonnen sofort zu löschen. Die Tonnen mit dem nur zum Teil verbrannten Geld blieben unbeachtet neben dem Schwimmbecken stehen, die Banknoten schwammen in der trüben Brühe, mit der die Marinesoldaten den Brand gelöscht hatten.

Als sich Botschafter Martin von seiner mannhaften Entscheidung ein wenig ausruhen wollte und das Radio anschaltete, erfuhr er, daß die letzte Phase der Evakuierung angebrochen war. Hubschrauber kreisten über den Sammelstellen in der Stadt, klärte man ihn auf, als er unwillig Aufschluß über die Lage verlangte. In Tan Son Nhut sei den sechs auf seine Weisung anfliegenden C-130 soeben der Befehl zur Umkehr gegeben worden, die Pisten seien zerstört.

Wie zur Bestätigung dessen erklang bei Army Service Radio Saigon, der Station, die Martin hörte, die sanfte Stimme Bing Crosbys. Er sang White Christmas.

Admiral Whitmire, auf seinem Flaggschiff «Blueridge» im Südchinesischen Meer kreuzend, beobachtete gegen Mittag, wie sich die Luftbrücke der Hubschrauber entwickelte. Als er zum Kommandodeck gerufen wurde, konnte er sich nur schwer von dem Anblick der um die Schiffe herumschwirrenden Riesenlibellen losreißen. Überall liefen Start- und Landemanöver ab, es war eine Freude zuzusehen. Allerdings zeigte Whitmire seine Freude nicht, das Pokergesicht blieb unbewegt. Er spielte den kühlen Geschwaderchef, den nichts überraschen oder zu einer Gemütsbewegung hinreißen konnte. Nach einer Weile stieg er in den Lift, der ihn zur Funkstation brachte. Verteidigungsminister Schlesinger sandte ihm eine Blitzbotschaft und wartete auf Antwort.

Verwundert las Whitmire. Dann nannte er dem Funker einen Namen, der sofort ausgerufen werden sollte. Eine Minute später wußte der Admiral, daß der Gewünschte an Bord war, soeben eingetroffen.

«Bringen Sie ihn her», ordnete er an.

Bald stand ihm ein Zivilist gegenüber, der sich als Johnny Walker vorstellte. Der Admiral konnte es sich nicht verkneifen, die uralte Scherzfrage zu stellen, die sich auf die gleichnamige Whiskysorte bezog: «Rotes Etikett oder schwarzes?»

«Auf keinen Fall rot!» Der Mann lachte. Man konnte ihm

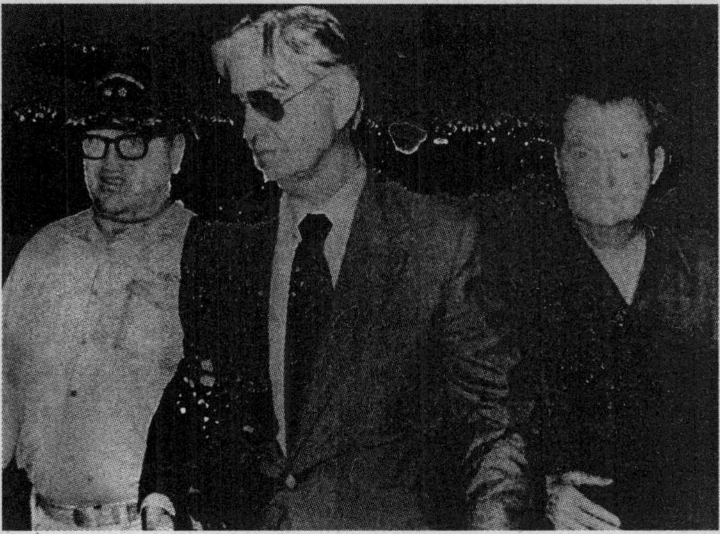

Admiral Whitmire (links) geleitet US-Botschafter Martin (Mitte), der soeben aus seinem Fluchthubschrauber gestiegen ist, unter Deck des Flugzeugträgers.

ansehen, wie glücklich er war, auf dem Flugzeugträger zu sein und nicht mehr in Saigon. Aber seine Freude wurde sogleich gedämpft.

Whitmire sagte: «Nun gut. Ich habe hier einen Befehl von Mister Schlesinger für Sie. Danach begeben Sie sich jetzt sofort auf meinen Hubschrauberträger ‹Dubuque› und fahren mit ihm bis auf einige Meilen an eine Insel namens An Thoi heran; sie liegt unweit der größeren Insel Phu Quoc, westlich Kap Ca Mau, in Richtung Kampuchea. Kennen Sie die Gegend?»

«Ja, Sir», antwortete der Zivilist.

«Also – die ‹Dubuque› hilft bei der Evakuierung von wichtigen Personen, die sich auf An Thoi und Phu Quoc befinden. Weitere Leute werden dort von Can Tho her ankommen, per Boot vom Festland. Sie sind nicht der Kapitän des Schiffes, aber Sie haben die letzte Entscheidung in allen Fragen der Evakuierung. Habe ich mich klar genug ausgedrückt?»

Es war alles klar. Walker hatte schon seit Tan Son Nhut gewußt, welche Aufgabe noch zu erledigen war. Er bedauerte nur, daß es gerade ihn traf, denn es war auf dem Träger gemütlicher als in Küstennähe. Admiral Whitmire ließ noch einen weiteren Zivilisten rufen, dem er ebenfalls eines seiner Schiffe anvertraute. Er hatte die berüchtigte Gefängnisinsel Con Son auf der Höhe von Kap Ca Mau anzulaufen und dort Wachpersonal, Verhörer, Analytiker und sonstige Beamte abzuholen.

«Keine Gefangenen!» scherzte Whitmire. Der Mann verzog leicht die Mundwinkel und sagte nichts. Es war nicht sehr wahrscheinlich, daß das Personal von Con Son Leute am Leben ließ, die einmal gegen sie würden aussagen können. Als der Mann gegangen war, ließ Whitmire an Schlesinger zurückfunken, die Aufträge seien erteilt. Sein Funker teilte ihm mit: «Sir, Mister Kissinger hat uns informieren lassen, bis zum Einbruch der Dunkelheit muß alles gelaufen sein, keine Flüge mehr danach, möglichst.»

«Möglichst?» erkundigte sich Whitmire mit gerunzelter Stirn. «Was ist das für ein Befehl?»

«Sir», gab der Funker zurück, nach einem Blick auf die Meldung, «es heißt hier wörtlich ‹möglichst›!»

«Zivilisten!» schimpfte Whitmire. «Wenn man denen erlaubt, einer Armee Befehle zu erteilen! Wir brauchen dringend jemanden, der das endlich abschafft!»

«Jawohl, Sir!» Der Funker verschwand grinsend.

Withmire wurde an Deck gebraucht, wo eine seltsame Figur aufgetaucht war, aus einem der ersten Hubschrauber, die von Tan Son Nhut kamen. Ein kleiner, rundlicher Vietnamese mittleren Alters, der einen hellen Mantel trug und seine Augen hinter dunklen Brillengläsern versteckte. In jeder Hand trug er eine offenbar recht schwere Aktentasche.

«Der Mann wünscht Sie zu sprechen, Sir», meldete ein Offizier. «Läßt nicht zu, daß wir sein Gepäck wie befohlen prüfen, Sir!»

«Und?» wandte sich Whitmire kurz angebunden dem

Vietnamesen zu. Dieser hob den Kopf und teilte ihm halblaut, so daß der Offizier es nicht hören konnte, mit, er sei General Dang Van Quang, ehemaliger Sicherheitsberater des Präsidenten Thieu, und er bitte um Asyl.

«Samt Aktentaschen?» wollte der Admiral wissen. Auf die hohe Funktion, die der Mann gehabt hatte, ging er gar nicht ein.

Der Vietnamese nickte. An seinen Fingern, das sah der Admiral, trug er große Diamantringe.

«Dann müssen Sie uns gestatten, sie zu prüfen. Es könnten Waffen darin sein; auf meinem Schiff sind Waffen nicht gestattet.»

«Ich erlaube Ihnen persönlich, sich zu überzeugen, daß es sich nicht um Waffen handelt», sagte Quang.

Der Admiral überlegte. Eigentlich sollte er die Kontrolle von einem Matrosen vornehmen lassen. Aber wer wußte, welche hohen Freunde dieser rundliche Flüchtling in den Staaten hatte, deshalb nickte er ihm zu und ließ ihn beide Taschen öffnen. Es waren keine Waffen darin, sie enthielten Goldbarren. Whitmire befahl dem Offizier: «Begleiten Sie den Herrn in ein Quartier. Wenn er die Taschen deponieren möchte, bringen Sie sie zum Bordsafe.»

Etwa gegen Mittag erhielt General Van Tien Dung in seinem Hauptquartier die Meldung, Vorkommandos der Befreiungstruppen befänden sich bereits an der Peripherie des Flugplatzes Tan Son Nhut und des DAO-Komplexes. Informationen, die ihnen zugegangen seien, besagten, daß der DAO-Komplex völlig vermint wäre und gesprengt werden sollte. Auf dem Flugplatz ginge der Betrieb mit Hubschraubern weiter.

«Bis es Nacht wird», entschied der General, «werden wir diesen Flugbetrieb nicht behindern. Bei Einbruch der Dunkelheit hat höchste Kampfbereitschaft zu herrschen. Ich werde dann den nächsten Befehl geben!»

Er ging vor seinen Befehlsstand und lauschte dem fernen Geschützdonner. In der unmittelbaren Umgebung war es still. Wie klein sind doch meine Erwartungen noch vor einigen Wochen gewesen, dachte der General, als wir im Hochland losschlugen. Verglichen mit heute, war alles, an was wir damals dachten, bescheiden. Heute stehen wir vor der letzten Bastion des Gegners, lassen uns schildern, wie er die Nerven verliert, in Angst versinkt. Morgen werden wir mit dem Spuk Schluß machen, der unser Land über Jahrzehnte zum Manövergelände ausländischer Mächte gemacht hat. Er griff in die Tasche, er war in der Stimmung, in der er zu rauchen liebte. Aber er hatte keine Zigaretten bei sich. So blickte er in den leicht diesigen Himmel und überlegte, wann wohl der Regen einsetzen würde.

Es war Mittag, als Luftmarschall Ky – einstmals Vizepräsident, dann Thieu-Rivale, cleverer Geschäftsmann, der ein bißchen Opiumschmuggel nicht verabscheute, ein Mann, der es fertigbekommen hatte, Flugzeuge privat zu verhökern, als ihm das Geld knapp wurde – durch die verwüstete Zentrale des ehemaligen gemeinsamen Generalstabes in Tan Son Nhut ging. Er suchte ein noch in Betrieb befindliches Telefon, um sich zu vergewissern, ob einige seiner Freunde sicher aus Saigon entkommen seien. Nachdem er das erfahren hatte, wandte er sich dem Ausgang zu. Die Show ist vorbei, dachte er, die Darsteller verlassen die Bühne. Zeit zum Aussteigen. Seine Frau und sein Bankkonto waren bereits sicher. Er würde in Amerika ins Geschäftsleben einsteigen. Hier war Schluß; nur Narren konnten noch daran zweifeln.

Der Mann, der durch den von Papieren, zerschlagenen Möbeln und Büromaschinen gefüllten Korridor auf Ky zukam, war ihm bekannt, obgleich eine enorme Wandlung mit ihm vorgegangen war: eine gebückte Figur, lächerlich anzusehen im schlotternden Zivilanzug. Dies war der Drei-Sterne-General Ngo Quang Truong, ehemals Kommandeur der Militärregion 1, ein gebrochener Mann, der zu seinem alten Vertrauten Ky sagte, er würde sich erschießen, wenn er nur den Mut dazu hätte.

Ky hatte nicht die Absicht, Zeit zu verlieren. Der als Playboy gefeierte Mann, der Hitler als sein Vorbild bezeich-

Die Panzer der zerfallenden Thieu-Armee zogen sich in die Innenstadt Saigons zurück. Wo sich die Einwohner ballten, vermuteten die südvietnamesischen Machthaber die größten Widerstände.

Angst vor den Befreiungstruppen spricht aus den Gesichtern der Saigoner Patrouille. Das ungewisse Schicksal machte diese Söldner entweder übergabebereit, oder es trieb sie zu extremen Grausamkeiten.

net hatte, nahm den General in Zivil an der Hand, so wie man ein verstörtes Kind nimmt, und bugsierte ihn zu seinem Privathubschrauber. Wenig später flogen die beiden ab.

Ky landete am frühen Nachmittag auf dem Deck des US-Flugzeugträgers «Midway» im Südchinesischen Meer und meldete, eine südvietnamesische Luftflotte gäbe es nicht mehr. Dann packte er einen Koffer aus. Er enthielt einen Sportanzug, den der Luftmarschall anlegte, bevor er sich an Deck sehen ließ.

«Aufkommender Wind»

Admiral Whitmire trommelte ungeduldig auf das Pult in seinem Kommandostand. Seit einer Stunde wartete er darauf, daß ihm die Träger Abflugbereitschaft meldeten. Um 10.00 Uhr an diesem 29. April 1975 hatte Washington an ihn das Codewort «Aufkommender Wind» gefunkt, das hieß, das Ausfliegen der letzten Amerikaner aus Saigon begann.

Die Maschinen waren noch nicht aufgetankt. Marinekommandos mußten für jeden Hubschrauber als bewaffnete Begleitung zusammengestellt werden. Alles lief langsam, weil die Leute auf den Schiffen schon viele Stunden ununterbrochen auf ihren Posten standen und die Maschinen gewartet werden mußten. So wurde es Mittag, bis der von Washington gewünschte «Wind» endlich aufkam.

Zuerst ließ die «Hancock» ihre 36 Hubschrauber starten, ihnen folgten in Abständen die anderen. 81 Maschinen waren insgesamt vorhanden. Über Saigon würden sie auf «Phantom»-Jäger stoßen, die kamen vom thailändischen Stützpunkt Takli und sollten die schwerfälligen CH-47 und CH-53 schützen.

Whitmire stand noch mit dem Fernglas in der Hand auf der Brücke, als der Funker ihm die Meldung brachte: «Truppen der Kommunisten haben den letzten Widerstand außerhalb Saigons, in der Provinz Tay Ninh, gebrochen und die einzige noch intakte Befehlsstelle außerhalb der Stadt, den Stab der 25. Division bei Chu Chi, ausgeschaltet. Die Truppen stehen unmittelbar vor Saigon, Vorhuten sind bereits in den Randbezirken. Am südöstlichen Stadtrand existiert noch organisierter Widerstand, sonst gibt es nur isolierte Feuernester und Straßensperren. Can Tho, unsere letzte große Basis im Mekongdelta, südlich von Saigon, mit dem Stützpunkt der CIA und dem Trainingslager der Green Berets, ist kampflos geräumt worden. Der neue, von Präsident Duong Van Minh eingesetzte Premierminister Vu Van Mau hat an die USA appelliert, sofort alle US-Bürger aus Saigon zu entfernen. Die gleiche Forderung hatte

General Nguyen Van Toan, Kommandeur der Militärregion 3, galt als einer der korruptesten Militärs in der Saigoner Armee überhaupt. Er hetzte angesichts des unvermeidlichen Endes noch Tausende von Soldaten kaltblütig in den Tod.

Ein zwölfjähriger «Soldat» aus dem letzten Aufgebot der Saigoner.

Präsident Minh eine Stunde zuvor bereits an den Chef des DAO-Komplexes, General Homer Smith, gerichtet.»

Der Admiral gab dem Funker das Papier kommentarlos zurück. Als er sah, daß der Mann noch etwas anderes in der Hand hatte, griff er danach. Es war ein mitgehörter Spruch zwischen dem Aufnahmelager auf Guam und DAO-Chef Smith. Ein erboster Empfangs- und Registrierbeamter funkte da an Smith, er solle, gottverdammt, aufhören, ihm diesen ganzen, aus Geldprotzen, Heroinhändlern, Köchen und Huren bestehenden Saigoner Müll auf den Hals zu schicken, alle paar Minuten eine Maschine voll. Ob es denn in Saigon nichts anderes gäbe, das vor dem Zugriff der Kommunisten gesichert werden müsse.

«Das habe ich nicht gelesen!» belehrte Whitmire den Funker. «Weg damit. Und – wenn es weitere Äußerungen dieser Art auf derselben Frequenz gibt, möchte ich darüber informiert werden!»

Der Funker nahm grinsend Haltung an, bevor er sich entfernte. Admiral Whitmire hatte sich bei der Erwähnung Can Thos nichts weiter gedacht, als daß nun auch das Delta verloren war. Er war nie dort gewesen, kannte Vietnam kaum, hatte deshalb auch nur eine vage Vorstellung davon, was in der ziemlich großen Stadt an einem der Hauptarme des Mekong aufgegeben worden war.

Schon früh im Krieg hatten die USA dort, in der unübersichtlichen Landschaft, die aus fruchtbaren Reisfeldern, Sümpfen, Wasseradern und verfilztem Tropenwald bestand, unweit von Can Tho, den Luftstützpunkt Binh Thuy angelegt. In der Nähe des Stützpunktes, auf dem Gelände eines alten französischen Flugplatzes, kam das zentrale Lager der Green Berets hinzu, jener von Präsident Kennedy gehätschelten Truppe, die gern als Eliteeinheit bezeichnet wurde, in Wirklichkeit aber nur eine Horde von besonders hart dressierten, zum Töten ausdrücklich aufgeforderten, gefühlsarm gemachten, zu animalischen Reaktionen erzogenen Primitivlingen war. Sie hatten in Südvietnam Einheimische in der ihnen geläufigen Art ausgebildet und eingesetzt. Die Bilder von ihnen, wenn sie Gefangenen den Leib aufschlitzten und andere Bestialitäten vorführten, waren um die Welt gegangen.

Die CIA-Basis in Can Tho hatte in den vergangenen Wochen viel Ärger mit den herumlungernden Veteranen des Vietnamkrieges gehabt. In den USA aus den Green Berets entlassen und arbeitslos, hatten sie sich hier zusammengefunden, um «in Vietnam Ordnung zu schaffen». Söldner, die ihre Heimat nicht mehr brauchen konnte, jedenfalls nicht im Augenblick, wo sich der Massenprotest der Bevölkerung gegen jedes neue militärische Abenteuer richtete. In Saigon, wohin es diese entwurzelten Veteranen des Tötungsgeschäftes zuerst verschlug, war nicht viel mehr auszurichten gewesen als ein paar nostalgische und alkoholgetränkte Wiedersehensfeiern. Gebrauchen konnte man sie auch dort nicht. So waren sie nach Can Tho gezogen, ins alte Lager. Und als sie da ebenfalls nichts mehr vorfanden, das an die Tage erinnerte, an denen sie Köpfe auf Bambusstangen gesteckt und abgeschnittene Genitalien zur Abschreckung auf den Dorfplätzen zur Schau gestellt hatten, waren sie letztlich im Stützpunkt der CIA um Hilfe bei der Rückführung in die Vereinigten Staaten vorstellig geworden.

Der Generalkonsul von Can Tho, MacNamara, seit Jahren in dieser Stadt Chef eines umfangreichen Apparates aus amerikanischen und einheimischen Mitarbeitern, hatte schon seit geraumer Zeit Vorsorge getroffen, im Falle überraschender Wendungen schnell aus der Stadt wegzukommen. Das Delta des Mekong war jedem Fremden feindlich. Zu der feuchtheißen Luft, die den Körper förmlich lähmte, kamen Schwärme von Moskitos und anderer stechender Insekten, kamen Blutegel und winzige Giftschlangen. Wo die Kleidung ständig an der Haut klebte, bildete sich ein Pilz, es entstanden eiternde Geschwüre. In den Nächten konnte kein Fremder Schlaf finden, er wälzte sich unruhig in einer Pfütze eigenen Schweißes, bis der Morgen kam. Wenige Grade nur differierte die Nachttemperatur mit der des Tages. Und selbst wenn ein Fremder sich in dieser ungewohnten Welt einleben konnte, hatte er noch keine Ahnung von den Gefahren, die der Krieg hier für ihn bereithielt. Nur wer das Delta wirklich von Kind auf kannte, jeden Wasserlauf und jedes Versteck, wer bei den Reisbauern in den winzigen Dörfern zu Hause war, wer weder Hitze noch Schlamm noch tierische Plagegeister, geschweige denn ausländische Eindringlinge fürchtete, der konnte sich auf die Dauer hier behaupten.

Die Green Berets waren den Träumen ihres verblichenen Schöpfers Kennedy nicht gerecht geworden. Das Wiederauftauchen einiger ihrer Veteranen hier hatte etwas von Heimweh nach dem Ort der Niederlage an sich gehabt. Jetzt halfen die letzten von ihnen dem Generalkonsulat und dem CIA-Stützpunkt beim endgültigen Auszug aus dem Land, das sie weder mit Flaggen und Panzern, noch mit Haumessern und sogenannten Menschendetektoren oder mit Spitzeln und Kollaborateuren hatten erobern können.

Am 28. April hatte Generalkonsul MacNamara die Entscheidung getroffen, das Konsularpersonal und alle Vietnamesen, die zur Oberschicht der Stadt gehörten, die sich während des für sie gewinnbringenden Krieges herausgebildet hatte, auf dem Wasserwege außer Landes zu schaffen. Er hatte sich von den optimistischen Prognosen Botschafter Martins nie anstecken lassen.. Still für sich hatte er dafür gesorgt, daß die Armee in einer abgesperrten Zone am Ufer des Bassak, des zum Golf von Thailand fließenden Mekongarmes, eine ausreichende Anzahl von Landungsbooten verankerte und vergaß, ebenso wie einige starke Schleppfahrzeuge. MacNamara verlor keine Zeit. Er versammelte die etwa dreihundert Leute, die er außer Landes zu bringen gedachte und von denen kaum zwei Dutzend Amerikaner waren, an den Ganzmetallbooten, ließ einen langen Schleppzug zusammenstellen und dampfte ab, südwärts.

Mit dem Chef der CIA-Basis hatte er den Aufbruch nicht koordiniert. MacNamara, ein ziemlich eitler Mann, mochte diese Leute nicht, die wenig über ihre Tätigkeit sprachen und die sehr gute Verbindungen besaßen. Ihn störte ihre Geheimniskrämerei ebenso wie ihre rüde Art, anderen Dienststellen Vorschriften zu machen. Er schnitt sie, wo er nur konnte. Als er nun im vorderen Schleppdampfer stand, neben dem Steuermann, eine vom besten Schneider Saigons handgenähte Tropenuniform tragend, dazu einen blankgewichsten Stahlhelm mit einem großen goldenen Stern an der Vorderseite, eine schwere Pistole am Koppel, freute er sich diebisch, daß die Herren von der CIA diesmal abgehängt waren.

In der CIA-Basis war man nervös. Chefagent Dewey, ein Mann mit beträchtlichen Vietnam-Erfahrungen und mit einem Ruf als Untersuchungsspezialist ohne Skrupel, fieberte darauf, außer Landes zu kommen. Es war höchste Zeit! Und daß MacNamara ihn hatte sitzenlassen, würde er dem nicht vergessen. Er führte ein Telefongespräch mit einem alten Freund, der in der Gegend bleiben wollte, bis die Kommunisten da waren. Erst dann wollte er mit einem schnellen Motorboot, wie sie in Can Tho häufig von südvietnamesischen Armeeoffizieren zu Sportzwecken benutzt wurden, in Richtung Phu Quoc fliehen.

«Tan», bat der CIA-Mann jetzt seinen Vertrauten, «tust du mir den Gefallen und hältst unseren Konsul etwas auf? Geheime Staatssache. Nein, nicht ernsthaft an der Flucht hindern, nur so lange zappeln lassen, bis er schwitzt. Klar? Danke! Sehe dich auf Phu Quoc oder in San Francisco!»

Danach forderte er über Funk von einem kleinen Hubschrauberträger, der im Golf von Thailand kreuzte, Maschinen an. Er hatte alles vorbereitet, und das Verladen von Akten und Archivmaterial ging schnell vor sich. Dewey hatte für die Hubschrauber einen gesicherten Platz, der nicht von außen eingesehen werden konnte. Innerhalb weniger Stunden war alles erledigt, und erst der letzte Hubschrauber hatte das Pech, beschossen zu werden. Er wollte an der CIA-eigenen Benzinstation auftanken, aber als er dort niederging, war das Benzindepot bereits von desertierten Soldaten und einheimischen Gangstern besetzt, die Fässer des wertvollen Stoffs für ihre privaten Schwarzmarktgeschäfte abfüllten. Sie verscheuchten den Hubschrauber mit MG-Feuer.

Tan, ein V-Mann Deweys in der Saigoner Armee, flitzte an der Spitze einer Flottille von Flußwachbooten auf den Konvoi des Generalkonsuls MacNamara zu und forderte mit Signalen zum Stoppen auf. Widerwillig ließ MacNamara das zu. Es gab nur wenige bewaffnete Männer im Konvoi, und die Patrouillenboote konnten die Fahrzeuge sehr leicht mit ihren schweren Maschinenwaffen versenken. Also bemühte sich MacNamara, ein entschlossenes Gesicht zu machen, als der Offizier der Saigoner Armee auf seinen Schleppdampfer überstieg und betont scharf erklärte: «Sir, ich bin gezwungen, die Boote nach bewaffneten Deserteuren unserer Armee zu durchsuchen, wollen Sie bitte die Weisung geben, daß ich dabei nicht behindert werde!»

«Aber», Generalkonsul MacNamara unterließ den Protest, den er auf der Zunge hatte, er sah ein, daß es sinnlos sein würde, sich dem Offizier zu widersetzen. Als er sich gerade dazu durchgerungen hatte, einer Durchsuchung zuzustimmen, war plötzlich ein US-Hubschrauber über dem Konvoi. Ein Begleiter MacNamaras stellte das Sprechfunkgerät im Ruderhaus auf die Frequenz des Hubschraubers ein, und von diesem kam die beinahe fröhlich klingende Stimme Deweys: «Brauchen Sie unsere Hilfe, Sir?»

Der Offizier Tan spielte seine Rolle gut. Er zog die Pistole und bedeutete dem Generalkonsul mit grimmigem Gesicht, das Gerät auszuschalten. Es blieb MacNamara nichts weiter übrig, als sich zu fügen. Er hatte zu viele Geschichten über das gehört, was die Saigoner Offiziere fertigbrachten, wenn man sie reizte.

Oben, im Hubschrauber, grinste Dewey und befahl dem Piloten, tiefer zu gehen. Dann winkte er lange, wie ein Mann, der einen besonders guten Freund entdeckt hat. Tan beobachtete es, ohne sein Vergnügen darüber zu zeigen. Er sah, daß der Generalkonsul mit saurem Gesicht die Finger an den Helmrand legte, als einziges Zeichen.

Nun ja, dieser Herr mit dem goldenen Stern würde nicht darüber zu entscheiden haben, wie Tans Zukunft in den USA ausfiel, das würde Dewey regeln. Also sollte der aufgeblasene Frosch ruhig zappeln!

Dewey saß bereits mit seinen Leuten auf Phu Quoc beim Bier, während Tan den Generalkonsul immer noch aufhielt. So wurde es Abend, bis der Konvoi die Mündung des Bassak erreichte, wobei er des öfteren von den Ufern aus beschossen wurde. Dann lag das Meer vor dem Schleppzug, doch es gab keine Navigationsgeräte, die Fahrzeuge waren auch nicht hochseetüchtig. Also rief der Funker über die Notfrequenz um Hilfe.

«Da ruft einer aus der Bassak-Mündung dauernd ‹Mayday›, ‹Mayday›», meldete der Funker dem Kapitän des Frachtdampfers «Pioneer Contender», der schon vor Da Nang fliehende Amerikaner und Kollaborateure aus dem Wasser gefischt hatte. Der berechnete schnell die Entfernung. Er kreuzte in dem Seegebiet zwischen Phu Quoc und dem Festland, aber es würde immerhin Stunden dauern, bis er an der Bassak-Mündung war.

«Gib durch, sie sollen Lichter setzen und warten», entschied er.

Nach Mitternacht erst wurde MacNamaras Schleppzug gefunden. Viel später, auf Phu Quoc, als CIA-Basischef Dewey ihm jovial auf die Schulter klopfte und versicherte, er freue sich sehr, daß er es nun doch auch noch geschafft habe, beschlich MacNamara das Gefühl, diese Leute von der «Firma» unterschätzt zu haben. Ihr Arm reichte weit, und oft in Richtungen, an die man kaum dachte.

Am späten Nachmittag des 29. April hielt vor dem Tor des inzwischen geschlossenen Hauptlagers der PX in Saigon, einige hundert Meter vom Präsidentenpalast entfernt, ein Militärlastwagen, dem sechs bewaffnete Saigoner Soldaten entstiegen. Einer von ihnen befestigte eine Handgranate am Tor und zog sie ab. Die Detonation riß das Schloß auf. Dieser Mann blieb mit schußbereitem Gewehr vor dem Tor stehen, um Neugierige zu verscheuchen. Die anderen stiegen wieder auf den Wagen, einen schweren Dreiachser, und fuhren in das Lager hinein, wo sie aus den großen Hallen Konserven und Alkohol, Zigaretten, Schokolade, vor allem aber Medikamente, bevorzugt Betäubungsmittel, aufluden. Als der Wagen voll war, verließ er den Hof, nahm den Posten am Tor auf und brauste dann in schneller Fahrt davon.

Der erste, der sich danach in das PX-Lager traute, war ein Knirps von zehn Jahren, der manchmal Schuhe putzte, meist aber Mädchen verkuppelte. Er wußte, daß sich hinter der Bezeichnung PX jene Versorgungseinrichtung der US-Truppen verbarg, die sie mit all den Gütern aus Übersee versorgte, die Zeichen von Wohlstand waren, wie Coca Cola, Kaugummi, Whisky, Wurst und Präservative. Der Knirps vergewisserte sich, daß das Lager zwar menschenleer, aber voll solcher Dinge war. Dann stahl er schnell ein Fahrrad und alarmierte eine Bande anderer Jungen. Sie trieben einen Daihatsu-Lieferwagen auf, der abfuhr, was sie aussuchten.

Die letzten Tage von Saigon waren eine Orgie der Plünderungen. Was man nicht selbst sofort brauchte, wurde gehortet, um es später auf dem schwarzen Markt verkaufen zu können.

Eine Stunde später wimmelte es in den Lagerhallen von plündernden Menschen. Alte Männer bissen in Kokosfettplatten, um zu prüfen, ob es nicht etwa Seife war, Frauen stapelten Whiskykartons auf Rikschas, andere schleppten Säcke voller Konserven davon. Scharen von Leuten kletterten über Berge von Schinken in den Kühlräumen. Sie froren, aber sie rafften zusammen, was sie nicht zertrampelt hatten.

Um diese Zeit schlugen Trupps von Halbwüchsigen die ersten Schaufenster in der Tu Do ein und packten Digitaluhren, Ringe und ungefaßte Edelsteine in die Taschen. Wer sie hindern wollte, den schlugen sie nieder. Es war grotesk zu sehen, wie die gefürchteten Saigoner Polizisten den Zusammenbruch ignorierten und sich lediglich damit beschäftigten, den Straßenverkehr zu regeln. Mit weißen Handschuhen und Trillerpfeifen, wie immer, und mit sorgsam ausgeschriebenen Strafzetteln für Falschparker. Die Untergangsphase des Saigoner Regimes hatte eben auch ihre komischen Seiten.

Vor dem Hotel «Duc» in der Pasteurstraße ebenso wie vor den CIA-Häusern in der Le Quy Don und in der Tran-Cao-Van-Straße hatte sich, angelockt durch das Starten und Landen der Hubschrauber auf den Dachplattformen, eine Menge Menschen eingefunden. Es dauerte nicht lange, da stießen bewaffnete, marodierende Deserteure der Saigoner Armee zu ihnen, moralisch verkommene Gestalten, die in der Untergangsstimmung die Chance sahen, ihre niedrigsten Instinkte auszutoben. Kurzerhand legten sie ihre Gewehre an und begannen auf die Hubschrauber zu schießen. Amerikanische Marineposten auf den Dächern erwiderten das Feuer, aber sie waren in der Minderzahl, und so blieb ihnen nichts weiter übrig, als die Türen der Häuser zu verrammeln und sich mit dem nächsten Hubschrauber in Sicherheit zu bringen.

Eines der US-Häuser nach dem anderen wurde danach aufgebrochen und geplündert. In der Botschaft häuften sich die Katastrophenmeldungen. Botschafter Martin ordnete an, daß bei Überfällen nicht zurückgeschossen werden

Oberst Legro oblag im Auftrage von General Homer Smith der sichere Abtransport der ranghöchsten militärischen Kollaborateure aus Südvietnam.

Der letzte Hubschrauber auf dem Dach der US-Botschaft in Saigon nimmt Kollaborateure auf. Wer zurückbleiben mußte, bestimmten die Amerikaner.

sollte, lediglich in der Botschaft selbst, die exterritoriales Gebiet war. Doch die Anweisung ging von illusionären Vorstellungen aus. So häuften sich denn in der Stadt die Schießereien.

Am späten Nachmittag, als die Botschaft mit ihrem gedeckten Parkplatz und der Dachplattform fast nur noch allein Hubschrauber hereinnehmen konnte, versuchten bewaffnete Saigoner Soldaten, die Mauer zu überklettern. Um sie herum drängte sich eine Menge verwirrter, angsterfüllter Menschen, die, von der allgemeinen Panik in ihrer Umgebung angesteckt, sich um Hilfe bei der US-Botschaft anstellten, obgleich sie im Grunde gar keine Vorstellung von dem hatten, was ihnen tatsächlich helfen könnte. Marinesoldaten schossen aus dem Botschaftsgebäude zurück; es entstand ein heilloses Durcheinander, bei dem selbst Handgranaten über die Mauer geworfen wurden.

Einer der schießenden Marinesoldaten schrie seinem Nebenmann zu: «Ich hoffe nur, diese Gooks machen nicht eine Granáte am Tor fest, dann haben wir sie alle auf dem Hals!» Da sah er plötzlich jemanden auf der Mauer sitzen und verzweifelt ein weißes Tuch schwenken. Es war kein Vietnamese. Vorsichtig pirschte sich der Soldat näher. Er erkannte den Mann nicht, aber da es kein Vietnamese war, winkte er ihm und rief: «Springen Sie rüber, Sir!»

Der «Sir» war Ted Sarong, ehemals australischer Brigadegeneral und dann militärischer Privatberater des Präsidenten Thieu. Er hatte seine Freundin, ein teuer gekleidetes vietnamesisches Mädchen, mitgebracht. Sie zog einen riesigen Koffer über die Mauer. Als die Wachsoldaten den kuriosen Gast zum Botschaftsgebäude führen wollten, bestand dieser darauf, daß sie noch weiteren Leuten hereinhalfen. Da draußen, wo kurz zuvor Marodeure geschossen hatten, bettelten nun der ehemalige Botschafter Südkoreas, einige japanische Diplomaten sowie Do Khien Nhieu, ehemals Saigoner Bürgermeister, um Einlaß. Sie alle hatten aus verschiedenen Gründen die letzte Verkehrsmaschine verpaßt, und nun zitterten sie vor Angst.

Mit der Dunkelheit kam ein Gewitter auf. Sturmböen fegten Schmutz und Papierfetzen durch Saigons Straßen. Es gab an diesem Abend, zwei Stunden vor der allgemeinen Ausgangssperre, kein Leben mehr in der Stadt. Straßen und Schaufenster waren unbeleuchtet, verbarrikadiert, Rikschas drückten sich in dunkle Ecken, keine Suppenköche oder Blumenstände, geschlossene Märkte, selbst der sonst undurchdringliche Motorradverkehr wurde immer dünner, und aus den Bars drang keine Musik mehr. Das «Arizona» war geschlossen. Im Hof schickte Thi Nam die kleine Phuong in den Bretterverschlag und schärfte ihr ein, sie solle sich unter keinen Umständen, auch wenn geschossen würde, im Hof oder auf der Straße zeigen, bis entweder Than Hao oder sie selbst sie holten.

Mit Than Hao hatte Thi Nam noch ein kurzes Gespräch, ehe sie selbst aufbrach.

«Du wirst heute nicht hier schlafen?» wollte der Junge wissen.

«Nein. Ich habe in der Stadt zu tun.»

«Es geht zu Ende», sagte Than Hao. Thi Nam registrierte keine Traurigkeit, eher Erleichterung. Sie hatte ihn wohl doch richtig eingeschätzt, aber selbst in diesem Augenblick wäre es gegen jede Regel der Konspiration gewesen, darüber zu sprechen. So sagte sie nur, bevor sie sich auf ihr Fahrrad schwang: «Wünsch mir Glück, ich wünsche es dir auch. Wenn alles vorbei ist, treffen wir uns hier und kümmern uns um Phuong, einverstanden?»

«Wer immer übrigbleibt.» Der Junge lächelte, als er das sagte.

Zur selben Zeit brach Le Minh auf. Er verließ den Sporting Club für immer. Gepäck hatte er keines. Er schwang sich auf den Soziussitz der Kawasaki, deren Besitzer von seiner Werkstatt hereingekommen war, um ihn zu holen. Die Stunde der Bereitschaft war angebrochen. In der Werkstatt wurde nicht mehr gearbeitet, niemand brachte mehr ein Auto zur Reparatur. So würde sich die Sicherungsgruppe jetzt dort versammeln und von der Werkstatt aus ihre Stel-

Männer der ersten Stunde. Aus der Illegalität tauchten Kämpfer wie diese Jugendlichen auf; sie übernahmen in den ersten Wochen nach der Befreiung die Rolle der Stadtmiliz und sorgten für Ordnung und Sicherheit.

lungen beziehen, an Brücken, Kreuzungen, in engen Straßenschluchten.

Die beiden jungen Männer achteten nicht auf die Hubschrauber, die über sie hinwegbrummten, auch nicht auf die «Phantom»-Jäger, die Begleitschutz flogen. Dies war der Auszug der Amerikaner und ihrer dienstbaren Geister. Er war lange vorauszusehen gewesen, warum sollte man jetzt darüber staunen? Blumen würde den Fremden ohnehin niemand hinterdreinwerfen.

An der Botschaft, nicht nur vor der Mauer, sondern auch schon im Hof und in der untersten Etage, wo sich in der Halle die Leute drängten, wechselten Prügeleien um bessere Plätze mit Schießereien ab. Jeder Hubschrauber konnte nur sechzig bis achtzig Personen aufnehmen. Die Marineposten schlossen die Eisentüren, mit denen jede einzelne Etage in der Botschaft abzuriegeln war, und setzten die Fahrstühle außer Betrieb. Mehr als ein Vorwitziger war schon auf das Dach geschlichen und von dort bei einem unvorsichtigen Schritt über den Rand abgestürzt.

Um 20.00 Uhr rief General Homer Smith aus dem DAO-Komplex über Sprechfunk an und teilte mit, er steige jetzt in den letzten Hubschrauber, der den Stützpunkt bei Tan Son Nhut verlasse. Das war nur bedingt wahr, denn nachdem Smith abgeflogen war, verblieb an einer sehr sicheren, gut versteckten Stelle, die von hohen Drahtzäunen umgeben war, mitten auf dem Tennisplatz, noch eine kleine Maschine, die das Sprengkommando aufzunehmen hatte.

Die Ladungen waren bereits überall in dem ausgedehnten Gebäudekomplex angebracht, Sprengstoff in Verbindung mit Thermit. Man wollte absolut sichergehen.

Es war eine halbe Stunde vor Mitternacht, als die Mitglieder des Sprengkommandos, die alle Zündschnüre zusammengekoppelt hatten, aus der Gegend des Zivilflugplatzes das Klirren von Panzerketten hörten. Saigoner Panzer gab es nicht mehr in dieser Gegend, also war ihnen klar, wer da anrollte. So schnell es ging, brachten sie einen Kurzzeitzünder an, rannten zu ihrem Hubschrauber auf dem Tennisplatz, der auch sofort abhob. Aus einigen hundert Metern Höhe konnten sie gerade noch sehen, wie plötzlich der ganze DAO-Komplex, einstmals das Planungszentrum des amerikanischen Feldzuges in diesem Land, in einen Lichtblitz getaucht wurde und in sich zusammensackte.

General Van Tien Dung erhielt die Meldung von der Sprengung wenige Minuten später. Damit waren die Amerikaner aus dem Spiel; der Rest war Sache der Befreiungstruppen. Der General gab den Befehl zum letzten Angriff: Ziel Saigon!

Der 30. April brach an. Marineposten bugsierten die letzten CIA-Mitarbeiter in die Hubschrauber auf der Dachplattform der Botschaft. Es wurde 3.00 Uhr, bis Botschafter Martin erschien, gebeugt gehend, von zwei Beamten gestützt. Als besonders heroische Geste hatte er sich ausgedacht, ebenso wie kurz zuvor sein Kollege in Phnom Penh, die zusammengefaltete US-Flagge theatralisch unter den

Eine U-2 machte dieses Foto: Der DAO-Komplex, das «kleine Pentagon» in Saigon, ist kurz vor der Befreiung gesprengt worden. Der quadratische Bau ist zusammengefallen; man erkennt es an den Wellen des Daches.

Arm zu klemmen, während er in den Hubschrauber geschoben wurde.

Zurück blieb ein kleines Kommando von Marinesoldaten, das die lange vorbereitete Sprengung der Botschaft vollziehen sollte. Aber inzwischen waren die unteren Etagen des Gebäudes bereits voller zu spät gekommener Kollaborateure oder zu früh eingetroffener Plünderer. Die Leute quirlten durcheinander, zerschlugen Möbel, suchten Geld oder Schnaps, warfen Schreibmaschinen zu Boden und demolierten die Fernschreiber. Nur die beiden obersten Etagen waren noch durch die schweren Eisengittertüren im Treppenhaus abgesperrt. So beschränkten sich die Marinesoldaten darauf, alle noch herumliegenden Dokumente in die Verbrennungsöfen auf dem Dach zu werfen und die technische Einrichtung der beiden Etagen, ob Kli-

Vom Sockel gezogen wurde der US-Soldat mit den gigantischen Ausmaßen, das Denkmal der «Waffengemeinschaft», von empörten Saigonern.

maanlage oder Transistorradio, zu demolieren. Eine Sprengung des Gebäudes war unmöglich geworden. Gegen Morgen warfen die Marinesoldaten, als die Plünderer eine der beiden Eisengittertüren aufbrechen konnten, Bündel von Handgranaten die Treppe hinunter, ließen Tränengasbomben in die Fahrstuhlschächte fallen und zogen sich dann, aus allen Waffen schießend, auf das Dach zurück, wo der letzte Hubschrauber wartete.

Inzwischen war es hell geworden. Aus den höchsten Bäumen um die Botschaft wurde geschossen. Es waren einzelne bewaffnete Marodeure, deren Kugeln in die Glaskanzel des Hubschraubers schlugen. Der Pilot schrie wütend die Marinesoldaten an: «Beeilt euch, gottverdammt, oder sollen unsere Verbündeten uns vorher noch durchlöchern?»

Es war, wie der junge Mann, der seinen Beobachtungsposten in dem hohen Haus in der Nähe der Botschaft nicht verlassen hatte, auf seiner Uhr ablas, 7.55 Uhr, als der Hubschrauber abhob und ostwärts verschwand. Die Präsenz der

Vereinigten Staaten von Amerika in Südvietnam, die man gerechterweise Okkupation hätte nennen müssen, fand damit ihr endgültiges, unrühmliches Ende.

Eine Stunde vor Tagesanbruch waren die Panzer der 203. Brigade über die Newportbrücke gerollt. Vor ihnen lag das Gewirr der Straßen Saigons, noch dunkel und menschenleer. Die einzelnen Kampfgruppen schlugen unterschiedliche Wege ein. Es wurde kaum geschossen, und wenn, dann meist mit Maschinengewehren. Die Panzerkanonen bellten lediglich kurz auf, wenn es Widerstandsnester gab, die im Interesse des zügigen Vorgehens schnell beseitigt werden mußten.

Am Südende der Newportbrücke schwang sich Le Minh auf den Führungspanzer. Der Kommandant, dem ein Stabsoffizier, dessen linke Hand durch einen Schuß verkrüppelt war, eine ziemlich genaue Beschreibung dieses jungen Mannes gegeben hatte, erkannte ihn. Er stand in der geöffneten Luke des Turmes und hörte den Jungen durch das Gerassel der Ketten und das Rumpeln des Motors schreien: «Mich schickt der Mann aus Dien Bien Phu!»

Es war die vereinbarte Losung. Der Kommandant bedeutete Le Minh, sich hinter dem Turm festzuhalten, reichte ihm einen Stahlhelm heraus und fragte, ob er bewaffnet sei. Als Le Minh ihm daraufhin eine Pistole zeigte, gab der Kommandant ihm kurzerhand noch eine Kalaschnikow in die Hand. «Für alle Fälle!»

«Da vorn ist grün!» machte Le Minh ihn im selben Augenblick aufmerksam. Eine aus Spanischen Reitern gebaute Straßensperre der Saigoner war von jungen Leuten beiseite gezogen worden. Jetzt standen sie da, mit einer grün abgedeckten Taschenlampe, und winkten. Le Minh winkte zurück, dann kroch er an die Luke heran, so nahe es ging. Er war die Strecke auf dem Soziussitz der Kawasaki mindestens ein dutzendmal abgefahren, denn er wollte später den Kommandanten sicher leiten, ihn warnen, an bestimmten Stellen das Tempo besser zu drosseln, an denen die Lage trotz aller Mühen noch ungeklärt war.

Plötzlich blinkte eine rote Lampe vor dem Panzer auf. Ein Mädchen schlich sich heran und informierte: «Sie haben da vorn, hinter der Bude mit dem Cola-Schild, eine Pak stehen!»

«Geh hinter den Panzer!» forderte der Kommandant sie auf. Le Minh befahl er, sich zu ducken. Der wußte ohnehin, was jetzt kam. Er war lange genug Soldat gewesen, doch das konnte der Panzerkommandant nicht wissen. Le Minh öffnete den Mund weit, legte den Kopf schief, so daß das eine Ohr auf der Schulter ruhte, das andere hielt er mit der freien Hand zu.

Der Panzer brauchte drei Schüsse, dann gab es die Cola-Bude samt Pak nicht mehr.

Um 12.30 Uhr erreichte der Führungspanzer die geschlossenen hohen Eisentore des Präsidentenpalastes. Andere folgten in kurzen Abständen. In der Stadt war der Widerstand erloschen, die Leute standen auf den Straßen, erleichtert über das Ende des Krieges, hoffend, daß jetzt Ruhe und Zufriedenheit einkehren würde, nationale Eintracht und ein bißchen Wohlstand für alle. Und es gab Ängstliche. Die Vergangenheit war bei weitem nicht vergessen. Würden die Befreiungssoldaten Rache üben?

Kinder liefen mit blau-roten Fahnen herum. Ältere Leute, denen man ansah, daß sie nicht geschont worden waren, drückten dankbar hier und da einem Soldaten die Hand. Mädchen lachten. Es war kein rauschender Jubel, eher das erlösende Aufatmen, das den Zorn über das Vergangene einschloß, wenngleich bei vielen noch Beklommenheit vorherrschte, was wohl die nächsten Tage bringen würden.

Der Führungspanzer hatte nur kurz angehalten. Aus dem Palast wurde nicht geschossen, aber es öffnete auch niemand das Tor. Vermutlich waren die Wächter geflohen.

«Also», sagte der Kommandant zu Le Minh, der immer noch hinter dem Turm hockte, «werden wir uns selbst Einlaß verschaffen. Dies ist ein Palast, der ab sofort allen Leuten gehört, keiner soll ihn mehr absperren!»

Mit einem krachenden Geräusch walzte der Führungs-

Panzer der Befreiungsstreitkräfte sind vor der US-Botschaft und dem Präsidentenpalast aufgezogen. Der Fahnenträger eilt zum Gebäude, um die blau-rote Fahne mit dem Stern, Symbol der Befreiung, zu hissen.

panzer das Eisentor nieder, er fuhr auf dem Rasen einen Kreis und hielt dann an. Die anderen waren ihm gefolgt. Schützen sprangen ab und huschten zum Palast hinüber, die Waffen schußbereit. Einer hißte die blau-rote Flagge mit dem gelben Stern. Wenig später erklärte der Kurzzeit-Präsident Minh unnötigerweise, die Republik Vietnam kapituliere. Es gab diese Republik nicht mehr.

Präsident Minh machte einigen französischen und japanischen Reportern, die ihn umdrängten, als er seinen Amtssitz verließ, eine weitere, ebenso wenig überraschende Mitteilung. Er bemerkte bedeutungsvoll, gesiegt hätten jene, die es verdient hätten. Die beiden Befreiungssoldaten, die ihn eskortierten, verzogen dabei nicht einmal die Gesichter. Sie wußten, daß die Geschichte sich bereits anschickte, diesen letzten «Präsidenten» einer amerikanischen Enklave in Südostasien zu vergessen.

Le Minh war plötzlich todmüde. Es kam ihm so vor, als weiche alle Spannung, alle Angst der letzten Wochen mit einemmal aus ihm und lasse nur eine schlappe Hülle zurück. Doch so schlapp konnte die Hülle nicht sein, denn als er den Jeep mit den Offizieren herankommen sah und den Mann mit der verkrüppelten Hand entdeckte, besaß er plötzlich Riesenkräfte. Er sprintete zu dem Fahrzeug und riß die Hand an den Helm, den er immer noch trug. Seine Meldung klang recht sonderbar, aber der Offizier tippte nur an seinen eigenen Helm, dann zog er Le Minh an sich und flüsterte: «Junge, du bist wohlauf und hast viel geschafft! Wir haben dir zu danken! Wo ist Thi Nam?»

Sie kam etwas später, als die Panzerbesatzungen auf dem englischen Rasen vor dem Präsidentenpalast die erste Rauchpause genehmigt bekamen. Und sie kam mit Than Hao, dem hinkenden Küchengehilfen, der Phuong aus dem Holzverschlag geholt hatte und sie nun an der Hand führte. Das Kind war zwar immer noch ängstlich, doch langsam gewann die Neugier die Oberhand.

«Nachwuchs?» erkundigte sich der Offizier mit der verkrüppelten Hand. Thi Nam lachte. «Das müßte aber schnell

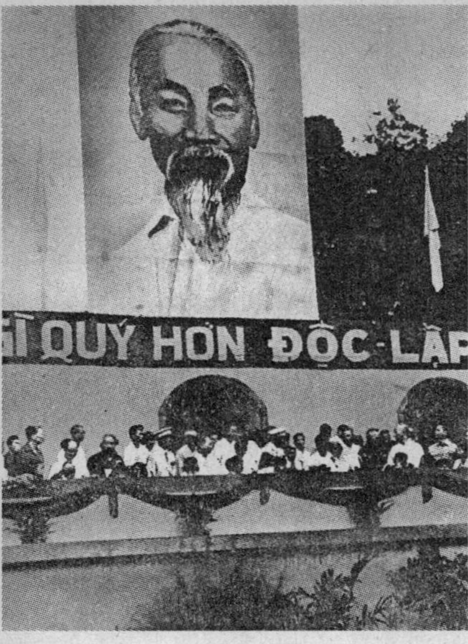

Südvietnam ist frei! Der 1. Mai sah zum erstenmal eine begeisterte Demonstration der Saigoner; auf der Tribüne u. a. auch der Oberbefehlshaber der Befreiungsstreitkräfte, General Van Tien Dung.

Eine Witwe am Grab ihres in den letzten Kriegswirren noch gefallenen Mannes. Neben Hunderttausenden Toten verursachte dieser Krieg für die Überlebenden großes Elend, das die Volksmacht nur auf lange Sicht überwinden kann.

gegangen sein! Nein, ich habe sie mit diesem jungen Mann dort versteckt. Man wollte sie nach Amerika fliegen.»

«Kriegsverletzter?»

Thi Nam schüttelte den Kopf. Phuong lief auf den Führungspanzer zu und kletterte hinauf, sie hatte jede Ängstlichkeit verloren.

«Verbrenn dir nicht den Hintern am Auspuff!» warnte sie der Kommandant. Er war noch von dem Gedanken bewegt, daß sie tatsächlich gesiegt hatten, nach Jahren harten Kampfes, nach Hunger und Durst, Fieber und Ruhr, nach unzähligen Gefechten mit einem damals noch gefährlichen Gegner. Der Kommandant hatte seine schwarze Kappe an den Griff der Luke gehängt, jetzt setzte Phuong sie sich übermütig auf und tanzte auf dem Panzer herum.

«Was macht man bloß mit dir!» schimpfte der Kommandant gutmütig. «Gehst du schon zur Schule?»

«Was ist Schule, Onkel?» fragte das Kind zurück.

Der Kommandant schwieg. Natürlich, dies war der Süden. Saigon. Es gab einen Befehl, daß die Stadt nach der Befreiung den Namen Ho Chi Minhs erhalten sollte, des Vaters der vietnamesischen Revolution, der die Befreiung des Südens nicht mehr erleben konnte. Und das da, das waren die Kinder dieses Saigons.

«Ich kann es noch nicht fassen», gestand Thi Nam ihrem Cousin Le Minh. Sie stellte ihm Than Hao vor, und die beiden erfuhren zum erstenmal, daß er über mehrere Jahre einige entflohene Gefangene, die zu schwach waren, in den aktiven Widerstand zu gehen und sich verstecken mußten, heimlich mit Essen versorgt hatte.

«Jetzt ist die Zeit da, in der die Vietnamesen einander endlich richtig kennenlernen», murmelte Le Minh. Er wartete auf das Mädchen Ly, das er jetzt gern gesehen hätte. Sie mußte wohl noch am nördlichen Stadtrand sein, ebenso wie der Junge mit der Kawasaki.

«Ja», sagte der Offizier, «jetzt lernen wir uns kennen. Und wir merken, wie groß unsere Aufgabe für die Zukunft ist. Kein Krieg mehr, aber zweihunderttausend Prostituierte allein in dieser Stadt, zwanzigtausend Drogensüchtige.»

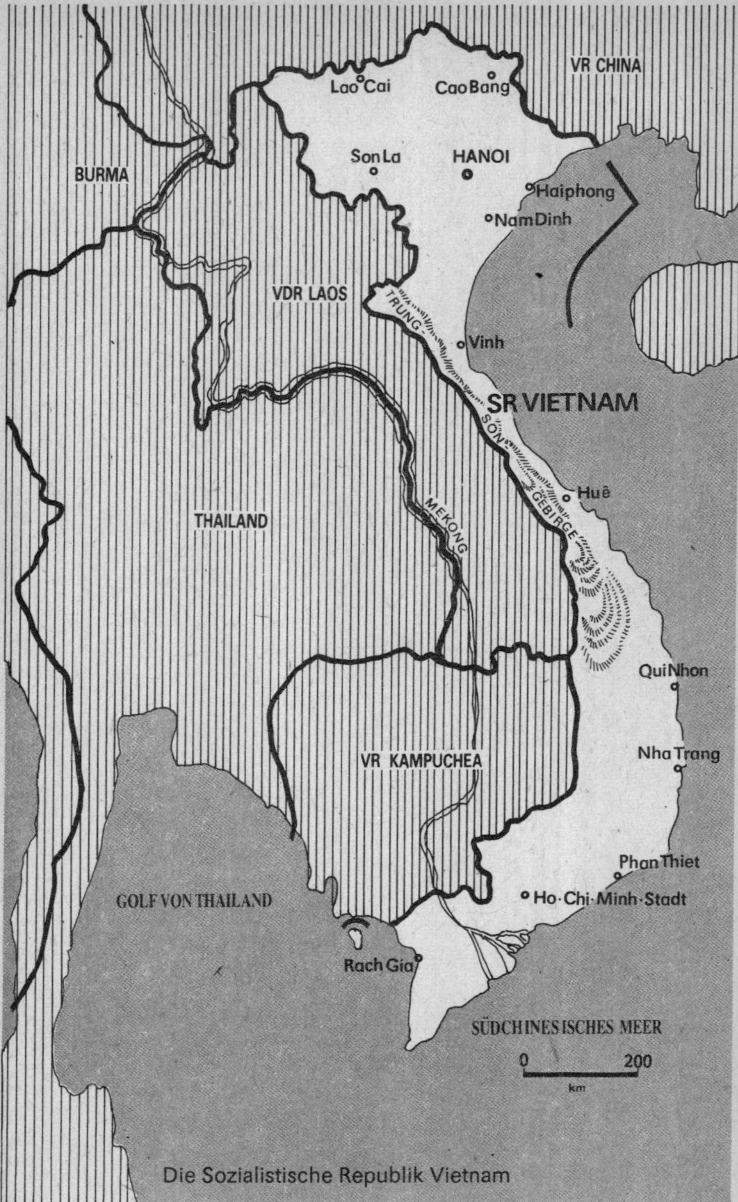

Die Sozialistische Republik Vietnam

«Und Hunderttausende von Waisen und Krüppeln», ergänzte ein anderer.

Das Mädchen Phuong lachte. Sie hatte es fertiggebracht, sich rittlings auf das Kanonenrohr des Führungspanzers zu setzen, und jetzt freute sie sich, weil der Kommandant das Rohr mit dem Turm schwenkte.

Immer mehr Leute fanden sich ein. Es schien, als würde Saigon langsam erwachen, sich erheben, sich schütteln, um die Schlaftrunkenheit zu verlieren. Das altvertraute Gesumm und Gebrodel auf den Straßen setzte nach und nach ein. Irgendwo rief ein Straßenkoch, in zehn Minuten gebe es «Nem», Saigoner Fleischröllchen. Er bekam Beifall von den Soldaten auf dem englischen Rasen.

«Hast du Hunger?» fragte Le Minh seine Cousine.

Thi Nam verdrehte die Augen. «Wie nie zuvor!»

Le Minh wiederholte: «Nur noch zehn Minuten.»

Thi Nam lächelte. Blickte sich nach dem Küchengehilfen Than Hao um, der bei den Soldaten stand und ihre Waffen bestaunte, dann sagte sie leichthin: «Was sind für Leute wie uns schon zehn Minuten!»

Vietnam-Chronik (Auswahl)

939	Vietnam, von chinesischen Feudalherren als Bestandteil des chinesischen Imperiums unterdrückt, kann sich befreien und seine staatliche Unabhängigkeit proklamieren. In der Folgezeit einzelne chinesische Einfälle, Kämpfe gegen die Cham.
1257–1288	Zeit der Mongoleneinfälle. Der Großchan Chubilai schickt zeitweise bis zu einer halben Million Krieger zur Eroberung Vietnams aus. Der Widerstand der Vietnamesen führt schließlich zur Niederlage der Mongolen.
1407	Truppen der chinesischen Ming-Dynastie dringen in Vietnam ein und besetzen es. Ein neuer Widerstandskampf beginnt.
1428	Die Ming-Truppen werden besiegt und vertrieben. Danach regiert die in den Kämpfen entstandene vietnamesische Dynastie der Le den vietnamesischen Feudalstaat, führt Reformen durch, bringt Neuerungen zur Geltung und entwickelt das Land zu hoher Blüte. Es folgen Feudalfehden, die das Land wieder schwächen.
1500	Die ersten europäischen Händler und Kaufleute sickern ins Land ein und unterstützen verschiedene vietnamesische Feudalclans in internen Auseinandersetzungen. Bauernaufstände brechen aus. Die Feudalklasse behauptet sich als Herrscher.
1858	Frankreich beginnt, Vietnam zu erobern und zu seiner Kolonie zu machen.

Die Bauernbewegung kann den Prozeß der Kolonialisierung nicht aufhalten. Jedes Aufbegehren der Vietnamesen wird von französischen Truppen sofort mit brutalen Strafexpeditionen beantwortet. Trotzdem entwikkeln sich die Kräfte des vietnamesischen Widerstandes gegen die Fremdherrschaft; sie organisieren sich im Untergrund.

1929/30 Gründung einer Kommunistischen Partei Indochinas und der Kommunistischen Partei Vietnams. Nguyen Ai Quoc (Ho Chi Minh) hat neben Pham Van Dong, Vo Nguyen Giap und Truong Chinh von Beginn an großen Anteil am Kampf seiner Partei; sie wird zur Vorhut einer umfassenden Befreiungsbewegung. Ihre ersten Bewährungsproben besteht diese Bewegung bei den Aufständen von Nghe An, Ha Tin und Yen Bai.

1940 Japan, der Aggressor in Südostasien, besetzt im Einvernehmen mit dem französischen Vichy-Regime, das sich seinerseits mit Hitler zu arrangieren sucht, Vietnam.
Wenig später brechen in Bac Son, Nam Ky und anderswo antijapanische Volksaufstände aus. Sie leiten den Zusammenschluß Dutzender patriotischer Parteien und Organisationen zur Einheitsfront unter Führung der KP ein, der Vietnam Doc Lap Dong Minh, die unter der abgekürzten Bezeichnung Vietminh in die Geschichte eingeht.

1944 Die erste Einheit der Vietnamesischen Volksarmee wird gegründet.

1945 Die japanischen Besatzer proklamieren als Gegenmaßnahme, die auf die erstarkende

patriotische Bewegung zielt, einen sogenannten Staat Vietnam mit Bao Dai als Oberhaupt. Aber die Maßnahme bringt das umgekehrte Ergebnis: Die Volksbefreiungskräfte werden stärker. In den befreiten Gebieten werden revolutionäre Verwaltungen geschaffen, Hanoi wird eingekreist, der Nationalkongreß der Befreiungsbewegung wählt Ho Chi Minh zum Präsidenten.
Die Revolution zwingt die japanischen Besatzer zum Aufgeben: Am 19. August weht über Hanoi die rote Fahne mit dem goldenen Stern, die neue Staatsflagge des freien Vietnams. Am 2. September wird die Demokratische Republik Vietnam proklamiert.
Drei Wochen später treffen die ersten Einheiten des französischen Expeditionskorps in Saigon ein, um die ehemalige Kolonie Vietnam zurückzuerobern.
Im Dezember beginnt der Widerstandskampf gegen die neuen Aggressoren im ganzen Land.

1948 «Kaiser» Bao Dai wird nun von den Franzosen als Herrscher in den von ihnen besetzten Gebieten eingesetzt. Der Widerstand im Lande wird zum umfassenden Kampf für die Befreiung der Nation.

1954 Nach vielen Niederlagen an verschiedenen Orten im Lande wird das französische Expeditionskorps im Frühjahr bei Dien Bien Phu so entscheidend geschlagen, daß Frankreich, dessen Bevölkerung ein Ende des schmutzigen Krieges fordert, aufgeben muß. Das Genfer Abkommen (21. Juli) besiegelt das Ende des französischen Kolonialzeitalters in Vietnam. Eine vorläufige Demarkationslinie am

17. Breitengrad soll den befreiten Nordteil vom Süden des Landes abgrenzen, aus dem noch Reste französischer Truppenteile abgezogen werden müssen. Ein Jahr später soll das gesamte Vietnam eine Regierung wählen und als einheitlicher Staat seine Zukunft selbst bestimmen.

1955 Die USA, die das Genfer Abkommen nicht akzeptieren und ihre eigenen Interessen in Asien verfolgen, setzen gemeinsam mit extrem rechten Kräften Südvietnams einen amerikahörigen Statthalter (Ngo Dinh Diem) in Saigon ein und lassen ihn einen Marionettenstaat errichten, für dessen «Schutz» sie Garantien abgeben. Unverzüglich beginnt die Verfolgung von patriotischen Kräften im Süden. Sie ruft Widerstand wach.

1958/60 Die USA bauen Südvietnam zu ihrem Stützpunkt auf dem asiatischen Festland aus, trainieren die Saigoner Armee, schicken Tausende von Militärberatern, legen Flugplätze und Materialdepots an, in denen amerikanisches Kriegsgerät gelagert wird. Gleichzeitig unterstützen sie die von den Saigoner Behörden geführte Jagd auf Patrioten, die eine Wiedervereinigung des Landes anstreben.

1960 Der Widerstand Vietnams gegen die US-Intervention formiert sich: Die Nationale Front für die Befreiung Südvietnams wird gegründet; in ihr vereinigen sich alle patriotischen Kräfte des Landes sowie große Teile der buddhistischen Religionsgemeinschaft.

1962 Auf Weisung des US-Präsidenten nehmen jetzt US-Truppen offen an Kampfhandlun-

gen gegen die Befreiungsfront teil. Ganze Divisionen werden nach Südvietnam verlegt, Hunderttausende von amerikanischen Soldaten überschwemmen das Land, Material fließt in unermeßlichen Mengen herein.
Der Marionettenpräsident Diem, der diese Entwicklung nicht voll befürworten will und der ohnehin die Hoffnungen der USA nicht ganz erfüllt, wird (1963) bei einem durch die CIA organisierten Putsch getötet.
Nach mehreren Staatsstreichen wird General Thieu, ein äußerst willfähriger Mann, zum Statthalter der USA in Südvietnam gemacht. Der Kampf gegen die Befreiungskräfte nimmt den Charakter von systematischem Massenmord an.

1964 Die USA weiten den Krieg auf die Demokratische Republik Vietnam (den Norden) aus. Ab August führen sie mit ihren Luftstreitkräften ein selektives Punktzielbombardement der DRV durch, das diese, wie General Le May erklärt, «in die Steinzeit zurückbomben» soll. Aus dem US-Engagement in Südvietnam ist ein allumfassender Kampf der USA um die Vorherrschaft über ganz Vietnam geworden. Ihm setzt im wachsenden Maße ganz Vietnam Widerstand entgegen.
Der freie Norden tut alles, um den Kampf des Südens zu unterstützen.
In den USA wendet sich die Bevölkerung mehr und mehr gegen das US-Kriegskonzept. Die Ablehnung des Vietnamkrieges wird, wie in der gesamten übrigen Welt, auch in den USA selbst zur Massenbewegung.

1968 Die Befreiungsfront des Südens befreit im Rahmen der Tet- (Frühlingsfest-) Offensive ganze Provinzen und Städte. Sie erobert sogar zeitweilig die US-Botschaft in Saigon, bevor sie sich auf sicher zu haltende Positionen zurückzieht.

1969 Ein Jahr nach der Tet-Offensive sind die USA und Saigons Regime gezwungen, in Paris Gespräche mit der DRV und der Befreiungsfront über die Beendigung des Krieges zu führen. Sie wissen, daß sie nicht gewinnen können, und versuchen im Grunde die Niederlage hinauszuschieben. Die Befreiungskräfte Südvietnams organisieren Wahlen zu einer Provisorischen Revolutionären Regierung der Republik Südvietnam. Im Herbst stirbt in Hanoi Ho Chi Minh. Er hinterläßt das Vermächtnis, die Nation wiederzuvereinigen.

1972 Die USA versuchen mit militärischen Mitteln, die Niederlage hinauszuschieben. Sie verstärken die Bombenangriffe auf die DRV und legen Minen vor deren Küsten. Diese Maßnahmen fügen der DRV großen materiellen Schaden zu, aber das Land genießt die solidarische Hilfe der sozialistischen Brudervölker; das läßt die erneute Eskalation des US-Krieges letztlich wirkungslos bleiben.

1973 Nachdem die USA und Saigon eingesehen haben, daß militärischer Terror den Sieg auch nicht mehr bringen kann, unterzeichnen sie in Paris endlich das Abkommen über die Beendigung des Krieges und die Wiederherstellung des Friedens in Vietnam. Danach müssen alle US-Truppen Südvietnam verlassen; die befreiten Gebiete dürfen von Saigons Truppen nicht angegriffen werden, und in angemessener Zeit sollen Politiker aus beiden Lagern über Schritte zu einer nationalen Versöhnung beraten.

1974 Statt sich an das Pariser Abkommen zu halten, verletzen die Saigoner Behörden und ihre Armee es laufend. Sie planen die Liquidierung der befreiten Gebiete, greifen diese an und verhaften Patrioten, die sich offen zu der in Paris ausgehandelten Lösung bekennen. Lange Zeit beziehen die Befreiungsstreitkräfte gegen diese Taktik eine rücksichtsvolle Defensivposition. Schließlich steigert Saigon aber die Kampfhandlungen, und die Befreiungsstreitkräfte sind gezwungen, Vorbereitungen für eine umfassende Offensive zu treffen.

1975 Im Frühjahr schlägt die Befreiungsarmee konzentriert zurück. Die ersten militärischen Aktionen im Hochland zeigen bereits, daß Saigons Regime nicht mehr die Unterstützung seiner Bürger hat, daß selbst sein Militär hoffnungslos demoralisiert ist.
Die Befreiungsstreitkräfte erkämpfen einen Sieg nach dem anderen und stoßen in Richtung Saigon vor. Am 30. April ist Saigon (heute Ho-Chi-Minh-Stadt) befreit.

1976 Die Bevölkerung in ganz Vietnam wählt eine Gesamtvietnamesische Nationalversammlung. Diese beschließt, daß Vietnam ein einheitliches, unabhängiges, sozialistisches Land wird (SRV), mit der Hauptstadt Hanoi.

Inhaltsverzeichnis

Im Militärverlag erschienen von

Harry Thürk

Pearl Harbor

– Die Geschichte eines Überfalls –

«Luftangriff auf Pearl Harbor! Dies ist keine Übung. Ich wiederhole – keine Übung!»
Dieser Funkspruch des Kommandierenden Admirals der USA-Pazifikflotte, den die Marinefunkstation von Mare Island bei San Francisco am 7. Dezember 1941 kurz nach dreizehn Uhr empfing, schlug in den Vereinigten Staaten wie ein Blitz ein. Der Stolz der amerikanischen Marine, die Pazifikflotte, lag in der Bucht von Pearl Harbor auf Grund, unfähig, in den von Japan begonnenen Krieg einzugreifen.
Der Autor erhellt in diesem Tatsachenbericht die Hintergründe dieses Geschehnisses.

Singapore

– Der Fall einer Bastion –

7. Dezember 1941. Japanische Konvois nehmen Südkurs – auf die malaiische Küste. Ziel ist die stärkste Bastion Großbritanniens in diesem Gebiet: Singapore. Ihr Besitz entscheidet über alle weiteren Operationen der Japaner in Niederländisch-Indien, in Burma und Indien. Der Weg nach Singapore aber führt durch Malaya, eine der reichsten Kolonien Großbritanniens.
Und was tut die britische Führung angesichts der drohenden Gefahr? Warum wird Singapore nicht von der Landseite her befestigt? Warum gibt man der einheimischen Bevölkerung keine Waffen, damit sie ihr Land verteidigen kann?
Das Buch beantwortet diese und andere Fragen, die seit dem Fall der Festung Singapore die Öffentlichkeit bewegt haben.

Straße zur Hölle

– Bericht über die Schlacht
an der Straße Nr. 9 in Laos 1971 –

Das Unternehmen «Lam Son 719», wie die Codebezeichnung für den Einfall der Saigoner und US-Truppen in Laos lautete, nimmt in der Geschichte des Indochinakrieges einen besonderen Platz ein. Der Versuch, von Südvietnam aus quer durch Südlaos zum Mekong vorzustoßen, mißlang auf spektakuläre Weise, und selbst die geschicktesten Manöver, den Mißerfolg zu vertuschen, blieben erfolglos. Es war einer der bedeutendsten Siege der indochinesischen Befreiungskräfte seit 1945.
43 Tage und Nächte dauerte die Schlacht, die in diesem Buch in packenden Szenen beschrieben wird.

Nachts weint die Sampaguita

– Kampf und Niederlage
der Huk auf den Philippinen –

In diesem Tatsachenbericht erschließt der Autor dem Leser ein in unseren Breiten weitgehend unbekanntes Kapitel des zweiten Weltkrieges und der ersten Jahre danach im pazifischen Raum: Hukbong Bayan Laban Hapon, kurz Huk genannt, war der Name der mächtigen philippinischen Partisanenbewegung, die das Ziel verfolgte, die japanischen Eroberer zu vertreiben und die nationale Unabhängigkeit zu erringen.
Der Autor untersucht die erstaunliche Tatsache, daß sich gerade auf diesem fernen Inselreich unter Führung der Kommunistischen Partei eine der gewaltigsten antifaschistisch-antiimperialistischen Volksbewegungen der damaligen Zeit herausbildete.
Zugleich läßt er den Leser einen Blick hinter die politischen Kulissen werfen, wo ein heimtückisches Spiel gegen die patriotischen Kräfte inszeniert wurde.

Mit freundlicher Genehmigung
des Verlages Das Neue Berlin
erschienen als broschierte Nachdrucke:

Lotos auf brennenden Teichen

Das Bild von Lotosblüten, die auf brennenden Teichen schwimmen, dient einer Hauptperson dieses Romans zur Charakterisierung des Schicksals der japanischen Aggressoren, die 1941 die britische Kolonie Malaya überfallen haben. So wie die Blüten vom Feuer verzehrt werden, so werden die Eindringlinge vom landesweit aufflammenden Befreiungskampf vernichtet.
Spannung und Informationsgehalt kennzeichnen diesen Roman, dessen Handlung in ein exotisches Land und in eine bewegte Zeit führt. Das Mädchen Yang, das der Kolonialoffizier Henderson nur als Figur bei seinen Schachzügen benutzen will, findet seinen Weg. Sie bewährt sich im nationalen Widerstandskampf und als Kundschafterin.

Der Wind stirbt vor dem Dschungel

Der Band knüpft an die Geschehnisse von «Lotos auf brennenden Teichen» an. Diesmal geht es um den Kampf malaiischer Patrioten gegen die britischen Kolonialherren in den fünfziger Jahren. Einige Personen aus dem ersten Band sind die Hauptthelden dieses zweiten Buches, das eine nicht weniger fesselnde Handlung enthält. An eindrucksvollen Szenen wird deutlich, wie im Hintergrund die herrschenden Kreise der USA ihre Ränke schmieden, um unter Ausnutzung der schwächer werdenden britischen Kolonialmacht eigene politische und strategische Interessen in Südostasien zu verfolgen. Besonders bezeichnend waren erste Versuche, mit Giftstoffen Krieg gegen die Dschungelkämpfer zu führen – eine verbrecherische Praxis, die später im Vietnamkrieg der USA weltweit verurteilt wurde.

Zoo
Thong Nhut
National
USA-Botschaft
Kathedrale
Thi Nghe Kanal
Cong Ly
Präsidentenpalast
< zum Flughafen
Hong Thap Tu
Le van Duyet